万古神石

吴学华◎著

中国工人出版社

图书在版编目（CIP）数据

万古神石 / 吴学华著. —北京：中国工人出版社，2014.4
ISBN 978-7-5008-5728-0

Ⅰ. ①万…　Ⅱ. ①吴…　Ⅲ. ①长篇小说—中国—当代　Ⅳ. ①I247.5

中国版本图书馆CIP数据核字（2014）第058785号

万古神石

出 版 人	李庆堂
责任编辑	吴　迪
责任校对	张圣南
责任印制	黄　丽
出版发行	中国工人出版社
地　　址	北京市东城区鼓楼外大街45号　邮编：100120
网　　址	http://www.wp-china.com
电　　话	（010）62350006（总编室）　（010）62005039（营销出版部） （010）82075934（社科文艺分社）
发行热线	（010）62005049　（010）62005042（传真）
经　　销	各地书店
印　　刷	化学工业出版社印刷厂
开　　本	710毫米×1000毫米　1/16
印　　张	19.5
字　　数	260千字
版　　次	2014年6月第1版　2014年6月第1次印刷
定　　价	32.00元

目录

楔　子

公元1940年，庚辰年。

5月底。

北京大学重庆沙坪坝校区一个简陋的教职工宿舍内。

这间不到20平方米的小房间内，光书架就摆了三个，占去了一半的空间。书架上全是书，摞得整整齐齐的。靠窗的地方摆着一张小桌子，桌子上放着一些书，还有几本讲义和一盏台灯。台灯的下面放着两瓶药，一盒带着兰花香味的雪花膏。

桌子的旁边是一张单人床，床上叠着碎花小被褥，床单干净而整洁。

在床尾那头，有一个木架子，架子上放着一个洋瓷洗脸盆，脸盆上方的木架横杠上，挂着两条洗得发白的毛巾。

屋子的主人叫廖清，北大考古系教授。此刻，她就坐在床沿，微弱的灯光照着她那清秀和消瘦的脸庞，在白色的墙壁上投下一道纤细的身影。

穿着蓝色长袍的苗君儒坐在廖清对面的椅子上，黝黑的脸庞和那一道道深如沟壑的皱纹，是多年的野外考古生涯在他的脸上刻下的岁月伤痕。尤其脚上的那双几乎透底的破布鞋，使他这副尊荣平添了几许落寞和窘困，与赫赫有名的北大教授毫不相关，略一看上去，与一个乡下老农无异。但他那充满睿智的眼神，却令人不敢小觑。

一个月前，他从外地回到学校，被守卫门口的校警拦住，差点不让他进校门，幸有学生认出是他，才解了围。

他的手里拿着一件东西，带着一脸的兴奋，在灯光下仔细地端详着，就像一个拿着新玩具的孩子，爱不释手。

廖清咳了两声，说道："你看过的东西，还用得着给我看吗?"

苗君儒笑道："只是拿来给你欣赏。"

半个月前，他在重庆一家叫作"万古斋"的古董店中，看见了这件玉质的蟠龙带扣，从那花纹和色泽上，认出是唐代的真品，并非明清两代的高仿品。"万古斋"的藤老板为人豪爽，喜欢结交朋友，和他有两年多的交情，也算是老朋友了。藤老板除了经营古董店外，还有一个嗜好，就是喜欢下棋。藤老板知道苗君儒是棋艺高手，经常泡好上等香茗，约他前去对弈。两人有时候对弈一整天，输输赢赢，难以分出胜负。藤老板还调侃说，终有一天会和他一决高下，他只当是棋友之间的一句笑话，并未往心里去。

藤老板在古董的鉴定方面也算是行家，但在苗君儒的面前，自认还是个半吊子。所以见苗君儒认出蟠龙带扣的真伪之后，忙又从内宅拿出几样东西来，求他帮忙看看。

那几样东西里面，有一样东西引起了苗君儒的注意，那是一块上宽下窄的白玉朝笏，他拿起朝笏仔细观看，见右下角有"大常卿兼户部侍郎杨暄"的字样，字迹虽然模糊，却隐约能看得懂。

他微微一惊，大常卿兼户部侍郎杨暄，在历史上只有一个人，那就是唐玄宗时期宰相杨国忠的儿子。据历史记载，当年安史之乱时，叛军攻陷潼关，长安危在旦夕，唐玄宗听从杨国忠的建议，决定逃往四川避难。当走到马嵬驿（今陕西兴平县）时，将士们又累又饿，加之天气炎热，拒绝继续前进。此时，杨国忠的政敌——当朝太子李亨、宦官李辅国和陈玄礼借机发难，鼓动兵变，杀了杨氏一门60余人，连唐玄宗身边的杨贵妃也未能幸免于难，被勒死在驿馆佛堂前的梨树下，死时年仅38

岁。大诗人李白为她曾一口气写下三首《清平调》。拥有旷世姿容的一代美人，就这样香消玉殒了。

历史的车轮过去了一千多年，当年在马嵬坡被杀的权贵，也早已经化为了尘土。历代的历史学家们，对于发生在马嵬坡上那宗公案，一直持怀疑态度，更多的人认为，杨贵妃其实并没有死，而是流落民间，或者远遁去了日本。日本山口县“杨贵妃之乡”建有杨贵妃墓就是不争的事实。当然类似的说法太多，谁也无从去考证。

杨贵妃之死成为历史之谜，但是对于杨国忠父子的死，历史学家们都是一致认定那个说法。有人说，迫于当时形势，唐玄宗将杨氏一门合葬在一起，安史之乱结束后，着人另辟宝地，以王礼葬之。

杨国忠父子的最后归宿究竟在哪里，却成了历史之谜。

苗君儒从藤老板那里得知，这块朝笏是从一伙神秘人的手中买下来的，至于朝笏是怎么来的，就不得而知了。藤老板还说，听那伙人的口音，好像是川西那边的人。那伙人卖了好几样东西，拿上钱就急急忙忙走了。临走的时候留下一个地址，还放下话说，想要好东西，就带钱去那里找他们。

藤老板拿来那张纸条，见上面歪歪斜斜地写着：陕西兴平七里镇，杨老槐。

货是好货，只可惜时下正值国共两军在那地方和日本人打仗，藤老板就是有再大的胆子，也不敢带钱去那种地方买东西。

苗君儒看了一下那张字条上的地址，他以前去过那地方，距离杨贵妃香消玉殒的马嵬坡并不远。

在唐代，朝笏一般都是贴身携带的，也许杨国忠的墓葬，就在马嵬坡附近。那伙人可能是在那地方挖到杨暄的墓葬，才出来这样的好东西。

离开那家古董店时，滕老板告诉苗君儒，那伙人看上去不像善类，如果真要去找的话，千万注意点。

廖清问道：“你真的要去？”

苗君儒说道：“你知道我的性格，一旦决定了就义无反顾。”他像想起了什么似的，接着问道："你的病好些没有？"

廖清的眼中掠过一抹忧伤，苦笑了一下，说道："你从进门开始，一直都在说你得到的这件东西，现在终于想起我的病了。"

苗君儒满含歉意地说道："我……我真的不是……"

廖清打断了苗君儒的话，说道："没事，我会照顾自己的。你放心吧！这病也不是一两天了，从徽州婺源回来，就这样，吃了不少药，总不见好呢。"

苗君儒问道："雪梅呢？怎么没有见到她？"

廖清淡淡地说道："她住学生宿舍呢，你经常出外考古，也不知道关心一下她。这孩子，去年蒋委员长号召全国知识青年积极从军的时候，死活都要去参军，是我强行不让她去，为这事，她好几天都没理我呢！前些天居然和我谈起马克思和什么共产主义思想来，一套一套的，讲得还蛮有道理。如今的年轻人，比我们那时差远了，不专注学业，对政治倒是很上心。"

苗君儒微笑道："我们刚进北大的时候，不还跟着高年级的同学一起参加了'五四运动'火烧赵家楼？她都大了，有自己的思想，你也无须操心太多，多关心自己的身体才是。"

廖清点了点头，问道："你打算什么时候动身？"

苗君儒说道："到处都在打仗，出行也不容易，尽量少带人。如果筹集到了经费，我想这几天就动身！你早点休息吧，我走了！"

他说完转身走了出去。廖清起身站在门口，看着苗君儒那伟岸的背影，一种莫名的情感蓦地涌上心头，两行清泪顺着脸颊无声地流了下来。

第一章　神秘的女人

一个多月后，7 月 14 日。

陕西兴平县某山沟。此处距离马嵬坡不远。

入夜，大雨如注，闪电一个接着一个，隐约照见山沟内走动的一队人影。

“苗教授，走不过去了。”一个声音从最前面传来：“要不我们还是先找一个地方避雨吧？”

这荒山野岭间，连个破草屋都没有，怎么避雨？虽说大树下可以暂时避一避，但终究不是办法，若这么多人挤在大树下，恐被雷电击中。

走在队尾的苗君儒摸了一把脸上的雨水，大声道：“再往前走几里路，那里有一个山洞，我们今晚就在那个山洞里过夜。”

半个月前，苗君儒得到古董店藤老板的资助，组成一支考古队，踏上了前往陕西兴平的道路。只注重于学术研究的他们，对国内如火如荼的抗日战争并不感兴趣，一路上，他们不知道避过多少凶险，和他们擦肩而过的部队，有国军、有八路，也有日本鬼子和劫道的土匪。

在他们面前的是一条山洪形成的小溪，从上游冲下来的激流，混杂着泥沙，看得人心惊胆战。苗君儒站在西边，用手里的木棍探了探深浅。这雨刚下不久，溪水还没完全涨起来，若不及时过去，等到溪水暴涨时，就无法过去了。他们所处的地方是个大斜坡，脚下都是松软的黄土。这种地方极易在山洪的冲刷下发生泥石流，一旦情况有变，后果不堪设想。

他果断地挥了一下手，喊道："大家不要慌，手牵着手，紧跟着我过去。"

几个人手牵着手，冒着生命危险，勉强趟过去。走到小溪中间时，眼见得溪水一个劲儿地往上涨，刚刚才过腰际，一下子就齐胸了。有两个人的脚下开始打战，脸色顿时发白。

苗君儒吼道："不要停，快点。"

在他的鼓励下，几个人好容易上了对岸。回头看时，见上游冲下几根粗大的烂木头，溪水暴涨起来。

苗君儒暗自庆幸，倘若再迟疑个一两分钟，就过不来了，他继续大声喊："快走，快走，不要停！"

在这种地方，多停留一分钟，就多一分凶险。

苗君儒从藤老板身上拿过背包，背在自己的肩膀上，还扶着藤老板走了一段路。这段路满是泥泞，走起来脚底打滑，稍有不慎就有滑入沟底的危险。走在队伍最后面的那两个学生，身上背着厚重的行囊，弯着腰趴在地上，几乎是一步一步往前挪着走的。

藤老板在资助了2000大洋的考古费用后，一定要跟着来，说是陪同世界一流的考古学家出外考古，可以多长长见识。苗君儒明白他的意思，生意人无利不图，无非想借这次考古，多发现些好东西。一个养尊处优的人，跟着大家受这么大的罪，可真难为他了。

受时局的影响，北大自迁到重庆之后，教育经费一直严重不足。考古系其他一些教授在外出考古时，也是想办法向社会筹集资金。一旦有了考古发现，可将一些不重要的古董回赠给投资人，作为投资的回报，这是没有办法的办法。学校也都睁一只眼闭一只眼，任由这种方式的存在。

走了一两里地后，前面开阔了起来，苗君儒逐渐放下心来。他是这支考古队的队长，有责任保证每个人的生命安全。

雨还在下，似乎小了一些。

“有个山洞能够躲雨就好了。”藤老板低声咕噜着，摘下头上的瓜皮帽，用手抹了一把只剩下几根头发的秃头。

走在他身后的，是他店里的伙计詹林明，这个身材矮壮的川中汉子，身上背着最重的行囊，一路上很少说话。

“苗教授，前面好像有个山洞。”说话的是苗君儒的学生程大峰。这个二十多岁的大学生来自徽州婺源，学的并非考古，而是国学。几个月前，程大峰拿着一封信找到苗君儒，说是要拜师。

信是西南联大一个同行教授写来的，内容很简单，只说是一个叫程大峰的族弟，想拜苗君儒为师，恳求他收下。

看在那个教授的面子上，苗君儒唯一一次收下了这个考古系以外的学生。一番自我介绍之后，他对这个学生刮目相看。程大峰出身书香门第，自幼熟读四书五经，有深厚的国学底子，还是徽州武学大师程宗猷后裔，有着很不错的家传武术功底，能对付三五个人。

如今世道这么乱，每次出外考古，都是一次生命的历险。从民国二十二年开始，在他五次带队野外考古的过程中，有六个学生把生命永远留在了那些崇山峻岭与荒漠平原中了。

他愧对那一个个年轻的生命，但野外考古，本身就具有一定的危险性。所以他要求跟随野外考古的学生，要具有一定的自我保护能力。

苗君儒按程大峰所指，朝前面看了看，可惜光线太暗，根本看不清。在他的印象里，那个山洞应该还在前面。

一道闪电直劈在右前方的一根大树上，将大树的主干劈成两截，巨大的雷声震得大家的耳朵嗡嗡作响。谁都不敢再说话了，只顾低着头跟着前面的人走。

苗君儒看清了前面那类似山洞的黑影，是一块突兀的大岩石。大岩石下面形成一个凹洞，凹洞虽能避雨，但面积太小，容不下这么多人。

好不容易走到大岩石下面，程大峰用手电筒朝里面照了一下，却看到已经有人捷足先登了。他扭头对苗君儒道：“苗教授，这个人怎么了？”

那个人斜躺在角落里，背朝外面一动也不动。

苗君儒轻声叫了一句："老乡，你没事吧？"

那个人还是没有反应。

程大峰问道："是不是……死……了？"

这人尽管穿着一袭黑衣，但从身段和脚下的鞋子判断，应该是个女人。在这种前不着村后不着店的荒郊野外，杀死个把人弃尸在此，不是不可能。

藤老板骂了一声"晦气"，朝地上吐了一口唾沫。

就在苗君儒转身要走的时候，他听到一声呻吟。

呻吟声正是地上躺着的那个人发出的。苗君儒上前几步，再次问道："老乡，你怎么了？"

这个女子又微弱地呻吟了一下。

苗君儒顾不了那么多，上前抓住她左臂，将她扶坐起来。只见这女子大约二十多岁的样子，与程雪梅年纪相仿，长得很清秀，湿透的衣服紧裹在身上，凸凹曲线毕现，额头上有一处青紫，裤管上有一大块血迹。

"姑娘醒醒！"苗君儒一边呼唤着，一边用大拇指掐着女子的人中。程大峰已经撸起女子带血的裤管，只见女子小腿上有寸许长的伤口，有淡淡的血液流出。

苗君儒脸上那关切的表情慢慢凝固，感觉有一根硬硬的东西顶住他的胸口。怀中的女人睁开了眼睛，眼角浮现一抹得意之色，低声问道："你们是干什么的？"

苗君儒虽然没有低头，但已经猜到那根硬硬的东西，是手枪的枪管，他将女人扶坐起来时，并没有注意到对方右手中握的手枪。

这女人只须动一动手指头，就可以让苗君儒丧命，但是她并没有那么做。

苗君儒淡淡地说道："我们是考古队。"

女人看了一眼面前的几个人，说道："我不相信。"

苗君儒说道："如果你不相信，就请动手吧。"

他之所以敢这么说，是因为他看出了女人眼神中的得意与疑惑，而没有半点杀机。

两人贴得很近，他能闻到女人身上发出的香味，令他尴尬的是，女人那丰满的胸部，居然紧挨着他的手臂，一阵阵异样的气息从手臂上传来，使他浑身不自在。自从二十年前与廖清那一夜温情之后，他就再也没有碰过别的女人。

虽然手枪夹在两人的中间，其他人都看不到，但程大峰已经从他们的对话中猜到苗君儒受制于这个女人。他上前道："大姐，你脚上受伤了，得赶快止血才行。"

他只想分散这女人的注意力，而后伺机帮苗君儒解困。不料这女人却说道："你再往前走一步，我就开枪了。"

程大峰只得站在那里，说道："大姐，你别误会。我们真的是考古队，扶你起来的这个人是我们的老师。我们不是坏人。"

女人说道："这年头没几个好人。"

程大峰说道："我们要是坏人，刚才就不会救你了。"

女人说道："你以为你们能够从我身边走过去吗？你们才六个人，我枪里有二十发子弹。"

弹容二十发的手枪，又名盒子炮，也称驳壳枪，也有人称快慢机或自来得手枪。

苗君儒低声说道："她说得不错，如果我们走过去后，她突然从背后开枪，恐怕我们六个人都会死在这里！"他顿了顿，接着说道："姑娘，能否让我把手移开？"

女人这才意识到两人隔得这么近，就像一对亲密拥抱的情侣，当下脸色一红，将身子往边上挪了挪，但手里的枪仍顶在苗君儒的胸口。

苗君儒斜靠在石壁上，和颜问道："你好像在等什么人吧？"

女人问道："你怎么知道？"

苗君儒说道："你一个带着枪的单身女人，在这样的雨夜，出现在这种荒无人烟的地方，如果不是等人，我实在想不出还有别的原因。"

女人问道："难道我不像从大户人家逃走的小媳妇？"

苗君儒说道："从大户人家逃走的小媳妇，不可能连一个包袱都没有。"

女人又问道："假如包袱在路上丢了呢？"

苗君儒反问道："既然包袱能丢掉，为什么手枪不丢？"

女人笑道："手枪用来防身。"

苗君儒也笑道："即便你丢掉包袱，只留下手枪防身，可照常理推断，你若真是一个从大户人家逃走的小媳妇，看到远处有灯火过来，还能这么冷静地躺着吗？再者，你这身穿着，可与大户人家的小媳妇毫不沾边。"他接着说道："姑娘，你的其他朋友呢？叫他们都现身吧。我们这六个人身上有多少钱，都给你们留下，买条命。"

他刚才说她在这里等人，就已经断定这个女人是劫道的土匪了。

女人听他这么一说，咯咯地笑得花枝招展，说道："你真把我当成土匪了？我真的是从大户人家逃出来的，不骗你。兴平的朱大老爷，你们认识吗？"

苗君儒说道："我们都是外地人，你说的朱大老爷，我们并不认识，不管你是不是逃出来的，都与我们无关。姑娘，你浑身上下都湿透了，而且还带着伤，我们没有别的意思，只想帮你治伤。"

程大峰从工具包里拿出一包药粉，说道："这是我祖传的止血粉，很好的。大姐，你若是不相信我，就把枪顶在我的头上。"

说着，他将药粉撒在伤口，又拿出一卷纱布，麻利地将伤口包扎好。

女人问道："你们为什么要帮我？"

苗君儒问道："难道你认为帮助一个人，需要原因吗？"

女人皱了皱眉头，又问道："你们从哪里来，到哪里去？"

程大峰说道："我们从重庆来的，要去兴平。"

女人继续问道："你们要去兴平做什么？"

程大峰说道："大姐，外面的雨那么大，你总不能这么拿着枪，逼着跟别人说话吧。"

除了苗君儒和程大峰之外，其余的几个人都站在巨石外面的泥路上淋着雨，走也不是，不走也不是。若不是看到这个女人的手里有枪，藤老板早就发飙了。

女人把枪口晃了晃，说道："其他人可以走了，你们两个留下。"

苗君儒对藤老板说道："前面不远有个山洞，你们可以在那里等我。"

女人说道："前面的山洞里有死人，不然我用得着躲到这里来吗?"

这年头谁没有见过死人？他们几个人从重庆走到这里，一路上走过刚打完仗的战场，还有被鬼子扫荡过的村庄。经他们的手掩埋的尸体，不少于一百具。不要说看到尸体，就是躺在尸堆旁边睡上一晚，也没什么大不了的。

藤老板没有说话，朝苗君儒点了一下头，就冒雨朝前面去了。

等他们走远了，苗君儒才对着女人说道："姑娘，为什么要我们两个人留下来陪你?"

方才这个女人在与程大峰说话的时候，他完全有机会出手，以极快的速度夺下女人的枪，但他并没有那么做，因为他很想知道，这个女人究竟在等什么人。

程大峰蹲在一旁，有些无奈地看着岩石外面，握着手电筒晃来晃去，过了片刻，才说道："大姐，我们都淋湿了，得想办法烧堆火烤衣服，否则会生病的。"

他有两次想出手制住着女人，都被苗君儒用眼神制止。

女人并没有回答程大峰的话，而是问道："你们在来的路上，没有遇到什么人?"

程大峰说道："有啊，有国军和八路军的游击队，还有土匪和日本鬼子呢。"

女人厉声道："别骗我，你们从重庆来，走巴中和汉中吧？日本鬼子连潼关都没打过来，怎么可能会遇上呢?"

程大峰说道："走巴中和汉中肯定碰不到鬼子，你看到刚才那个秃头的人没有？人家是做古董生意的，是个大财主，在武汉和上海都有分号。

我们原来要坐船到武汉的，可到了宜昌就去不了了，只得从襄阳绕过来。”

按苗君儒最初的路线，确实是要走巴中和汉中，虽然道路崎岖难走，但是在国统区内，要安全得多。可藤老板偏要坐船下武汉，说是能弄到汽车，走大路方便。船快到宜昌就下不去了，说是在打战，鬼子跟疯子一样，见到从国统区过去的人就杀。他们只得上岸绕路走，就这么走了一个多月，经历了无数次凶险，好不容易才熬到西安。藤老板在西安也有生意上的朋友，叫刘水财，刘老板的生意做得也不错，一听说苗君儒的名字，开心得像天上掉下一个金元宝，从卧室内小心翼翼地拿出几件镇宅之物，要苗君儒帮忙鉴定。

除了一件天青釉弦纹三足瓷盘是北宋汝窑真品外，其余几件玉器和瓷器，都是赝品。

一行数人在那个老板家里住了两天，就动身继续西行。刘水财多次向苗君儒和藤老板打听他们此行的目的，可藤老板守口如瓶，什么都不肯说。

出门在外有很多忌讳，其中之一就是不对别人透露太多的底细。

程大峰是个没有多少社会阅历的毛头小伙子，在这女人面前，没说上几句，就把自家的老底给翻出来了。苗君儒干咳了几声，可没有能制止他的话头。他见蹲着吃力，干脆盘腿坐了下来，巴拉巴拉地说个没完："大姐，我看你比我大一两岁，不如就认我做个弟弟吧。我妈说我前面原来有个姐姐的，三岁的时候生病没了，我从小看着别人的姐姐牵着弟弟的手走路，就特别想要一个姐姐。我说姐姐，你手里的枪是从人家那里拿来的吗？现在到处兵荒马乱的，有把枪防身确实不错！姐姐，你真的是从大户人家逃出来的吗？我听说这边的男人不到十岁，家里就帮他买个大媳妇。我那姐夫是不是比你小很多？要不带我们去看看，若是不行，我让藤老板出点钱帮你赎身，然后叫苗教授帮你找一个有学识又高大英俊的，怎么样？”

这小子也不管人家答不答应，就叫上姐姐了。苗君儒听了直想笑，但怕激怒这女人，只得强忍着。他以为女人一定会生气，孰料她不但不生气，反而笑眯眯地看着程大峰，问道："你说的是真的?"

程大峰一本正经地说道："当然是真的，你要是不信，就问苗教授，他是我们北大最有名望的教授，不会骗人的。"

当女人的目光转向苗君儒的时候，苗君儒微微点了一下头。北大有不少年轻的助教都没成家，面前这女人长得不错，说不定还真能促成一桩好事呢。

程大峰继续说道："姐姐，到现在我还不知道你叫什么名字呢。"

女人露出一抹羞涩，说道："我叫小玉，你呢?"

程大峰嘿嘿笑道："我叫程大峰，跟着苗教授来这边考古呢。姐姐，你手里的枪晃来晃去的，当心走火伤着苗教授，要不，你还是把枪口对着我吧。若是我命短，死在姐姐的手里，到了阎王爷那里，也绝对不会告姐姐状的。"

见程大峰这么说，这女人倒是有些不好意思起来，当下将枪收了起来，说道："看在你这么嘴甜的分儿上，我收下你这个弟弟了。"

苗君儒不禁佩服程大峰的机智，这么一套近乎，危机已经解除了。他想过用几种方式摆脱这个女人的控制，可都有些顾虑。

程大峰笑道："姐姐，你真的是在这里等人的？等什么人呢?"

小玉笑道："姐没骗你，真的是在这里等人，他说好今天来接我的，可都什么时候了，一直没见他的影子。"

程大峰笑道："我看出来了，原来姐姐是为了他，才逃出来的。他是哪里人，要不我们送你过去?"

小玉笑道："我和他只见过两次面，还不知道他叫什么名字，更别说是哪里人了。"

程大峰的嘴巴有些夸张地张开，笑道："哦，我明白了。"

看着小玉那副娇羞的模样，苗君儒说道："我们这一路过来，真的没有遇上别的人。那个来接你的人，是不是有什么事来不了了。要不我们在这里留个字条，另外找个地方歇息，你看如何?"

小玉想了一下，说道："前面的山洞里有死人，让他们在那里过夜，我们往山上走，上面有一个打猎人住的山棚，里面有干柴，可以生火。"

程大峰将电筒朝外面照了照，说道："苗教授，雨小了。"

电筒的光线照着外面的雨丝，确实小了许多。

小玉挣扎着站起来，程大峰的家传伤药果然不错，伤处已不甚疼痛。她用石块在洞壁上画了几个像字却不是字的符号，转身出了凹洞，冒雨往左侧的山上走去。程大峰随即跟了上去。

左侧的山上有一条"之"字形的崎岖山路，由于山势比较平缓，所以山路并不十分难走。倒是因为下雨的缘故，脚下还是有点滑。

小玉走了一段路，回头道："我还以为你们不敢跟来呢。"

程大峰叫道："有什么不敢，你既然认下了我这个弟弟，难道姐姐还会害弟弟不成？"

小玉咯咯地笑了几声，继续往上走。苗君儒本不想往山上去，可担心程大峰一个人跟着去，会出什么意外。到现在为止，除了知道这女人叫小玉外，其他的一无所知。当这个谜一样的女人在洞壁上画下那几个符号之后，他的心猛地一凛，那分明是川西关中一带土匪之间的联络信号，不同的土匪之间，联络信号都不一样，只有他们自己人才看得明白。

由此可见，这个女人绝对非同一般。或许像她先前猜测的那样，是土匪婆子，专门在这堵道劫财的。可奇怪的是，她并没有劫财。难道她没有其他同伙，怕对付不了这么多人，而没有下手？那也不像呀。凭她手里的那支枪，对付他们这几个手无寸铁的人，是不在话下的。

苗君儒一边走，一边寻思着，这个叫小玉的女人，究竟是什么人呢？

在山区，一般山上都有那种茅草和树枝搭成的简易山棚，为的是方便那些在山上种地的人们，夜晚回不了家，有处歇息的地方。也有是猎人搭建的，出门打猎几天不回去，就住在山里的山棚里。

山棚里一般都放着柴火，还有一些吃的东西。山里有一条不成文的规定，用了无主的东西，是要还回去的，这辈子不还，下辈子当牛做马，加倍偿还。所以在山棚中过夜的人们，在用了山棚里的东西之后，一般都会在下次带来一些东西补上，以方便别人。

小玉的步伐矫健，像是一个习惯爬山越岭的人。雨仍在下，山道上虽不是伸手不见五指，但也很难看清脚下的路。她走在最前面，和后面的两个人隔开一段距离，走上一阵，停下来站在路边，等着他们。看样子，她对这条路很熟悉，好像闭着眼睛都能走。

程大峰背着几十斤重的行囊，几次脚下打滑，差点滚下山，好在他有武术功底，及时抓住路旁的小树枝条，稳住身子。饶是如此，他走得还是非常吃力。他手里的电筒既要照自己面前的路，也要帮着后面的苗君儒。

好容易走上一道山梁，他斜靠在一棵树上大口大口地喘着气，望着面前等他的小玉，问道："姐姐，还要走多久呀？我都走不动了。"

小玉笑道："你们出外考古的，就这点能耐呀？"

程大峰不服气地说道："我从中午开始就没吃东西，背着这些东西一连走了几十里地，肚子饿得叽里咕噜，换作是你，你行吗？"

小玉笑道："你一个大男人，怎么和我女人相比？"

苗君儒走了上来，问道："姑娘，还要走多远？"

小玉说道："不远了，就在前面的山坳里。"

苗君儒坐在路边的一块半弧形石头上，右手随意搭在石头的侧面，触手的地方有些凹凸不平，职业的敏感使他似乎有所发现，叫程大峰将手电筒拿过来看。

在电筒的光线下，苗君儒看清石头的样子。是一块大半截埋入土中的石碑，露出地面的弧形部分是碑顶，约莫50厘米，刚好让经过山梁的人坐着歇息。碑面两侧是两条龙腾云纹，中间有三个大字，兴许是年代久远的缘故，碑面上的石纹受到雨水的冲蚀，其中两个已经模糊不清，倒是头一个字能看清楚，是一个"敕"字。

程大峰说道："苗教授，这块石碑不简单哦，还是皇帝下令的呢。"

苗君儒问道："姑娘，这岭上原来有庙宇或者牌坊什么的吧？"

小玉说道："我不是这边的人，怎么知道。"

苗君儒说道："可是姑娘对这条路却很熟呢。"

小玉说道："我前些日子经常走这条路，所以熟。"

苗君儒问道："这条路通往哪里？"

小玉说道："这是从兴平往户县的一条小道，很少有人走的。"

苗君儒问道："你说前些日子经常走这条路，可之前却说刚刚从兴平的朱大老爷家逃出来，姑娘，能告诉我到底是怎么回事吗？"

小玉的脸色微微一变，说道："对不起，我现在不能告诉你。如果你不愿意跟我走，就请你回去。"

苗君儒冷冷地看了小玉一眼，正要转身下山，却听小玉继续说道："我听说西安城里万福斋的刘老板家里出了事，不知道你们听到没有？"

苗君儒暗自一惊，刘水财确实是万福斋的老板，昨天上午一行人离开西安时，没听说刘老板家出了什么事呢。眼前这个女人说出这样的话，摆明了知道他们的底细，专门在山下等他们的。他本能地后退了几步，厉声问道："你究竟是什么人？"

小玉拍了一下插在腰里的手枪，说道："跟我走，你就知道我是什么人了。"

苗君儒问道："如果我们不跟你走呢？"

小玉说道："你别把我的好心当成驴肝肺，我这是在帮你们。"

苗君儒说道："你我素未相识，为什么要帮我？"

小玉笑道："堂堂的教授，居然说出这样的话来，还记得在那块大石头下面，我问过你的话吗？"

苗君儒的脸色一漾，想不到这女人的嘴巴如此刁钻。好男不跟女斗，当下苗君儒强忍着心底的火气，低声说道："姑娘，我不管你是什么人，也不再问你为什么要帮我们，我只想知道，万福斋刘老板家究竟出了什么事？"

小玉说道："这里不是说话的地方，请跟我来吧。"

说完之后，她转身就走。

程大峰看着小玉的背影，说道：“苗教授，我们还跟着去吗？”

苗君儒点了点头，既然这女人没有恶意，跟着去又何妨。

下了山梁，走了一段较为平缓的山路，来到一处山坳中，走在前面的小玉回身说道：“到了。”

苗君儒二人跟着小玉上了几级台阶，看到一大一小两间石头垒成的小房子。

这哪里是打猎人住的简易山棚，分明是住在山上的一户人家。

小玉推门走了进去，不一会儿，里面就亮起了灯光。

既来之则安之，苗君儒在门口站了一两分钟，坦然走了进去。

屋内的摆设很简陋，一张小桌子和一个木柜，柜子上放着一些青花碗碟和陶罐等家什，还有几张凳子。小玉的身后有一扇通向里间的门，门上挂着布帘子，门边的墙上挂着一杆老筒猎枪和一副弓弩。屋子中间有一个火塘，门边放着一小垛干柴。

小玉望着苗君儒，说道：“你们不用客气，屋里的东西尽管使用。”

她说完后，转身掀开布帘子，进到里面去了。

程大峰把背上的行囊放下后，拖过一张凳子一屁股坐下。连声道：“苗教授，我实在走不动了。”

苗君儒笑了一下，默默地生起火，朝里面说道：“姑娘，我们在换衣服，请不要出来。”

行囊是防雨的，里面的衣服没有湿，两人换上干衣服，将湿衣服搭在火塘边的凳子上烤着。刚忙完，布帘子一掀，只见小玉已经换上一身干净的碎花短褂，端着两碗热腾腾的面出来，放在桌子上，淡淡地说道：“吃吧。”

苗君儒问道：“姑娘，你住在这里的吧？”

小玉没有回答苗君儒的话，而是说道：“放心吃吧，面里没毒。”

苗君儒还没来得及说话，程大峰就上前端起了面碗，呼啦呼啦地吃得不亦乐乎，没两下，一碗面就吃光了，他抹了抹嘴，问道：“姐姐，还有吗？”

小玉微笑着摇了摇头。转身进屋，拿了一卷颜色发黄的竹片子出来，放在桌子上，说道："苗教授，麻烦你看看这件东西。"

苗君儒轻轻打开，用手仔细摸着竹片，又用放大镜仔细端详，看清了竹简上的文字，苗君儒眉毛逐渐拧到一块，眼神变成很凝重，连呼吸都几乎停滞了，他越看心中越惊：这雕刻文字的刀工和手法，还有竹片的纹理，以他的经验判断，这卷竹简最少有两千年，竹简上古隶文字，是李斯在小篆的基础上修改而成的，到了汉代之后，又有了新的改变。所以秦朝的隶书被称为古隶，汉代的隶书称为汉隶，也称"今隶"。历经两千多年的战火洗礼和风雨侵蚀，古隶竹简已经消逝在漫长的岁月长河中，当世无存，人们只能从典籍上去想象和研究。由于古隶与小篆相似，若不是专业人士，认识的人并不多。当今世上恐怕再也找不出第二件这么珍贵的东西了。

这卷竹简历经两千多年，居然没有半点损坏，连上面的文字都清晰可辨，不能不说是奇迹。

苗君儒抬头望着这个谜一样的女人，正要说话，只听得外面传来急促的脚步声，一个浑身泥泞的男人推门冲了进来，叫道："嫂子，出事了。"

第二章　皇家之秘

几个小时前，那时的大雨还没开始下。

在距离苗君儒所处的山棚不远的一条山谷内，二十几个当地人打扮的人，在山谷里走走停停，其中一个人的手上，托着一个罗盘。

其实他们不是当地人，而是一伙啸聚山林的土匪。为首的叫马长风，江湖人称马鹞子。其余是他手下生死与共的兄弟。生逢乱世，他们为了生存和生活，无可奈何地聚在了一起。土匪的日子也不好过，不但要对付官兵，而且还要应付同行。

他们原来在川康一带讨生活，可那种贫瘠的地方，实在无法生存下去。马长风听说陕西的地下到处是宝贝，于是带着兄弟们一起来到陕西寻宝，干起吃盗墓的营生。同样活跃在陕西干这种营生的人马有好几队，有时也会发生冲突。

在陕西的地下，有很多帝王将相的墓葬。盗墓必须讲究技巧，根据山川地形的走向，判定墓穴的正确位置，找准墓穴最薄弱的地方下手，才能事半功倍。如果不懂风水，不懂墓葬的结构，就算知道墓葬所在，也无法下手挖掘。

手托罗盘的人是马长风手下最得力的兄弟，姓罗名强，盗墓发财的主意正是他出的，可惜他是个半吊子的风水先生。一帮子弟兄跑到唐太宗李世民的昭陵去乱挖，东西没有挖到，还惊动了驻扎在附近的官兵，被官兵撵了两个晚上，白白死了几个弟兄。

面对兄弟们的愤怒，罗强总算不负所望，找到一座大墓和几座小古墓，可惜小古墓都被前人盗过，挖出的东西也不太值钱。但是大古墓里，却挖出来不少好东西。

东西虽然不值钱，但好歹有了不小的收获，也给失望的兄弟们带来了希望。所有的人都表示，要干一票大的，否则就太对不起自己了。

幸运之神终于降临到他们的头上，那是几个月前，马长风带着手下的兄弟经过一个山头，听到前面传来枪声，他们以为遭了同行的“道”，拔出枪正要拼死抵抗，哪知一个老男人出现在他们的视野中。那个老男人跑到他们的面前时，一头栽倒在地。后面出现几十个穿着黄色军装的军人，看样子是当地的保安队。

为首一个军官模样的人，正挥舞着手枪，命令手下的人往前追。

倒在地上的那个老男人往前爬了几步，看到了躲在草丛中的马长风，吃力地说道：“救我……”

这个老男人爬过的地方满是血迹，显然是受伤不轻。眼看保安队越来越近，都能看清他们长的模样了。老男人对马长风道：“他们……想抢走我的这卷……天书……找到……杨……墓葬……发财……”

一听到墓葬和发财这几个字，马长风跳了起来，甩手一枪将那个军官打倒。他的枪响就是命令，其他的人纷纷开枪。一顿乱枪过后，那些保安队丢下几具尸首，仓皇退去。

马长风跳出草丛，来到那个男人面前，只见这个男人的上腹中了两枪，血流如注，眼看活不了多久，当下问道：“他们为什么追你?”

这个男人从衣服内拿出一个带血的小包裹，递给马长风，断断续续地说道：“小玉……在……在……去找她……告诉她……”

他说出一个城内的地址后，就咽气了。

马长风打开那包裹，见包裹里有两三件旧衣服，一枚断裂的玉簪，一块上宽下窄，上面刻着一些文字的弧形白玉，还有一卷颜色发黄的竹片和几张中央银行的存单。

罗强看着那存单上的数字，笑道："呵呵，我们发财了！"当他看清那卷竹片上的古代隶书书名时，惊道："是古代的奇书《天玉方略》，大哥，我们发大财了。"

马长风问道："《天玉方略》是什么书？"

罗强说道："这可是一部集风水堪舆和屋宅墓葬的奇书，乃秦朝相国李斯所著，唐代的国师杨筠松就是根据这部《天玉方略》，才写出了风水堪舆的《天玉经》。这卷竹片，现在最起码值一万大洋呢。"

保安队虽暂时退去，可用不了多久就会叫来更多的人。马长风说道："此地不宜久留，走。"

他们背着那个男人的尸体走了几座山头，选了一处向阳的地方，挖个坑将这个男人埋葬了。在江湖上混的，都讲江湖道义，得了别人的东西，总得有所表示，不能让人曝尸荒野，也算是尽一点心意，对死者有个交代。

罗强说道："大哥，要不我们先去西安，把存单上的钱提出来。兄弟们来这边好些日子了，还没好好享受一下呢！"

马长风皱起眉头，朝地上的坟头拜了几拜，说道："兄弟们几个混迹江湖，都是在刀口上讨营生的，咱别的不说，义字当头。放心吧，既然答应了你的事情，立马就去办。"

说完，马长风收拾好那个包裹，斜扎在腰间，又扯了一大捆杂草铺在坟头上，左右端详了一下，才对身边的兄弟们说道："不仔细看，还真看不出这是个新坟，走吧，我们去趟城里。我可把话说在前面，这次不是去喝酒逛窑子，而是去找一个叫小玉的女人。"

罗强问道："大哥，找到那个女人之后，你打算怎么办？"

马长风说道："东西是人家的，自然还给人家。"

罗强的眼中掠过一丝不悦，却没有再说话。

一行人顺着一条小路在山上转了半天，来到一座小庙里，马长风换了衣服，只随身带了短枪，要其他人在这里等，只带了罗强和狗溜子两人。傍晚时分，他们三人进了兴平城。

自抗战以来，蒋介石依照各省不同的战略形势，划分出了十个战区，西安分属第十战区，最高行政长官是蒋鼎文。蒋鼎文是名职业军人，早年毕业于浙江陆军讲武学堂。曾参加讨伐陈炯明、北伐战争、蒋桂战争、蒋冯阎战争，第三、第五次对中共“围剿”，并参与过镇压福建事变。他在作战方面确实有些天才，被誉为“飞将军”，成为蒋介石的“五虎上将”之一。但此人治下无方，属下的军队长官，大多是些酒囊饭袋。打打内战，对付红军还行，可一上抗日战场就成了软蛋。

驻扎在兴平城内的是213师，师长叫余力柱。此人跟随蒋鼎文多年，从一个小小的班副，一步步爬到现在的位置，经历过的大战也不少。抗战初期，在河北与日军一接触，刚打上几枪，部队就散了。一个师的人，跑得剩下不到一个营。蒋鼎文看在昔日的分上，并没有追究他过错，而是继续保留他的部队番号，命他到后方休整。说是休整，其实就是要他发展势力，对付在兴平一带活动的八路军游击队。

余力柱来到兴平的第一件事就是招兵买马，只要愿意当兵，不管是什么人，都要。不仅如此，他还派人下乡强行抓壮丁入伍。花了两年多的时间，部队总算扩充到两个团，距离一个整编师的人员匹配，还差一大截。

抗战三年多时间，国军大多数军队的兵力配置都不满员。

余力柱是个很会享受的人，吃喝嫖赌缺一不可。他到兴平的第三天，就娶了一个比他小23岁的漂亮女学生做姨太太。自此一发不可收拾，无论在哪里，只要被他看上的，都逃不脱他的魔掌。

有钱的人家娶两三个姨太太，那是常有的事。兴平人都知道民国的大总统袁世凯，还娶了十个姨太太呢。可是现在，有人比袁世凯还厉害，那就是余力柱。余力柱的姨太太，比袁大总统还多五六个呢。

在兴平城，余力柱就是一个土阎王，只要他跺一下脚，整个兴平城都要抖三抖。摊派到各家各户的军费和各项苛捐杂税，少一个子儿都不行。动辄把人捆进大狱，先打个半死，再叫家里人拿钱赎人，过期不赎的，以通匪罪枪毙。城西刑场上，几乎每天都有人被枪毙。

俗话说，兵匪是一家。

马长风带着兄弟们来到兴平时，就按江湖规矩，带着礼物去拜访了余力柱手下一个姓董的团长。董团长本想劝马长风吃兵粮，说是给他个连长的干干。可马长风自由惯了，不愿意受约束。不过，他帮忙牵线搭桥，介绍了几股土匪给董团长，还帮董团长暗中贩卖过两趟烟土。

上面有剿匪的命令下来，董团长会事先派人通知马长风，找个地方暂避几天。即使被军队撞上，只要亮出董团长的旗号，自然平安无事。

以往进城，马长风都会去董团长家里坐一坐，一来送点礼物联络感情，二来探探各方面的风声。但是这次，他并没有带任何礼物。

他们三个人来到一座青砖小院的门前，见门口站了十几个持枪的士兵，门梁上挂了两个红灯笼，门上贴着大红喜字。

这家人正在办喜事呢。

罗强低声问道："大哥，是不是错了？"

马长风说道："没错，那个人说的就是这里。"

狗溜子为人机灵，上前和一个当兵的套了近乎，弄明白是怎么回事。原来有一个叫小玉的姑娘，孤身一人住在这里一年多了，平常不怎么出门，不知哪天上街，给他们董团长看上了。团长派了媒婆来说媒，可小玉说要等她的爹从外地回来。团长怕小玉跑了，便派人日夜守在这里。今天已经是第9天了，小玉她爹若是明天还不到，团长就要强行娶亲了。

"走，找个地方吃饭，晚上再说！"马长风领着罗强和狗溜子转身离去。

三个人吃过晚饭，找了一家旅店住了下来。

到了半夜，马长风把罗强和狗溜子叫醒，三个人来到那座小院侧面的一条胡同。

"你们在这里守着。"马长风说完，顺着墙边一棵大树"嗖嗖"两下就爬了上去。

他并不急着跳进去，而是隐藏在枝叶间往里面看。他那高大的身躯站在枝杈间，连树叶都不动一下。

院落并不大，一间主屋的两边，各有两间小屋，屋檐下面堆着一些杂物。空气中飘荡着一股清新的花香，主屋和右侧的小屋都亮着灯，灯光照着院内花圃里花花草草，还有那两三个在花圃旁边晃来晃去的家伙。

连院子里都安排了人，看来董团长真怕这个叫小玉的女人跑了。住在小屋里的，应该就是看守小玉的士兵了。

到了这个时候，一般的人都已经入睡，为何主屋的房间里还亮着灯呢？

马长风轻而易举地躲开院子里的哨兵，潜到主屋的窗下，听到里面有个男人粗重的声音："……我已经等了9天，老丈人明天再不回来，我可没有耐心再等下去……"

他听出屋里面那个说话的男人，正是和他关系不错的董团长。

一个女人的声音接着传出来："你不要急，不是还有一天吗？说不定我爹明天就回来了。这么晚了，你回去吧。"

说话的女人，应该就是小玉了。

董团长哈哈地笑了几声，说道："今儿晚上我不走了，陪你喝到天亮。"

小玉说道："都什么时候了，你不想睡觉，我还要睡呢！你的人守在门外，难道还怕我一个弱女子跑了不成？"

董团长说道："我不是那个意思，不是因为太想你吗？怕你寂寞呢！"

马长风抽出匕首，轻轻剔开窗户里的插销，打开窗户，无声无息地跳了进去，身手比夜猫还敏捷。

他就藏身在窗帘的后面，探出半个头去，看清了屋内的情形。

这是一间女人的卧室，有一股淡淡的脂粉香。屋子中间摆着一张圆桌，桌子上有一些吃剩的饭菜，一个穿着军装的矮胖男人坐在桌边，背对着马长风。

那个叫小玉的女人就坐在董团长对面，身上穿着一细花短褂，一条乌黑长辫斜搭在左肩上，那明亮如水的眼眸，俏丽清秀的脸庞，如雪的肌肤和凹凸有致的身材，虽没有倾国倾城的花容月貌，却有一种小家碧玉的风韵，难怪能够迷住董团长。

马长风进屋时虽然没有弄出半点声响，但窗帘还是不可避免地动了几下，他望着小玉的时候，小玉也正望着他，眼中闪过一丝疑惑和惊讶。

董团长不愧是军人出身，就这一丝异样，已经让他感觉到了，他下意识地伸手到腰间去掏枪，可脑后风响，后脑勺重重挨了一击，顿时失去了知觉。

马长风打晕董团长后，朝小玉做了一个噤声的手势。他低声在小玉耳边说道："想办法支开外面的人，我带你走。"

小玉点了点头，帮马长风将董团长抬到床上，用被子盖住。接着走到窗前，大声说道："外面的，你们团长喝醉了，今晚在我这里住下，他说你们守了那么多天，都累了，回去休息吧，明天迎亲够你们忙的。"

门开了，进来两个士兵，看见躺在床上的董团长，其中一个露出猥琐的笑容，说道："那我们就不打扰团长了。"

等外面的士兵都进了小屋，马长风才从窗帘后面现身，见小玉从衣柜中取出一个包裹。看来她早就想逃走，只是被当兵的看得那么紧，走不了而已。

两人刚从窗户出来，小玉的脚还没有落地，就听到一阵拉动枪栓的声音，马长风觉得背心冒起一阵凉意，心道：完了。

几个士兵用枪指着马长风和小玉，一个高瘦的男人从小屋门口的阴影里走出来。马长风看清那人的模样，叫道："宋师爷！"

宋师爷也认出了马长风，鼻子里"哼"了一声，说道："刚才他们对我说，团长已经睡下了，要他们都回去歇着，我就觉得很奇怪，团长要真想在这里睡，也用不着等到今天晚上。我猜屋里肯定有问题，果然被我猜中了，你把团长怎么了？"

马长风说道："我只是把他打晕了。"

宋师爷冷冷地说道："马鹞子，亏团长还把你当兄弟，想不到你是这样的人。都说当土匪的很精明，可你为了一个女人而把命搭上，值吗？”

马长风说道：“我马鹞子行走江湖，最注重的就是信义两个字，受人之托，忠人之事。”

一个士兵上前，从马长风身上搜走了两支短枪和一支匕首。

宋师爷问道：“是谁要你来的？”

马长风说道：“一个死人。”

小玉一听这话，脸色顿时变得煞白，一把抓住马长风，哭道：“我爹是被谁害死的？”

马长风还没来得及回答，就听宋师爷问道：“那他临终前除了要你来这里之外，还有没有什么东西托付给你？”

宋师爷说话的同时，伸手抓向马长风缠在腰间的包裹。

要是宋师爷不动，马长风倒无计可施。

就在宋师爷的手抓住包裹的时候，马长风出手了。他一只手抓住宋师爷的手，另一只手上像变戏法一样，出现了一把半尺长的短刀。

锋利的短刀就顶在宋师爷的脖子上，宋师爷登时变了脸色，问道：“马鹞子，你想怎么样？”

马长风说道：“我不想怎么样，只求平安离开，麻烦你跟董团长说声对不起，我马鹞子欠他这份人情，一定会还的。”

他打了一个呼哨，墙头那边丢过来一根绳索。他接着对小玉说道：“关于你爹的事，离开后再说。”

小玉没有再说话，抓着那绳索，两下子就上去了。

宋师爷说道：“马鹞子，你如果这么不讲情义，董团长不会放过你的，就算你跑到天边，都跑不脱我们的手掌。”

马长风并没有被宋师爷唬住，而是淡淡地说道：“叫他们把枪放下，退出去！我们闯江湖的，命不值钱，要是要你宋师爷陪着死，就太不好意思了。”

宋师爷是识时务的人，听马长风这么说，知道今晚的事情是无法挽回了，只得挥了挥手，让那些士兵把枪放下，暂时退了出去。他正要说话，只觉得后脑勺被重重一击，顿时晕了过去。

却说马长风打晕宋师爷，飞跃墙头出去后，不敢稍作停留，带着罗强等人急忙往城西而去。跑不了多远，身后就响起纷杂的枪声。

城门口有士兵把守，而且早就关闭了，要想出城，唯一的途径就是翻越城墙。

四米多高的城墙，根本难不倒他们几个人。当他们行走在城外小道上时，还能听到城内的枪声。

小玉跪在坟前那副梨花带雨的模样，令站在旁边的男人禁不住地陪着落泪。

马长风不知道该怎么去劝，只等她哭够了，才把腰里的包裹解下来，平铺在地上，说道："姑娘，你看这里面的东西少了没有？"

小玉从包裹里拿起那卷书，说道："我爹就是为了这卷书才死的。"

在小玉的述说中，马长风才知道，原来躺在坟里的那个老头子，居然就是江湖上赫赫有名的独行盗墓前辈朱福。但是他身边的罗强，却表情阴郁地看着小玉。

朱福的外号叫"看山倒"，江湖传言，没有"看山倒"找不到的墓，也没有他盗不了墓。朱福盗墓倒斗有三大原则：遇风不盗，见阴不起，逢双不取。

没有人知道朱福的三大原则究竟是什么意思，但有一点可以肯定，那就是行业的禁忌。每个盗墓人，都有不为人知的禁忌。

朱福出手的东西，都是上等货色，随便卖一件，动则几千几万大洋。但此人行踪不定，许多人只听其名，而不知其形。

古董界有一条不成文的规矩，谁要是买到了朱福的货，就得在最好的饭店请同行吃上三天的酒宴。

多少人做梦都想请客，可就是没有那个运气。

按理说，像朱福这样的人，盗一个大墓，就足够潇洒生活一辈子。江湖上只听说他出手了什么样的货色，却从未听说他怎么有钱。

他的钱都到哪里去了呢？

小玉凄凉地说道："我爹看不得穷苦人，他的钱都用来救济别人了。"

罗强说道："想不到江湖上传言的救贫先生，居然是他。"

马长风问道："什么救贫先生？"

罗强说道："大哥，你有所不知。我之前对你说过的那个唐代国师杨筠松，他的俗名就叫杨救贫。此人官至金紫光禄大夫，掌灵台地理事，深谙风水之术，使贫者致富，所以世人称其为救贫先生，后人由此也称其为杨救贫。我早就听说当代也出了一个救贫先生，但凡贫者无以生活，彻夜哭泣时，便有一袋大洋或金银放在床边，袋中有一字条，上写救贫先生。很多受其资助的人家，都将其名立一神牌位，早晚上香供奉。想不到老先生一生积德行善，却死得如此之惨。"

罗强的话说完，小玉忍不住又哭了起来，她哭了一阵，才哑声说道："两年前，我爹就洗手不干了，可是……"

马长风忍不住问道："可是什么？"

小玉说道："可是他有一个未了的心愿，就是寻找一件宝物。"

一听是宝物，那几个男人的眼睛顿时发亮起来。朱福要寻找的宝物，肯定不同凡响。

马长风低声问道："那件宝物一定很难找，是不是？"

以朱福的本事，都找不到的宝物，肯定很难找。

小玉说道："半个月前，我爹对我说，那件宝物有线索了。"

罗强说道："你还没有告诉我们，到底是什么宝物呢。"

小玉说道："你们知道秦始皇最喜欢的东西是什么吗？"

罗强说道："应该是传国玉玺吧。秦始皇灭六国统一后获得和氏璧，将其琢为传国玉玺，他是个权力欲望很强的人，除了玉玺和铜虎符外，还能喜欢什么？"

小玉说道："你只说对了一半，事实上，和氏璧是和氏璧，传国玉玺是传国玉玺，是两件东西。"

马长风大惊，想不到小玉居然说出这样的话出来，他虽然是马贼，可也读过书，知道有关和氏璧的传说，那是春秋时期楚人卞和在湖北南漳县荆山中得到的一块璞玉，献给楚厉王和楚武王，都被认为是普通的石头，卞和为此失去了两条腿。到楚文王时，楚文王派人把石头剖开，果然得到一块美玉，这就是和氏璧的由来。他禁不住说道："无论是古书还是典籍上，都说传国玉玺是和氏璧雕琢而成的，从来没有人怀疑那是两件东西。"

小玉说道："不错，正是因为那样，所以没有人知道那是两件东西，和氏璧的秘密，一直是皇家不传之秘。当皇帝的人就是害怕让外人知道真正的和氏璧是什么，才把和氏璧说成传国玉玺。"

马长风说道："既然是皇家的不传之秘，你又是如何知道的?"

小玉看着手里的竹简说道："因为我爹找到了这卷书。"

罗强冷冷地说道："不就是一卷风水堪舆的古书吗？难道里面会有皇家的不传之秘?"

小玉把竹简轻轻打开，指着最后面的那些古隶文字，说道："其实和氏璧最大的秘密，就是能让死人永远不死。"

马长风问道："什么是永远不死?"

小玉说道："就是将和氏璧放在刚刚死去的人身上，尸体不但永远不腐，还能有活过来的机会。它还有一个名字，叫万古神石。我们天地玄黄四派，称之为石王。"

罗强冷笑道："既然和氏璧能让死人永远不死，那为什么秦始皇死后，尸体腐烂发臭，胡亥和赵高要买很多咸鱼放在车上掩盖尸臭呢?"

小玉正色道："因为和氏璧并没放在秦始皇的身边。"

罗强继续冷笑道："你不是说，秦始皇最喜欢的就是和氏璧，一个人怎么不把最喜欢的东西带在身边呢?"

小玉说道："你别忘记了，秦始皇死的时候，身边是窥视帝位已久的公子胡亥，如果让秦始皇还活过来，胡亥就永远当不了秦二世。这就是他为什么要和赵高密谋，支走公子扶苏的亲信蒙毅，而后假传遗诏的经过。"

罗强说道：“可是在历史上，并没有和氏璧让死人复活的故事，都是凭你信口雌黄，能信吗？”

小玉说道：“我只说有可能活过来，并没说一定能活过来。史书上说，三国时期曹丕的皇后甄氏被赐死后，随葬的宫女不是有活过来的吗？后来还被李世民纳为妃子呢。”

罗强说道：“可书上并没有说和氏璧随甄皇后下葬，陪葬宫女活过来的，也没说是和氏璧的作用呀。”

小玉说道：“我是听我爹说的，信不信随你们。我爹怀疑和氏璧被唐玄宗放进杨贵妃的墓葬里了。”

罗强笑道：“凭你爹的本事，难道还进不了杨贵妃的墓葬吗？”

小玉说道：“我爹找到三个杨贵妃的坟墓，可没找到和氏璧。”

罗强呵呵笑道：“你爹不是神仙，他凭什么知道和氏璧有那么神奇的功能，又凭什么确定和氏璧在杨贵妃的坟墓里呢？”

一个赫赫有名的独行盗墓前辈坚持去做的事情，不可能没有原因的，每个人都有不为人知的秘密，就算是自己的女儿，也不一定知道。马长风想到这里，说道：“罗强，你不要再逼问这位姑娘了，也许很多事情，连她自己都不清楚，反正都是听人说的，信与不信，就看每个人怎么去想了。”他转向小玉，接着说道：“姑娘，包裹里的东西你都可以拿走，离开陕西，去别的地方，不要让董团长找到。”

小玉从包裹里拿了那枚断裂的玉簪，一脸悲戚地说道：“这是我爹给我娘的定情物，其他的东西，都送给你们。”

马长风说道：“你一个姑娘家，没有钱怎么行呢？你在别的地方还有亲人吗？我派兄弟送你过去。”

小玉摇了摇头。

马长风看了诸位兄弟一眼之后，对小玉说道：“姑娘，实不相瞒，我们都是浪迹江湖的马贼，如果姑娘不嫌弃，就暂时跟着我们，对你也有个照应。此去不远的山谷中，有一处山民废弃的石头屋子，是我们的临时落脚点。姑娘，你先住在那里，等有了好一点的地方再做打算，如何？”

小玉朝马长风施了一礼，说道："多谢大哥。"

马长风说道："我的这个兄弟也是半个风水先生，如果姑娘不介意的话，可否将这卷竹片子借给他看看，或许他能帮你爹完成心愿。"

小玉将竹简递给马长风，说道："你们要用，尽管拿去就是。我爹说，不是谁都能看懂这本书的，当世能看懂这本书的，有三个人，一个是徽州休宁的风水大师何成松，此人是南唐国师何令通的后人，光绪年生的，可能不在人世了；一个是北大考古学教授苗君儒，我爹和此人见过一面，此人的学识博古通今，实乃当今第一人；最后一个，就是我爹自己了。你们拿去了也没用。"

罗强说道："这么说，要真看懂这本书，还得去找那个叫苗君儒的人喽？人家是北大的教授，我听说日本人打进北京时，学校里的教授都往南逃了，现在兵荒马乱的，怎么找呀？"

小玉说道："我爹说苗教授在重庆，他与其他教授不一样，经常出外考古的。"

罗强说道："难不成我们去重庆把他请来？"

小玉说道："要想他来也不难，你们去一趟重庆，把这块白玉朝笏卖给一家叫万古斋的古董店，并留下一个要他们寻找的地址，说不定他很快就找来了。"

马长风说道："我们手里正好有几样东西要出手，去一趟也无妨。"

就这样，小玉在那间石屋里住了下来。

马长风派人暗中去兴平城里打听了，城里城外贴满了缉拿他的布告。像他们这种没有固定山头的土匪，官兵是很难抓到的。

不过出去避一避风头也好，他带着几个人来到重庆，找到了那家叫万古斋的古董店，把那块朝笏卖了出去，临走时对掌柜的说，手里还有好货，掌柜的要想进货，就去陕西兴平七里镇找杨老槐。

实际上，兴平七里镇并没有杨老槐这个人。无论是从东面的西安，还是南面的户县过来，要想去七里镇，就必须经过那条山路。

从重庆回去的时候，马长风买了一块上等的新玉佩，叫人在玉佩的正面雕了一朵玉兰花，背面雕了一匹骏马，他把玉佩送给小玉的时候，见小玉的脸上荡起一阵红晕，低着头把玉佩收下了。她告诉他，她爹怀疑真正的贵妃墓就在这一带的山上，和氏璧具有不同寻常的神奇之处，不但有很强的磁性，而且能颠倒阴阳。她还要他防着那个姓罗的兄弟，说那人的脑后有反骨。

她自从跟了马长风之后，身上便多了几分土匪婆的匪气，闲暇的时候，跟着他学打枪。一来一往，两人之间的情愫在慢慢滋生着。

马长风在江湖上还有一些人脉，他回来没到一个月，就有西安的朋友传话过来，说万福斋古董店里来了一行外地人，其中一个好像是古董的行家，很可能就是他们要找的人。

第三章　杨贵妃的墓

马长风派了狗溜子去西安，沿途打探那行人的消息，如果确定其中一个人是苗君儒，无须声张，只要紧跟着就行。

他和罗强带了几个人，在这一带的山上转悠，寻找杨贵妃的真正坟墓，而小玉则和另外几个人在山道上守着。

在他的心里，并没有把那个叫苗君儒的人当回事，只是小玉要那么做，他无非顺着她的意思而已。他只希望罗强能再找到一个大墓，多挖些值钱的好东西出来，赚了钱之后，带小玉找个地方享福。若不是发生了后来的事，他也不可能带着小玉逃到西藏，以躲避仇家的追杀（有关马长风与小玉在西藏的故事，请见拙作《藏地寻秘》）。

这天下午，他们走到一个光秃秃的小山顶上，罗强忽然停住了脚步，惊奇地看着手里的罗盘，只见罗盘中间的指南针不停地乱转。他惊道："大哥，这地方不对。"

马长风问道："有什么不对？"

罗强朝四周的山峦看了看，说道："这地方后无大山屏障，左右空旷，前面的明堂虽然开阔，但不能藏风聚气，犯煞。你们再看脚下的泥土，都是黑褐色的，而且没有一棵树木。这种地在风水上称为死绝地，绝对不能葬人的。这地方怎么看都觉得有古怪，可又有种说不出来的感觉。"

马长风也觉得有些古怪，这座小山峰处在群山环绕之中，其他的山上都郁郁苍苍的，长满参天大树，唯独这里只有些杂草和乱石。他问道：“那怎么办？”

罗强说道：“小玉说过，和氏璧有很强的磁性，还能颠倒阴阳，这里若非有很强的磁场，罗盘不会这么乱转。”

马长风问道：“那你的意思是，真正的贵妃墓就在我们的脚下？”

罗强说道：“我只是这么揣测而已，不能肯定。”

他的左手托着罗盘，右手大拇指不停地在其余四指掐动，嘴巴动个不停，却听不见他在说什么。只见他一会儿抬头看看天，一会儿左顾右盼看着远处的山脉，一会儿又注视着脚下，还不停地走着八卦步。

终于，罗强停下来了，坐在一块长满青苔的大石头上，说道：“大哥，叫兄弟们四处找找，看看有什么古怪的地方。”

不一会儿，出去的兄弟都回来了，并没有发现什么异常情况。

罗强的眼睛依旧盯着罗盘，两条眉毛拼命往中间挤，脸上尽是狐疑之色。

走了大半天的山路，兴许有些累了，马长风坐在罗强的旁边，无意间把手在座下的大石头一拍，却见被他的手拍去青苔的大石上，居然有几行文字。

他立即喊道：“罗强，你看这是什么？”

喊声使其他人都围了过来，只见这石头有上千斤，上面略为平整，似乎是天然的，周身长满青绿色苔藓。罗强端详了一会儿，说道：“像这样的山顶有这么大的石头，本身就很奇怪，而更奇怪的是，大石上居然长满了青苔。”

马长风点头道：“青苔只长在水分充足的地方，这里已经几个月没有下雨了，除了石头旁边的杂草还有些绿色外，远一些地方的草都干枯了。难道这石头下面是个泉眼不成？”

罗强说道：“泉眼不应该在山顶。”

他说着，小心翼翼地把大青石上的青苔抹去，露出了完整的几行字：

“三宫无颜色，一笑百媚生。六军芳魂远，七夕得飞升”。

马长风哈哈笑道：“就是傻子，都能看出是写杨贵妃的。来，兄弟们，把这块大石头给我搬喽，我倒要看看，石头下面究竟有什么。”

他把大手一挥，立即上来四个力气大的兄弟，站在大石头的旁边，脚下生根，手上使劲，叫一声：“起！”

按说这四个人都是天生蛮力之人，每人单手能托起一只上百斤的石磙，一齐使力的话，纵是两三千斤巨石，也能掀翻，可区区上千斤的石头居然纹丝不动。

罗强似乎看出了什么端倪来，说道：“慢着，你们先退开。”

几个人退开后，他手托罗盘围着大石头转起了圈子，只见罗盘中的指南针快速转个不停，他拿出一把锤子，使劲敲了大石的一个边角，居然敲下一些石屑来。

石屑是青灰色的，并非含铁量高的红色岩石，更不是带有磁性的黑色磁石岩。他捏着石屑，说道：“石头没有什么问题，我怀疑这下面是不是有什么机关？”

马长风已经不耐烦了，说道：“不管什么机关，依我看，直接用炸药炸开。”

罗强点了点头，说道：“现在到处都在打仗，这里又远离村庄，不会引起人们的怀疑。大哥，我看行。”

两个弟兄上来，把炸药埋在石头四周，扯出导火索，大家立即跟着后退数丈伏下身子。

“轰”地一声巨响，大石头炸得粉碎。

大石一碎，只见一道黑气从巨石下面的那个洞口窜出来，笔直冲入空中。“忽”地一阵风响，平地卷起一阵冷风，吹得杂草咧咧作响。马长风从藏身处站起来，只觉得一阵透骨的凉意，禁不住打了个哆嗦。

一个兄弟也叫道：“好冷。”

时值七月，正是天热的季节，几个人的身上都穿着短褂，被那阵冷风一吹，身上顿时起了一层鸡皮疙瘩。

罗强仰头看着那股黑气，只见黑气在空中盘旋着、翻滚着，变成如墨的乌云，没多一会儿，便遮住了大半个天空。

看样子，好像要下大雨了。

他口中喃喃说道："大哥，我们不该炸开石头的，不知道什么妖物逃了出来，连天地都变色了。"

马长风说道："兄弟，现在说什么都没用了。"

他走到洞口前站住，看了一眼黑乎乎的下面，从旁边拾起一块碎石丢下去，过了好一会儿，下面才隐约传来"噗通"的声音，好像是石头落到水里了。他笑起来："果真是个泉眼，下面都是水呢。"

罗强说道："拿个火把来。"立即有个兄弟点燃火把递给他。他把火把扔下去，然后紧盯着，看到火把快速下坠，直到变成一个小火点，"噗"地就没了，想必也是掉到水里了。

旁边一个兄弟说道："大哥，我听人说，火能进去的地方，人就没事!"

罗强劈头拍了那人一掌，骂道："你以为大哥不知道呀?"

马长风说道："不知道下面有什么呢，拿绳子来。"

立即来了两个拿绳子的兄弟，拿着个近三尺长带钩的铁钎，用锤子钉在土里只露出铁钩，然后把绳子的一端牢牢地系在铁钩上。一个兄弟要把绳子的另一端往腰上捆，却被马长风一把夺了过去。

他把绳索往腰上缠，说道："老规矩，还是我这个当大哥的先下。"

马长风跟其他土匪的老大不一样，每次遇到危险的事情，都是身先士卒地冲在最前面，从来不让手下的兄弟吃亏，他以自己过人的机警和武功，得到手下弟兄的真心爱戴。

罗强说道："大哥，我觉得这个洞很邪门，我们还是放弃吧。"

马长风把绳子往自己腰上系好，又将腰间的两支手枪打开保险，一手抓着绳索，一手拿着火把，笑道："我们这种把脑袋别在裤腰上过日子的人，有什么好怕的，要是下面有一个千年大僵尸，我也把它抓上来给兄弟们换酒喝。"

话虽然这么说，可马长风不敢大意，他一边下降一边警惕地观察着下面的动静，大约下降近四十多米，忽然感觉有冷风袭人，禁不住又打了一个寒战。他循着风来的方向望去，只见左侧有一个洞口，约一人多高的样子，洞壁上有人工雕琢的痕迹。他把身体一展，整个人就进了横洞，脚下踏着的，居然是整块的青石板，他用火把往前探了一下，见前方黑乎乎的，不知道有多深，看来是一条地道。他回头往下看，见下方是个大水潭。

上面传来罗强的声音："大哥，情况怎么样？"

马长风喊道："有一个横洞，你们都下来吧。"

罗强一看天色，看样子要下大雨了，他吩咐两个兄弟守在上面，其余的都跟他下去。他刚抓住绳索，豆大的大雨就倾盆而下。

下到横洞里，罗强朝前面看了看，说道："我和大哥在前面探路，你们几个和我们隔开一段距离，若情况不妙，就赶紧回去。"

马长风和罗强都知道这种地方危机重重，稍一不慎就会丢掉性命。两人一手举着火把，一手拿着手枪，小心翼翼地往里走，时不时看着脚下的青石板，以免踏上机关。

走了约十几丈远，机关没有碰上，倒有一块齐胸高的石碑挡住去路。这十几丈路，走了近两个时辰，每个人都走得很小心，心都提到了嗓子眼。

石碑上方有一个圆乎乎的东西，罗强举着火把上前，只见石碑上刻着四个血红色的大字："擅入者死。"那圆乎乎的东西，居然是一颗骷髅头。

罗强忐忑不安地说道："大哥，我觉得这里面很邪门，我们还是回去吧？"

马长风沉吟片刻，哈哈一笑："想不到你的胆子这么小，既然走到了这里，前面就是龙潭虎穴，我也要闯他一闯。"

罗强有些不高兴地说道："大哥，兄弟我跟着你，也有好几年了，你什么时候见过我临阵退缩？我只是觉得这里很怪异，不值得兄弟们冒那个险。"

马长风说道："兄弟，我知道你是一片好心，我这个做大哥，其实就是一根直肠子，有什么说什么。要不这样，我先过去看看情况，万一我那个了，你带着兄弟们退出去，小玉就拜托你照顾了。"

"大哥……"罗强刚说话，就见马长风往前面走过去了，想拉都拉不住。

马长风绕过石碑，见石碑后面不再是一整块的青石板，而是一块一块小方砖铺成的路面，横向每一排方砖为九块，目光所能看清的有七排，每一块方砖上，都刻着一个数字。初一看，这些数字显得杂乱无章，而且同一排里，有些数字相同。

他小心翼翼地往前探出大步，踩到一块方砖上，似乎觉得脚下有异，立即一个倒纵飞回碑后，只见前方的两边各有刀光一闪即没。

马长风笑道："好险。"

罗强走过去看着那些方砖，说道："大哥，方砖上的数字，好像代表着什么，走对了就能过去，走错了就没命。"

马长风问道："你能看得懂吗?"

罗强看了一会儿，摇了摇头。

马长风说道："刚才我踩的是刻着四字的方砖，一排不就九块吗？用两支长枪绑起来，一块一块地敲过去，你看如何?"

这不失为一个办法，罗强点了点头。后面的兄弟赶紧用腰带绑了两支长枪递过来。马长风和罗强闪身到石碑后面，用枪托去敲击方砖。

枪托敲在那块刻有二字的方砖上，刀光一闪，枪托被削去了半截。第二下敲在五字的方砖上，刀光又是一闪，枪击的机尾后端带铁的部分，居然也被削去了。

当真是削铁如泥。

罗强说道："大哥，还没等敲上三块砖，一支枪就废了！"

马长风微笑道："越是凶险，就越说明里面越有宝贝！枪没了可以再买。"

在黑市上，一支新枪值两百大洋，虽说有钱能买得到枪，可两百大洋就这么没了，不由人不心疼。要知道，两百大洋可以够十几个兄弟去窑子里爽两三个晚上的。

当敲到那块刻着三字的方砖时，刀光并没有出现。马长风又重重地敲了几下，还是没有动静。

罗强似乎想起了什么，说道："大哥，这机关可能跟我们炸掉的大石头上的那首诗有关。你试试第二排的那个六看看。"

马长风重重地敲了第二排那块刻有六字的方砖，也没有出现刀光。

罗强说道："上面那首诗共有四个数字，分别是一三六七，而这四个数字中的其中一个，在每一排方砖里面，只出现一次，只要我们踩着刻有这四个数字的方砖，就行了。"

狗溜子说道："大哥，刚才你已经试过了，现在轮到我了。"

他的身材瘦小，话一说完就窜到前面去了，脚尖点在刻有安全数字的方砖上，一连走了七八排。转身叫道："大哥，没事。"

话一说完，他听到身后传来一阵怪响，扭头看时，见一大团黑影朝他扑来，他下意识地退了一步，当醒悟到自己的错误时，已经迟了。

刀光一闪，狗溜子的身体内喷出几道血剑，随即断为几截，掉落在方砖上。

"狗溜子呀!"马长风叫喊着要冲上前，却被罗强死死拉住。

那团黑影朝他们扑过来，罗强身后的几个兄弟连连开枪，枪声中，几只与大老鼠相似的东西掉在方砖上。罗强仔细一看，原来是蝙蝠。

那团黑影就是一大群蝙蝠。

呼啦啦一阵风响，那群蝙蝠从众人的头顶飞了过去。

马长风推开罗强，纵身跃出去，当他回来的时候，手里提着几段狗溜子的尸身。他捧着狗溜子的头颅，哭道："兄弟，大哥对不住你。"

却说守在上面的两个兄弟，见下去的人过了两三个时辰，还没有一点消息，隐约听到下面还传来枪声。

大雨将他们淋得湿透，其中一个兄弟说道："二哥说这个地方很邪门，他们会不会……”

情况肯定不容乐观，两人面面相觑，又不敢下去，好一阵子都拿不出主意，终于，另一个兄弟说道：“我在这里守着，你回去找嫂子。”

在弟兄们的眼中，小玉是马长风的人，所以他们一直嫂子长嫂子短地叫着。

那人冒着大雨来到石屋，将山顶那边的情形对小玉和苗君儒说了。

程大峰一听有这么一个奇怪而神秘的地方，便有些兴奋地说道：“苗教授，要不我们去看看？”

苗君儒收拾好那卷竹简，微微点了点头，起身简单地收拾了一些东西，和程大峰一起跟着那个兄弟往外走。

小玉拿着那卷竹简问道：“苗教授，你不带上这个吗？我爹说过，要想进真正的贵妃墓，必须用上它。”

程大峰笑道：“如果那个洞下面就是真正的贵妃墓，不是有人进去了吗？”

小玉说道：“他们贸然进去，九死一生。”

苗君儒问道：“既然这样，你为什么不给他们带着？”

小玉说道：“马大哥身边那个人，是玄字派的，我爹是地字派的。”

苗君儒微微一惊。据他所知，中国的风水堪舆自汉代之后，逐渐形成很多派别，最大的莫过于天、地、玄、黄这四派，而这四派又分为南北两派，天玄为南派，地黄为北派。各派都有自己的不传之秘，到了唐代，地派门人大多成为专业盗墓人，并能修造墓室埋设机关；而玄派则主要以风水堪舆为主；天派与黄派则成为卜算为主的算命先生。各派陆续分出许多小支派，各小支派之间的纷争，慢慢演化到大派之间的敌对。敌对矛盾最激烈的，尤以玄派和地派最为甚。一个是给死人看风水选日子下葬的，另一个则是挖坟发死人财的。两派在风水的研究上，各有独到之处。但一葬一挖，各种矛盾渐渐滋生了。到了明朝嘉靖年间，一个地字派的人，挖了一个玄字派的大官之墓，这事引发了两派的江湖恩怨，死于两派纷争的弟子，不下数千人。一时间两派人丁凋零，从这以后，两派弟子视同仇敌，老死不相往来。

那个兄弟一听这话，有些生气地说道：“嫂子，就算你对罗二哥有看法，可大哥对你怎么样，你是知道的，你可不能不顾他，还有那些兄弟。”

小玉淡淡地说道：“放心吧，你大哥有惊无险，他死不了，只是那些兄弟，跟着白白丧了命。我叫他不能听罗强的话，等见到苗教授之后再去找，可他偏不听，我有什么办法？”

苗君儒说道：“现在说这些话都没用，还是赶紧去救人吧，如果还来得及的话，希望把他们都救出来。”

外面的雨已经停了，三个人带了一些必要的工具，跟着那个兄弟往出事的地方赶。山路很泥泞，一路又跌又爬，走得都很吃力。

好容易来到那个洞口，见洞口的旁边躺着一个人。苗君儒上前一看，见那人已经死去多时，两眼瞪得老大，脸上的肌肉扭曲而僵硬，嘴角还留着白色的泡沫。

程大峰说道：“苗教授，我听医学院一个同学说过，被吓死的人就是这样的表情！”

苗君儒说道：“他确实是被吓死的。”

带他们来的那个兄弟哭道：“大哥他们下去之后，我们守在这个洞口，一直没有看到什么可怕的东西，我走的时候，他还好好的呢，怎么这会儿被吓死了呢？”

苗君儒说道：“应该是在你离开之后才发生的，从心理学角度来说，如果遇上同样恐怖的事情，有两个人在一起，可能不会觉得怎么样，但一个人单独面对时，有可能会被吓死。”

尸体身上并没有明显的伤痕，右手抓着枪，手指紧紧地扣着扳机，尸体旁边的泥地里，散落着子弹壳。苗君儒掰开尸体的手指，将枪提了起来，见弹夹里的子弹都打光了。

是什么可怕的东西，以至于死者在被吓死之前，不顾一切地打光了枪里的子弹呢？

苗君儒在洞口转了一个圈，见洞口除了杂乱的脚印外，并无其他的痕迹。

突然，程大峰叫起来："苗教授，你看那边。"

在洞口左边不远的黑暗中，出现了两团绿莹莹的鬼火，接着，那两团鬼火二分四，四分八，很快变成一大片。

苗君儒说道："走，下去。"

不管那片鬼火是普通的萤火还是什么东西，当前最理智的做法，就是下洞。等他们三个人相继下去后，苗君儒才最后一个下去。临下去之前，他朝那片鬼火望了一眼，却见鬼火离奇地消失了。

且说马长风走在前面，罗强和其余的弟兄们小心翼翼地跟着，他们的眼睛都紧盯着脚下的方砖，不敢有丝毫松懈。

狗溜子就是前车之鉴，谁都不想无缘无故地丧命在这里。

走了约百十米，通道突然一转，马长风停住了脚步，见前面是一扇紧闭的石门，与一般的石门不同的是，石门上居然有一个个凸起的门钉，还有拱形的门洞。整个石门的外形，像极了宫殿里的宫门，而上方的门楣上，居然写着"长生殿"三个大字。

长生殿不就是杨贵妃生活的宫殿吗？也许这里是杨贵妃的真墓。想到这里，马长风朝身后的兄弟笑了一下，看样子，他们没有白来这里。

最后两排方砖上，并没有一三六七那几个数字，马长风不敢乱踩，一个箭步跳到门洞前面的石板地上。

罗强说道："大哥，这地方到处都是机关，得小心点。"

他的话刚说完，就听到一阵女人的哭声，那哭声悲悲切切的，很凄惨，好像就在耳边萦绕。在这种地方，怎么会有女人？众人顿时觉得头皮发麻，有两个胆子较小的兄弟，已经吓得变了脸色。

马长风大声吼道："是什么鬼东西在那里干嚎，有本事给爷现身出来，爷天生八字硬，一辈子没有见过鬼，只见过死尸。"

被他这么一吼，女人的哭声离奇地消失了。

罗强笑道："还是大哥厉害，连鬼都怕你。"

马长风用肩膀顶住宫门微微发力，如蚂蚁撼大树般丝毫没有动静。几个兄弟跳了过来，一齐用手试着发力推了几下，竟也纹丝不动。

罗强在门洞四周搜寻了一番，说道："大哥，大型墓葬的地宫门，里面都是用横石堵死的。有经验的人都是找到墓葬的薄弱处，挖个地洞过去。我看这里是大块的石头和天然的岩壁相砌而成，凭我们几个人，恐怕很难打洞。除非用炸药把这个石门炸开。"

马长风摇了摇头，说道："这里不能用炸药，一旦用炸药炸开而引起塌方，大家就都葬身此地了。"

罗强说道："可以少用点炸药，只炸开一个小口，或者让石门松动就行。"

马长风仰头看着门洞顶部，右手无意间按在一个门钉上，那门钉居然无声无息地陷了进去，他吃了一惊，往后退了两步。

罗强似乎看出了端倪，说道："大哥，那些门钉可能有玄机。还按那首诗的一、三、六、七试试。"

那些门钉个个差不多，瞧不出什么差异。马长风依罗强所言，把手放到第一排门钉的第一个门钉，一发力，那门钉就陷了下去。依次按去，当他按到第六个门钉的时候，只觉得脚下一阵晃动，一阵嘎吱嘎吱的声音传来，两扇石门缓缓开启。他预感到有什么不妙，喊了声："卧倒！"

说时迟那时快，宫门开启处，无数的箭矢如雨般地射了过来，只听数声惨叫，反应慢些不及卧倒的四个兄弟被射成了刺猬。箭头上可能煨有剧毒，那四个弟兄中箭后，哼都没哼一声，就倒地身亡了。

乱箭射完之后好一阵子，趴在地上的弟兄们都不敢动弹。见再没什么暗器射出，罗强起身拿火把照了一下中箭的四个弟兄，见他们的脸色居然已经变成漆黑，当下心中一凛：不要说中那么多箭，就是被射中一支，也会没命。

马长风也站了起来，伸出火把朝石门后面晃了几下，只见一排整齐的台阶往下，里面空荡荡的，他吼了一声："喂，爷来了！"

从里面传来浑厚的回音："爷来了……爷来了……爷来了……"

从声音上判断，里面的空间还不小。

马长风正要走进去，却听罗强说道："大哥，不要急。"

罗强接着对一具尸体说道："兄弟，对不住了。"

他飞起一腿，将那具尸体踢了进去。尸体落在台阶上，一直往下翻滚，滚了约莫十几级台阶后，黑暗中又传来一阵箭矢的破空之声。

马长风对其他兄弟说道："你别怪老二，他这么做，也是想保住我们的命。如果我们有命活着出去，按规矩办，死的拿双份，活的拿一份。"

以前他们打家劫舍，都会把死去兄弟的那双份酬劳，送到死去兄弟的家人手里。正因为他说得到做得到，所以手下的兄弟才愿意跟着他出生入死。

第二具尸体踢进去后，除了向下翻滚的声音外，并没有别的声音传出。罗强走到马长风的身边，将手里的火把用力抛了进去。

火把在空中划了一个漂亮的弧形，落在地上。远远望去，只见火把的旁边，似乎还躺着一些人。

"大哥，我先下。"罗强拔出手枪，张开机头，一步一步走了下去。

马长风紧跟其后，若是有什么情况发生，凭他们的身手，或许能逃过一劫。下到第十三级台阶时，见中间两块台阶陷了下去，旁边的台阶上散落着不少箭矢。

那些箭矢并非来自一个方向，而是同时从三个方向射出的，若不是罗强机警，以兄弟的尸体探路，无论谁先下来，只要踩中这处机关，绝无生存的机会。

走完台阶，两人的背后都出了一层汗。他们看清不远处的那支火把旁边的人，是一具具人体的骸骨，密密麻麻地躺在地上，足有数百具之多。

黑暗中传来一声叹息，显得非常沉重与无奈。

马长风扭头道："是谁在感叹？"

那几个兄弟全都摇头，有一个兄弟说道："大哥，我还以为是你发出来的呢。”

罗强低声道：“是墓神，我们惊到他老人家了。”

马长风以前就听人说过，有些皇帝和大官的坟墓里，都有墓神守护着。墓神生前是皇帝或者大官的忠心下人，甘愿自杀殉葬，替主人守墓。墓神的阴魂被建造墓葬的法师施法锁在墓葬内，永世不得超生。如果盗墓的人不小心惊动了墓神，即便逃过死劫，恐怕一辈子都会被墓神的阴魂纠缠。他问道：“那怎么办？”

罗强从随身的包袱里拿出三支香，点燃插在地上，接着又拿出几沓纸钱，点燃后抛了出去，大声道：“我是天师玄字派的门人，我们进来是求财的，不想惊动你老人家，如果你老人家肯放过我们，回去后一定多孝敬你老人家。如果不愿放过我们，就请折断香火。”

一阵怪风过后，三支香中的其中一支拦腰而折。

马长风望着罗强，说道：“死了那么多兄弟，才走到这里，他想让我们空手而归吗？如果他让我对不起死去的兄弟，就算他是墓神，我也不怕，我宁可死在这里，变成厉鬼和他拼了。”

罗强的表情很复杂，说道：“如果三支香全部拦腰折断，我们只有离开这里，现在只折断了一根，依照先例，他老人家想要和我们谈条件。”

马长风说道：“只要不空手而归，无论他提出什么条件，我都答应他。”

罗强将罗盘放在地上，往罗盘上散了一些灰土，从包裹内拿出一包东西，打开放在罗盘的旁边，居然是只烧鸡。他又拿出了七支香，点燃后插在罗盘的周围，形成一个北斗七星形。

只见他手持三支香，朝东南西北四个方位各拜了三拜后，大声说道：“你老人家被人锁在这里面饿了一千多年，这只烧鸡是孝敬你老人家的，你老人家有什么要求，就请直说吧。”

马长风惊骇地看到那只烧鸡缓缓从地上升起，像被一只无形的手托着，当烧鸡从空中落下的时候，只剩下几根鸡骨头了。

又是一阵怪风，那七支香微微晃了几下，撒满灰土的罗盘上，出现了一个字，是个“释”字。

罗强说道：“在下虽是玄字派门人，可道行太浅，恐怕只能令你老人家失望了。”

七支香“咔”地一下断了六根，黑暗中传来一声冷笑。

罗强急忙说道：“你老人家别生气，我真的是玄字派的后生小辈。你不知道，你老人家在这里面已经待了一千多年，大唐早就没有了，现在是民国。要不这样，你老人家给我一点启示，我好按着你老人家的意思去办。”

罗盘上又陆续出现四个字：“天玉方略”。

马长风叫道：“《天玉方略》，不就是小玉手里的那卷竹片吗？”

罗强说道：“马大哥，实不相瞒，其实那卷《天玉方略》是我们玄字派的圣书，已经失踪上千年了，没想到被小玉她爹得到了。”

马长风问道：“既然是你们的东西，那你为什么不直接向她要？”

罗强说道：“她不是说只有三个人才看得懂吗？她不愿意给，我也不能强夺，再说她是大哥的人，我可不能不给大哥面子。更何况圣书是人家从坟墓里得来的，是人家的东西。不过，我得提醒大哥，盗墓客绝大多数是地字派的门人，玄字派和地字派自古不两立，要是被其他玄字派门人知晓圣书在小玉手里，他们一定会来抢的。我一直觉得她爹的死，没有我们想象的那么简单，可能另有原因。”

马长风说道：“现在不管那么多了，要不叫个兄弟回去拿？”

有一个兄弟自告奋勇回去拿天玉经。等那个兄弟一走，罗强才对墓神说道：“你老人家稍等片刻，等圣书一到，我一定尽最大的本事达成你老人家的愿望。”

黑暗中传来几声大笑，像是憋了许久许久的压抑得到释放。

罗强低声对马长风说道：“大哥，小玉说他爹的毕生心愿就是得到和氏璧，以朱福的能耐，不可能这么久都找不到。我现在才明白朱福为什么先要找到《天玉方略》，才来寻找贵妃墓的原因了。原来他早就知道，没有《天玉方略》，就无法过墓神这一关。墓神是玄字派的前辈封印在这里的，要想解开封印，必须依靠圣书。”

马长风说道：“在那卷书没来之前，我们不可能干等吧，要不我们先找找值钱的东西，等书一到，你再帮墓神解除封印，你看怎么样?”

罗强很勉强地说道：“那我试一试。”

他又点燃三支香，在空中划了一个奇怪的图案，一道炫目的闪光过后，依稀可见他的身边有一个人影。

马长风见罗强的脸上露出痛苦之色，额头上溢出大颗大颗的汗珠，当下于心不忍，忙说道：“兄弟，万一不行那就算了，不值得你搭上性命。”

罗强咬着牙说道：“我施展本派的祭祖大法，请出了祖师爷，求祖师爷和墓神商量。”

黑暗中传来两个人低声的嘀咕，只是这声音显得又快又乱，谁也听不清。过了片刻，只见罗强手中的三支香冒起一团火焰，顷刻间将香烧尽。罗强的身体软软地倒在地上时，身边的那个人影也不见了。

马长风忙上前扶住罗强，问道：“兄弟，你没事吧?”

罗强虚弱地说道：“大哥，我没事。墓神已经同意了，不过要我留下陪他，他警告我们，太真殿那边不归他管，你们可要注意了。”

马长风拍了拍罗强的肩膀，由衷地说道：“好兄弟，大哥一定记着你的这份情!”

他起身带着其他的弟兄们，小心翼翼地绕过骸骨堆，往前面走去。

墓室内的空间很大，时不时可见到一个人多高的石雕翁仲，石翁仲的脚边摆着一些瓶瓶罐罐，有铜的，也有瓷的。一个兄弟以为瓶瓶罐罐会有金子，可打碎了几个，见散落一地的都是发黑的粮食，有两个铜罐里的液体，居然还有很浓的酒味。

就算那里面装着上等的美酒，也没有人敢喝。几个人在墓室内转了一个圈，并没有找到几样值钱的东西。

一个兄弟说道：“她是皇帝最喜欢的女人，不可能没有陪葬的金银，一定放在棺材的旁边了，只要找到那口大棺材，我们一定能发财的!”

另一个兄弟附和道："对，大哥，去找那口大棺材，我们撬开看看，那个杨贵妃究竟有多漂亮！说不定跟地上的那些人一样，变成几根烂骨头了。"

几个人举着火把往前走，走了一段路，见前面一排往上去的台阶，台阶上方有一扇宫门，门楣上面的匾额写着"太真殿"三个鎏金字。太真是杨贵妃出家时的道号，这里定是安放杨贵妃棺椁的地方无疑。

马长风恐怕台阶上有机关，招呼弟兄们闪到一边，找来几个铜罐子，逐级扔上去。当扔到最上面一级台阶时，听到嘎吱嘎吱的声音，他立即躲在一旁。但这次却没有毒箭射出，两扇宫门缓缓开启，里面有柔和的金黄色光线射出来。

远远望去，只见太真殿内，金碧辉煌，宫灯明亮，全然不需要火把照明。只是里面并没有巨大的棺椁，倒是有一张供桌，供桌上摆着一尊神像，那神像却不是女人，而是一个穿着官袍，豹头环眼，铁面虬鬓，威风凛凛的大黑汉子，赫然就像传说中的捉鬼大神钟馗。

传说钟馗被唐玄宗封为"赐福镇宅圣君"后，由吴道子绘成《钟馗赐福镇宅图》悬于宫廷大内杨贵妃卧内，宫内盛传"赐福镇宅，唯真钟馗""钟馗真神显，送来福禄寿禧安"，为祈福佑安，杨贵妃日日虔诚膜拜，檀香氤氲缭绕。整日面对相貌奇异、才华横溢、满腹经纶、正气浩然、刚直不阿、待人肝胆相照的钟馗画像，贵妃不由日久生情，将钟馗视同自己唯一的知音和知己，时常与钟馗倾诉衷肠将心中的悲喜说与钟馗，还为钟馗弹琵琶，跳歌舞"霓裳羽衣曲"，设酒宴。由于有真神钟馗相伴，杨贵妃气定神闲，无牵无挂，日渐丰满。

有一天，天降大雨，杨贵妃又祷念起来，这时只见空中一道电闪雷鸣，钟馗显圣道"皇之妃，镇钟馗，莫妄为！"铿铿作响，贵妃幡然悔悟，跪拜谢神。自此一后，贵妃更加敬重钟馗，称钟馗为"正人真君"，从此一心事皇，再无二心。为了报答唐玄宗与杨贵妃的知遇之恩，后来钟馗托梦给周至县尉白居易，为红颜知己写下了千古绝唱《长恨歌》。

传说归传说，想不到唐玄宗居然请钟馗的神像守护杨贵妃的陵寝，难怪外面的墓神管不到这里。

马长风不敢大意，招呼弟兄们到宫门前，朝钟馗神像拜了下去。只听一个雷鸣般的声音从里面传出来："尔等鼠辈，竟敢冒犯太真！赶快原路返回，饶尔等不死！"

那声音在墓室内回荡，直震得马长风等众弟兄浑身发麻，不由自主地退下台阶。

有一个兄弟吓得跌爬在地，哭道："大哥，我们回去吧！二哥说过，这里面太邪，只怕我们没有捞到财，反倒将命丢在这里了。"

马长风本是桀骜不驯之人，生性胆大，听那个兄弟一哭，顿时激发了他的野性，吼道："区区一尊神像，能把我们怎么样？"

说完，冲到太真殿门口，朝那尊神像抬手就是一梭子，枪声过后，里面出现了火光，只见那尊钟馗的神像居然不见了，一幅飘摇着的钟馗画像燃烧着掉向地面。只听得太真殿里一声长长的叹息，所有宫灯都灭了，只剩下马长风弟兄们手里的火把依然晃动着。

马长风哈哈笑道："原来鬼也怕恶人，兄弟们，跟我进去。"

那些兄弟跟着马长风进了太真殿，见大殿两侧的角落里堆放着不少金银玉器，还有一匹匹的丝绸。他们张开随身带来的大袋子，把那些值钱的东西往里面装。

马长风叮嘱道："别急，兄弟们，要是碰破一点，就不值钱了。"

殿后方有光线一闪，他见那边还有一条通道，便大着胆子走过去。通道的前方有一抹柔和的光线，像是指引着他。

他情不自禁地追寻着那道光线往前走，却不知道自己的身体开始漂浮起来，虽然每一步都朝前走着，但脚下距离地面足有半尺高。

过了通道，看到一条雕花走廊，走廊两边鲜花绽放，依稀之间还听到鸟鸣声。

马长风几乎惊呆了，想不到在这墓室内，居然还有这么一个神仙般的去处。在走廊的尽头，有一个很大的水池，水池内热气腾腾。水汽升到空中，形成如梦如幻的七彩祥云。

他不禁问自己：这是什么地方，我怎么会来了这里？

他缓缓走到水池边，见水池左边的一块岩石上，刻着“华清池”三个大字。

“华清池”不就是唐玄宗和杨贵妃洗浴的温泉吗？怎么会在这里呢？

一阵微风吹来，吹乱了水面上的水汽，赫然见到水池里安详地躺着一个丰满的唐装美人，这个美人约三十多岁的样子，鬓发如云，肌肤如脂，栩栩如生，娇艳动人。

马长风怀疑自己是在做梦，他咬了一下嘴唇，很疼。

这不是梦，是现实。

那睡在水里的唐装美人，难道就是杨贵妃？

唐装美人的双手很自然地放在胸口，眼睛紧闭着，就像睡熟了一般。在她的腹部，有一块放射出五色毫光的黑色石头。

马长风想起小玉说过的话，心道：难道那块黑色石头，就是传说中的和氏璧？可和氏璧不是已经被雕琢成了传国玉玺了吗？怎么还是一块完整的石头呢？

不管那块黑石头是不是和氏璧，也不管和氏璧有没有变成传国玉玺。池子里那位栩栩如生的美人，足以证明那块石头是宝物。

池子里的水有些烫，躺在这样的池水里泡澡，未尝不是人世间最美的享受。他管不了那么多，将手枪插到腰间，下到池子里，几步来到那美人身边，伸手拿起那块黑色的石头。

他看了一眼面前的美人，正想用手去抚摸那张娇媚如桃花的脸，却只见那张脸迅速腐烂，脸颊两边的肌肉很快消失不见，露出了白森森的骨头来。

他吓了一大跳，几步窜到水池边，刚要跳上岸，可脚下一阵乱晃，轰隆隆的声音不知道从哪里传来，扭头看时，水面上已经不见了那具尸体的踪影。他暗叫道：不好！

犹如天崩地裂，众人都掉了下去。

只觉得水下有一股很大的吸力，将他瞬间吸了下去……

没有尸体和血迹，就表明以前走过的人，并没有遇到机关。尽管如此，走在青石板路面上的时候，苗君儒还是非常的小心。

在那块放有骷髅头，写着“擅入者死”的石碑前，他们见到了几段人体的残肢。那个兄弟用颤抖的声音说道：“是狗溜子，没想到他死得这么惨!”

没有其他人的尸体。

小玉说道：“苗教授，你小心点，那些砖块上可能有机关!”

她打开那卷天玉经，仔细看着上面的文字。

不用小玉提醒，苗君儒也看出来了。他蹲下身子，将手电筒朝方砖上斜着照过去，片刻后，他朝程大峰说道：“你们小心点，跟着我的脚印走。”

人走过的地方，都会留下痕迹。他已经看出，每一排方砖上，都有其中一块方砖被人踩过。

这时，小玉也说道：“苗教授，刻有六一三七这四个数字的方砖，是安全的。”

程大峰望着小玉，问道：“你看这卷竹简，就能破解机关?”

小玉说道：“天玉经中称，上大道而知冥，阴佑族人者，需天地人合一……”

苗君儒接口道：“主神器，犯煞之，防盗之术，物以机关相助，而不为所之……”

小玉惊道：“苗教授，你怎么知道天玉经里面的内容?”

程大峰笑道：“只要被苗教授看过的文章，他都能记得住，在石屋里的时候，他已经看过你手里的经书了，所以不用带在身边。”

小玉说道：“我爹说过，大凡过去帝王将相王公贵族的墓葬，都是玄字派前辈修造的，里面的机关不外乎几种，而机关数字，与墓主有着很大的关系。称为生时死年，杨贵妃生于六月初一，死时三十七岁。所以我猜测应该是六一三七。”

程大峰说道：“你只是猜测而已，苗教授仔细查看砖块上的痕迹，就知道哪些是安全了的！走过的那拨人里面有一个高手，否则他们过不去。”

他们说话的时候，见苗君儒脚踩着方砖，已经安然无恙地走了好几排，程大峰随即跟了过去，小玉和那个兄弟跟在后面。

走到通道的尽头，见到那圆拱形的宫门，宫门前躺着两具皮肤乌黑的尸体。小玉认出正是跟随马长风一同寻找墓葬的人，她正要说话，却听到一阵轰隆隆的声音，脚下也一阵晃悠。

宫门内有灯光一闪，跑出来一个人，却是罗强。

罗强一看到他们，脸上微微一惊，问道：“你们怎么也下来了？”

随着震动，他们的头顶不断有灰屑和碎石往下落。

小玉问道：“马大哥呢？”

罗强说道：“在里面呢！不知道哪位兄弟触发了机关，这地方要塌了，快走吧，再不走就来不及了。”

小玉冲到宫门下，喊道：“不行，我要去救马大哥。”

罗强看到小玉手里的《天玉方略》，叫道：“嫂子，快把《天玉方略》给我，我和墓神有契约，要用《天玉方略》替他超脱，如果我食言，会折寿的。”

小玉喊道：“帮我救出马大哥，我就把书给你。”

几块稍大一点的石块落在众人的脚边，情况万分紧急，苗君儒对程大峰叫道：“赶快退出去，记着刚才走过的砖块，千万不要踩错了。”

那个兄弟一听，赶紧往回走，可没走两步，踩在一块刻着八字的方砖上，刀光一闪，人还没来得及发出惨叫，便断为几截，鲜血喷到程大峰的脸上。

程大峰不敢大意，憋着呼吸照着原路往回走。

小玉一手拿着《天玉方略》，一手持着火把，朝里面喊道：“马大哥！”

回答她的，只有轰隆隆的巨响。

罗强趁小玉不备，正要去抢《天玉方略》，却见她往后闪了一闪，那卷竹简从手上掉落，滚到台阶下面去了。

罗强想要冲下台阶，可顶头几块大条石落下来，堵住了去路，与此同时，拱门洞下一阵剧烈的晃动，两扇石门缓缓关闭。

苗君儒一个箭步上前，右手掌击向小玉的后颈，顿时将她打晕。他背起她，朝罗强说道："赶快走！否则都要死在这里。"

第四章　远古奇石

太阳光从树叶之间的缝隙照下来，照在水潭边马长风的身上。

这个水潭叫回龙潭，潭水很深，当地的老人说，水潭下面通着东海。咸丰年间的时候，当地大旱，三年都没有下雨，可这水潭里的水硬是没见少。正是这个水潭，救了方圆百里的老百姓，有一个能在水下憋一天一夜的人，仗着自己水性好，身上绑着绳索潜下去，眼见着那绳索下去了几十丈，还是不见底。潭边扯着绳索的人觉得手底一松，扯起来一看，人没了。

老人们说，那是被龙王请去了。

从那以后，再也没有人敢下去。

马长风就躺在水潭边的浅水里，他的眼睛紧闭着，手里紧紧抱着那块黑色的石头。黑色石头在阳光的映射下，漾出一道道美丽而炫目的七彩光环。

不知道过了多久，马长风睁开眼睛，发觉自己居然还活着，他一步步走上岸，坐在水潭边的一块巨石上，脑海中回想起在墓穴里面发生的事。想不到手下弟兄全死在里面，他心如刀割，望着水潭里那黑黝黝的潭水，真希望水下面还能再冒出一两个活人出来。他又看着手里的石头，死了那么多兄弟，就换回来了这块东西。小玉说她爹毕生要寻找的宝贝，可能就是这块东西。

他望着潭水，心中说道：兄弟们，不是做大哥不想救你们出来，大哥的这条命也是捡回来的，只希望这件东西能卖个好价钱，到时多分给你们的家里人，也算对得起你们了。

他休息了一会儿，用衣服包起那块石头，认清了方向，起身朝山上走去。

走了大半天，来到小玉居住的石屋，见石屋前站了几个人，都是他留在山上的兄弟。

一个兄弟上前说道："大哥，你终于来了。怎么就你一个人，其他兄弟呢?"

马长风沉痛地说道："除了我之外，一个都没活着出来。"他拍了拍手中的包裹，接着说道："这件宝贝是我带出来的，希望能卖个好价钱，总算对得起死去的兄弟。你们怎么在外头，屋里没人吗?"

那个兄弟说道："昨天晚上我们几个躲在树林里，看着几个人过来，嫂子不让我们跟着她，说是要单独会会那个什么教授。没多一会儿，嫂子带着两个人来这里，其余的人继续往前去了。我们见嫂子没有发信号，也不敢动手。天亮的时候，我们来这里见嫂子，可屋子里一直没人。我们担心会出什么意外，只叫了两个兄弟去周围的山上找，其他的人都在这里等着。"

马长风想起在墓室里的时候，要一个兄弟回来拿《天玉方略》的，若是小玉放心不下他，要那个兄弟带着她和苗教授去到洞里，那可就麻烦了。想到这里，他连忙说道："留一个兄弟在这里守着，其他人跟我来。"

当他带着几个兄弟来到那处小山时，只见原本如馒头一般光秃秃的山顶，整个都平了，那处炸开的洞口，早已经消失不见了。

他的心顿时像被抽空了一般，身体无力地瘫软在地。

且说苗君儒背着小玉，和程大峰一起爬出洞口，他们不敢在洞口停留，顺着山道往前跑，没跑出多远，只听得背后一声震天巨响，回身望时，却见整个山头陷了下去。

苗君儒有些惋惜地说道：“可惜了那卷《天玉方略》，是研究秦朝风水堪舆的最好佐证和资料呢！”

程大峰说道：“苗教授，下面不塌，说不定我们会有很大的考古发现，真是太可惜了。”

就在两人都觉得可惜的时候，罗强在他们身后说道：“请把她交给我。”

小玉还没有醒过来，苗君儒说道：“等她醒过来后，如果她愿意跟你走，我们没有意见。”

罗强拔出手枪，冷冷地说道：“如果我要强行把她带走呢？”

苗君儒若无其事地微笑道：“就凭你一个人的力气，背着她行走山路，不觉得累吗？”

罗强把手枪晃了一晃，说道：“我大哥就是因为她才丧命的，她是我大哥的女人，按我们道上的规矩，无论生死都得陪着大哥。不过，在送她去见大哥之前，我有几句话想问她。”

就在这时，小玉在苗君儒的背上悠悠地醒了过来，她有些虚弱地说道：“苗教授，请放我下来。”

程大峰对小玉说道：“他说你是他大哥的女人，现在他大哥被埋在下面了，他想……”

罗强冷冷地说道：“嫂子，别怪做兄弟的无情，这是道上的规矩，也算做兄弟的帮大哥圆一个梦，大哥在那边，不能没有女人照顾。”

小玉悲戚地望着已经坍塌的山顶，眼中含泪道：“我就说等见到苗教授，再一起来寻找贵妃墓葬，可是你偏不听，若不是马大哥信任你，他也不会……”

罗强说道：“事情都已经发生了，现在说什么都没用。大哥那么喜欢你，你居然对他有所隐瞒。告诉我，你和董团长之间，到底是什么关系？你爹到底死在谁的手里？”

小玉的眼中闪现一抹不易让人察觉的惊慌，说道：“你在马大哥手下那么久，难道就没有对他有所隐瞒？”

罗强说道：“我跟着大哥在江湖上混了六年，无数次出生入死，我可没有做对不起他的事。”

小玉说道：“不错，你是六年前才跟着马大哥的，名字叫罗强，我想问你，还记得那个叫半指仙的人吗？”

罗强的脸上掠过一抹不可思议的神色，问道：“你是怎么知道的？你究竟还知道多少？”

苗君儒也是微微一惊，半指仙是临潼一带最出名的风水先生，此人看风水堪称一绝，被其看过风水的人无不转运，该升官的升官，该发财的发财。由于名气太大，请他看风水的人络绎不绝，可是此人有一个怪癖，好酒好色，整日喝得醉醺醺的，留恋于花街柳巷，还四处勾引别人家的媳妇，此人一生未娶，收养一个孤儿当义子。义子长大后，半指仙为义子娶了一房媳妇，孰料婚后三天，半指仙和儿媳妇浑身赤裸地死在房间里，义子从此失踪。由于半指仙生性风流，有人怀疑其与儿媳妇有染，才被义子捉奸后当场被杀。这桩命案当时在临潼引起了轰动，他当时也在临潼考古，所以听说过。

小玉缓缓说道：“玄字派与地字派自古不两立，但我爹和别人不同。他虽然是地字派的人，可与玄字派的几个前辈交情匪浅。七年前，我爹带着我经过临潼，见了半指仙一面。半指仙告诉我爹，说他破解了杨筠松《天玉经》里的最大玄机，就是以阳制阴，颠倒阴阳乾坤，如果能够找到秦代李斯的《天玉方略》，就能与阴魂对话，并能于千里之外勾人魂魄……”

罗强打断了小玉的话，说道：“我本想问你几个问题，没想到却被你问。你能够控制大哥，说明你的手段不简单。你还没有回答我的问题的呢。”

小玉说道：“你可别小看了董团长身边的那位宋师爷，他可是地字派的人，当年孙殿英缺乏军饷盗挖东陵时，若不是他帮忙，孙殿英根本进不了墓室。事后孙殿英想杀他灭口，却给他逃脱了。他不知道怎么打探到我爹在兴平的落脚之处，利用董团长的势力逼我爹和他合作，想挖开昭陵。董团长看上了我，要我做姨太太，保我终身荣华富贵，我不答应，他们把我软禁起来。他们给了我爹两个条件，一是帮他们盗挖昭陵，二是做董团长的岳父。那天你和马大哥去救我，是他们给我爹最后的期限。其实我也想知道，我爹究竟是被什么人害死的。我答应了马大哥，如果他能替我爹报仇，我就跟他。”

罗强似乎不相信小玉说的话，问道：“就这么简单?”

小玉说道：“是的，就这么简单。现在轮到你回答我了，为什么要杀你的义父，为什么要改名换姓投身土匪?”

罗强得意地笑了一阵，说道：“是的，我是那个死老头子养大的，可是没有人知道，每次他喝酒喝醉之后，就拿我当出气筒，把我往死里揍。你们不会体会那种从小被人打到大的感觉……”他一把撕开胸前的衣服，露出身上的伤疤，接着说道：“看到没有，我身上的这些伤疤，都是他留给我的，我对他没有感恩，只有恨，那种渗透到骨子里的恨!”他长长叹了一口气，一脸感伤地继续说道：“为了能够学到他的本事，我只有忍，一直忍到二十多岁。我怎么都没有想到，那个老家伙只教给我一点皮毛，每次跟他出去帮人家看风水，都要我做一些下人干的活，好在我机灵，偷偷学到一些本事。他为我娶媳妇，却不让我跟媳妇同房，说保留处子之身，今后有大用处。我只能眼睁睁地看着他跟那个女人同房。有天晚上我偷听到他对那个女人说，他要一个朋友去寻找《天玉方略》，只要能找到《天玉方略》，用我祭了神，他就是一个能够行走阴阳两界的人，能颠倒乾坤，取人魂魄于千里之外，夺人性命易如反掌。我万万没有想到，他养我的目的，原来是为了有朝一日给他祭神。我一怒之下，冲进去杀了他和那个已经不属于我的女人，并拿走了他的那本《天玉经》。门派中人都以为我拿走的那本《天玉经》上，有他记载的风水绝密，所以不断有人追杀我。我不得已逃到川康一带，当我饿得快要死的时候，是大哥救了我，于是我改名换姓跟了大哥。我想知道，你是怎么知道我身份的?”

小玉说道：“当我跪在我爹的坟前，说出我爹的名字时，我就觉得你的表情与其他人不一样。你别忘了，七年前，我还是十几岁时，我爹带着我去过半指仙的家，我见过那个二十多岁，从来不说话，但是右边眉角有处伤疤的人。”

罗强下意识地摸了摸右边眉角的伤疤，说道：“于是你怀疑我就是半指仙的义子？”

小玉说道：“我爹说过，《天玉经》有很多本，但半指仙的义子带走那本《天玉经》里面，有半指仙研究风水的毕生心血，还有大唐皇陵的机关图。其实我爹也一直在找你，半年前，我爹听说有人盗挖昭陵被官兵发觉，就留意上这件事，他想找到那批人，可没有找到。当我见到你之后，就肯定你是我爹要找的人。这几个月来，你几次想从我手里抢走《天玉方略》，可你有所顾忌，是不是？”

罗强点了点头，说道：“我虽然拿走了半指仙的《天玉经》，可看不懂他留在书上的那些文字是什么意思。我只不过是一个不入流的风水师罢了，所以无数人梦寐以求的《天玉方略》，对我来说，并没有多大的吸引力。马大哥是我最敬重的人，看在他的面子上，我不敢对你怎么样！在墓室内，我之所以要抢你的《天玉方略》，是因为我和墓神有了协议，必须用《天玉方略》，才能解开玄字派前辈高人的封印，将墓神释放出来。我那么做，也是迫不得已。就拿现在来说，我不愿伤害另外两位的性命。时逢乱世，让你一个弱女子活在世上，马大哥在九泉之下也是不安心的，最好的办法，就是去陪伴他。”

听到这里，苗君儒终于说话了：“我以为你是个居心叵测的小人，原来你还是一个有血性的男人。俗话说，好死不如赖活着，她虽然是一介女流，但谁都无法剥夺她活着的权利。虽然那边塌了，但你怎么肯定那个马大哥一定死了？在石屋那里的时候，她对我说过，她会相面，你的那个马大哥有惊无险。”

罗强大声道：“那地方全部坍塌了，他怎么可能还活着？”

程大峰指着远处说道：“那边有人来了。”

远处的山道上出现一溜人影，看样子是朝这边过来的，待那些人走近了些，才看清是穿着米黄色军服的国军队伍，领头的两个人骑在马上，走得还挺急。

用不了多久，他们就会来到这里。苗君儒望着罗强说道："我向一位道士学过招魂术，如果人死了，就一定能招得到魂。我们不妨先找个地方，让我替你大哥招魂，如果确认他死了，你再作打算也不迟。"

罗强说道："好，我就听你一言，先找个地方再说。你是聪明人，千万不要做傻事，按我说的去做就行，走吧，还等什么？"

他们并没有照来时的路往回走，而是按罗强的意思，朝另一条路走去。来到一棵大树下时，程大峰趁罗强不注意时，突然以极快的身法向他扑去。

罗强的反应并不慢，调转枪口朝程大峰扣动了扳机，与此同时，他的肋下一阵剧痛，原来苗君儒不知何时已经到了他身边，一拳击中他的肋下。

他的身子飞了起来，枪响时，子弹射在那棵大树的树干上。他以为一个当教授的人，即便常年在野外生活，充其量体力好一点，可没想到的是，不单是苗君儒，就连那个叫程大峰的年轻人，都是武术高手。

他落在树丛中，心知肋骨断了两三根。当他吃力地从树丛中爬起身，抓着手枪要报仇时，山道上哪里还见那三个人的身影？

远处的国军队伍听到枪声，向这边快速包抄了过来。

罗强恨恨地往地上啐了一口带血的唾沫，忍着痛朝树林中钻了进去。

苗君儒一拳击飞罗强之后，并未上前下死手。毕竟罗强手中的枪，令他多少有些顾忌，更何况罗强是一个有血性的男人，并不是罪大恶极的土匪。

得饶人处且饶人，这是他的做人准则。

那一拳得手之后，他拉起小玉的手，在山道上飞奔起来，跑了一段路，转身看看后面，罗强并没有追上来。

程大峰喘着气说道："苗教授，多亏你那一拳，要不然我就躺那儿了!”

三个人所站的地方是一处断崖，有条山道经过断崖，向另一边延伸。小玉站在崖边，望着远处连绵起伏的山峰，目光有些迷离，脸色悲怆。

苗君儒站在她的身后，低声问道：“你在想什么?”

小玉头也不回地问道：“苗教授，你真的会招魂?”

苗君儒笑道：“那是骗他的，我想转移他的注意力，和我的学生联手制伏他。可是他很警觉，到了那棵大树下，才找到机会动手。”

小玉说道：“这么说，马大哥他……”

苗君儒问道：“你不是会相面，说他有惊无险的吗?”

小玉凄楚地一笑，说道：“我那时还没确定你是不是苗教授，骗你的。我一个女人家，哪有那种本事呢?马大哥死了，没有人帮我报仇，我……”

她的话还没有说完，身体朝前一跃，往断崖下扑去。

苗君儒已经从她的话中捕捉到了不祥的预感，见她朝崖下跳，说时迟那时快，解开腰带飞速掷出。

黑色的腰带像一条灵蛇，在空中笔直飘过，准确地缠在小玉那纤细的腰上。他的手一提一拽，将小玉拽了上来。

程大峰上前扶起小玉，问道：“姐姐，你为什么要跳崖?没有了你的马大哥，我也可以替你报仇的。”

小玉苦笑道：“你还是一个小孩子，你不懂的!”她转向苗君儒，问道：“为什么要救我?”

苗君儒说道：“我是不会招魂，可是有人会。我认识咸阳朝天观的观主，他法术高强。我们可以去找他，如果确认你的马大哥已经不在人世，你再殉情也不迟。万一他命大没死，而你却已经跳崖，岂不是人世间的一大悲剧?”

程大峰问道：“我们不去和藤老板他们会合吗?”

苗君儒微笑道：“就让他们等我几天。”

马长风带着兄弟们返回石屋，得知小玉并没有回来，倒是罗强回来了。罗强的肋下断了三根肋骨，见到马长风之后，哭着将发生的经过说了。他一听小玉没事，遂放下心来，对于罗强要杀小玉的事，也没有去追究。

他立即派出几个人，联络其他的兄弟，并四处寻找小玉和苗君儒的行踪。寻找行人经过的踪迹，那是土匪的专长。

自从救了小玉之后，马长风担心遭到董团长的报复，便把队伍分散在几处地方，一来可以观察官兵的动静，二来即便被打散一部分，也不至于元气大伤。

不一会儿，一个叫二虎的兄弟来了，除了手下的兄弟外，还带来了几个被绑着胳膊蒙着眼的人。

二虎说道："大哥，我听说这边出了事，就带着人过来了，路上顺便抓了几个'活货'。"

活货是他们对人质的称呼。一般他们抓到人质，弄清人质的身份后，会派一个送信给人质的家里，按他们开出的条件拿钱赎人，只要过了期限，就会把人质杀掉，不留活口。

马长风瞟了一眼那几个人质，不高兴地说道："你现在还有心思搞这个，找个地方把'活货'槽了。"

"槽了"是土匪的黑话，就是找个没人的地方，将人质杀掉并埋起来。

二虎叫道："大哥，别呀！我问过了，那个胖胖的家伙，是重庆一家古董店的老板，有的是钱，有两个是他的伙计，另外的两个，是什么考古系的学生，说是跟着他们的老师出来考古的，昨天晚上走散了！要不先留着这个老板，其他的都带走槽了?"

一听是考古系的学生，马长风的浓眉一展，说道："去问问，他们的老师是不是姓苗?"

二虎立马过去问了，回来后说道："大哥，你真厉害，他们的老师正是姓苗，叫苗君儒，不仅仅在国内，在国际上都很有名的。"

被蒙住眼睛的藤老板听到这边的谈话，急忙喊道："大爷，大爷，苗教授虽然是我的朋友，可我和他的私人关系并不怎么样，如果他有冒犯大爷的地方，我先替他求个情。只要不杀我们，你们开个价，我可以让西安城里的朋友给你们送来。"

马长风说道："你说你是古董店的老板，那你一定很识货喽？"

藤老板说道："在我们这行里，靠的就是眼力吃饭。在下十几岁就在古董店里当伙计，在行业里混了几十年，虽说能看明白几个货，可不敢张扬。一山还有一山高，古董行业里的高手，大有人在，谁都不敢称大。"

马长风怒道："我只问你识不货，你说那么多干吗？"

藤老板连连说道："惭愧，惭愧。"

马长风挥了一下手，二虎会意地扯去蒙在藤老板头上的黑布，解开绳子，并将他带了过来。

藤老板揉了揉被绳索捆得发酸的胳膊，认出马长风就是那个卖蟠龙带扣给他的人，忙跪下磕头道："大爷饶命，大爷上次去小店卖货，留下字条说，如果还想要货，就来这边找你，我们这不就来了吗？"

马长风呵呵地笑道："我们有过一次交情，也算是朋友了，起来说话吧。"

藤老板爬了起来，连连鞠了几个躬，说道："不知大爷有什么货色要卖给在下？"

马长风将手里的包裹展开，大家顿时觉得眼前一亮，有人禁不住惊叹起来。

罗强惊道："大哥，你是在哪里找到的？"

马长风说道："我是在一个池子里的女尸身上发现的。"

罗强说道："难道这就是朱福要寻找的东西？可是这东西看上去，怎么都不想传说中的和氏璧，更不像什么玉玺。"

藤老板眯着眼睛，从马长风手里捧起那块石头，翻来覆去地端详了好一阵，口中连连说道："奇怪，奇怪。"

马长风说道："有什么好奇怪的，你倒给说说呀。"

藤老板将那块石头放到马长风的包裹上面，搓着手说道："是一块宝物。"

二虎拔出手枪顶在藤老板的头上，吼道："连我都知道那是宝物，我大哥让你看，就是想知道究竟是什么东西。"

藤老板说道："在下经营数家古董商铺，均以古今玉器为主，见过各种各样的上等玉石。以在下的本事，只要见到实物，不管是什么玉，大体能分辨得明白。东岳泰山和八百里秦川盛产的墨玉历史悠久，但品色抵不上新疆和田的黑碧墨玉。墨玉以全黑为贵，黑如纯漆，细如羊脂，乃墨玉中极品。这块东西颜色漆黑如墨，初看上去与新疆和田的黑碧墨玉极为相似，可仔细一看，其纹理与质地，却与黑碧墨玉完全不同，也不像另外两处地方的墨玉。更为奇怪的是，此物入手阴寒刺骨，方才我拿在手里不过数分钟，以致两手因冰凉而麻木了。方才我在端详的时候，已经用上了分辨玉质的六种方法，可惜都对不上号。"

二虎急道："你唧唧歪歪说了那么多，那你倒是说出来，到底是一件什么东西呀？否则我崩了你。"

藤老板擦了一下额头上的冷汗，说道："恕在下才疏学浅，实在看不出那块东西究竟是何物，你就是杀了我也没用，在重庆，论起辨玉，若我为第二，没有人敢当第一。不过……"

马长风问道："不过什么？"

藤老板说道："有一个人比我要厉害百倍，他就是苗教授！在重庆，有我们行业内无法看出来的货色，都求他帮忙看，无论什么东西，他从未看走眼，真不愧是享有盛名的考古学教授。但是……"

马长风吼道："娘的，说话跟便秘一样不痛快，拉一茬还留一茬，有什么话快说吧。"

藤老板看了一眼身边拿着枪的二虎，说道："苗教授为人古怪，最重情重义，如果他知道你们杀了我和他的学生，就是杀了他，他都不会帮你们看的。"

马长风哈哈笑道："原来你怕我们杀了你？放心吧，我不杀你，说不定以后我们还会找你做生意呢。"

藤老板躬着身子说道："以后只要是大爷的东西，我肯定以最高的价钱买下。"

马长风正色道："在没有找到苗教授之前，还得委屈一下几位。"

他命人将藤老板等人关到石屋后面的一处小山洞内，派了两个兄弟把守着。

没多久，有消息传过来说，在山上找到两男一女的脚印，好像是往西安方向去的。马长风留罗强在石屋内养伤，其余的人跟着他，朝那边追上去。

凌晨的鸟鸣惊醒了苗君儒，昨天三个人顺着往北的方向，在山道上走了很久，黄昏的时候，找到一处小山洞，便暂时住了下来。

他跟程大峰说了许多野外考古常识，刚开始这个小伙子听得满有味，到后来实在熬不住，迷迷糊糊地睡着了。他起身站在洞外，看着满天的星斗，想起自己以前的经历，不禁感慨万千。半夜时分，他才回到洞内躺下休息。他是被鸟叫声惊醒的，那鸟声凌厉而惊慌。他打了一个激灵，正要起身出去查看，却见洞口不知道什么时候站了几个人，手里都提着枪。

其中有一个人喊道："大哥，他们在这里，嫂子也在。"

来人正是马长风和他的兄弟们，他们顺着踪迹一路追踪过来，终于追到了这里。

小玉一睁开眼睛，就看到马长风站在面前，以为是在梦里，她咬了一下自己的嘴唇，很疼，刹那间眼泪止不住顺颊而来，上前紧紧抱住马长风，哭道："马大哥，我以为你……"

马长风搂着小玉，说道："傻丫头，你马大哥福大命大，死不了。"

程大峰也被这一对有情人的相遇感动得泪水婆娑，抹了几下说道："姐姐，苗教授说得没错吧？你要真跳下去，今天就见不着你的马大哥了。"

小玉见马长风身后的兄弟仍把枪口对着苗君儒，忙说道："马大哥，叫兄弟们把枪放下！要不是苗教授救了我，你们可就见不到我了。"

马长风把手一摆，弟兄们把枪收了退到洞口，只是仍然成包围形。他望着面前这个四十多岁，皮肤黝黑但身体健壮的男人，问道："你就是苗君儒苗教授？"

苗君儒淡定地点了点头。

马长风把手一拱，说道："在下马长风，江湖人称马鹞子，谢谢你救了小玉，不过我还有事想麻烦你。"

"有什么事尽管说吧，只要我能够帮的。"苗君儒淡淡地说道。他和土匪打过不少交道，也摸清了土匪的秉性。这年代的土匪，大多是被人生所迫，才不得已走上那条路，并非一个个都是那种不讲江湖道义杀人不眨眼的家伙。与土匪交往，既不能得罪他们，又不能惹上不必要的麻烦。

马长风掏出了那块石头，递给苗君儒，说道："请你帮忙看看，究竟是件什么东西？"

苗君儒接过东西，一看之下大吃一惊，有些激动地问道："这东西从何而来？"

马长风也不隐瞒，把发生在墓室里的事原原本本地说了一遍。苗君儒经历过很多怪异的事，倒不觉得什么，只是对墓葬内其余的东西以及那具女尸的被毁，感到万分可惜。

苗君儒听完马长风的话，并没有急于说话，仍在仔细看着手里的石块，过了好半晌，他才缓缓说道："原来历史记载是真的。"

马长风说道："苗教授，小玉说他爹一直都在寻找和氏璧，还说和氏璧可能就在杨贵妃的坟墓里！你可别对我说什么历史不历史的，我是个粗人，我只想知道这究竟是什么东西？"

苗君儒说道："既然你不愿听历史，那我就不说了，我可以告诉你，这块东西不是和氏璧，叫'石王'，不仅能使尸体万年不腐，而且能治百病。"

他望着小玉，接着说道："我们认识了这么久，你可从来没有对我说，你爹究竟是何人。不过，能够得到那卷《天玉方略》的，肯定不是普通人。"

马长风说道："他爹叫朱福，外号'看山倒'。"

苗君儒笑道："原来是他呀？难怪能够得到《天玉方略》。据说没有他找不到的墓，也没有他盗不了墓。我还听说他盗墓有三大原则：遇风不盗，见阴不起，逢双不取。几年前，我和他有过一次相遇，他说那都是江湖中人对他的抬爱，再有本事的人，也有找不到和盗不了墓。他在哪里，我倒想和他见一见。"

马长风说道："他死了。"

苗君儒的笑容僵在脸上，问道："是怎么死的？"

当他听马长风说完朱福被官兵杀死的经过，以及小玉说过的那些话时，眼中出现一抹疑惑。朱福只是一个行走江湖且行踪无定的人，官兵为什么要追杀他？难道真的是为了他身上的那本《天玉方略》？若真是冲着那本书而来的，那之后为什么没有动静了呢？他望了一眼低头沉寂在悲伤中的小玉，觉得她身上有种说不出的诡异，似乎刻意在隐瞒什么。

他想了一下，问道："你爹生前对你还说过什么吗？"

小玉摇了摇头。

苗君儒略有所思地点了点头，和氏璧与传国玉玺究竟是不是为一物，谁都无法定论，小玉为什么那么肯定为两件东西？如果朱福毕生寻找的东西就是这块石王，以他的本事，能够得到《天玉方略》，不可能进不了杨贵妃的坟墓。石王与和氏璧之间孰最珍贵，那要看在什么人的手里。

他可以肯定，朱福苦苦寻找的东西，就是他手里的这块石王。方才他对马长风说出"石王"这两个字时，所有人的眼中都露出失望和疑惑。也许他们并不知道，这块石头对于某些人而言，比和氏璧不知要珍贵千万倍。在他们的眼中，或许只是一块比普通石头值钱一点的石王罢了，连古玉都不如。小玉既然是朱福的女儿，不可能不知道石王的真正价值，她没有说的，他自然不会轻易说出来。

马长风问道："苗教授，这块石王值钱吗？"

苗君儒说道："万金难求。"

马长风说道："我不要万金，只要十万大洋就行。"

苗君儒说道："没问题，我会帮你找一个老板买下来的。"

马长风笑道："小玉让我送一块蟠龙玉带扣去重庆卖，并留下地址，说是你一定会来。谁料到不但你来了，连那家古董店的老板也来了。他和你的另外几个学生在我那里做客呢。暂时在石屋后面的一个小山洞里，你放心，我不会伤害他们的。"

苗君儒微微一怔，想不到他就像鱼一样，被人用一块蟠龙玉带扣引了过来，而那个放下诱饵的人，却是一个看上去弱不禁风的女人。

从见到小玉的那一刻开始，他就知道她是一个很有心计的女人。

他微笑道："其实我早就想来这边考古，只是由于经费不足而未能成行，这次全仗着藤老板支持，才带着几个学生过来。我想称你为马兄弟，你不介意吧？"

马长风呵呵笑道："你一个堂堂的教授，能称我这个当土匪为兄弟，那是我的荣幸，我怎么会介意呢？"

苗君儒说道："请恕我直言，只怕马兄弟的行踪，都已在别人的控制之下。"

马长风的脸色一变，问道："你这是什么意思？"

苗君儒说道："没什么意思，我只是觉得你这块石王来得太容易。"

马长风有些生气地说道："还来得太容易？死了我那么多兄弟，连我都差点被埋在里面。"

苗君儒说道："那只是你的想法。按我的推断，一个真正机关重重的墓葬，绝对不可能那么容易进去。不要说你们那点人，就是再多十倍的人，也没用。当年孙殿英盗挖东陵，即便有高人相助，也有一百多人丧命在里面。"

马长风想了一下，觉得苗君儒的话似乎有些道理，从找到墓葬到进入墓葬，虽说也遇到了机关，死了一些人，但整件事确实有值得怀疑的地方。

他想起了一个人，罗强。

是罗强带着他们找到那个洞口，也是他破解了砖块上的机关和石门的机关，当其他兄弟都死在里面的时候，只有他活着出来了。他一直说自己是个半吊子风水先生，可在墓室里的时候，居然可以与墓神对话。那本事可不是一个普通的风水先生能办到的。

想到这里，马长风一震，对二虎说道："赶快回去。"

他并没有想到，就在他与苗君儒说话的时候，小玉住过的石屋，已经被大批官兵包围了。

第五章　石王的传说

马长风带着手下的兄弟赶到石屋，见石屋前立了一根两米多高的木桩子，桩子旁边放着两具尸体，正是他留在石屋后面看守藤老板的那两个兄弟。

而绑在桩子上的那个人，却是留在石屋养伤的罗强。还没等马长风反应过来，就见石屋周围的山林中，陆续站出了一个个的人来。

都是穿着土黄色军装的正规军队。

一排排枪口瞄准了他们，有步枪，也有机枪，更有仰头朝天的小钢炮。

二虎向罗强冲过来，可他还没跑几步，一梭子弹射在他面前的地方，打得土屑四溅，他吓得站立在那里，再也不敢乱动了。

董团长就站在较高的小山头上，居高临下地望着马长风他们。在他的身边，除了宋师爷外，还有两个营长和几挺机枪。

只需他一声令下，马长风他们那二十几个人，瞬间就会被子弹打成筛子。

他大声喊道："马鹞子，你对我不仁，抢走我的女人，可我呢，不能对你不义，是吧?"

马长风大声道："姓董的，有本事冲着我一个人来，别为难我的兄弟。”

董团长笑道：“你那条命，在我的眼里连只蚂蚁都不如，随时都可以拿走。你不是想救你的兄弟吗？行，咱们谈个条件。”

以眼下的情势，马长风根本没有讨价还价的余地，他只得道：“有什么条件，请说吧。”

董团长笑道：“留下你手上的那块石头，还有你身边的女人，带着你的人离开陕西，从哪里来的滚回哪里去。”

董团长的话还刚说完，小玉就拉着马长风的手，低声哀求道：“马大哥，不要丢下我。”

马长风低声安慰道：“放心吧，马大哥不会把你送给他的。”

宋师爷带着几个士兵走了下来，来到马长风的面前，冷冷地说道：“马鹞子，你是敬酒不吃吃罚酒，你以为凭你这几十号人，就能跟团长斗吗？”

苗君儒望着宋师爷，感觉此人似乎在哪里见过，只是一时间想不起来，他见宋师爷伸手去拿马长风手里的石王，便上前一步，问道：“这位先生，我想请教一下，你知道这块石头是什么吗？”

宋师爷瞟了苗君儒一眼，说道：“我没有看错的话，你就是从重庆过来的苗君儒苗教授吧？在下姓宋，是董团长身边的人。”

就算宋师爷不介绍自己，苗君儒也能从对方的衣着打扮，看出对方的身份来。此人并没有回答他的问题，而是将话题岔开，短短的一两句话，两人就已经交了一次锋。尽管如此，他已经断定这个姓宋的人，并不是一个简单的人物。冲着石王来的人，难道还不知道石王的真正价值吗？他微笑道：“宋先生，难道你肯定拿到手的是真的吗？”

宋师爷顿时脸色一变，问道：“难道石王还有真假？”

苗君儒大致摸清了宋师爷的底细，当下笑道：“想必宋先生对石王的历史，了解得还不够呀。”

宋师爷的脸色顿时变得煞白，有些恶狠狠地说道：“姓苗的，别仗着你是考古学教授，就敢在我面前卖弄。”

苗君儒看了看四周，说道："我的命都捏在你们的手里，怎么敢卖弄呢？我只是提醒你，别拿赝品当真货。"

宋师爷问道："你怎么知道这是假的？"

苗君儒说道："是真是假，验证一下就知道了。"

宋师爷问道："如何验证？"

苗君儒说道："我虽然知道几种验证石王真假的方法，可现在不是时候，得等到半夜才行。你们团长不是要马鹞子留下石头和女人吗？再加上我一个，应该没有关系吧？"

宋师爷笑道："别人想走都走不了，你倒好，主动要求留下。行，这事我做主了，你和这个女人一同留下吧。不过我有些想不明白，你为什么要帮我？"

姓宋的果然有心计，处处都防着别人。苗君儒笑道："宋先生，别忘了我是考古学教授，我的职业就是弄清历史真相。我何曾不想知道，历史上有关石王的传说，是真是假，为什么在唐代之后的典籍中，再也找不到有关石王的记载呢？"

宋师爷从马长风的手里夺过包裹，打开看了一下，朝苗君儒笑道："苗教授，我一定满足你的愿望。"

两个士兵从马长风身边带走小玉的时候，他两眼冒火，右手伸到腰间去摸枪，被苗君儒一把抓住。

苗君儒低声说道："马兄弟，在这种情况下动粗，只有死路一条，留得青山在不愁没柴烧。有我在，还怕救不出她吗？"

马长风看着小玉那不舍的脚步和哀怨的眼神，气得一跺脚，将一块小石头硬生生踩裂。

程大峰说道："苗教授，我怎么办？"

苗君儒笑道："你就暂时跟着马兄弟吧，如果遇到藤老板，就说我去董团长那里做客，很快就会回来的。"

他跟着宋师爷一起，来到董团长身边，经宋师爷介绍后，董团长朝他和气地说道："苗教授，那就劳烦你帮忙了。"

苗君儒怎么都没有想到，董团长好像还是一个讲信用的人。这年头的很多人都心狠手辣，为了个人的利益，把道义抛掷脑后，对于那些没有了利用价值但却有潜在威胁的人，都会斩草除根。他之所以跟着宋师爷一起走到董团长身边，就是预防董团长过河拆桥，如果董团长下令开枪，他会不顾一切地挟持董团长，让马长风带着人安全离去。

苗君儒跟着董团长一行来到兴平城，被安置在团部的一间小屋里，门口还留了几个士兵。小玉不知道被带到什么地方去了，除了暂时失去人身自由外，应该没有危险。

他并没有打算逃走，如果他想逃走的话，就凭门口的那几个人，是怎么都难不住他的。

没多一会儿，有人送进来一盘酒菜。他刚吃完酒菜，宋师爷推门进来了，拱手笑道："苗教授，让你久等了！董团长特地要我过来请你。"

既来之则安之，苗君儒跟着宋师爷来到一间大堂屋内，见里面除了董团长外，还有一个人，居然就是他之前在西安万福斋见过的刘水财刘掌柜。屋子中间有一张大八仙桌，桌子上放着不少东西，都用一块大油布盖着。

刘水财朝苗君儒拱手道："苗教授，我们又见面了，藤老板还好吧？"

苗君儒说道："藤老板好不好，还得问董团长才行。"

董团长似乎愣了一下，说道："什么藤老板？"

苗君儒说道："马鹞子说，藤老板和我的几个学生，被关在石屋后面的一个山洞里，你去那里的时候，没有见着吗？"

董团长回答道："我带人包围那里的时候，听手下的人汇报说，只抓到一个活和两个死的，没有其他人。我正要带人离开，就看到你们过来了。"

从董团长的神色判断，他并没有说谎。苗君儒的心一沉，是什么人趁马长风不在的时候，把藤老板等人弄走了呢？既然杀了两个人，又为什么留下一个活口？

刘水财叹气道："自抗战以来，这片土地上的土匪比牛毛还多，剿都剿不干净。我从西安送一些货到汉中去，都得请董团长帮忙呢。唉，藤老板为人谨慎，虽说我和他有几十年的交情，可他还是信不过我，在西安的时候，我问他要去哪里，他死活都不肯说，我也是爱莫能助呀，他若是有什么三长两短，我的心里也不好过。"

他这一番话语带双关，既说明了自己在陕西的实力，又撇清了与藤老板失踪的关系。

苗君儒点了点头，在西安的时候，就觉得这个刘老板不简单，言谈举止都透出一种让人捉摸不透的秉性。既然有那么大的神通，能让军队帮忙运送货物，难道就没有办法与土匪私通，偷偷把人弄走？

他皱着眉头，虽然觉得整件事显得很蹊跷，有人在背后操控着一切，可到现在为止，他还没有理清头绪，无法断定躲在幕后的人究竟是谁。不过他肯定，刘老板在这种时刻出现，绝非偶然。

他朝董团长说道："算了，不提藤老板的事了！不知董团长要我帮什么忙？"

宋师爷将大油布扯开，只见桌上摆着一大堆金银玉器，还有一些小件的金饰。

刘水财说道："苗教授火眼金睛，上次在小店内，就看出了几件赝品。那几样东西，都是我花大价钱买下来的。这桌上的东西，烦请你帮忙看看，估估价。"

苗君儒说道："想必刘老板对本人了解不够，我只鉴宝，不估价！同一样东西在不同人的手里，其价值是完全不同的。"

刘水财连连点头道："那是，那是，那就烦请苗教授给辨个真伪。"

苗君儒走到桌子旁边，略微看了一下，从里面拿起一方玉印玺，这方印玺并不大，高五寸，青白玉，蹲龙钮，印面方方各一寸。他端详了印面上阴刻隶书，认出是唐玄宗的"开元小印"，他在一幅唐代柳公权的书法真迹上，见过这方印玺的踪影，当下说道："桌子上的这些东西，并非同一朝代，但却汇集在了一起……"他把话题一转，继续说道："据

《新五代史·温韬传》中记载：韬在镇七年，唐诸陵在其境内者，悉发掘之，取其所藏金宝。而昭陵最固，韬从埏道下，见宫室制度闳丽，不异人间。中为正寝，东西厢列石床，床上石函中为铁匣，悉藏前世图书。钟、王纸墨、笔迹如新。韬悉取之，遂传民间。惟乾陵，风雨不可发……"

宋师爷笑道："不愧是苗教授，一眼就看出来了，不错，这些东西来自同一个墓葬，躺在坟墓里面的那个人就是他。"

苗君儒微微笑了笑，放下印玺说道："那我就恭喜诸位发财了，桌子上的东西，每一件都是品质上乘的文物。"

董团长一听这话，呵呵地笑道："有苗教授这句话我就放心了，总算没有白忙活。"

苗君儒说道："我想求董团长一件事。"

董团长说道："说吧，只要我能办到的。"

苗君儒说道："被你带来的那位姑娘，是我一位故人的女儿，我想单独和她聊几句。"

董团长的脸色一变，说道："她现在是我的女人，你想怎么样？"

苗君儒说道："我不想怎么样，只想跟她聊几句。既然董团长不愿意，那就只好算了。"

董团长笑道："你把我姓董的看成什么人了，不就见一见故人之女，说上几句话吗？难道你还有本事把她带走了不成？不过，在去见她之前，我想知道这块石头的历史。"

董团长和马长风就是不一样，一个想知道石王的历史，一个却只想知道值多少钱。只有了解石王历史的人，才能真正懂得石王的价值。苗君儒看了一眼刘水财和宋师爷，说道："董团长能够当着你们两位的面说出来，想必都不是外人，不知你们对石王的历史，知道多少呢？"

宋师爷不高兴地说道："董团长在问你呢。"

苗君儒说道："有关和氏璧的来历，诸位一定都知道，我就不多说了。在春秋战国时期，与和氏璧齐名的另一件宝物，是随候珠。秦始皇统一六国之后，拥有了随和二宝……”

宋师爷冷冷地说道：“你可别说石王就是随候珠，据我所知，随候珠乃是一圆形的珠子，能在黑夜中发光。和氏璧被雕刻成玉玺，流传于世，而随候珠却随秦始皇殉葬，在墓室内以代膏烛。”

苗君儒说道：“你只知其一，不知其二，我并没有说石王是随候珠。秦始皇拥有了随和二宝，自以为天下之宝无过此二宝，却不知大将王翦灭楚国时，得到一块奇怪的石头，此石放置尸身上，能使尸身不腐，虽十年而栩栩如生。王翦将此石献给秦始皇，秦始皇并没有看上，而赏给了李斯。几年后，秦始皇出巡南方时，其最心爱的女儿突然死亡，当他回到咸阳时，却见爱女躺在病榻上，人虽死但容貌栩栩如生。那块被他赏给李斯的石头，就放在他爱女的胸口，放射出五色毫光。秦始皇命御医和方士施救，他的爱女居然被救活了。秦始皇大喜，封这块石头为石王，昼夜带在身边。可这块石头为不规则的椭圆形，带在身上不方便，秦始皇命工匠将石头雕成饰物，以便佩戴，但工匠告诉他，这块石头不是玉石，乃上古奇石，质地圆润且硬如铜铁，极难雕琢，稍有不慎，恐有毁石之虞。又有方士进言说，石王有起死回生之功效，若皇帝他日归天，用石王镇住魂魄与身躯，他日找到灵药，定可复活，如此一来，皇帝可得永生。这本是方士的阿谀之词，想不到秦始皇居然深信不疑，命方士四处寻找灵药，以保他永远不死。秦始皇第五次东巡途中死于沙丘，赵高与胡亥密谋威逼李斯，偷走了石王，才使得秦始皇的躯体腐烂，以至于运回咸阳的途中，要购买大量的咸鱼才能掩盖尸臭。项羽火烧阿房宫时，将许多关于石王的记载书籍付之一炬，书籍虽然烧了，但是石王能保尸身不腐，且能起死回生的传说，以一种极密的方式，由方士传了下来。随候珠随着秦朝的灭亡而失踪，可石王与传国玉玺，却落到历朝历代皇帝的手里。由于石王的神奇，以至于任何一个皇帝，都极力不让外人知道，而后世有关石王记载的书籍，更是少之又少，只有一些方士的著作里，才能见到它的影子。到了唐代，就连皇帝身边的大臣，都不一定知道石王的存在。唐代以后，石王便彻底消失了。不过，我听一个道教的高人说过，若能找到石王，仰仗石王的灵气，再施以奇术，可使死人复生，夺人魂魄于千里之外，杀人无形。可我并不当真，在我认为，即便真有石王，也绝不可能像传说中的那样，充其量不过是一块类似宝石一样的奇石罢了。不过……”

董团长听苗君儒说了这么久，一直不动声色，直到苗君儒故意停住不肯说下去，才缓缓问道：“不过什么？难道你真的不相信？”

苗君儒笑道：“何止不相信？在我看来，这块价值万金的石王，连10块大洋都不值。”

刘水财的脸色大变，问道：“难道是假的不成？”

宋师爷却冷冷地看着苗君儒，用手拈着颌下的几缕鼠须，说道：“苗教授，你告诉过我，要到晚上才能检验石王的真假，不知你怎么验？”

苗君儒说道：“不错，我在一本古籍上看到过检验石王真假的方法，今晚是月圆之夜，正好检验石王的真假。”

宋师爷问道：“不知苗教授如何检验？”

苗君儒正要说话，就听外面传来一声“报告”。宋师爷急忙用油布将满桌子的古董盖住，董团长才干咳一声，低声道：“进来。”

一个副官模样的人推门进来，朝董团长敬了一个礼，说道：“报告团长，下面的人报告说，发现了那伙人的踪迹，要不要吧他们全部抓起来？”

董团长的眼中顿时露出凶光，说道：“我一直当他是兄弟，妈的，上次连我都敢动，我已经放过他一次，也算对他仁至义尽。天堂有路他们不走，地狱无门偏闯进来，他们这是进城找死。全部抓起来，拉到城外毙掉，一个不留！”

宋师爷沉思了一会儿，说道：“团长，我看不必，只须派人盯紧他们，另外多加人手就行。在兴平城内，谅他们也不敢乱来。”

董团长哼了一声，说道：“行，就按你说的办。如果这次他们再乱来，可别说我不给你面子。”

那个副官领命出去后，董团长对宋师爷说道：“你带刘老板去偏房休息，我和苗教授再聊几句。”

宋师爷犹豫了片刻，带着刘水财出门去了。

苗君儒已经看出，这个姓宋的虽然是董团长的人，可董团长对其似乎并不信任。等他们两人离开，董团长压低声音说道：“苗教授救我。”

苗君儒大吃一惊，想不到董团长会说出这样的话出来。

却说马长风眼看着小玉和苗君儒被押走，心里很不是滋味，若论他平素的脾气，早就拔出枪来拼命了，可眼下他不能那么做，逞匹夫之勇只会坏了大事。他不但要顾及兄弟们的性命，而且要想办法救回小玉，当然，他更想解开心中的谜团，他很想知道，那个跟了他好几年的罗强，究竟是个什么样的人。

他命两个兄弟抬着罗强，随着他退出官兵的包围圈，他们在山林中转了一两个时辰，确定摆脱了官兵，这才停下来休息。

罗强躺在一棵大树下，脸色苍白，显得有些虚弱。马长风走到他的身边，将坐在旁边的几个兄弟支开，低声说道：“这几年来，我一直当你是我的好兄弟，我这个做大哥的，也没有任何对不住你的地方。”

罗强苦笑了一下，说道：“我知道你要问什么。大哥，听兄弟一句话，还是不知道为好。到现在为止，兄弟也没有对不住大哥。”

马长风将手中的枪张开机头，平静地说道：“一直以来，我都相信你，可是这件事，我实在想不通。”

罗强说道：“乱世出英雄，在我的心中，大哥也是一条好汉。这么多兄弟跟着大哥，无非是对大哥有信心，希望有朝一日能过上好日子。难道大哥就没有想过吗？”

马长风说道：“我也想替兄弟们寻个好的去处，可也不愿意你们去当炮灰。”

罗强说道：“我也是想帮大哥，替兄弟们寻个终身富贵，搏个封妻荫子。”

马长风似乎听出了弦外之音，说道：“你真是一片苦心。”他把话音一转，说道：“如果我不答应呢？”

“那你现在就把我杀了吧！”罗强喘了几口气说道：“可是你别忘了，嫂子还在姓董的手里，要想救出嫂子，得去找一个人。”

马长风说道：“苗教授会帮我的。”

罗强说道：“苗教授确实是一个高人，可姓董的不是泛泛之辈，凭他一人之力，只怕难以救出嫂子，你带几个兄弟去城内的客来香酒楼，找刘掌柜，单独对他说，‘天地玄黄，地支苍茫’，而后求他帮忙，他一定有办法。”

他说完后，闭上眼睛，低声道：“大哥，开枪吧！”

马长风关上机头，起身招呼其他的兄弟：“你们几个跟我去趟城里，其他的留下来照顾老二，明天这个时候，在老樟树头见面，如果到时我没有回来，你们就各寻出路吧。”

罗强艰难地支撑起身子，说道：“大哥，我会一直等着你来的。”

马长风张了张口，没有再说一句话，转身带着程大峰和几个人离去。他们进城的时候，为了不让人认出，几个人还特地化了装，扮成商贩走卒的模样。

饶是如此，他们还是被董团长安排的探子认出，并报告给了董团长，而他们却浑然不知。

他们找到了罗强所说的那家客来香酒楼，在上楼的时候，马长风似乎感觉有点异常，有种说不出的感觉。

这客来香酒楼，马长风也来过几次，见过那个留着山羊胡的掌柜，可是今天进来的时候，站在柜台后面的，居然是个年轻的胖子，而且今天的客人相当多，在楼梯的过道里，也摆了几桌。坐在大厅里吃饭的那些人，一个个吆五喝六的，都是身材健壮的男人，最里面一桌，坐着几个当兵的。

小二媚笑着迎了上来：“老板，几位呀？”

马长风说道：“七八个。”

小二说道：“楼上雅座刚有客人吃完，老板请上楼，我这就给您上茶。”

马长风上了楼，果见一间靠窗的雅座没人，兄弟们依次坐下，小二送上茶来，问道："不知诸位想吃点什么，本店的特色，那可是……"

一个兄弟叫道："啰唆什么，有什么特色菜，尽管上来。"

"好好好，这就给你们上。"小二忙不迭地赔笑应着转身下楼。

程大峰靠近马长风附耳轻声说道："好像有什么不对劲。"

马长风也低声说道："我也有感觉。这个掌柜的和小二，都好像不是以前的那两个。大家都精神一点。"

他看了看窗外，已是万家灯火，那条小小的街道上来来往往的行人和小商贩已经不多。这里是董团长的势力范围，得小心才是。

小二送了酒菜上来，马长风扯住小二说道："麻烦你叫掌柜的上来，我有话要说。"

不多时，那个年轻的胖子上来了，拱手朝马长风施了一个礼，问道："不知客官有何吩咐？"

马长风问道："请问掌柜的贵姓？"

胖子打量了马长风几眼，回答道："免贵姓潘。"

马长风说道："这里可有一个刘掌柜？"

胖子说道："不错，以前的掌柜确实姓刘，因刘掌柜家中有事，他将这家酒楼转给我了，今天第一天营业，所有酒菜都打七折，所以生意这么好呢。虽然掌柜的换了，可后厨的几位厨子，我都留着呢。客官难道觉得这酒菜的味道和以前的不一样？"

马长风笑道："没有，没有，以前我来这里吃的时候，总见到一个留着山羊胡的掌柜，今天我来的时候，有人托我带口信给刘掌柜，所以我才冒昧问一声。"

罗强要他来找刘掌柜，谁知道掌柜的居然不在了，这下该怎么办呢？

潘掌柜见马长风面有难色，忙道："刘掌柜虽然不在了，可他有个侄子在后厨，要不我叫他来？"

马长风说道："既然刘掌柜不在，我看就算了，其实也没什么大事。掌柜的，你忙去吧。"

潘掌柜转身下楼，可是过了一会儿，一个腰间系着围裙的瘦高个男人来到马长风的面前，低声说道：“请问这位客官，听掌柜的说，有人托你带个口信给我叔父？”

马长风点了点头。

瘦高个男人把雅座的门关上，低声问道：“不知托你带口信的人是谁？”

马长风说道：“一个朋友，他要我告诉刘掌柜，天地玄黄，地支苍茫。”

听到那八个字，瘦高个男人怔怔地看了马长风半晌，拱手说道：“不知你有何要求？”

马长风注意到这个男人拱手的姿势，与常人不同。常人拱手时，将左手盖在右手上，抱成拳状，而这个男人拱手时，却将两手的大拇指交叉，且高高翘起。他心知那是某条道上的特定手语，就如土匪之间的暗号一样。当下他学着这人的手势，也拱了一下手，说道：“求刘掌柜帮忙救一个人。”

瘦高个男人说道：“如果你要救的是一个女人，我看还是算了，免得陷了进去脱不了身。”接着从口袋里拿出一页纸，说道：“出门往东走两条街，就是驻军的总部，守卫很严，地形都在上面了。”

马长风一惊，他还没有说出去哪里救什么样的人，就已经被这个男人全部猜到了，而这个男人似乎还警告他，不要去趟浑水。整天在刀尖上讨生活，什么场面没有见过？他冷哼一声，说道：“既然你们不愿意帮，就当我没说。”

其实不用这张地图，马长风也知道董团长的团部怎么走，他以前来过几次，还在团部陪着董团长吃过饭。

瘦高个男人离开后，马长风立即吩咐兄弟们赶紧吃饭，尽快离开，并分头找地方躲起来，只待晚上一起行动。

就在马长风计划着怎么行动的时候，董团长正跪在苗君儒的面前求救。

董团长声音很低很压抑："苗教授，我知道你和他们不是一路人，也听他们说过你很有本事，其实……其实我不是什么董团长，他们说我和他们的团长长得很像，就让我充当他们的团长，我要是不听他们的话，他们就会杀了我……"

苗君儒越听越心惊，连堂堂的国军团长都找人代替，那伙人的胆子也实在太大了，可惜他还没能继续听下去，就见门被人踹开，宋师爷带着几个人冲了进来。

宋师爷对假董团长恶狠狠地说道："我答应等事成之后，不但放了你，还给你200大洋做回家的路费，你他妈的太不识抬举了，来人，把他带走。"

两个副官模样的人上前，强行将假的董团长带了出去。

宋师爷和苗君儒面对面站着，相互注视着对方，足足有五分钟，谁都没有开口说话。最终还是宋师爷忍不住："苗教授，你要是聪明一点，就不要问为什么，只需照着我所说的去做就行。"

苗君儒问道："那你要我做什么？"

宋师爷说道："要让大家都知道，石王是真的。"

苗君儒接着问道："这么做对我有什么好处？"

宋师爷神秘地笑了笑说道："如果我们成功，封你为教育部部长。不过我听说你对权势不感兴趣，没关系，到时候我们可以满足你别的要求。"

苗君儒说道："好，我答应你，但是我现在就想见一见小玉，就是被你们带来的那个女人。"

宋师爷冷笑道："你别以为她是一个普通的女人，她爹是江湖中赫赫有名的看山倒，马鹞子把她救走后，我们费了好大的劲儿，才打听到看山倒被人杀死的消息，并找到了那座新坟，可是我们挖开的时候，里面并没有尸体。怎么样，我够朋友吧？告诉了你这么多。"

苗君儒说道："你说了这么多，可并没有同意去见她。"

宋师爷微笑道："我可以让你去见她，但是我必须知道你们在谈什么。跟我来吧。”

苗君儒跟着宋师爷出了门，见外面每隔几步路，就有一个背着枪的士兵，戒备得非常森严。左边走廊的尽头是一条石子路，石子路两边绿树成荫，鲜嫩欲滴的果子挂在枝头上，随风轻轻摇晃。

走进一扇圆拱门，眼前顿时一亮，与外面不同的是，这里面别有洞天，那花卉盆栽、假山池塘、曲桥回廊，活脱脱就是一处南方特色的园林。在池塘的旁边，有一座三层的雕檐翘角小楼，楼前照例站着持枪的士兵。在小楼的左边，有一栋平房。

宋师爷说道：“这座宅子原来是西安一个富商的外宅，被军队征用了。”

他将苗君儒带到小楼边的平房前，自有一个守在门口的士兵给开了锁。

苗君儒走进去的时候，听到宋师爷在他身后说道：“我在外面等你，不要超过半个小时。”

平房内的摆设很简单，一张桌子，几张凳子，靠窗那边还有一张床。小玉就坐在桌子旁边，目光平静地望着他。桌子上摆着一些吃的东西，看来宋师爷并没有为难她。

见苗君儒走到面前，小玉才问道：“你来做什么，救我？”

苗君儒低声道：“宋先生派人找到了你爹的坟，里面没有尸首，他怀疑你爹并没有死。”

小玉的脸色一变，问道：“你相信他的话？”

苗君儒说道：“谁的话我都不信，我只相信自己的推断。如果想我救你，必须对我说实话。”

小玉问道：“你想知道什么？”

苗君儒问道：“你爹和宋先生究竟是什么关系？”

小玉说道：“宋师爷是我爹的师弟，但是他们俩的关系并不好。我还可以告诉你，是我要马大哥用那件蟠龙玉带扣把你引来的，因为我听爹说过，你是一个奇人，只要能够把你卷进来，他们的阴谋就不可能得逞。”

苗君儒问道："你对整件事知道多少？"

小玉说道："你问吧，能够告诉你的，我不会隐瞒。"

苗君儒在小玉对面的椅子上坐了下来，说道："他们囚禁你的目的，并不是为了对付马鹞子，否则在山上的时候，就不会轻易放走他们了，对吧？"

小玉有些得意地笑道："他最害怕的人，是我爹。就像你说的，他们找不到我爹的尸首，怀疑我爹没死，所以把我抓来了。我怀疑马大哥身边的罗强是他们的人，他们留着马大哥，肯定还有用处。"

苗君儒说道："你爹江湖人称看山倒，他找了那么久都没有找到的地方，怎么又可能被罗强轻易找到。其实我跟你进去的时候，就已经看出，那处墓室是人为布置的。花那么大的心血布置那处地方，就是为了要让人相信那块石王是真的。你爹那么做，实在用心良苦。"

他最后的那几句话说得很大声，是故意说给外面的人听的。其实宋师爷早就知道石王不是真的，才要他帮忙证明。

小玉说道："苗教授，你知道就好，所以他们从马大哥手里抢回来的石王，并不是真的。"

苗君儒说道："我明白了，也许你爹被他们利用，帮他们布置了那处地方，正要找人进去把假的石王弄出来，这时候，你爹发觉了他们的真正企图，于是被他们追杀，碰巧被马长风所救。他们囚禁了你，是想逼你爹现身，没想到你爹和马长风达成了某种协议，要马长风将你救了出去。你爹在江湖上的名气虽然很大，可并没有几个认得他，偶尔使一招金蝉脱壳也未尝不是好办法。正因为他们肯定你爹还活着，认为你爹一定会去找你，所以他们一直忍着，让你跟着马长风，在石屋里生活了那么久。"

外面传来鼓掌声，宋师爷推门进来，笑道："苗教授不愧是个博学的人，好像什么事情都一清二楚，你不是想知道我和她爹是什么关系吗？告诉你，我和他是多年的好朋友，正如你所说的那样，马鹞子他们找到的那处墓穴，是她爹和我们精心布置出来的，前后花了近一年的时间。

本来我们打算带军队去挖的，可是被她爹知道了不应该知道的事。她爹逃走之后，我们以为控制住她，就能找到她爹，可惜我们想错了。”

苗君儒说道：“你们是想错了，我怀疑她爹并没有死，其实一直都在她的身边，只是你们没有发觉而已。被杀死在石屋后面的那两个看守，就是最好的证明。”

宋师爷笑道：“苗教授，你认为用什么办法可以逼他现身呢?”

苗君儒正要说话，只听得外面传来几声枪响。

第六章　死而复生的人

马长风吩咐那些兄弟分头散去，只待他发出信号之后各自寻机放火，再到国军团部旁边的一座房子里汇集，听到枪声后一齐冲进去救人。他和程大峰则沿着大街往前走，顺便摸一摸城内的情况。

两人走了大半条街，程大峰用肩膀撞了马长风一下，暗示背后有人跟踪。

其实马长风早就注意到了，除了那两个跟踪他们的人之外，沿街还有不少鬼头鬼脑监视着他们的人。

他心中暗叫不好，估计兄弟们都已经被人盯上了，进城容易出城难，今儿兄弟们不但救不了小玉，恐怕连命都得搭在这里。

他走得虽然悠闲，可心里却琢磨着怎么把兄弟们救出城。

一个挑着卖菜箩筐的老头子从他们的身边经过，低声说道："不要看后面，想活命就跟我走。"

马长风紧走几步，想看看那老头长得什么模样，可那老头低着头，头上扎着羊肚肚手巾，盖着大半张脸，只能看到几根稀疏而灰白的胡子。

跟着这老头进到一条胡同里，马长风伸手到怀中握住枪把。在陌生人面前，得多留几个心眼，否则他也活不到现在。

胡同尽头的一扇小门开了，一个穿着短褂的人朝他们看了几眼，并没有作声。老头挑着担子，径直走了进去。

既来之则安之，马长风干咳了几声，大步踏了进去。

进门后往前走，就是正屋，那老头已经将担子丢在一边了，扯下裹在头上的羊肚肚手巾，擦了几把汗，回身说道："进来坐吧。"

马长风认出这老头，居然就是他见过的刘掌柜。罗强要他来找刘掌柜，可刘掌柜却躲起来了。这些人神神乍乍的，也不知是什么来路，罗强又是什么时候认识这些人的？

走进正屋，见正堂上挂着一幅画，画上的是一个佝偻着背的老人，手里提着一把类似洛阳铲一样的东西。画的颜色已经发黑，约莫有些年头了。

画的下方是一张香案，香案上摆着一些果脯供品，还有一个三足铜香炉。

那老头点燃了三支香，朝上拜了几拜，将香插到炉里，转身道："请坐。"

双方分主客坐下后，马长风翘起两个交叉的大拇指，朝老头拱手道："想不到刘掌柜还有另一个身份。"

刘掌柜笑道："我也想不到你这么快就学会我们这行的规矩，孺子可教也。"他的话锋一转，问道："你真的要去救人？"

马长风点了点头。

刘掌柜正色道："你有没有想过，不但救不出人去，弄不好会把命搭在这里？"

马长风豪迈地笑道："想过。我是个土匪，命不值钱。不管你们帮不帮忙，人我是一定要去救的。"

刘掌柜说道："你说你是个土匪命，可你身边的那小伙子，我看着不像，倒像是一个文质彬彬的学生。"

程大峰笑道："刘掌柜好眼力，我确实是个学生，是跟着我老师来的。"

刘掌柜问道："你的老师可是苗君儒苗教授？"

程大峰咧开嘴笑道："苗教授的名气很大，很多人都知道他。"

刘掌柜问道："那他现在怎么没有跟你们在一起呢？"

程大峰说道："他和小玉姐一起，被董团长的人带走了。我跟着马大哥进城来，就是来救他和小玉姐的。"

刘掌柜问道："难道你不怕死？"

程大峰笑道："死有什么好怕的？要不是家人一再劝阻，我必定参军抗日，说不定早已经为国捐躯了。"

刘掌柜笑道："好一个少年志士！很好，很好。这里不是说话的地方，两位请跟我来。"

他说完后，起身往后堂走去。马长风和程大峰相互望了一眼，起身跟着刘掌柜而去。

拐过后堂，直接进到一间小屋里，屋里很黑。马长风过了好一会儿，才看清对面的床上躺着一个人。当他看清那人的长相时，大吃一惊。

那个躺在床上的人，居然就是之前被他亲手埋了的盗墓前辈"看山倒"朱福，他揉了揉眼睛，确定自己没有看错。

刘掌柜问道："你应该认得他吧？"

躺在床上的"看山倒"朱福，朝马长风笑了一下，说了三个字"谢谢你"。

马长风愣了一下，上前道："真的是你，你不是死了吗？"

刘掌柜微笑道："他可没有那么容易死。"

朱福的身子并没有完全复原，有些吃力地说道："你来了就好，小玉她没有看错人。"

马长风不禁动容，想不到他和小玉之间的事，躺在这里的朱福都知道，看来他们的信息是很灵通的。他问道："我打算去救她，老前辈有什么吩咐？"

朱福咳了几声，说道："苗教授来了就好，他不会不管的。"

苗君儒究竟有多厉害，马长风只是听人说过，他见了苗君儒几面，也看不出对方到底厉害在哪里，当下说道："老前辈，我见了苗教授，可他……”

朱福似乎看出马长风要说什么，微笑道：“他是个高人，你还没有领教到他的真本事。”

马长风不以为然地说道：“老前辈的意思是，不用我进城，苗教授也能够把小玉救出去？”

朱福说道：“如果他要救小玉，简直易如反掌。孩子，听我一句劝，等救出小玉后，你带着她，有多远走多远，不要再卷进来了。”

马长风问道：“为什么？”

朱福说道：“这件事比你想象的要严重得多，不要问为什么。等会儿你跟着刘掌门去就行，他会替你们安排的。”

马长风没想到这刘掌柜还是一个掌门人，只是不知是哪一派的掌门人。朱福要他带小玉远走高飞，可他还没弄清事情的真相，只觉得自己总是被人牵着鼻子走，当土匪这么多年，他什么时候这么被动过？就算是死，也得死得明明白白。他想了想，说道：“老前辈，我知道你是一番好意，可是我马鹞子并非贪生怕死之辈，更不会撇下朋友不管的。”

刘掌柜说道：“马鹞子，还是听朱老兄的话，带上小玉走吧，这事不需要你掺和。”

一听刘掌柜那么说，马长风更加不服气了，说道：“凭什么不需要我？我马鹞子腰里的两把枪可不是吃素的。刘掌柜，多一个人多一份力量，不是吗？”

从外面进来一个伙计一样的人，在刘掌柜耳边低声说了几句话，就转身出去了。刘掌柜望着马长风，说道：“外面有人四处放火，城里已经乱了，是你的人干的吧？”

马长风说道：“我吩咐他们放火之后，就去团部旁边的一座房子里集中，听到枪声冲进去救人。”

刘掌柜说道：“今天城里来了不少大官，街上的探子比平时多几倍，遇到面生的人，一律抓起来。只怕你手下的那些兄弟，此刻已经被他们控制住了。”

程大峰说道："小小的兴平城，怎么突然来大官，该不会都是冲着那块石王来的吧？"

刘掌柜说道："你说对了！有人要苗教授当着那些大官的面，证明那块石王是真的。"

程大峰说道："石王的真假有那么重要吗？"

刘掌柜的眼中闪现一抹凌厉的神光，面色异常严峻地说道："非常重要。"

程大峰说道："那还等什么，快走吧！"

刘掌柜朝门外喊道："来人。"

从外面进来一个人，对马长风和程大峰说道："两位请跟我来。"

马长风问道："要去哪里？"

刘掌柜说道："他会带你们安全出城，城外还有你们的朋友，等小玉一到，你们就走吧。"

马长风听到刘掌柜说城外还有他的朋友，于是问道："是不是我关在石屋后面的那几个人，我的那两个兄弟是你杀的？"

刘掌柜说道："我带人赶到那里的时候，那两个人已经死了，我救出了石洞里面的人，把他们安排到城外。"

马长风一愣，那两个兄弟既不是董团长的人杀的，也不是刘掌柜杀的，会是什么人下的手呢？

刘掌柜见马长风和程大峰不动，催促道："快走吧，你们还在等什么？"

马长风站着不动，说道："刘掌柜，我非要亲自去救小玉不可，如果你答应，那就告辞了，我单独行动，是死是活听天由命。"

刘掌柜叹了一口气，说道："看来你是铁了心要去救她，好吧，跟我来。"

却说苗君儒听到外面传来枪声，脸色顿时微微一变。

宋师爷笑道："放心吧！就算马鹞子他们进了城，也没有本事把你救走。你还是帮我，用什么方法逼朱福现身！我答应你，只要朱福现身，就放你们走。”

苗君儒说道：“你已经得到了这块石王，为什么还要逼他现身呢?”

宋师爷冷冷道：“因为他知道真正的石王在哪里！我抓他的女儿，就是想让他带真石王来换人，可他居然连自己女儿的命都不顾，天底下哪有这样的爹?”

苗君儒说道：“也许他有苦衷。”

“我可不管他有什么苦衷，我只要得到真正的石王！”宋师爷转向小玉，微笑着说道：“就她这姿色，无论卖到哪里，最少值500大洋。”

苗君儒问道：“那你为什么不卖呢? 500大洋可不是小数目，团长一个月的军饷，才20大洋。”

他的话似乎刺痛了宋师爷的神经，只见宋师爷的脸上露出一阵怨毒之色，说道：“你别以为我不敢。”

苗君儒说道：“我知道你敢，只是还没人逼着你那么干，是吧?”

宋师爷冷笑了几声：“苗教授，别说废话，该你上场了。”

进来几个士兵，押着苗君儒和小玉出了小屋，跟着宋师爷往前走。

绕过那栋小楼，后面有一条笔直的石板路，每隔十几步远，便有一个持着火把的士兵，照着他们脚下的路。走到石板路的尽头，又是一扇圆拱门，一堵两人高的围墙，将内外隔开，围墙上隐约还连着铁丝网。进了拱门，眼前顿时一亮，但见眼前火把通明，前方空地上站着不少手持火把的士兵，排成几队，有上千人。一个个表情肃穆而庄严，全场鸦雀无声，唯有火把燃烧时发出的哔剥声。

苗君儒虽见过不少大场面，但这阵势还是第一次见到。

在那些士兵的前面，有一座临时搭建起来的台子，台子上坐了不少军官，一个个正襟危坐，同样没有人吭声。台子的正中摆着一张香案，香案上摆满了各种祭品。

宋师爷带着苗君儒走上台子，转身朝他做了一个请的手势，便退到一边的椅子上坐下。

苗君儒环视了那些坐着的军官，发现好几个居然是肩膀上扛着一颗星的将军，军职最小的，也是中校。在这些军官当中，却有两个穿着长衫的人，其中一个便是他见过的万福斋老板刘水财。

这么多人聚集在一起，就为了看他如何验证这块石头的真假吗？

苗君儒走到供桌前，看着台下那一支支火把，还有一张张被火把照着的年轻脸庞，充满着兴奋和期待。刘水财走上前，从身上拿出那块用绸布包裹着的石王，小心翼翼地放在香炉前。

苗君儒低声道："刘老板，你可真不简单呀。"

刘水财的目光望着远处，低声说道："苗教授，那可不关我的事，我只是帮人办事。"

苗君儒问道："你替谁办事？"

刘水财一副高深莫测的样子，低声说道："苗教授，知道得太多对你没好处，你只管当着大家的面，验证这块石王的真假就行。"

苗君儒说道："你比谁都明白，这块石王是假的。"

刘水财说道："那当然，一切都在我的掌控之内，我知道瞒不过你的法眼，但它也不是一块普通的石头。那些坐在旁边的人，没有一个是识货的。你只需告诉他们，这块是真正的石王就行，其余的事情就无须你多心。苗教授，我再警告你，知道得太多，对你可没有好处。"

他脸带微笑，几乎贴着苗君儒的耳朵说话。在旁人的眼中，他们好像两个多年未见的好朋友。

苗君儒微微一笑，并没有说话，之前他瞥见左侧台下有些异样，为了不让人察觉，他用眼角的余光仔细观察，认出那两个穿着军装的人，居然就是程大峰和马长风，想不到他们这么快就混进来了。要想他们顺利地把小玉救出去，最好的办法就是制造混乱。

待刘水财离开后，他按照江湖上的规矩，朝大家拱了拱手，大声道："我是北大考古学教授苗君儒，前些天带学生出外考古时经过这里，被宋先生请来鉴定一下这块传说中的石王。有关石王的来历与神奇之处，相信在座的诸位都已经知道，我就不再多说了。不过，我事先声明一下，如果有谁怀疑我的身份及不服鉴定结果的，请站出来。”

刘水财笑道：“你太谦虚了，大名鼎鼎的苗教授，谁敢冒充你呢？谁不知道古董界的行家们，没有一个人敢在你苗教授的面前称大。”

他的手插在长衫里，握紧了口袋里的手枪，目光紧紧地盯着苗君儒。

台上没有人站起来，台下就更不可能了。苗君儒看了看悬挂在夜空中的那轮圆月，月色的光华洒满黑暗的每一处角落，是那么的皎洁而轻柔。他点燃三支香，煞有介事地朝东南西北四个方向拜了几拜，插到香炉里。拿起了那块石王，对着月光仔细端详了一阵，放回桌面，转身对着那些军官们大声道：“这块石头是假的！”

且说马长风和程大峰跟着刘掌柜出了屋子，转到旁边的另一间屋子里，见里面已经有了几个人，每个人的手里都提着短枪，一副如临大敌的样子。

在屋子的东南角，有一个圆形洞口，里面不断有泥土递出来，被上面的人接着，倒在一旁。

程大峰惊道：“你们在挖地道？”

刘掌柜说道：“如果强攻进去，不但救不出人，反而会坏事，只有这样，才能出其不意。”

过了一会儿，下面传来几声类似老鼠的吱吱声。

刘掌柜对马长风说道：“通了。”

他见马长风急着要下去，忙一把扯住，接着道：“别急，先换上衣服。”

旁边的小桌上放着几套军服，马长风和程大峰换上军服，跟随刘掌柜下了洞。洞是圆形的，直径约五六十厘米，能让一个人轻松地爬过去。头顶和两边的泥土都拍得很严实，用手抠都很难抠得下土块来。

这是老盗墓客干的活，只有这样打出来的盗洞，才不会轻易坍塌，根本无需用东西撑住。

在洞内爬了两三百米，跟着前面的人出了洞，见置身于一间小房间中，隐约听到隔壁传来说话声，仔细一听，其中一个声音居然是苗君儒，另一个声音则显得老练而狡诈，是宋师爷。

从他们的话中听出，小玉也在隔壁，只是一直没有说话。

马长风拔出腰间的手枪要冲出去，被刘掌柜拉住。刘掌柜低声道："你要是这么冲动，就请回去！既然跟来了，一切听我的。"

程大峰低声对马长风说道："马大哥，我们是来救人的，不要误了大事，听刘掌柜的。"

等隔壁没有了声音，刘掌柜朝大家招了招手，偷偷打开门闪了出去。外面都是穿着军服的士兵，不少人还举着火把走来走去，并没有人对他们几个人的出现感到奇怪。

他们几个人跟着前面的队伍，进到一个大操场内，见操场上已经站了很多人，一个个都面对着台子。

苗君儒和宋师爷正一步步走上台子，小玉被两个士兵押着，就在台下的角落里。

马长风和程大峰偷偷来到那两个士兵的背后，趁着大家都注意着台上时，借着黑暗的掩护，轻松搞定了两个士兵。

小玉发觉身后有动静，扭头看时，看到程大峰和马长风，顿时惊讶得说不出话来。程大峰忙捂着小玉的嘴，生怕她发出声音惊动别人。

马长风扯着小玉的手，低声道："跟我走，我这就救你出去。"

两人正要带着小玉离开，却听到台上的苗君儒大声喊起来："这块石头是假的。"

听到这句话，不但台上的人惊呆了，连马长风也惊呆了，他怎么都不敢相信，自己拼了命从墓葬中弄出来的东西，怎么会是假的呢？

小玉推开程大峰的手，异常着急地低声说道："马大哥，快去救苗教授，他有危险。"

在台上，苗君儒的那句话不亚于往平静的湖水中丢下一枚炸弹，溅起万丈巨浪，好几个军官沉不住气地站起来，愤怒地望着他。站在黑暗处的宋师爷上前两步，瞪着他说道："苗教授，你确信没有看错？"

他那意思分明是在提醒苗君儒，不要忘记了之前他说过的话，否则别怪他不客气。

苗君儒笑道："你要是不相信我，那就找别人来看好了。"

坐在正中一张椅子上的那个胖子将军咳了两声，站起来问道："苗教授，你确定这块石王是假的?"

苗君儒点头道："真正的石王我见过，是一个土匪头子拼了几十条人命，从一处神秘的墓葬中盗出来的。之后被董团长派人夺了回来，我就不明白了，明明是真的石王，怎么就变成假的呢?"

胖子将军问道："那真的石王是什么样子?"

苗君儒说道："在阳光的映照下，放射出七彩毫光，且能幻化出彩虹。若是对着月光，则石头会变成半透明的金黄色，刚才诸位都看到了，此石并没有任何变化。这块假的石王，充其量不过是一块上等的墨玉。"

胖子将军摸了一下八字胡须，厉声道："来人!"

从台下冲上来几个士兵，站在胖子将军的身边。

胖子将军环视了大家一眼，目光定在宋师爷的身上，说道："宋师爷，董团长呢？这种场合怎么不见他?"

宋师爷回答道："他死了。"

胖子将军一瞪眼珠，吼道："怎么可能？我下午还见过他。"

宋师爷平静地回答道："就在我带苗教授来之前，有刺客进来偷石王，董团长为了保护石王，被刺客给杀了。事情来得太突然，我想等这事过后再禀告余师长。"

旁边一个军官说道："傍晚的时候，城内四处起火，还响了枪，是有外人进来了。"

余师长上前一步，逼问宋师爷："那刺客呢？你可别跟我说已经逃走了。"

宋师爷说道："余师长，刺客确实逃走了。"

余师长的八字胡子往上一翘，怒道："你当我是三岁的小孩子呢?"

刘水财一见情势不对，上前道："余师长，你且息怒，董团长究竟是怎么死的，宋师爷肯定会给你一个交代，你看现在的形势，箭在弦上不得不发。现在我们要做的，就是证明这块石王是真的。”

余师长冷冷地说道：“苗教授刚才不是已经说过了吗？这石王是假的，你还想怎么证明？”

刘水财说道：“这块石王到我手上后，就没有别人动过，余师长，难道你连我都信不过吗？”

苗君儒的心咯噔一下，听刘水财的口气，好像并没有将堂堂的国军师长放在眼里，如果他仅仅只是一家古董店的老板，敢这么对余师长说话吗？

余师长的语气似乎软了一些，说道：“刘参议，我们都相信你，可是我们这么多人，都希望看到真正的石王，如果仅仅凭着一块假石王，恐怕难以令弟兄们替你们卖命。”

苗君儒这才明白过来，原来刘水财不仅仅是古董店的老板，还有一个参议的身份，而这个所谓的参议，只需证明石王的真假，就能够使余师长他们这些人为之卖命，实在令人匪夷所思。刘水财的葫芦里，究竟卖的是什么药？宋师爷此人，扮演的又是什么角色呢？

刘水财说道：“余师长，你放心吧，今儿不管这块石王是真是假，我一定给大家一个交代。”

趁着刘水财和余师长继续说话的档儿，苗君儒低声对宋师爷说道：“你不是想逼看山倒朱福现身吗？这可是个机会。”

宋师爷没有反应过来，问道：“怎么逼他？”

苗君儒低声说道：“照着我的意思，证明这块石王被人掉包了。”

宋师爷低声道：“如果他不现身呢？”

苗君儒低声说道：“如果他不现身，我任由你们处置？”

宋师爷看了看左右的人，低声道：“苗教授，你和我一样，都是聪明人。聪明人没有必要和自己过不去。石王是经我的手转给刘参议的，如果要查被人掉包，连我都牵扯进去了，嘿嘿，我可不上你的当。”

苗君儒看了一眼余师长，还有那些个神色各异的军官，低声说道：

“现在我已经告诉他们这块石王是假的了，如果今晚看不到真正的石王，只怕他们不会善罢甘休。”

宋师爷的眼珠子一转，略有所思地点了点头，他正要说话，却见余师长吩咐两个军官之后，几步走到苗君儒身边，低声道：“苗教授，刘参议说真正的石王被人抢走了，我已经吩咐下去了，全城戒严大搜查。就是一个苍蝇，也飞不出去！在找到真石王之前，你能不能当着大家的面，说你之前看走眼了……”

苗君儒微笑道：“余师长，行内人都知道，我看货从未走眼。如果我按你说的去做，等于是自毁声誉，你还不如杀了我。”

他接着说道：“刘参议说真石王被人抢走了，这么重要的东西，怎么可能轻易被人抢走呢？”

余师长的脸色微微一变，问道：“那你认为真石王去了哪里？”

苗君儒看了宋师爷一眼，说道：“我怀疑真石王被人刻意掉了包，宋师爷，你说呢？”

宋师爷有些畏惧地看着刘参议，不敢说话。

余师长从腰里掏出枪来，顶在宋师爷的头上，骂道：“妈的，苗教授问你话呢，你看着刘参议做什么？告诉我，董团长是怎么死的？你要是有一句假话，老子一枪崩了你。”

宋师爷吓得双膝一软，差点跪在台上，鼓起勇气说道：“求师长饶命……去年的一天晚上，董团长带着几个人，随看山倒朱福出去办事，就一直没有回来。我派人找遍了周边两百里以内的地方，都没有消息。”

余师长问道：“那他带去的那几个人，还有那个看山倒呢？”

宋师爷说道：“同样没有回来。为了怕下面的军官们知道后闹事，我才找了一个人来冒充董团长。”

余师长厉声道：“你是他的师爷，连他去了哪里都不知道，这样的废物，要你何用？”

余师长正要开枪，苗君儒抢前一步，单手抓着余师长的枪，食指顶住扳机，使扳机扣不下去，低声道：“余师长且息怒，宋师爷找个人来代替，也是权宜之策。据我所知，他一直在找看山倒朱福。真的董团长既然神秘失踪，那就应该想办法查明他失踪的真相。等真相查出来，若宋师爷有罪，再杀他也不迟。”

他缩回手，没有再说话，将目光投向台下。台下的火光照着他那伟岸的身躯，还有那张棱角分明的脸庞。

余师长那毒蛇一样的眼神在苗君儒的脸上扫过，收起枪说道：“看在你的面子上，暂且留他一条狗命。看山倒朱福到底是什么人，董团长怎么会跟他晚上出去?”

宋师爷连忙简单地介绍了看山倒朱福是什么人，接着说道：“他的女儿在我的手里，不怕他不现身！只要他一现身，就知道董团长的下落了。”

余师长呵呵笑道：“我早知道董团长是我们全师最有钱的人，还以为他喝兵血喝的，哪想到他学了孙殿英师长的那一招，发死人财!”笑完之后，他收起笑容，盯着宋师爷，继续说道：“宋师爷，你是见过真石王的？那你告诉我，真石王究竟在哪里?”

宋师爷又看了看刘水财，说道：“真石王是我和假团长从苗教授他们手里抢来的，回城后，就交给了刘参议，至于真石王去了哪里，只有刘参议才知道呀。”

余师长转向刘水财，问道：“你告诉我，有人打死了假的董团长，抢走了真石王，可是宋师爷说，假董团长是被你杀的。难不成你杀人灭口，独吞了真石王，却弄块假石王来忽悠我们?”

刘水财叫道：“你别听他胡说，是他告诉我，说假董团长向苗教授求救，他怕被外人知道真相，才把假董团长关起来，等我赶到的时候，假的董团长已经死了。”

余师长冷冷地看了看刘水财和宋师爷，说道：“你们俩的话，我谁都不信。刘参议，你说箭在弦上不得不发，我告诉你，今儿要是见不到真的石王，可别怪我不客气。对不住了。”

刘水财怒道：“余师长，你居然敢扣押我？万一我有什么三长两短，皇上怪罪下来，你吃罪得起吗？”

余师长呵呵一笑，说道：“刘参议，别拿你们的皇上来压我，现在老子姓蒋，不姓爱新觉罗。老子当年跟着段执政当兵开始，什么场面没有见过？一旦翻了脸，谁的面子都不给。”他收敛了笑容，沉声喊道：“来人。”

余师长的话声刚落，左侧的台下突然间传来一声枪响，苗君儒循声望去，见马长风他们几个人被一群荷枪实弹的士兵围着，心中暗道：糟糕。

第七章　玄字派掌门人

原来马长风想要去救苗君儒，见台阶口站了两个士兵，心知无法直接上去，便转到台后去想办法。就在他刚走出不远，那两个领了余师长命令的军官，从台上下来了。其中一个军官经过小玉身边时，见小玉长得漂亮，伸出手去要摸她的脸，被小玉扭头避开，那军官不死心，干脆去抱小玉。哪知站在小玉身边的程大峰已怒不可遏，飞起一腿，踢向那军官的小腹。

小腹乃是人体的重要部位，以程大峰的功夫，将那军官踢个肠穿肚烂，也不是不可能。所幸他心怀善念，只是要警告那军官的无礼，并非要置他于死地，所以脚下留了情。

那军官本是行伍出身，见一个士兵居然敢踢他，当下闪到一边，骂了一声“反了你了”，从腰间摸出手枪，对准程大峰就要扣动扳机。但小玉往前一步，挡在程大峰的前面。

眼看小玉就要丧命在那军官的枪下，马长风见到那情景，来不及多想，甩手就是一枪。

事起突然，旁边那军官看着同伴倒下，愣了几秒钟后迅速反应过来，把手一招，大声道：“把他们抓起来！”

那些站在旁边负责警戒的士兵，反应也不慢，听到命令之后，齐刷刷地将马长风他们几个人围住。

论马长风的身手，要想杀出重围，并非一件难事。他身上这两把快慢机盒子枪，每把枪里有二十发子弹，只需扣住扳机不放，四十发子弹如雨般扫出去，定可杀出一条血路。他可以走，但小玉怎么办呢?

台下的变数，早已经引起了台上那些人的注意，余师长身后的一个上校团长追到台边，大声道："把那女的留下，其他的人全毙了。"

马长风下意识地要反抗，却早已经被两个力气很大的士兵扭住了胳膊，两个士兵抢上前去夺他手里的枪。

枪被夺走，就只有等死的份儿。从他当土匪的那天起，就没有被别人夺走过枪。他是当老大的，要是这事传出去，以后他还怎么服众，怎么在道上混？当下，他打定主意，先撂倒身边的几个士兵，再挟持那个军官，或许可以救人出去。

只要有百分之一的可能，他都愿意一试。

就在他将枪管斜举，正要不顾一切地扣动扳机时，听到台上传来苗君儒的声音："大家都不要乱来。"

却说苗君儒听那个团长下令只留下小玉，而要将其他人都枪毙，当下以一招咏春拳中的错空手，抢过身边余师长手里的枪，顶在余师长的头上。

刘水财惊道："苗教授，你可别乱来。"

苗君儒说道："刘老板，哦不，应该叫刘参议才对，麻烦你要余师长手下的人，放我的朋友走。"

余师长慢悠悠地说道："苗教授，你以为挟持我，就能救走你的朋友吗?"

苗君儒说道："没有，我只是怕你手下的枪走火，伤了我的朋友。余师长，我们不妨来做次交易，怎么样?"

余师长说道："要想和我做交易，你得有值得交易的东西。"

苗君儒放下枪，还给余师长，淡淡地说道："因为我知道真的石王究竟在哪里。”

刘水财和宋师爷听了这话之后，脸上露出不可思议的神色。余师长把枪放回枪套中，朝台下挥了一下手，那些士兵自动让开一条路。

程大峰大声道：“苗教授，要走我们一起走。”

苗君儒看着他们，说道：“放心，余师长不会为难我的，你们先走吧！”他说完后，拿起供桌上的那块石头，朝台下丢过去，大声道：“接住这个！”

马长风把手一抄，已抓住了那块石头，塞到衣服里。

刘水财从衣服内拿出那把小手枪，指着苗君儒骂道：“姓苗的，真的石王没让我们见到，却又让你的人，把假的拿走了！你的葫芦里到底卖的是什么药？”

苗君儒冷笑道：“刘参议，那块石头是人家用几条性命换来的，现在只不过物归原主而已，我答应余师长，帮他找到真的石王，你慌什么？”

“我……我没慌。”刘水财替自己辩解，眼睛却怔怔地望着那个从台下一步步走上来的人，问道：“你没死？”

那个人看上去有五十多岁，身上穿着的军装与那张有些苍老的面孔极不协调。苗君儒觉得似乎在哪里见过，却又一时间想不起来，他听刘水财那么惊问，两人好像认识。

那个人望着刘水财，平静地说道：“我是没死。”

站在台边的那个团长想伸手去拦，眼前人影一晃，被一股奇怪的力量撞开，身体腾空而起，落到台下，砸起一层浮土。

程大峰大声道：“刘掌柜，你怎么上去了？快走啊！”

苗君儒望着那个被称为刘掌柜的人，却不知他是哪家店铺的掌柜，与刘水财又是什么关系。

马长风低声道：“管不了那么多了，快走。”

他一手拉着小玉，一手持枪，朝外面冲去。

程大峰遗憾地看了一眼苗君儒，和另外几个人一起，跟着马长风朝圆形拱门那边冲去。刚过拱门没跑多远，只听得“轰隆”一声，脚下一软，马长风暗叫“不好”。说时迟那时快，两只脚尖借力，身体向左侧翻，向下坠去。原来他们的脚下出现一个大坑，跟在他后面的人，来不及反应，全都掉下去了。他那一翻，正好翻到坑沿上。

马长风趴在坑沿，抓着小玉的手使劲往上提。从两边的树丛中及拱门那边冲出大批士兵，朝他扑来。他抬手一翻，快慢机盒子射出一阵弹雨，冲在最前面的几个士兵顿时倒翻在地。

小玉叫道：“快放手!”

马长风道：“我一定要救你出去!”

坑底传来程大峰的声音：“马大哥，你带着那块石头快走。苗教授把石头给你，一定有他的计划。你放心，只要我不死，就能保证姐没事。”

“兄弟，我先谢了。”马长风放开小玉，刚往后滚了几滚，一排子弹就射在他刚才趴着的地方，激起一些尘土。

他抽出另一支枪，甩手又是一阵弹雨。趁着那些士兵闪避的当头，他双脚一纵上了墙头。他那“马鹞子”的外号可不是道上的人白送的，自幼就学了一身飞檐走壁的轻功，三四米高的墙，一纵就上去了。方才脚下出现大坑时，若是换了别人，只怕也像程大峰一样掉到坑下面去了。

一口气奔跃出数十栋房子，看看后面没有追兵，他暗暗自喜道：“我这马鹞子的轻功毕竟没白练。”

心里一动顿住身子，伏在一处大屋顶上。他担心小玉的安全，想着那些当兵的以为他跑远了，所以没有人来追。不妨趁着夜色的掩护，杀一个回马枪，回去看看情况，说不定还能把小玉救出来。

正想着，不料身边似乎人影晃动，一个阴森森的声音道：“把东西留下。”

马长风扭头一看，只见十来个鬼魅似的影子，把他团团围住了。他抬手就要开枪，枪机里传出“嘎达”一声脆响。他这才想起，枪里的子弹，已经全部送给那些士兵了。

尽管他有备用弹匣，可都插在腰间。他暗暗叫苦，稳住身子，握紧了手枪，沉声道：“在下马鹞子，水朝哪边流？（你们是哪条道上的？）”

正面那个貌似首领的黑影冷冷地道："你把东西留下，我们留你一条命，否则送你见阎王。"

对不上切口（黑道暗语），就说明不是道上的人。马长风的心思如风轮般转动，对方若是道上的人，报上名号之后，或许还有转机。可这些不是道上的人，分明就是冲着他怀中那颗假石王来的。从他拿到石王到现在，不过五分钟时间，只有当时在台子周围的军人，才知道假石王被他拿走了，可这些人看上去不像军人。越是这样，就越无法猜测对方的身份，但以他的经验判断，眼前这些人都是高手，身手不在他之下。说不定没等他换上弹匣，身上就已经出现几个枪眼了。

他叹了一口气，说道："想不到我马鹞子今天栽在你们的手里，青山不改绿水长流，以后有机会再向诸位讨教。"

说着，他从怀里掏出一件东西，抛给对面说话那人，同时脚下用力，踩碎屋瓦坠入屋里。

那人接过马长风抛来的东西，居然冒着烟，定睛一看，是个手榴弹，见马长风掉落屋里，喊了一声，急忙把手榴弹丢进马长风掉落的大洞。

众黑影急速散开，轰一声巨响，飞起一阵碎瓦片，屋顶坍塌了一大片。众黑影随之从屋顶炸塌处落入屋里，四下查看，原来此处是一座庙的大殿，手榴弹炸塌了屋梁，打碎了挂在屋梁上油灯，油灯落到屋角的干草堆里，引燃了干草，也惊起了那些睡在庙里的乞丐。大殿里火光熊熊，那些黑影落下后，只看见庄严的佛像和几个缩在角落里瑟瑟发抖的乞丐，却不见马长风的踪影。

"着火了！救火啊！"只听见外面街上喊声四起，敲锣声一阵紧一阵，夹杂着枪声。

为首的黑衣人朝佛像鞠了一躬，沉声说了一句，腾身上了屋顶，手下人也紧跟了上去。

过了片刻，马长风从一尊佛像背后闪出来，他望着屋顶的破洞，微微皱起了眉头，自言自语地说道："怎么连日本人也卷进来了？"

因为他听出，为首那黑衣人所说的两句话，是日本话。

且说站在台上的苗君儒听到园林这边传出枪声，大惊道："余师长，你答应我放他们走的。"

余师长嘿嘿一笑，说道："我是答应你放他们走，可有人不答应，我有什么办法。"

从台下走上来的刘掌柜说道："苗教授，你别以为站在这里的，都是余师长的人。我保证，只要你能拿出真的石王，你的那些朋友一定会没事的！刘参议，你说是吧？"

刘水财脸上的肌肉抽搐了几下，对刘掌柜说道："哥，别逼我杀你。"

苗君儒微微一愣，原来刘掌柜是刘水财的哥哥，看样子，他们兄弟之间有很大的恩怨。刘掌柜是与马长风一起进来的，却不知与马长风他们又是什么关系？刘掌柜既然能够说出那样的话，想必知道很多事情。只要马长风他们没有生命危险，他便可以放下心来，如今要做的，就是静观其变。

刘水财问道："哥，你跟那个土匪头子是什么关系？"

刘掌柜说道："你别管我和他是什么关系，你当年害我和朱大哥还不够，想不到你现在还要逼他，今儿既然遇到了，我就替他和我自己，向你讨个公道。"

刘水财说道："他是地字派的人，关我们玄字派的什么事？你当年和他走遍川陕，不也是要寻找那块石王吗？"

刘掌柜说道："我和他寻找石王，是想完成我们的一个夙愿，而你想得到石王，是要颠覆民主，置万民于水火之中。"他转向余师长等人，继续说道："他当年想得到石王，去东北找张大帅，想不到张大帅死了。后来我听说他投靠了那个傀儡皇帝，当起了什么大满洲帝国的参议，你们一个个都是有血有肉的七尺男儿，都有一腔的报国之心，如今外敌当前，你们不上前线抗日，窝在这里受他蛊惑？我们被欺压了两百多年，难道还想被继续欺压吗？他的主子现在甘愿当日本人的傀儡，难道你们……"

余师长身边的一个军官大声道："够了！姓刘的，你他妈只知道喊着要抗日，难道余师长没有抗过日吗？你知道像我们这样的杂牌军，是拿着什么样的武器上战场的吗？你知道我们看着身边的兄弟一个个地倒下，是什么感觉吗？我们这么做，也是没有办法的办法，手下那么多兄弟，每天要吃要喝要军饷，姓蒋的一个毫子都不给，我们怎么养活手下的弟兄？不错，我们是愿意跟刘参议合作，那是我们需要枪支弹药，需要军饷。识时务者为俊杰，如今投靠日本人的，又不是只有我们这支部队，你看敌占区的那些伪军，有好几百万呢。我们只是投靠皇帝，又不是日本人。不管怎么说，皇帝还是我们中国人不是？刘参议也说过，皇帝也不愿被日本人控制，一旦得到真石王，得到上天的眷顾，就把日本人赶出去。”

刘掌柜冷冷道：“得到真石王又怎么样，那只是一个传说，传说并不可信。当年秦始皇得到石王，秦朝还不是被刘邦和项羽给灭了？”

刘水财说道：“秦始皇得到石王的时候，不是灭了六国吗？秦朝被刘邦和项羽所灭，那是胡亥手里没有石王，项羽火烧阿房宫得到石王，所以他的势力才变得那么强大，可后来在鸿门宴之后，石王被项伯偷着给了刘邦，才有了汉家几百年的天下。曹操得到石王，挟天子而令诸侯，才有了曹魏的三国归一。司马懿以假乱真骗走石王，才有了晋朝。哥，只要真石王到手，康德皇帝将一统天下……”

刘掌柜说道：“那我问你，石王自唐明皇开始就失去了踪迹，且不说宋太祖赵匡胤和明太祖朱元璋两个皇帝，没有石王照样当皇帝，那蒙古的成吉思汗和大清的努尔哈赤，又是怎么统治我们的？”他转向余师长他们，痛心地说道：“石王只是一个传说，犹不可信，自古得民心者得天下，这个连三岁的孩童都懂的道理，难道你们就不明白吗？”

余师长的脸色变得很难看，扫了一眼身边的那些军官，没有说话。

一旁的宋师爷上前朝刘掌柜拱手道：“地字派门人宋远山见过玄字派刘掌门，刘掌门与我师兄乃是莫逆之交，不知刘掌门可知道我师兄的下落？”

刘掌柜瞪着宋师爷，说道：“想不到你这个地字派的败类，也在这里。我可以告诉你，你师兄还活着，死不了。”

宋师爷说道：“去年的一天晚上，师兄和董团长一起出去的，之后董团长就没有回来。现在余师长要我交人，我只有找到师兄，才知道董团长是死是活。”

刘掌柜朝余师长说道：“董团长业已看破尘世，出家为僧，我是不会告诉你们下落的，余师长还是另外找人当团长吧。”

余师长哼了一声，倒背着双手，腆着大肚子走下台去，那些军官一个个跟在他的身后。几声号令，场地上的那些士兵，自动排成几队，从院墙的另一道门出去了。

没多一会儿，台下走得一个人不剩，唯有两边台柱上插着的火把，发出暗淡的光芒，照着台上的几个人。

刘水财和刘掌柜就这么面对面地站着，谁都不说话。宋师爷站得有些不耐烦了，说道：“刘掌门，你们兄弟好歹见面了，有什么恩怨，可以另外找一个地方解决。你刚才说过，寻找石王是你和我师兄朱福的毕生夙愿，现在苗教授在这里，为什么大家不能携手一起，去找到真正的石王呢？”

苗君儒说道：“就算找到了又怎么样？”

宋师爷说道：“虽然我们的目的不同，但谁都想见一见真正石王的风采，不是吗？找到石王之后，谁有本事谁拿走，怎么样？”

刘水财终于开口了：“哥，宋师爷说得不错，今儿不是咱们兄弟俩解决恩怨的好日子。爹生前就说过，要我们兄弟不能相残，你若违背爹的意愿，就是不孝。”

刘掌柜说道：“现在我是掌门，要替门派清除败类。”

刘水财笑道：“你说你是掌门，可是我不认，有本事你拿掌门信物出来给我看看？”

刘掌柜说道：“要不是你偷走掌门信物，我们玄字派也不会弄得四分五裂。”

苗君儒上前道：“这位掌门，我有几句话，不知该不该问？”

刘掌柜说道：“你问吧。”

苗君儒说道：“据我所知，天玄为南派，地黄为北派，两派之间积怨甚深，你身为玄字派掌门，为何与地字派的人有交情呢?”

刘掌柜叹气道：“苗教授有所不知，天玄与地黄虽积怨甚深，但并不代表两派中每个弟子个人之间的交往。三十年前，我刚出道帮别人看风水，哪知看走了眼，丧主葬下去之后，才知道墓地上方有一石峰，犯煞，且墓地左高右低，青龙盖过了白虎，男丁不旺。最严重的是，在石峰的旁边有一山凹，与墓地前方的案山笔架连成一线，南北风对流，使这块依山面河的福地，变成一块死绝地。丧主家另选吉地重新安葬时，逼我背棺垫底，若真是那样，我以后无法再帮别人看风水，更给师门带来耻辱，按门规，我应自断脚筋被逐出门，终身为丐。起棺那天，恰巧朱大哥路过，见我穿着一身道士的服装，披麻戴孝跪在坟墓前，只待几个乡民挖开墓穴，便要我下墓穴去背棺。他问明了事由之后，不让丧主起棺，说是此穴乃一柱擎天的上好佳穴，一经葬入不得动土，否则将给丧主家带来血光之灾。丧主家不信，朱大哥拿出随身的葬经，按上面所引，一一对照墓穴四方风水。经朱大哥这么一解释，我才明白，原来那块石峰若无旁边的山凹，便是一块天煞石，但与山凹搭配起来，一阳一阴互补，乃天地绝配。此石峰突兀，不靠不依，若无南北对流之风，便无法形成擎天一柱之势。风水堪舆天外有天，人外有人，寻龙看穴，全凭个人修为。若不是朱大哥相助，我一辈子就算毁了。他与我互不相识，且又分属于两个积怨甚深的门派，不但没有落井下石，还帮我解围。那分江湖道义，实在令我敬服。后来我要拜他为师，可他不答应，一来我们俩有门派之分，二来地字派不收外徒，他比我大不了几岁，只愿意结交我这个朋友。我们俩经常在一起，共同研究风水堪舆之术，为了他，我不惜违背门规，将本门秘传的几本风水奇书拿了出来，而他也将其门派的寻穴观山诸术教给我。我和他两人综合了两派上千年的风水堪舆精华，各自成为门派中的佼佼者。天长日久，我们结为生死之交。”

苗君儒听完刘掌柜的讲述，不禁由衷地感叹，纵观泱泱中华，无论是行业还是学术，门派的纷争一直持续不断，若能抛开门户之见，彼此学习各家之长，何尝不是一种进步呢？他看了一眼刘水财，对刘掌柜说道："你知不知道，你弟弟并不在东北，他的另一个身份是西安万福斋古董行的老板，你和他隔得这么近，怎么就没有见过面呢？"

刘掌柜冷笑了几声，说道："据我所知，西安万福斋古董行的老板姓严，一个多月前，严老板的家中出事，才把店铺匆匆盘了出去。我弟弟刘水财会看风水，对于古董，他可是一窍不通的。"

苗君儒暗自大惊，那个藤老板介绍刘水财的时候，只说是生意场上的老朋友，而刘水财也煞有介事地拿出几件古董找他鉴定。若刘水财是一个多月前才盘下的那家古董店，那藤老板怎么会找到那地方落脚？藤老板和刘水财，到底是什么关系？藤老板出资要他来这边寻找杨国忠的墓葬，难道是一场早已经布置好的局？如此一来，藤老板扮演的又是什么角色呢？

刘掌柜接着说道："苗教授，他们把你骗来的目的，无非是要你帮他们弄假成真。朱福对我说过，谁都找不到真的石王，你又怎么知道真石王在哪里呢？"

苗君儒说道："我本来想与余师长做一次交易，可他受你的那番正义言辞所悟，已经自行离去了，所以找不找得到真石王，对我来说，已经并不重要。"

宋师爷阴笑了几声，说道："可是你答应我，让我师兄现身的，我已经按你所说的去做了，你怎么言而无信？"

苗君儒笑道："我是答应你让他现身，可没说是现在。你若想知道朱福的下落，只需问刘掌门便可。对不起诸位，我告辞了。"

就在苗君儒走下台子，朝院门走去的时候，见院门那边出现一个身影，那身影踉跄着朝他跑了过来，速度还不慢。

待那人跑近了些，苗君儒才认出，正是他的学生程大峰，此时程大峰的身上有两处伤口，鲜血染红了白衬衫。

程大峰扑到苗君儒的面前，气喘吁吁地叫道："苗教授，快去救人！"

苗君儒和程大峰快速冲过院门，只见前方的路面上出现一个深坑，在坑周围的树丛边，躺着七八具尸首，是中弹而死的。再远一些的地方，有几十具尸首，都是被利刃所杀。

程大峰喘着气说道："我们刚跑过院门，就掉进这个坑里了，只有马大哥跑了出去。那些当兵的把我们从坑内拖上来，押着我们往前走，还没走多远，就突然出现了十几个穿着黑衣的人，那些人都拿着刀，身手很快。几十个当兵的还没反应过来，就做了刀下之鬼。我以为那些人是来救我们的，谁知道他们只抓走小玉姐，连我和刘掌柜带来的人都杀。我拼死才逃了。"

几十个士兵连开枪的机会都没有，就成了刀下之鬼，那些黑衣人的功夫确实了得。苗君儒查看了一下那些尸首的伤处，见伤口并不大，且上宽下窄，并不是利剑或大刀造成的。他从一具尸首的脖子上，拔下一枚星形暗器。他望着手里的暗器，沉思道："怎么连日本人都卷进来了?"

程大峰从身上拿出一个小瓶子，往伤口撒了一些粉末，包扎好了伤口，说道："原来是日本人? 难怪我觉得他们的武术招式很怪异，用的刀又细又长，我根本没有见过，害我白白挨了两刀，所幸伤得不深。"

他自幼所接受的都是中国传统武术，稍大一点就去学校读书了，完全没有机会接触日本武术，更别说见过日本刀了。

苗君儒走回到大坑前，站在坑沿朝下面看了看，从坑底到坑沿，有一丈来高，坑壁光滑无比，人一旦掉下去，短时间是很难爬上来的。他之前经过这里，脚踩在石板上时，就听到石板下面传来细微的空洞声，当时以为是石板下面被老鼠掏了洞，所以并未生疑。他的眼睛望见右边坑壁上露出来的一截木头，微微点了点头，自言自语地说道："我明白了。"

程大峰听得一头雾水，问道："苗教授，我们不去追那些日本人救小玉姐，在这里看什么?"

苗君儒说道："日本人劫走小玉，是有目的的，在目的没有达到之前，小玉没有危险。我现在要做的，就是想弄清事情的真相，别糊里糊涂的被人利用。我问你，你是怎么跟那个姓刘的掌门人一起的?"

程大峰便把跟马长风进城之后的事，一一说了出来。当苗君儒听说看山倒朱福并没有真死，而是在刘掌门的家里养伤时，似乎想到了什么，说道："走，你带我去见他。"

就在这时，身后传来一声枪响。

若不是那声枪响，苗君儒都沉浸在自己对整件事的推理之中，几乎忘记了那边场地的木台上，还有两个要解决恩怨的人！

当他们追到台下时，见台上没有一个人。苗君儒一步步上去，从刘水财所站的地方捡起一支小手枪，弹匣里还有四发子弹。

从他听到枪声追过来，不过十几秒钟的时间，那三个人怎么会不见了的，难道他们会隐身术不成？

枪是刘水财的，他的哥哥要跟他算账，情急之下掏出枪来，做困兽之斗，也不是不可能。苗君儒脚下的木板并没有血迹，想必没有人受伤。

木台右侧传来程大峰的叫声："苗教授，这里有一个洞口！"

苗君儒跳到台下，见程大峰面前的一堆树丛下，露出一个黑乎乎的洞口来。他笑道："我怎么忘了，地字派的门人，除了会看风水外，都是挖地道布机关的高手，那边的大坑，就是宋师爷的杰作。这处大户人家的宅子，不知道被他在地下挖了多少通道，布了多少机关呢。"

他把手枪插在腰间，去台柱那边取了两支火把过来，对程大峰说道："你跟我来。"

洞口并不大，刚好容一个人弯着腰进去，有台阶顺势往下，苗君儒一手持着火把，一手持枪，小心走了下去。下了十几级台阶，路面平整，头顶也高了不少，能直起腰走路。在火把的照射下，可见地上那纷乱的脚印，可想前面的人走得很匆忙。

尽管有人走过，但苗君儒还是走得很小心。无论在什么情况下，他都保持着一分警觉，这是他多年养成的习惯。正是这种习惯，多次帮他逃脱劫难。

走了约一两百米，往左拐去，又走了几百米，看见一排台阶往上，通道已经到头了。洞口敞开着，并没有东西遮掩，有月光从洞口透进来。苗君儒停住脚步，仔细听了一会儿外面的动静，才小心走了出去。

出了洞口，置身于一处小庭院中，周围没有一个人，只有右侧的一间小屋子透出灯光来。程大峰看了看两边的房子，惊道："咦，怎么到了这里？"

苗君儒低声问道："你认得这地方？"

程大峰说道："这就是刘掌柜带我们来的地方，我们在那间屋子里，还见了躺在床上的朱福。"

苗君儒来到那间透着光的屋子前，轻轻推开了门，见桌子上的油灯还亮着，里面同样空无一人。

程大峰说道："他们都到哪里去了？"

他带着苗君儒来到旁边那间新挖出土洞的屋子，指着那处被新土掩盖住的洞口，接着说道："苗教授，我们就是从这里过去的，回来的却不是这条通道。"

苗君儒说道："走，去别的地方看看。"

他们分别看了其他几间屋子，都没见到人，连个死人都没有。转到堂屋，只见供桌的香炉里，还有三支未烧尽的香。

"香烧了三分之一，是十几分钟前才点的！也许走得匆忙，连值钱的东西都没带走。"苗君儒说着，拿起那个铜香炉看了看，说道："上等品相的宣德炉，要是放在古董店里，最起码能卖一万大洋呢。"

程大峰指着正堂上方说道："这上面还挂着一幅画，画里面的人是一个手里拿着洛阳铲的驼背老头。"

苗君儒一惊，问道："你确定没有看错，画上面的真的是一个手里拿着洛阳铲的驼背老头？"

程大峰一本正经地说道："是呀，我没有看错，刘掌柜还朝画像上了香呢。"

苗君儒皱眉道："奇怪，奇怪。"

程大峰问道："有什么好奇怪的？"

苗君儒说道："刘掌柜是玄字派的掌门人，据我所知，玄字派供奉的祖师爷，是身穿蟒袍，手持《太平经》的天帝真人赤精子，而画像上那个手持洛阳铲的驼背老人，却是地字派的祖师爷搬山道人。如此说来，这里并不是刘掌柜的家，而是地字派的堂口。你去的那条通道是新挖的，而我们回来的，则是一条老路。如果刘掌柜知道那条老路，为什么又要花那么大的力气重新挖一条呢?"

程大峰说道："是呀，刚才我也想这个问题。"

苗君儒说道："只有一种解释，那就是这处宅子的真正主人，既不是玄字派的刘掌柜，也不是地字派的朱福，而是朱福的师弟宋远山宋师爷。"

程大峰问道："宋师爷不是口口声声要找他的师兄吗？难道朱福住在他家里，他会不知道？却要抓走小玉姐，逼他现身?"

苗君儒略有所思地说道："这就是我想知道的答案。我相信，无论多么不可思议的事情，只要发生了，就一定有其发生的道理。"

他朝堂屋的四周看了看，接着说道："这屋子是宋师爷住的，那一定还有其他的密道和机关，我们找找看。"

堂屋内除了一张供桌和两把太师椅外，并没有其他的家具，苗君儒脚踩着铺地的青砖，在堂屋内转了一圈之后，眼睛盯着左侧的那把太师椅。

第八章　天地镇魂金

却说苗君儒观察了堂屋里的铺地青砖之后，将目光定在左侧的那把太师椅上，程大峰会意过来，抢上前去搬那太师椅，用力一搬之下，太师椅居然纹丝不动。左右用力一摇之后，只听得一阵细响，太师椅滑向左边，露出一个三尺见方的洞口来，有亮光透出。他定睛一看，下面是一间不大的斗室，斗室的亮光来自顶上那盏吊着的油灯，一张木梯子斜搭在墙壁上，为上下之用。

斗室里除了一只半人高的大箱子外，并没有其他的东西，但是在箱子的边上，却蹲着一个人。

一个穿着碎花小褂子，蓬头垢面的年轻女人。女人扭过头看着洞口上方出现的两个陌生面孔，吓得浑身发抖，口中不住地叫着："不要……不要……"

程大峰朝下面叫道："姑娘，我们不是坏人！"

女人站起身来，叫道："救我……爹……救我……"

程大峰问道："姑娘，你没事吧？他不是你爹，是我的老师。"

苗君儒笑道："什么爹和老师？你要是长时间被关在这种地方，也会意识模糊的，别胡说了，赶紧下去救人吧。"

程大峰踩着梯子下到斗室内，朝那女人走过去，同时说道："你别害怕，我是你爹的朋友，救你出去见你爹。”

当他离着女人还有两三步远的时候，这女人突然像狮子一样跳起来，张开双手紧紧地搂住他，搂得他几乎喘不过气来。他下意识的双手去推，哪知两个手掌正好推在女人胸口那两团软绵绵的地方，当下大脑一热，不知怎么办才好，红着脸仰头叫道：“苗教授，救我。”

苗君儒跳下斗室，转到女人的身后，伸出手指点了对方背部的麻穴。

女人放开程大峰，身体一软往地上倒去，他往前一抓，“刺啦”一声，将女人的碎花小褂子扯开。女人瘫软在地上，露出里面粉红色的肚兜来。

程大峰可怜兮兮地望着苗君儒，说道：“苗教授，我不是故意的。”

两个大男人面对一个半裸的女人，还真不知道该怎么办。苗君儒愣了一会，脱下身上的外衣，上前盖在女人的身上。就在他俯身时，看到女人的颈部，露出半截用红线拴着的黑色金属物件。

女人身上佩戴的物件，大多是玉器，也有金银和护身符，但黑色的金属乃是不祥之物，没有哪个女人愿意戴。

苗君儒伸出手，小心翼翼地把那物件提了出来，看清这东西的颜色乌黑，形状上宽下窄，两面都有奇怪的纹饰，有点像钥匙但不是金属，而且分量较重。他的脸色顿时一变，不由自主地说道：“怎么是她？”

程大峰问道：“苗教授，你认识她吗？”

苗君儒说道：“来，你先背她上去，我再告诉你，她是谁。”

程大峰上前背起这个女人，攀着梯子爬出斗室，找了一间有床的屋子，将她放在床上。

苗君儒打来了水，洗尽了女人脸上的灰尘，露出一张清秀俏丽的脸庞来。程大峰笑道：“想不到她长得蛮漂亮的。”

女人闭着眼睛还未醒转，苗君儒坐在旁边的凳子上，对程大峰说道：“你知道她脖子上挂着的东西是什么吗？”

程大峰苦笑道：“苗教授，我才当你的学生没多久，你就别考我了，直接说了吧。”

苗君儒说道："这件东西叫天地镇魂金，乃是用上等陨石打造而成，正面和反面分别阴刻着道家的镇魂符和驱邪符，是地字派掌门的信物……"

程大峰问道："难道她是地字派掌门？"

苗君儒点头道："不错，谁拥有这块天地镇魂金，谁就是地字派的掌门。本门派的信物，只有本门派的人才知道，外人就算见到了，也不知是什么东西。"

程大峰笑道："苗教授，既然你认得这东西，该不会也是地字派的人吧？"

苗君儒正色道："其实考古工作，很多时候与地字派相同，只要认准了墓穴所在，挖起来也要省力些，没有必要浪费那么多人力物力。我认识这东西，是在十几年前，当年我一次偶然的机会，认识了地字派的门人朱福，在他家住了几天，并向他求教了一些观山脉看走向寻墓穴的本事。他有个女儿，才七岁，名叫小玉。我没事的时候，就逗小玉玩，有一次小玉拿出她随身佩戴的物件，问我是什么东西。我看了好一阵，只认出是用陨石打造而成的，年代最起码有千年以上，但不知那物件究竟是什么。在朱福的介绍下，我才知那物件叫天地镇魂金，乃是地字派掌门的信物。"

程大峰惊讶地望着床上的女人，说道："难道她才是朱福的女儿小玉？那么，一直跟我们在一起的小玉姐，又是什么人呢？"

苗君儒说道："都已经过去十几年了，单凭这块天地镇魂金，我无法断定她到底是不是朱福的女儿小玉。如果她不是小玉，这块天地镇魂金为什么会戴在她身上？再者，这栋宅子是宋师爷的，他会把一个不相干的女人关在这里吗？"

程大峰说道："所以不管她是谁，都是一个很关键的人物。"

苗君儒微微点了点头。

程大峰问道："苗教授，现在我们怎么办？是寻找你的答案，还是撒手不管？依我看，还是尽快和藤老板他们会合，离开兴平这个是非之地。"

苗君儒微笑道："这是一个被人早就精心布置好的局，我们也别急着离开，既来之则安之。连日本人都卷进来的事情，我不可能坐视不管。"

程大峰说道："其实我也想知道答案。这些天来，我总觉得老是被人家牵着鼻子走！苗君儒，无论你想做什么，我都跟定你了。"

苗君儒想了一下，问道："马长风有没有告诉你，办完事情之后，在什么地方见面？"

程大峰说道："他说了，不管在城内遇到什么情况，只要还活着，就要在寅时赶到城外十五里的土地庙会合。"

苗君儒看了看外面的天色，说道："我去会一会他！"

程大峰问道："那我呢？"

苗君儒将那支手枪放在床边，从小玉的脖子上取下那块天地镇魂金，说道："你在这里照顾她，万一有什么情况需要转移地方，你只需在每处路口的拐角画上一个星形符号就行，我会找到你的。"

程大峰问道："要是她醒过来，怎么办？"

苗君儒微笑道："如果你连她都应付不了，怎么当我的学生？"

说完之后，他拍了拍程大峰的肩膀，转身走了出去。

苗君儒离开那处宅子，顺着街道往城门那边走去。虽然此时已过午夜，但街上人潮如涌，一个个惊慌失措地跑来跑去，有怀里揣着全部家当拖家带口的男人，也有挑着儿女，扯着小脚老婆的。但更多的却是拿着盆子和水桶的男子，往几处起火的地方赶。

苗君儒望了几眼那几处起火的地方，火势已经很大，蹿上了屋顶，火光照得满城通红，哔哔剥剥的声音，老远都能听到。还好风不大，倘若刮起四五级风，风助火势，只消一夜，兴平城就会全部被烧成废墟。他并非不愿去救火，只是还有更重要的事情要去做。

他来到城门口，见前面聚集了许多逃命的人，把整条街都堵住了，喊叫声，哭闹声，乱哄哄一片。

城门下面响起了一阵枪声。他寻思着挤不过去，便进了一条小巷子，纵身攀住屋檐，一个倒翻金龙，轻巧地上了屋顶。他站在屋顶朝城门口望去，只见城门口站着两队士兵，一个连长模样的军官，正挥舞着手里的枪，朝人群嘶喊着。

在右边的城墙根下，倒着几具尸体，像是刚被枪毙的。

以他的武功若要出城，并不是一件难事。他望着那些哭号的百姓，想起民国二十七年的长沙“文夕大火”，当时因对抗日寇的进犯，当局采用焦土政策，制定了焚烧长沙的计划，哪知火一烧起来之后，根本无法扑救，最终导致全城90%以上的房屋被烧毁，3000多人丧生火海。那都是一条条无辜的生命呀！

如今兴平城内起火，老百姓想出城逃难，那些当兵的竟然紧闭城门，倘若大火无法控制而快速蔓延到这边，后果不堪设想。

他伏身在屋顶上，悄悄往城门方向潜去，想着从上至下，出其不意地控制那个连长，逼着当兵的把城门打开。

刚越过两栋屋子，却见前面有人影一闪。那人影几下窜到城门边上，饶是身法极快，可仍被守护在城门下的士兵发现，枪口齐举，朝着屋顶乱射，子弹打得瓦片飞迸。

那人影也不是孬种，趴在屋脊上朝士兵们还击，枪法还不错，几枪过后，城门口立刻倒下几具士兵的尸体。

从另一条街上追来一队官兵，两挺机枪轮番朝屋脊上射击，打得那个人影抬不起头来。其余的士兵则搬来梯子，从几个方向同时爬上去。

再有本事的好汉也架不住对方人多，再拖延下去，只怕对面屋顶上的那个人凶多吉少。苗君儒下了屋顶，撕了一块衣襟蒙住头，借着黑暗的掩护，偷偷来到那两挺机枪的后面。

指挥那两挺机枪的是一个团长，除了机枪手和填弹手外，旁边还有几个持枪的士兵。

一个士兵看到了苗君儒，把枪一举，喝道：“干什么的？”

苗君儒答道：“城内起火，俺出城逃命呢。”

那士兵喊道：“上峰命令，城内有土匪捣乱，不得擅开城门，你没见我们正围剿土匪吗？滚回去，等天亮再说。”

苗君儒往前走了两步，可怜兮兮地说道：“老总行行好，俺老婆孩子都在那边呢，让俺过去吧。”

那士兵拉动了枪栓，“砰”地开了一枪，子弹打在苗君儒的脚边，吼道：“你没听见我说吗？再上前一步，老子就对着你开枪了！”

见苗君儒还在往前走，那士兵正要瞄准，忽觉人影一晃，握枪的手腕一阵剧痛。

那个正在指挥的团长听到背后的动静，刚转过身来，就看见苗君儒夺了那个士兵的枪。就在他认出苗君儒的时候，苗君儒手里的枪已经抵在了他的头上。

团长惊道：“苗教授，你想帮屋顶上的土匪不成？”

“原来是你。”苗君儒也认出用枪指着的这个团长，就是被刘掌柜从台子上摔下去的那个人。

团长并不害怕指着他的枪口，说道：“苗教授，你可是一个有名望有地位的人，和土匪勾结，那可是死罪。”

苗君儒说道：“我知道你们都是有血性的汉子，如今城内四处起火，你们不帮忙灭火，还紧闭城门不让百姓出城逃命。在你们的眼里，是百姓的命重要，还是抓几个土匪重要？你马上下令开城门，手下的士兵都去帮忙救火，否则别怪我不客气！”他见这个团长并不妥协，于是低声在对方耳边继续说道：“就算你把这几个土匪都抓住，也得不了几个赏钱，你看那些逃出城的百姓，有几个是带着全部家财的？聪明一点的，难道不知道趁火打劫的道理？你只需安排一部分士兵帮忙救火，其余士兵该干什么，不需要我再教了吧？余师长手下的另外几个团长，只怕已经想到了这招，晚去了就得不到多少便宜了。”

团长如醍醐灌顶，顿时醒悟过来，说道：“多谢苗教授指点，难怪他们都叫我负责抓土匪，自己却带着人去救火，原来醉翁之意不在酒呀！妈的，我让他们给耍了。”

团长当即命令机枪停止射击，那些爬上屋的士兵也下来。他来到城门边，向那个连长叮嘱了一番之后，带着一部分人朝起火的地方赶过去了。那个连长命士兵打开城门，百姓自行出城，但有一条，随身带的东西必须全部留下。

在一阵诅咒和哭喊声中，苗君儒跟随那些被迫丢下财物的百姓，离开了城门口。

寅时初刻，天边亮起了启明星，离天亮不远了。

苗君儒向一个百姓问明城外十五里土地庙的方向，正要朝那边赶去，却被这人扯住，低声说道："那里去不得。"

苗君儒问道："怎么去不得？"

那人打量了一下苗君儒，说道："听口音，你不是本地人，所以你不知道那里的情况。"

苗君儒说道："不就是个土地庙吗？能有什么情况？"

那人说道："原先那里叫十五里铺，又叫马嵬村，有几户人家，是一条通往武功县的必经之地，东来西往的客商不少，十五里铺土地庙的香火还挺旺。但是几年前的一个晚上，住在庙边上的两户人家突然之间不见了，老老少少全部不见了。再后来，连庙里的两个道士也不见了。县里派人去查，却查不出什么来。从那以后，就经常有人莫名其妙地死在土地庙门口，一传十，十传百，大家都知道那是块凶地，剩下的那几户人家陆续搬走，来往的客商宁愿绕道，都不敢再经过那里，没多久，那条路就荒废了。"

苗君儒问道："这马嵬村距离贵妃墓有多远？"

那人说道："不远，就在土地庙的后边，每逢农历三月初三，那里有个庙会，姑娘们到庙里上完香，就去庙后边的贵妃墓上抓把黄土带走，回家后与面粉搀和，名曰'贵妃粉'，据说擦了以后可以使皮肤变白，变得更漂亮呢！哦，这位老板，还没问你要去那里做什么呢？"

苗君儒编了一个谎，说道："我是来这边做生意的，我侄子前天被土匪绑了票，要我今儿天亮之前去那里领人。"

那人道："还有的人说，大白天在庙门口看见无头鬼了，更何况现在天还没亮呢！去不得，去不得。"

苗君儒笑道："没事，我年前时候跟一个道士学过驱邪法术，不怕鬼。"

他说完后，再也不理那人，独自一人在满天星光的照耀下，朝马嵬村的土地庙而去。

约莫走了七八里地，路上杂草丛生，树木遮住了星光，显得格外阴森，道路两边的树林内鬼影幢幢，仿佛会从背后突然伸出一只手来，偶尔从远处传来的夜枭啼叫，更增添了几分恐怖感。

若是换了别人，此刻只怕吓得魂飞魄散，连路都走不动了。

苗君儒一边走路，一边仔细听着周围的动静。往前走了一阵，依稀看到几间已经倒塌得不成样子的破屋，应该就是马嵬村了。

村中间有一根石柱，柱子上面放着一个圆圆的东西，他走近一看，居然是颗骷髅头。他在村内转了一圈，听到来时的方向传来细微的脚步声，便藏身到一旁。

没多一会儿，一个人影往这边走来，经过他藏身的地方，并未停留，而是直接朝西面走去。他从藏身处闪身出来，轻手轻脚地跟在那人影后面。

天边微微露出一抹晨曦，苗君儒认出那个走在他前面的人，就是土匪头子马长风。两人一前一后地走到村西头，看见前面不远处有一个古宅，走近一看发现是一个庙宇，想必就是那人所说的土地庙。

这地方都好几年没人来了，其他的几间房子早已经倒塌得不成样子，想不到土地庙仍那么完整，更想不到的是，庙门敞开着，门前的香炉里居然还点着三支香。苗君儒并没有跟上前去，而是藏在一堵断墙后面。

马长风朝喊了一声："兄弟们，我回来了。"

从庙内和两边的阴影里陆续出现几个人，其中一个人叫了一声："大哥。"

马长风问道："老三，其他人都回来没有？"

被称作老三的那个人说道：“我们等了这么久，只有大哥一个人回来，大哥，城内的情况怎么样?”

马长风说道：“官兵早就有了准备，其他的兄弟，恐怕都回不来了。再等一会儿，卯时一到，我们就走。”

老三叫道：“大哥，自从你救了那个看山倒朱福之后，说是能让兄弟们发一笔横财，可都几个月过去了，不但没有发到财，连不少兄弟们的命都丢掉。”

马长风一听这话，惊道：“兄弟，你说这话是什么意思，难道不想跟我混了?”

老三说道：“正是这个意思。这些年来，兄弟几个跟着大哥，今天到东，明天到西，也没个真正落脚的地方，福没享到，稍不留神命就没了，整天提着脑袋的日子，兄弟们早就厌倦了。”

马长风问道：“那你想怎么样?”

老三说道：“我和几个兄弟们都商量过了，大家都愿意有个安稳的去处。”

就在这当儿，从树林内冲出一个人来，朝马长风大叫道：“大哥，老三他投靠了官兵……”

一声枪响，那个人踉跄着倒下，马长风一惊，飞快闪身躲在一堵断墙后。就在这时，他发觉身边还有一个人，定睛一看，居然是苗君儒，于是低声道：“苗教授，你怎么来了?”

苗君儒低声道：“程大峰说你在城内办完事，就会和兄弟们来这里见面。”

马长风问道：“他没事吧?”

苗君儒说道：“他当然没事，但是你有事呀。”

马长风笑了一下，大声问道：“老三，是罗强要你们这么干的?”

老三说道：“罗二哥还在山上的石屋里等你呢，不关他的事。”

马长风说道：“我这个当大哥的，虽没有让兄弟们过上多少快活的日子，可都没有把你们当外人看，有福同享有难同当，没有亏待过哪一个。

大路朝天各走一边，你们几人想离我而去，我这个做大哥的，可不能不讲情义，我身上还有些钱，你们拿去分了吧，也不枉你们跟我一场。”

老三冷笑道：“大哥，你身上的钱，兄弟们几个当然想要，否则也用不着在这里等你这么久。还有一件事，也得跟你商量一下。”

马长风说道：“只要我能办到的，尽管开口。”

“既然要投奔去处，得带一个见面礼。”老三说完之后，拍了几下手掌，从庙内冲出二三十个穿着军装的士兵，和老三一起，朝马长风藏身的地方包围了过来。

马长风冷冷地说道：“你要想投奔去处，我并不阻拦，没想到你我兄弟一场，临分手还要手足相残。”

老三说道：“能把你活着带去是最好，万一带不走活的，死的也行。姓马的，别怪做兄弟的无情无义，人不为己天诛地灭，我也是没办法。”

马长风朝苗君儒低声说道：“苗教授，这是我们兄弟之间的事，别把你卷进来。”

苗君儒笑道：“你认为那个老三会放我走吗？我知道你有两支枪，给我一支。”

马长风说道：“在城里的时候你帮了我，我还没谢你呢！我马鹞子可不想欠人家太多的人情。”

苗君儒正色道：“都什么时候了，还说这样的话，聪明一点的，和我杀一条血路出去。”

马长风犹豫了一下，递给苗君儒一支手枪，说道：“在城里拼了一阵，子弹不多了，省着点。”

两人躲在断墙的后面，仔细辨听着由远而近的脚步声。马长风快速探出头去，来了几个漂亮的点射。几声惨叫声过后，脚步声开始迟缓起来。但是对方仗着人多，枪声一直持续不断，子弹打在他们头顶的墙头上，打得粉尘扑簌簌往下落。

马长风大声道：“老三，你知道我的厉害，别让你手下的兄弟白白送命。”

老三说道："我知道你的枪法好，可再好的枪法，也不可能一下子把我们全杀了！识时务的放下枪，我会替你求情的。"

此时天色已经大亮，周围的景物一目了然，那些士兵在火力的压制下，逼得越来越近。

马长风从腰间拿出两颗手榴弹，指着左边的树林，低声说道："苗教授，只要能够进到林子里，他们就拿我们没有法子了。"

从他们藏身处到林子边上，至少有 50 米，虽然他们俩要想在那么多人的枪口下全身而退，有很大的难度，但是这么僵持下去，时间拖得越长，越对他们不利，还不如趁早搏一搏。

苗君儒点了点头，看着马长风将两颗手榴弹扔了出去，两人趁着爆炸的硝烟冲起时，同时从藏身处窜了出去。

苗君儒斜提着枪，朝离得最近的那几个士兵扫出了一梭子。由于他不愿伤及无辜，因而将枪口往下压了一些，那梭子子弹全打在那几个士兵面前的地上。

当他跑进树林里的时候，马长风也跟了进来，身后枪声大作，子弹打得树叶往下落，两人在林子里跑了一阵，看看没有人追来，才停下来休息。

马长风靠在树干上大口大口地喘气，仰着头哈哈地笑了一阵，才说道："苗教授，我马鹞子混迹江湖十几年，以一片真心对待手下的兄弟，想不到如今却被兄弟出卖。让你见笑了。"

苗君儒将手里的枪还给马长风，问道："那你笑什么？"

马长风说道："老三是个直愣子，脑子不太好使，干其他活还行，可打仗这事，他办不了。"

苗君儒说道："我也在寻思，如果他真的要抓你，只需多派几个人守在两边的树林子里，你想逃都逃不了。你说他脑子不好使，可我逃出来的时候，见那些冲在前面的，并不是老三的人，而是当兵的。"

马长风问道："你的意思是，他故意放我们走？"

苗君儒说道："老三背叛了你是不假，但他有意放你，那也是事实。

你有没有想过，他为什么要那么做?”

马长风皱起了眉头，脸色微微变了变，说道：“走。”

苗君儒跟着马长风在林子里转了几圈，当走出林子时，却发觉又回到了土地庙。庙门前一角没有了一个人，除了几摊血迹外，连尸首都被人带走了。

马长风说道：“他们怎么都想不到，我还会再回来。”

他走进庙内，径直来到土地神的泥塑像前，钻到供桌下面，拖出一个积满灰尘的箱子。

苗君儒说道：“你这箱子放在这里有好几年了吧?”

马长风并没有答话，利索地打开箱子，从里面拿出几个压满子弹的弹匣和两颗手榴弹，插到腰里。苗君儒看清箱子里面除了有子弹和手榴弹外，还有不少金条和珠宝玉器。最引人注目的，是一个细颈白玉瓶，还有一串用绳子串住的玉环。

马长风随口说道：“都是从那处墓葬里挖出来的，还没来得及拿出去卖！苗教授，既然你看到了，就帮忙看看，估个价，让我心里也有个数。”

苗君儒看着那串玉环，说道：“这东西叫玉带，是围在腰间的，一般由一个玉扣和九个玉环构成，这玉环的玉色纯白温润，是上等的羊脂白玉，中间镶金，其主人可不是一般的人物呀！有玉环必有玉扣，那玉扣呢?”

马长风笑道：“中间的那个蟠龙玉带扣，还有一块白玉板，我都卖到重庆的‘万古斋’去了，之后你才来的嘛。”

苗君儒说道：“杨国忠的真正墓葬，一直以来没人找得到，你能拥有那两件东西，足可证明你已经找到了他的真墓。如果墓葬已经被人盗过，轮到你进去，能够捡到几片碎玉就算不错了，根本不可能有这些完整的东西。换一种说法，如果你是第一个进去的人，里面的宝贝，恐怕三个这么大的箱子都装不了。从这箱子上的灰尘看，至少有三年没有打开过，而你卖到重庆的‘万古斋’的白玉朝笏和蟠龙玉带扣，却是一个月之前的事。你留在藤老板那里的那张字条上写的是‘陕西兴平七里镇杨老槐’，可是兴平县没有七里镇，更没有一个叫杨老槐的人，我带着学生到这边来，却被一个小玉的女人带到了石屋里。后来你告诉我巧遇看山倒朱福和救走小玉的事，还说朱福已经死了，是被你亲手所埋。可是你和程大峰在城内的一所宅子里，见到了活过来的朱福。而我和他同样在那处宅子里的秘洞内，救出了一个身上戴着天地镇魂金的女人，那是地字派掌门的信物。我和朱福多年以前就认识，也知道他的女儿小玉，自幼身上就戴着那块天地镇魂金。自从我遇见你们之后，所发生的很多事情，都让我觉得很不可思议。你所钟情的那个小玉，究竟是不是朱福的女儿，我无法断定，但是我肯定，你有很多事都瞒着我。”

说完这些话之后，他的眼睛如利剑一般盯着马长风，似乎要透到对方心里。

马长风盖起箱子，嘿嘿笑了几声，说道：“那你认为我是什么人？”

苗君儒说道：“你是什么人并不重要，重要的是哪个人在指使你？”

马长风问道：“那你认为是什么人在指使我呢？”

苗君儒说道：“杨国忠墓葬里面的宝贝，足够让你和子孙三代荣华富贵，可是你仍不知足。我不管你在整件事中扮演的是一个什么角色，我只想知道，你究竟要得到什么？”

马长风并没有立即回答苗君儒的问题，而是将箱子推回供桌下面重新藏好，然后起身说道：“苗教授，这个箱子除了我之外，就只有你一个人才知道了。”

苗君儒冷笑道：“不义之财，我可不放在眼里。”

马长风走到庙门口，见苗君儒没有跟上去，转身道：“苗教授，你不是想知道究竟是怎么回事吗？跟我走吧。”

两人出了土地庙，离开马嵬村，穿过林子，朝山上走去。爬过了几道山岭，来到一座长满了青草的坟墓前。马长风说道：“几个月前，我亲手将看山倒朱福埋在这里，而后才去城里，从那个假董团长的手里，把小玉救出来的。没想到我昨天进城，居然见到朱福还活着。”

苗君儒说道："宋师爷也对我说过，他们找到了这里，可挖开之后，里面并没有尸体。所以他认为他师兄还活着。你确定在城内看到了那个朱福，就是你亲手埋在这里的那个人？"

马长风想了一下，说道："当时屋内太暗，我也没有看仔细，反正长得差不多。"

苗君儒说道："那还等什么，挖开就知道了。"

两人动手挖开坟墓，里面除了一身带血的衣服外，果然没有尸体。

苗君儒蹲在墓坑内，说道："泥土里有尸体腐烂过的痕迹，可以肯定，你救的那个人确实是死了，但是这里面的尸体，却被人刻意挖走。唉！想不到一代地字派的掌门，生前挖别人的坟，死后也被别人挖。因果报应呀。"

马长风问道："你刚才说宋师爷挖开坟之后，里面并没有尸体，那么，尸体是被谁挖走的呢？"

苗君儒说道："挖走尸体的人，除了想知道埋在这里的人是谁之外，还想得到尸体身上的地字派的掌门信物，天地镇魂金。"

马长风问道："你怎么知道他们要寻找尸体身上的掌门信物？"

苗君儒指着坑内那套已经腐烂得不成型的血衣，说道："如果他们想得到尸体上的东西，唯一的办法就是扒开死者的衣服。"他起身走出墓坑，问道："你救回那个小玉之后，她来这座坟上祭拜过几次？"

马长风说道："我偶尔陪她来，但次数不多。"

苗君儒说道："据我所知，看山倒朱福年轻丧偶，和小玉相依为命。"

他并没有说下去，而是目光深远地看着远方那片连绵起伏的山峦。

马长风的脸色微微一变，没有再说话。

苗君儒默默地将坟墓堆好，蹲在坟前自言自语地说道："朱老兄，你放心吧，我会照顾好你的女儿。"

坟墓距离石屋没有多远，两人在坟墓前站了一会之后，苗君儒低声问道："难道你不觉得那个姓罗的兄弟有很大的问题吗？你带人进去的那处墓穴，是宋师爷和看山倒朱福事先布置好的，朱福知道了内幕之后，于是兄弟反目，遭到宋师爷带人追杀。我看过墓穴周边的地形，完全不符合唐代墓葬的规矩。以罗强在风水堪舆上的造诣，不可能那么容易找得到。”

马长风问道：“你怀疑罗强和宋师爷有一腿？”

苗君儒说道：“在没有找到确凿的证据面前，我无法肯定。只是我觉得整件事太玄乎。真正的看山倒朱福死后，你救回来的小玉是假的，董团长是假的，连你见到的那个朱福，也是假的。我不明白他们为什么要这么做，难道你也不想知道吗？”

马长风沉默了一会，说道：“走，找他去。”

两人来到石屋，马长风正要进屋，却被苗君儒拉着往后一拖，他刚要发火，却见苗君儒指了指横在门口一根细线。细线的一头拴在门框上，另一头伸向门背后。他跨过细线，赫然见到门后绑着一捆手榴弹。那根细线，就连着手榴弹的拉弦。

要不是苗君儒那么一拉，马长风进屋时肯定绊上细线。手榴弹从拉弦到爆炸，只需五秒钟。就算他的反应再快，能够逃出屋子，但以这捆手榴弹的威力，不仅能够炸塌这间石屋，连石屋周边十米以内的人和动物都难以幸免。

马长风出了一阵冷汗，暗道：“好险。”

他小心翼翼地弄断细线，拿了两颗手榴弹上递给苗君儒，其余的都插在自己的腰间。

两人在屋里屋外找了一番，都没见着罗强。马长风坐在椅子上骂道：“妈的，要是让我见到他，一定不客气！”

苗君儒问道：“你现在怎么办？”

马长风说道：“我现在是孤家寡人一个，连一个兄弟都没有了，你说我还能怎么办？”

苗君儒似乎想起了什么，说道：“糟糕，我们得赶快进城，要是去晚了，只怕情况有变。”

第九章　山河乾坤地

兴平城内几处着火的地方已经被扑灭，房子烧了不少，所幸没有造成多大的人员伤亡。逃出城外的百姓，也陆续回城。

苗君儒和马长风跟着几个百姓进城，见城门口依然有军队在把守，看到有提着东西进城的人，立即上前盘查。因为昨晚从城内逃出的百姓，身上是不准带任何包裹的。那个团长趁火打劫，借机捞了一大把。

在城门口右边的城墙上，挂着十几具尸体，马长风看着那些尸体，眼睛里几乎要冒出火来，双手不自觉地伸向腰间。

苗君儒忙搂住马长风，连拖带拉地进了城。等进了一条小巷子，他才说道："草莽就是草莽，由着自己的性子办事，这可是大白天，就在人家的眼皮子底下，连个藏身的地方都没有。你没看到城楼上那两挺机枪吗？你可以凭一时痛快干掉几个当兵的，可没等你冲进城，身上就被机枪打成筛子了。"

马长风的眼中含泪，哽咽道："他们都是跟随我好多年，一同出生入死的好兄弟，我心痛啊。"

苗君儒低声道："再心痛也要忍，君子报仇十年不晚，还怕没有给他们报仇的机会？跟我走。"

大街上有一队队的官兵来来去去，偶尔拦下路人检查。马长风跟着苗君儒在城内的小巷子里转来转去，最后来到一处宅子的门前。

苗君儒低声道：“你和程大峰就是在这里见到那个朱福，然后和刘掌柜他们一起，通过一条新挖的地道到那边去的吧？”

马长风点了点头，没有说话。

苗君儒一看四周没人，急忙推门走了进去，马长风跟在他的身后。进了门，就是一个长方形的小院，与普通的院子不同的是，这处院子的院门，居然是贴着西面的围墙边开的。而并非是进门就是照壁，转过照壁前行笔直进正屋的那种。

进去之后往右拐，看到了对面的正屋门，正屋在院子的东北角，而院门却在院子的西南角，成对角线。院子的正中间有一棵枣树，树上挂着还未成熟的青枣。枣树下有一张石桌，桌旁各有四张石凳。在靠墙角的一边，种了不少花，有些花开得正艳。正屋门旁的墙壁上，画着一幅道教的阴阳鱼图案。

院子的东南角有一口半月形的小池塘，池塘里的水面上漂着浮莲，两条金色鲤鱼在浮莲下面游弋，带起一圈圈的涟漪，见到有人走过去，尾巴一摆，钻到水底不见了。在院子的西北角，却堆着一堆一人高的土堆。

站在枣树下，苗君儒问道：“昨天晚上我离开的时候没有仔细看，今儿一见，让我大开眼界呀！要不是我向一个玄字派的高人讨教过住宅风水，还真看不懂呢。”

马长风看了看，说道：“这院子的格局是有些古怪。”

苗君儒说道：“这种阴阳共济的山河乾坤地，只有玄字派的高人才会用，除了要用符咒镇住来自四面八方的煞气之外，还需配合宅子里某个人的生辰八字。如果八字不硬，或是画符的人的道行不够，这处宅子就会阴阳逆转变成死绝地，住在这里面人，一个都活不了。”

马长风问道：“有这么恐怖吗？”

苗君儒不理会马长风的问话，顾自说道：“山河乾坤地是玄字派的前辈高人，在替大周皇帝武则天布置洛阳宫风水时领悟出来的。玄字派的后代高人中，极少有人会用，主要是担心自己道行不够，不但达不到目的祸及宅子里住的人，而且会连累自己，轻则减十年阳寿，重则丧命。地字派的宋师爷应该不会布这处屋宅风水，更何况他是个男人。山河乾坤地是护佑女人的，保女主天下。”

马长风听得一头雾水，说道：“什么地字派的宋师爷？昨天带我来这里的，分明是玄字派的那个刘掌门，他还有一个身份，是城内客来香酒楼的掌柜。罗强要我进城找他，还教我说什么‘天地玄黄，地支苍茫’。当时是一个姓潘的人见了我，说刘掌柜不在，有事交代给他就行。当我们离开酒楼后，刘掌柜扮成一个卖菜的老头，引我们到这里来的。”

苗君儒说道：“‘天地玄黄，地支苍茫’是玄字派的切口，这么说，你那个姓罗的兄弟，是玄字派门下。”

马长风说道：“我们原来寻找墓葬，都是靠他。”

苗君儒说道：“玄字派的门人以风水堪舆为主，并能修造墓室埋设机关，只有地字派的门人，才会干盗墓的活。你那个兄弟兼着两派的本事，我小瞧他了。”

马长风咬牙切齿地说道：“以后见到他，我一定要他给我一个交代。”

两人进到堂屋，苗君儒指着头顶的那根主梁，对随后走进来的马长风说道：“镇住山河乾坤地的符咒，会有画符人的印记，一般都放在正屋的栋梁上。”

马长风按苗君儒所指的地方，一个纵身跃到房梁上，果然从房梁上摸下来一个一尺见方的朱红色小木盒。小木盒上有两道交叉的黄色封条，封条上用朱砂画了一些符。他正要打开，却被苗君儒按住，当下愣道：“为什么不让我打开？”

苗君儒说道：“山河乾坤地的镇符宝盒是那么容易开得吗？”

马长风会意过来，把盒子放在桌子上，找了根铁条挑去盒子上的封条，撬开那把锁，小心翼翼地打开了盖子。

盖子打开之后，奇怪的是里面并没有料想中的黄色镇宅符，倒是有一块形状像砖头，但颜色青灰中夹杂着红绿且半透明的东西。

马长风拿起那块砖头，放在桌子上，笑道："苗教授，这就是你所说的什么高人画的符?"

苗君儒走上前，拿起这块砖头，仔细端详了一会，才说道："你以为这是普通的砖头吗?"

马长风笑道："难道还比黄金和玉器值钱不成?"

苗君儒说道："在你的眼里，也许不值几个钱，可是在我眼里，他并不比你放在土地庙箱子里的玉带逊色。"

马长风笑道："我忘了你是考古学教授，像你们这样的人，连一个砖头都要研究半天的。你倒说说看，这东西怎么就比我那玉带值钱?"

苗君儒说道："这东西叫琉璃，在中国，琉璃的历史最早可追溯到唐朝开元年间，由于那时候的工艺还不发达，所以生产出来的琉璃呈青灰色，且夹杂着红绿两色。这种自然凝聚成的高贵华丽、天工自拙的东西，在当时成为皇家的宠物，可不是一般的人所能拥有的。据史料记载，唐玄宗的寝宫里，就放着各种用琉璃制造出来的东西。而开元盛世中的贤相宋璟，一生勤勤恳恳，忠君爱国，到了晚年辞官退隐的时候，也不过得到两件唐玄宗赐给他的琉璃盏和琉璃瓶。"

马长风说道："可你手上拿的，既不是琉璃盏，也不是琉璃瓶，平平整整的，连一点纹饰都没有，就是一块砖头呀。"

苗君儒说道："不错，这确实是一块砖头，准确地说，是一块墓砖。"他望着马长风，继续说道："用比金玉还珍贵的琉璃来做墓砖，你认为会是什么人的墓呢?"

马长风说道："你说这琉璃是皇家的宠物，连宋璟那样的人，都得不到几件。除非是皇帝最喜欢的人……"

苗君儒微笑道："不错。除了皇帝最喜欢的人，谁都无法享受那么奢华的待遇。除了杨贵妃，普天之下再也找不出第二个人。马嵬村后面贵妃墓是座衣冠冢，罗强带你进去的那个地方，是有人布置出来的。只有把这块琉璃墓砖放进盒子里的人，才进了真正的贵妃墓。那个人会是谁呢？山河乾坤地必须要用符咒镇住，否则屋子里根本不能住人。他们在离开这里的时候，将正堂上的祖师爷画像带走，也将这盒子里的符咒带走，却放进了一块琉璃墓砖。那个人为什么要这么做?”

马长风说道：“也许那个人像你一样，觉得这块琉璃墓砖很珍贵，所以藏在这里面喽！你不是进城来找人的吗？人呢?”

苗君儒说道：“把东西放回去，我们找人去。”

等马长风将那盒子重新放到梁上之后，两人离开堂屋朝后面走过去，直接走进那间屋子。正如他所料的那样，程大峰和小玉都不见了。他和马长风进来说话那么久，如果程大峰在屋里，早就应该出来了。奇怪的是，他进巷子的时候，特地看了巷子两边的墙角，并非没有发现程大峰留下的印记。难道程大峰和小玉都没有离开?

既然这样，他们究竟到哪里去了呢?

苗君儒打量着这间不大的屋子，除了一张木桌子和两张凳子外，就是面前这张大床了。床上的被子都已经发黑，不知道多少年没有洗过。在大床另一边的窗台上，放着一盏古色古香的油灯。油灯里面还有些油，灯芯有近期燃烧过的痕迹。由此可见，这几天内屋子里确实住过人。

他一眼就看出那盏油灯并不是凡品，乃是唐代越窑的龙口青瓷褐彩云纹油灯。油灯的造型古朴而庄重，除了灯嘴的高昂龙首外，周围都有精美花纹。从瓷器的颜色上看，乃是临安吴越国的秘色瓷。这种秘色瓷在后唐五代时期，成为宫廷的专用陶瓷，由秘色瓷制造出来的各种器皿，无论在造型还是纹理上，要显得花俏得多。而面前的这具灯盏，从造型和纹理上判断，实乃中唐时期的宫廷用品。在历史上，由秘色瓷制造的贡品器皿存世不过两三件，每一件都是稀世珍宝。而这盏中唐时期的油灯，更是稀世珍宝中的无价之宝。

就这么样的一件无价之宝，居然随手放在窗台上，也不怕被人偷了去。

马长风见苗君儒望着那盏油灯不吭声，忍不住问道：“是不是又发现了一件什么宝贝?”

苗君儒并没有回答马长风的问话，而是说道：“为什么，他为什么要这么做?”

马长风听得稀里糊涂的，问道：“谁要这么做?”

苗君儒回过神来，说道：“这处宅子绝对不止一条地道，我们找找看。”

马长风俯身看了看床底，正要说话，却听得外面传来纷杂的脚步声，还有拉动枪栓的声音。他拔出手枪，冲出了小屋子。只见从堂屋那边冲过来几个穿土黄色军装的士兵。那士兵一看到他，立即举起手里的枪。

马长风的手脚更快，枪口一抬，已经扫出去一梭子，冲在最前面的几个士兵中弹倒地。前面的士兵倒下，后面的士兵立即顶上，一阵乱枪将他逼回到屋内。他朝屋外打了几枪，对苗君儒说道：“苗教授，我们被包围了。”

枪声越来越密集，子弹将屋门都打成了筛眼。由于马长风不断反击，所以外面的士兵也不敢靠得太近。

苗君儒说道：“外面的士兵未必是冲着我们来的，要是强行冲出去，只怕有个闪失。留得青山在不愁没柴烧，先保住命要紧。”

马长风看了一眼那个并不大的窗户，抽出了两颗手榴弹，低声道：“苗教授，我在这里顶着，你先出去。”

苗君儒摇了摇头，指着右边床脚上的那个星形标记，说道：“我刚才说过，这处宅子绝对不止一条地道。”他抄起那张凳子，先将窗户砸烂，接着拿起那盏油灯，钻进了床底。

马长风说道：“天堂有路你不走，地狱无门你偏去闯！我刚才看过了，下面黑乎乎的，什么都没有。我们就算不冲出去，也用不着躲进床底呀。”

苗君儒趴在床底，点燃了油灯。在灯光下，他发现床下的地面有些光滑，只有经常有人出入的地方才会这样。他用手轻轻敲击着地面的青砖，果然听到下面传来的空洞声。当他的手按住一块青砖的时候，只听得一阵滑动的声音，面前出现一条两尺多宽，五尺多长的沟槽来，正好容一人滚入。

他朝外面低声喊了一句“进来”，就闭着眼睛滚了下去。

马长风朝外面扔了两颗手雷之后，也滚进了床底。

身体在空中下坠的时间并没有超过两秒钟，苗君儒就感觉落在了一堆软绵绵的东西上，他刚滚到一边，马长风就下来了。

细微的滑动声音过后，从他们头顶透下来的那点微弱亮光消失了。苗君儒在滚落的时候，尽量护住手里的灯盏，可他忽略了灯盏里的油。灯盏虽然没有被摔破，但里面的油却洒掉了。他摸出打火机点燃，在看清马长风的同时，也看清了那堆软绵绵的东西，竟然是十几具堆在一起的干尸。

这十几具干尸有老有少，有男有女，大多穿着平常百姓的服饰，但是最上面的两具男性干尸，却穿着青灰色的长摆道士服，头上系着道冠。分明是两个道士。

马长风从干尸上爬起身，骂了一声“晦气”，朝干尸吐了一口唾沫，可是当他看清干尸的模样时，脸上露出不可思议的神色。

苗君儒不失时机地问道：“你认识他们，是不是？”

马长风矢口否认道：“我怎么会认识这些干尸呢？”

苗君儒说道：“从尸体风干和衣服腐烂得程度上看，这些尸体死亡的时间不超过五年，我昨晚出城赶去马嵬村的时候，有好心人告诉我，说几年前，庙里的两个道士和住在附近的两户人家离奇失踪了。你从供桌下拖出的那箱子，想必放在那里有好几年了吧？”

马长风正要说话，头顶上传来急促的脚步声，一个声音喊道：“他们跳窗走了，追。”

待上面的士兵离去之后，马长风才说道：“苗教授，看来什么事都瞒不过你！不错，我是认识他们两个，老的姓严，是庙里的庙祝，小的是庙祝的徒弟。几年前我带着兄弟们刚来这边时，就在庙里面歇过几个晚上。那庙祝也是见多识广的人，和我一见如故……”

见马长风不再往下说，苗君儒问道："你们既然是朋友，难道他们两个和外面两户人家失踪，你都不知道吗？"

马长风说道："那里也只是我的一个落脚点，不经常去，那事也是后来才听说的。"

苗君儒见马长风不愿说真话，便不再问，而是走到那具庙祝的干尸旁，低声说道："安安稳稳当你的庙祝好不好，去结识什么土匪？一旦惹祸上身，就算不被官兵知道，追究你的通匪之罪，也会惹上无妄之灾，连命都丢掉。唉，你连死都死得不明不白，死不瞑目呀。"

马长风说道："苗教授，你这么说是什么意思？好像是我害死他们一样的。"

苗君儒说道："你有没有害死他们，你自己心里清楚。既然你不愿对我说真话，我就不问了。不过我可告诉你，也许你还有利用价值，否则你可能会跟他们一样，死在一处永不见天日的地方，变成一具干尸。"

"不可能！"马长风说完这三个字之后，发觉自己失口，于是说道："苗教授，我只是一个混迹江湖的土匪，脑袋拧在手里过活的，什么时候死都不知道，反正过一天算一天。"

苗君儒说道："箱里的那些宝物，你三辈子都花不完，如果我换成是你，会躲在一个谁都找不到的地方，建宅子置地，再买两房媳妇，舒舒服服地过日子。而不是像现在这样，被人撵得像兔子，随时都没命。"

马长风的脸上闪现了一抹阴郁的神色，说道："苗教授，我何尝不想那样呢？只是人在江湖身不由己呀。"

苗君儒说道："好一个身不由己。你能够从川贵地区来到这里，难道这万里河山，就没有你的藏身之处了吗？"

马长风从牙缝中蹦出两个字："没有。"

苗君儒微微点了一下头，他已经从马长风的那两个字中，意识到了事态的严重性。

马长风叹了一声，说道："苗教授，等找到你的学生之后，你们就离开这里。这件事本来就与你无关的。"

苗君儒说道："不错，这件事原本与我无关。但既然已经走到了这一步，我想退出已经不可能了。时至抗日最艰难时期，连日本忍者都卷进来的事，绝对不会那么简单。我是一个考古学教授，但我更是一个顶天立地的中国人！昨天晚上你在台下，刘掌柜的那番话，相信你也听到了吧?"

马长风痛苦地说道："苗教授，你就别说了！我马鹞子也是堂堂的血性汉子，何尝不知抗日救国的大道理。"

苗君儒说道："行，你有你的难处，我不逼你！我只忠告你一句，无论什么时候，你只记得你是个中国人就行，别像某些人一样，打着曲线救国的牌子当汉奸。"

马长风说道："好，我答应你！我对着严庙祝的尸身发誓，如果我马鹞子卖国当汉奸，叫我不得好死，死无葬身之地!"

苗君儒由衷地说道："有你这话就行，也不枉我和你结识一场!"他望着那十几具干尸，接着说道："放心吧，我不会让你们死得不明不白的。冤有头债有主，我会替你们讨一个公道的。"

说完后，他从严庙祝的身上撕下那块沾了灯油的衣服，扯了右腿骨，扎成一个火把。

马长风说道： "苗教授，死人为大，你对死人这么不敬，恐怕不好吧?"

苗君儒笑道："人之一死，魂魄离身，剩下的只不过是一具躯壳罢了。我已经答应他们，替他们讨回一个公道，如今我只借他那无用的躯壳一用，他若在天有灵，也不会怪我的。"

点燃了火把，斗室里立刻亮堂起来。苗君儒看清这斗室的四壁，像堂屋下面的那间一样，都是用青砖砌成，所不同的是，那间斗室用来囚人，出入只有一条通道，而这间斗室却有左右两条通道，不知通往何处。

他看了看脚下的地面，见左边的地面上，有崭新的走过的痕迹，而且靠近地面的墙角边缘，有一个星形的标记。苗君儒便朝马长风挥了挥手，往左边而去。

通道高约一米五，需得低头弯腰才能走，每隔十来米，墙壁上便有一个小凹洞，凹洞里放着一盏油灯，但是这种灯盏却不是什么古董，外面的街市上一角钱一个。

前行不到三十米，一具尸体挡住他们的去路。这个人是被人扭断了脖子而死的，尸体还没完全僵硬。从手法上看，应该是程大峰的杰作。苗君儒在经过尸体身边的时候，闻到尸体身上一股异于常人的味道。他抓起尸体的右手看了看，撕开死者身上的衣服，见死者的右胸口，有一个八卦形的印记，说道："手掌虎口的茧皮大而厚，是长期用刀而成的，身上一股油烟味，证明他是个厨师。只有玄字派门人，胸口才有这个阴阳太极印记。"

马长风说道："他是刘掌柜的人？"

苗君儒起身继续前行，每隔三五十米，就有一条分岔路。想不到这处宅子下面，居然藏着这么大的工程。他不敢朝别的岔道去，只照着程大峰留下的印记走。

大约过了七八个岔道口，他们顺着台阶往上走，走上第三级台阶的时候，感觉台阶微微动了一下，还以为是踩中了什么机关，正要往后闪避，谁知台阶的上方发出细微的声响，一块石板自动移开，露出一个口子来。

上去后，石板又自动合上。他们发觉自己置身于一间极为狭窄的小屋内，小房间内四壁都是木板墙，连个门都没有。倒是左边的木板上有两个小洞，透进来亮光。

马长风用手摸着四壁，正在寻找出口，这时，从外面传来一个苍老的声音："上香。"

兴平城里的老人都知道，城北的老城隍庙，是最吓人的地方。

老城隍庙旁边有一条河沟，老辈人说，当年蒙古人打过来的时候，把全城的老百姓都赶到这边，大大小小一个不留地全杀了。尸体填满了这条河沟，鲜血顺着河水，一直流到渭水，染红了大半个江面。后来有几个道士经过这里，挖了几个大坑，从河里把尸体捞出来全埋了。但是河水从此一边暗红一边清澈，变成了阴阳河。

明代修建老城隍庙的时候，还挖起了不少白骨，据说还有两具没有腐烂的少女尸体。老城隍庙修了起来，可没有人敢进去住，大半夜可以听到男男女女的哭声，那哭声真叫一个惨呀。

大白天的，有人看见许多无头鬼在城隍庙进进出出的。

城隍庙一建起来就荒废，成了阴森恐怖之地。明清两朝官府秋后处决犯人，也都是拉到这里砍头的。

前面的阴魂不散，后面又加厉鬼。戾气那么重的地方，哪里还有人敢到这里来？奇怪的是，城隍庙历经几百年的风风雨雨，居然没有倒塌。

光绪年间，有一位高人来到兴平，说城隍庙的阴气太重，压制了城内的阳气。当年的那些冤死鬼要寻找替身，不出十年，恐怕又会遭到屠城的灾难，大大小小一个都逃不过。那时正在闹义和团，洋鬼子也打进来了，到处都人心惶惶，听说要全城遭难，谁还不信呀？纷纷拖着一家老小往城外逃。

可那个高人说，城隍庙位于城北，北面属阴，本就是汇集阴气的地方。但兴平城东西两边地势险要，乃藏龙卧虎之地，加之南面的渭水，水乃财气。若是大家出资修建一座七层镇妖塔，镇住城隍庙的阴气，可保全城无恙。于是，有钱的出钱，没钱的出力，一座八面佛像的七层镇妖塔，立在了老城隍庙的阴阳河边上。

虽说有镇妖塔镇住了阴气，厉鬼不敢跑出来吓人，可仍没有人敢来这里。那个高人离开的时候，留下几句话，说是七层镇妖塔只能暂时镇住阴气，如果有那么一天，庙前两块石碑上出现血红色的人形，就是灾难到来之时。届时须要选一个阴年阴月阴日阴时出生的少女，以少女的血涂抹在石碑上，待人形消失之后，可保全城无恙。

几年前，苗君儒去甘肃考古，路经兴平时，听了关于老城隍庙的传说，还特地去了那个地方。三伏天走到庙门口，也觉得寒气逼人，不由得令人起一身鸡皮疙瘩。

他也觉得这座城隍庙有些怪异，不像别的城隍庙一样，门前是两座石狮，也不是翁仲神像或石鼓，而是两块没有任何纹饰，也没有底座的石碑，就那么立着，一半埋在土下。就如乾陵的那块无字碑一样，留给世人太多的谜团。

只是由于当时行程匆忙，他没来得及对城隍庙做进一步的考察，就离开了兴平。不过，这座充满着神秘的城隍庙，一直留在他的脑海中，始终都抹不去。

当他听到那句苍老的声音时，内心一惊，觉得这声音有些熟悉，似乎在哪里听到过。他贴着小洞往外看去，只见外面香烟缭绕，依稀看清对面是一尊泥胎神像，有几个人背对着他，在朝神像鞠躬。神像面前的供桌上，赫然摆放着一男一女两颗血糊糊的人头。只可惜由于距离太远，看不清人头长得什么样。

饶是如此，他的心还是猛地一沉。那两颗人头，会不会就是程大峰和那个真小玉？他们两人从这里逃出去，被那些人撞上，遭了人家的毒手？

马长风似乎摸到什么机关，轻轻一晃，在距离地面两尺高的地方，拿下了一块木板，露出一个小洞口。洞口并不大，刚好容一个人爬出去。

马长风爬出去之后，不小心弄出了声音，听到几个声音叫出来："有人。"

几声枪响，然后听到有人逃出去的声音。苗君儒爬出去后，看见了对面的几尊一人高的泥塑像，回身看时，原来自己是从一处夹墙中出来的。那小门与墙壁连为一体，若不是从里面出来，根本无法察觉那里面竟还有一间小房间。

他侧身躲在一尊泥胎神像的后面，看到了门外左侧那座方方正正的石碑，心想：怎么到了这里？

马长风手持双枪，躲在供桌的旁边，回头看了一眼苗君儒，露出一种很古怪的神色。

苗君儒快步来到供桌前，看清了那两颗人头的样子，才放下心来。

在供桌上方的泥塑神像的胸前，挂着一幅画，画像上那个手持洛阳铲的驼背老人，正是地字派的祖师爷搬山道人。他不禁心道：地字派虽是以盗墓为主的江湖邪派，但也不至于邪到用人头来祭拜祖师爷的地步。这两颗被砍下来当祭品的人头，会是什么人呢？

马长风微笑道："放心，不是你的学生。"

苗君儒想起方才马长风露出的奇怪表情，于是说道："你认识他们，是不是？"

外面没有人敢冲进来，那个苍老的声音说道："别以为你们不出来，我就奈何不了你们！来人，放火烧！把里面的人连城隍庙一起给烧了。"

就在苗君儒思考着怎么办的时候，听到身后传来细微的声音："苗教授，是我。"

他扭头一看，见程大峰从一尊神像后面闪身出来。他见程大峰身后并没有跟着那个被他打晕的小玉，便问道："她呢？"

程大峰说道："我也不知道，在地道下面的时候，她是跟在我后面的，可是走到第四个拐弯的时候，发现她不见了？"

以程大峰的功夫，怎么连身边不见了一个人，都没有察觉呢？如果不是小玉的武功太高，那就是程大峰说谎。

苗君儒正要说话，却听到外面传来一个男人的声音："苗教授，我知道你在里面，出来吧！到时候真的放火，你们可就没有退路了呀。"

这声音却是宋师爷的，苗君儒大声道："宋师爷，跟你一起的两个人到哪里去了？"

宋师爷说道："苗教授，有话就出来问，放心吧，我们不会伤害你的！我要是真想杀你，也等不到现在了。"

苗君儒示意程大峰和马长风暂且躲好，他一个人缓慢走了出去。

时近黄昏，夕阳西下，天边那片火烧云，将大地铺上了一层奇妙的红色，也使那些站在庙门口的人，脸上浮现出一抹诡异的潮红。

台阶下面的人并不多，除了宋师爷和那几个朝神像鞠躬的人之外，还有十几个背着枪的士兵。苗君儒想起他在地道下面时听到的那个苍老的声音，仔细看了那些人一眼，却没有发现一个超过六十岁的老人，当下心道：难道自己听错了？

宋师爷说道："苗教授，你可真的是无处不在呀！"

苗君儒问道："你怎么知道我在里面？"

宋师爷干笑了几声，说道："整个兴平城都是我的天下，别以为你跟马鹞子混在人群里进城，我就不知道。我猜你们肯定会去两个地方，第一就是那家客来香酒楼，其次嘛，应该是我的那处老宅子。后来我听说有几个士兵在我那处老宅子里被人打死了，我就肯定是你们。我的那处宅子下面的密道，只有一条活道通向这里，其他的都是死道。以你苗教授的本事，不可能找不到的，对吧？"

苗君儒说道："宋师爷，既然那处宅子是你的，可是你是男人，山河乾坤地是护佑女人的。"

宋师爷笑道："能够知道山河乾坤地的，除了玄字派和地字派的几位高人外，我看就只有你苗教授了。你说得不错，山河乾坤地是护佑女人的，男人能掌天下，难道女人就不行吗？"

苗君儒暗惊，以宋师爷的年纪，就算有个女儿，也不过二十来岁，区区一个二十来岁女人，能有那份雄心吗？如若不是，宋师爷背后的女人，会是什么人？而那苍老的声音，却又是什么人呢？

他想了片刻，说道："有本事的女人，当然能够雄霸天下。唐朝的武则天和大清朝的慈禧太后，都是女人中的英豪。"

宋师爷笑道："你知道就好！苗教授，我想知道，你在这件事中，究竟扮演的是什么角色？"

苗君儒也笑道："我不是戏子，不会演戏，只是一个考古学者。宋师爷，我以为你投靠了满清帝国的康德皇帝，谁知道另有主人。我也很想知道，你在这件事中，扮演的又是一个什么角色呢？"

宋师爷嘿嘿笑了几声，说道："苗教授，我们没必要这么绕弯子，我给你两条路选择，一条路是帮我们，另一条路是死在这里。"

苗君儒问道："有没有第三条路可以选？"

宋师爷得意地说道：“如果有第三条路，我都愿意选！”

苗君儒往下走了几级台阶，好让躲在里面的马长风能够看清外面的情况，他沉声说道：“宋师爷，我就算要帮你们，也应该让我帮得明明白白，你说是吧？”

宋师爷说道：“有些事你不需要知道，只要按我所说的去做就行！我知道马鹞子就躲在你的身后，只要他把那块假石王交出来，我可以放他一马。”

苗君儒笑道：“一块假石王，难道你还有别的用途不成？”

“石王虽然是假的，但也是人间罕见之物，是我师兄弄到手的，就算他死了，那也是我们地字派的东西！”宋师爷招了一下手，那些士兵齐刷刷把枪口对准了苗君儒。

苗君儒从衣服内拿出天地镇魂金，大声道：“你们看清楚，我手里拿的是什么？天地镇魂金在手，我就是地字派的掌门人。”

天地镇魂金在夕阳的照耀下发出万道金光，令人不敢直视。宋师爷呆呆地望着苗君儒，说道：“你是怎么得到我们掌门人信物的？”

苗君儒收起天地镇魂金，说道：“你应该知道我和看山倒朱福是什么样的交情？两年前，他写信给我，说地字派门人已经走入了魔道，他无能为力，担心掌门信物落到某些人的手里，于是连信一起寄给了我。他在信里说，如果他遭遇了什么不测，我就代替他掌管地字派。”

宋师爷大声道：“兄弟们，别听他胡说！你不是地字派的人，我师兄怎么可能把掌门信物交给他呢？一定是他串通了马鹞子害死了师兄，拿走了掌门信物。”

几个黑衣人义愤填膺地喊道：“杀了他，拿他的人头祭拜掌门人！”

两颗冒烟的手榴弹从庙内飞出，落到人群里。马长风从里面冲出来，身后跟着程大峰，他提着双枪，横着扫出去一梭子，朝苗君儒喊道：“苗教授，跟他们啰嗦什么，冲出去再说。”

苗君儒也不愿意和宋师爷啰嗦，正如他说的那样，他只不过想知道，宋师爷究竟在为什么人卖命。

趁着手榴弹的爆炸声，苗君儒和程大峰跟着马长风朝城隍庙的左边跑去。那里有几栋没有人住的老房子，只要穿过老房子那倒塌的土墙，就到了阴阳河边。阴阳河上有一座明代修的石桥，是唯一可以逃走的路。

醒悟过来的士兵在宋师爷的喊叫声中开枪了，子弹打在他们脚边的石板地上，激起一些石屑，但不能阻挡他们的步伐。

三个人好不容易穿过老房子，来到阴阳河旁边的石桥，刚跑上桥头，就见一个坐在桥栏上的人站起身来，挡住了他们的去路。

第十章　翠花楼的头牌姑娘

就如城隍庙一样，这座阴阳河上的石桥，自修起来之后，几乎都没有人走，桥上石缝间都长出了齐膝高的杂草。当初修这座的桥的时候，说是便于阴魂来往，并不是给人走的。

所以，出现在桥上的人，肯定不是一般的人，更何况是在这种时刻。桥上的那个人蒙着面，眼神犀利，透出逼人的寒光。他就站在桥中间，正好挡住苗君儒他们三个人的去路。

在他的身后，还有六个一字排开的，穿着黑衣的蒙面人。是马长风和程大峰都见过的日本忍者。

马长风朝那个人举起的手枪，手指一扣之下，枪击里传来“咔嗒”一声。原来他在城隍庙的时候，一梭子将两支枪里的子弹全扫了出去。

他换子弹的时间不超过三秒钟，可是眼下他不敢乱动，因为他看到对面那个蒙面人手里的枪。只需看到对方那冰冷的眼神，他就知道，还没等他换上子弹，从对方枪口飞出的子弹，肯定穿过了他的脑袋。

在江湖上混了这么多年，唯一学会的就是如何保命。

不单是马长风，连苗君儒和程大峰也看出来了，站在他们前面的是一个劲敌。当苗君儒朝后面望了一眼时，却没有看到宋师爷和那些士兵的影子。

程大峰低声说道："马大哥，就是他们抓走的小玉姐！"

蒙面人的声音很低沉："那女人在我们手里，拿你们身上的东西来换人。"

苗君儒用日语问道："你是日本人？"

蒙面人说道："苗教授，上川先生要我向你问好。"

苗君儒大惊，他当年在日本留学，虽然时间比较短暂，但认识了不少日本玄学界和考古学的名宿，上川寿明是日本最有名望的玄学大师，对他这个来自中国的后生小辈非常器重，他尊上川寿明为老师，两人经常探讨一些玄学上的问题。"九一八"事变之后，他便不再与日本友人联系（苗君儒与上川寿明再见面的故事，详见拙作《帝胄龙脉》）。

上川寿明对中国的玄学颇有研究，对中国古代那些传说中的古物，充满了无限向往，有一次谈及失踪的传国玉玺和万古神石等物，无不扼腕哀叹。自日军侵华以来，四处挖坟盗墓，不惜手段地搜罗掠夺古物。所幸几所大学里的珍藏之物与故宫珍宝，已经随大军南迁至昆明，才使得那些中华瑰宝没有落入外夷的手中。以上川寿明的性格，在这样的时机里，怎么可能甘于袖手旁观，不寻找心慕已久的宝物呢？若连上川寿明都卷了进来，这件事恐怕越来越麻烦了。但兴平乃是国统区，比不得敌占区。上川寿明要想在这里动手脚，并非轻易就能得逞。

想到这里，他问道："上川先生也来了吗？"

蒙面人并没有回答苗君儒的问题，而是说道："上川先生说你文武兼备，是一个难得的奇才，有时间的话，我想领教一下。"

马长风伸手探进衣内，蒙面人似乎看出了他的心思，说道："这可不是在房顶上，你弄个炸弹来糊弄我！不想死的话，乖乖把东西拿出来！"

马长风说道："那么珍贵的东西，我怎么可能放在身上呢？你要是不信的话，叫一个人过来搜一下我的身，就知道了。"

蒙面人说道："我相信你。明天傍晚，我们在这里，你拿东西来换人！否则，我们就杀了那个女的。"

苗君儒说道："这可不能你说了算，我们换个地方，明天中午，在客来香酒楼，怎么样？”

蒙面人犹豫了片刻，点了点头。

他们三人在那蒙面人的注视下，离开了石桥，走进阴阳河对面的树林中。

走在前面的马长风换上的子弹，突然转身，枪口对着苗君儒，说道：“苗教授，把你身上的天地镇魂金给我。”

苗君儒看着黑洞洞的枪口，说道：“那是地字派的掌门信物，你用来做什么？”

马长风说道：“你不要管，反正我有用。苗教授，别逼我开枪。”

程大峰愣愣地看着马长风，说道：“马大哥，你怎么能这样？”

马长风正要说话，觉得一阵风拂过脸颊，手腕一痛，拿在手里的枪落到地上。可他的反应并不慢，当即上前一步，五指成爪，朝苗君儒当胸一把抓下。以他的身手，一般人绝难躲避，不料竟然一抓落空，他大吃一惊，当下不敢怠慢，闪身退到一旁，说道：“那个蒙面的日本人说你文武兼备，我还不相信，今儿总算见识到了。”

苗君儒将地上的枪踢到一旁，说道：“告诉我，那两颗人头是谁？”

马长风往后退了两步，靠在树上说道：“那男的我不熟，但那女的，是城内翠花楼的老板娘。”

像马长风那种混迹江湖的土匪，经常出入烟花之地，认识城内翠花楼的老板娘，不足为奇。江湖上三教九流的人当中，最能察言观色揣摩别人心思的，除了天派与黄派的算命先生外，就属妓院的老板娘和官府里的师爷了。作为妓院的老板娘，不但在黑白两道都有靠山，而且八面玲珑，不会轻易得罪人。这样的一个人，怎么会成为地字派的祭品呢？

苗君儒想了一下，对马长风说道：“我想回城去一趟，明天中午我们在客来香酒楼见面。如果你真的想要天地镇魂金，我会给你，但不是现在！”

程大峰说道：“苗教授，我跟你一起去。”

他跟在苗君儒的身后，边走边回头看马长风，以防他捡起枪来，从身后偷袭，却见他捡起枪之后，直接窜进树林中不见了。

兴平城的翠花楼就坐落在大街的十字路口，很大的一块牌子，来往的客商都看得到。在二楼的窗口，站着花枝招展的姑娘们，不断朝街上的男人抛着媚眼。

兴平城内的人都知道，翠花楼的姑娘们来自米脂。都说米脂的婆娘绥德的汉，这米脂的婆娘就是与众不同，那娇美的面容，挺拔苗条的身材，加上那细滑如玉的肌肤，馋得人直流口水。随便一走，那身子就如风摆杨柳一般婀娜多姿，简直能够迷死整条街的男人。

翠花楼是个消金窝，没有百把个大洋，休想在翠花楼潇洒一晚。只要你有钱，往那儿一坐，你就是大爷。

事实上，翠花楼不仅仅是个妓院，还是一处各种信息交汇的场所。在这里，钱能通神，有钱就能买到想要的东西。

苗君儒在去翠花楼之前，将身上的那个龙口青瓷褐彩云纹油灯盏，拿到城里的当铺，当了两千大洋。

当他们来到翠花楼时，正是花灯初上时分。门口有几个打扮得花枝招展的女人，正在卖力地拉客。

进了门，只见大厅放着几张桌子，桌子上摆着酒菜，每张桌子旁都坐着一男一女，正交杯换盏，等酒劲一上头，就搂着上楼办事。还有几对痴汉怨女，则在角落里说着悄悄话，缠绵得不亦乐乎。

一个脸上抹满了脂粉的中年女人迎上前来："两位老板是从外地来的吧？"

以苗君儒和程大峰的这身打扮，只要不是傻子，都能看出不是本地人。他微笑了一下，没有说话。

中年女人笑道："两位老板一定是头一次来，要不我给你们介绍两个？我们这里的姑娘，个顶个的漂亮，包两位老板满意。"

苗君儒说道："我们是来找人的。"

中年女人笑道："哟，两位老板可真会说笑话，找人找到这来了。我们这里恐怕没有你要找的人。"

苗君儒说道："我找你们的老板娘。"

中年女人脸上的肌肉抽搐了一下，问道："莫非你跟我们老板娘熟？"

苗君儒说道："想跟你们老板娘谈笔生意，是桩大买卖。"

中年女人说道："你可来得不巧，她今儿不在这里。"

苗君儒问道："她不在这里，去哪儿了？"

中年女人说道："我也不太清楚，听说昨儿出去了，一直没有回来。"

苗君儒问道："老板娘不在，这里谁管事？"

中年女人说道："是赛孟德，她可是我们这里的头牌，不见外客的。"

苗君儒暗惊，据他所知，这妓院里姑娘们的名字，一般是花名，比如玉兰、牡丹、香莲之类的。也有人名，诸如赛西施、赛貂蝉等。但不管怎么说，这名字还都是女性化的，不可能是男人的名字。这头牌姑娘与众不同，取一个叫赛孟德的名字，那是什么意思呢？历史上叫孟德的名人，当属三国时的曹操曹孟德。曹操为人生性多疑，但胆识过人，为一代枭雄！当下打定主意，要会一会这个女人，究竟是什么样的人物，能够配得上"赛孟德"这三个字。

苗君儒拿出那张两千大洋的银行本票出来，淡淡地说道："我只见她一面，没有别的意思。"

花两千大洋只为了见一面，出手这么阔绰的客人，谁会不喜欢呢？中年女人怔怔地看了他一眼，说道："你先等会儿，我进去通报一声。"

那个女人进去后没多一会儿，一个满身横肉的胖男人来到苗君儒的面前，冷冷地说道："两位请跟我来。"

那人并没有领他们上楼，而是走进楼梯旁边的一扇小门，进了小门，走过一道回廊，就是后院。后院并不大，但布置得很精致，每一处花卉盆栽、池塘亭榭，都恰到好处，令人赏心悦目。他们沿着池塘边的一条石子路，走进一个拱门。

苗君儒还没来得及看清面前的景色，拱门就在他的身后"吱呀"一声关了，几个手拿棍棒的壮汉，朝他们俩围了上来。

苗君儒叫道："我是来找你们老板娘的，可有个女人说她出去了一直没有回来，我只好找你们这儿管事的说话。你们这是什么意思？"

胖男人说道："我们老板娘昨天出去后，到现在还没有回来。包括你们在内，已经是第三拨人在找她了。这些天兴平城内来了不少人，我们这也不平静。趁我们没有动手，你们老实说吧，你们是干什么的，找我们老板娘做什么？"

苗君儒看了左右一眼，说道："我们只不过是路过这里的生意人，上次我来兴平，和你们老板娘谈了一笔买卖，这一次回来，我是来兑现诺言的。"

胖男人说道："你别蒙我，我们老板娘是什么样的人，我还不知道吗？你说你和她谈了一笔买卖，怎么连我都不知道，而且我也没有见过你。"

苗君儒说道："我和她并不是在这里谈的，在一个朋友那里。"

胖男人冷笑道："兴平城里大大小小的老板，没有几个我不认识，你倒说说看，你的朋友是谁。"

苗君儒说道："我为什么要让你知道？"

胖男人挥手道："动手！"

不等那几个男人动手，程大峰已经动手了。这些男人虽然一个个高大强壮，吓唬一般人还凑合，但在他俩的面前动起手来，只有挨揍的份儿。

一分钟的时间都不到，那些男人全都被打趴在地上，痛苦地呻吟着。苗君儒掐住为首那胖男人的脖子，低声问道："昨天是谁把你们老板娘叫去的？"

传来一阵掌声，苗君儒扭头一看，见不远处站着两个女人，其中一个就是不久前说是进去通报的中年妇女。而另一个女人，看上去二十来岁的样子，穿着一身真丝的绣花短褂，高挽着发髻，那两条清秀的柳眉下面，是一双勾魂的媚眼。

苗君儒放开那男人，问道："你就是这里管事的赛孟德？"

赛孟德点了点头，轻启朱唇，声音如夜莺般动听："敢问老板贵姓？"

苗君儒拱手道："免贵姓李。"

赛孟德指着旁边那栋两层的雕檐小楼，说道："烦请李老板赏个脸，进我屋里喝杯茶如何？"

苗君儒笑道："你不说我还差点忘了，走了那么远的路，确实有点口渴！那就多谢你了。"

那几个男人爬起身忍着痛退去，苗君儒和程大峰跟随赛孟德进了小楼后，并未在楼下停留，而是直接上了楼。

这楼上的装饰，与下面大不同。一排雕花的仕女玉石屏风隔开内外两间，屏风上造型各异却又栩栩如生的仕女，乃红楼梦中的金陵十三钗。中间摆着一张圆形雕花小桌，桌子上放着茶盘。靠窗那边有衣架和两盆玉兰花，楼梯旁的柱子上悬着两把宝剑。左边的墙壁上，挂着几幅名人书画，右边则挂着一张虎皮。整体格局显得典雅而不失大气。

苗君儒朝其中的两幅书画望了一眼，认出其中一幅是郑板桥的清溪图。郑板桥为"扬州八怪"之首，其诗、书、画世称"三绝"，一生画竹最多，次则兰、石，但也画松画菊，是清代比较有代表性的文人画家。兰叶之妙以焦墨挥毫，藉草书中之中竖，长撇运之，多不乱，少不疏，脱尽时习，秀劲绝伦。

另一幅画上的两只螃蟹，举螯侧足之间，宛若在池塘间寻食，竟与真蟹一般无异。其画笔墨雄浑滋润，色彩浓艳明快，造型简练生动，意境淳厚朴实。乃是出自书画大师齐白石之手。

一个女人的闺房，竟暗藏着男人的魄力与胆识。

赛孟德坐在桌子旁，指着刚沏好的茶，说道："苗教授，请坐。"

苗君儒一愣，问道："你怎么知道我姓苗？"

赛孟德喝了一口茶，说道："一般人来到我的楼上，不是盯着那扇玉石屏风，就是挂在那里的虎皮，没几个会附庸风雅。你一进来之后，对其他东西只扫过一眼，却看着这两幅画，还点了点头。几天前我就听说兴平城来了不少外人，有一个姓苗，还是什么考古学的教授。既然是考古学的教授，对书画的辨认，肯定异于常人。刚才我见你那样，身边的那个年轻人又是一副学生的打扮，所以斗胆猜测，没想到还真被我猜中了。”

苗君儒坐了下来，笑道：“想不到你的消息蛮灵通的。”

赛孟德说道：“我们这里本来就是一处消息灵通的场所。”

苗君儒微微一笑，没有再说话，从进来到现在只不过几分钟，他对面前这个女人还知之甚少，可自己的底细，却被对方摸得一清二楚。

赛孟德说道：“告诉我，你为什么来这里找老板娘？”

苗君儒说道：“我想知道，她昨天是……”

赛孟德用一个手势打断了苗君儒的话，说道：“告诉我，她是不是已经死了？”

苗君儒发觉自进来之后，主动权都掌握在这个女人的手里，自己就像一个年幼的孩子，被大人们牵着走。他喝了一口茶，微微闭上眼睛，说道：“好茶！连空气中都有一股沁人的茶香，加上你身上的香粉气，几乎遮住了原来残留的一股烟味。我想知道，你抽烟吗？”

当他睁开眼睛的时候，见到赛孟德眼中闪过的一丝诧异与惊慌，于是接着说道：“我错了，你是这里的头牌姑娘，房间里有男人的烟味，是很正常的。”

赛孟德说道：“苗教授，你今儿是愿意在这里住下呢，还是去别的地方？”

苗君儒说道：“我的那两千大洋，已经给你身边的那位，现在身上没有了半个毫子。”

赛孟德笑道：“两千大洋，够你们俩在这儿住上十天半个月的，要不我找两个姑娘陪陪你们？”

苗君儒起身道：“在外面奔波的人，习惯风霜露宿，能够有一处地方让我们栖身，就已经相当感谢了，至于姑娘嘛，那倒不必。”

赛孟德对身边的那妇女说道：“带他们去偏房住下，告诉马二，不要去打扰他们，他们想要什么，尽量满足。”

苗君儒随那中年妇女走到楼梯口，转身说道：“忘了告诉你，她确实死了。”

当他走下楼梯的时候，听到身后的声音：“我也告诉你，是宋师爷请她去的。昨儿我就知道，她这一去非死不可。”

那中年妇女将苗君儒和程大峰领到翠花楼的客房，指着房间内的两张床，说道：“你们就在这里住下，等会儿我让人给你们送些酒菜过来！晚上最好不要乱走，出了事我可不负责。”

这女人走了之后，程大峰躺在床上，说道：“一两个月了，都没有好好睡上一觉。”

苗君儒笑道：“你今天晚上可以好好睡一觉了。”

程大峰翻过身趴在床上，说道：“苗教授，我觉得那个女人很不简单，你说宋师爷背后的人，会不会就是她呢？听她那口气，分明知道老板娘就是被宋师爷杀掉的。”

苗君儒说道：“你有没有想过？她为什么要那么做？”

程大峰笑道：“这还不简单吗？她想当老板娘呗！妓院可是无本万利的大买卖，谁不想赚钱啊？”

苗君儒说道：“如果真是这么简单就好了，她是一个很有心计的女人，她要想除掉老板娘取而代之，有很多种方法。据我所知，地字派用人头祭祀祖师爷，那是三百年前的事了，祭祀的人头只有两种，一种是地字派内的叛逆，另一种是地字派的仇敌。以妓院老板娘那样的人，又怎么可能得罪宋师爷，惹下杀身之祸？难道老板娘是地字派的叛逆？”

房门敲了两下，有一个汉子端了盘子进来，放在桌子上。盘子里有两碟菜，两盅酒，还有四个大馍馍。

程大峰起身走到桌边，拿起馍馍就吃。两个人喝过酒，吃过馍馍，往床上一躺。可两边客房里传来的销魂声音，使他们怎么睡都睡不着。

苗君儒静静地躺着，思索着这些天来发生的事情，想从中摸出点头绪来。约莫到了子夜，喧闹声逐渐消失，苗君儒才有了点睡意，刚要入睡，就听到程大峰叫了声“苗教授”。

苗君儒本要答应，可一想到程大峰回答小玉不见了的时候，那有些闪烁的眼神，就觉得这小子有意在瞒他。当下苗君儒不但没有答应，反而发出轻微的呼噜声。

他听到程大峰又叫了一声，过了一会儿，程大峰轻手轻脚地下床，并没有打开门，而是从早就打开的窗户飞跃了出去。

当他追出去的时候，只见凄冷的月光下，对面的墙头有人影一闪，心道：这小子的功夫还不赖。

令他感到奇怪的是，若是离开翠花楼去别的地方，只需从客房旁边的围墙出去即可，而那人影是朝后院的墙头翻过去的，莫非程大峰觉得赛孟德此人实在不简单，有必要夜探一番不成?

他来到墙根下，正要纵身上去，却听到“吱呀”一声，院门打开了，从里面出来两个人，走在前面的正是那个被他掐住脖子的胖男人，走在后面的，却是那个中年妇女。

那中年妇女低声对胖男人说道：“马二，这段时间可不平静，你叫外面的伙计都机灵着点。”

“我知道了，娟姐。”被称作马二的胖男人接着说道，“今天傍晚来找老板娘的那两个人，估计也不是什么好东西，依我看，在酒里下点药，蒙翻后直接装进麻袋沉入阴阳河，管他是什么教授。”

娟姐说道：“我觉得那两个人还有用，再说了，我们只管办事，可别像老板娘那样惹祸上身，临死都不知道怎么死的！你快去快回，郭大爷还等着呢。”

苗君儒暗暗吃惊，想不到卷进这件事的人越来越多了。兴平城内人称郭大爷的，除了郭士达，还能是谁呢?

说起郭士达，不仅仅在兴平，就是整个陕西，都是赫赫有名的人物。此人原来是前清的秀才，家境殷实，辛亥革命之前留洋日本，据说跟不少民国的头面人物都是同学。辛亥革命的时候，他在兴平拉起了一支队伍，响应南方革命党人的号召，推翻满清帝制，建立共和民主国家。民国成立后，为陕西省国民议会的议长。袁世凯窃国时，他和许多人一样流亡国外。袁世凯死后，他回到老家，照样当他的议长。军阀混战时，他又拉起队伍，配合南方的北伐军，但很快被冯玉祥打败，关进了监狱，两年后经朋友营救出狱。时任第十七路总指挥、西北军领袖的杨虎城，想将他招为幕僚，可他坚持不就。西安事变时，他跑到杨虎城的住处，跪在地上请求释放蒋介石。后蒋介石平安回到南京，封他为陕西省主席，可他却将委任状当众烧掉，仍回到兴平老家过着平静的生活。由于他经常出资修桥铺路，救助百姓，所以当地人又称他为郭大善人。

上次来兴平时，苗君儒曾经受邀，去郭士达的家里鉴定过两件出土文物，因而与郭士达有过一面之缘。他觉得此人表面上生性豪爽，实则为人机警，颇有城府。虽深藏家中，却与官家有着千丝万缕的联系。这兴平城内，有一半以上的生意，都是郭家的。都说郭大善人只要轻轻跺一跺脚，整个兴平城都会抖三抖。

这赛孟德和郭士达到底是什么关系？有事为什么不能白天去办，而要三更半夜找人去呢？

待马二离去，娟姐把院门关上后，他正要尾随马二追上去，却见左侧的墙头上又出现一个人影，便闪身到一棵树下躲了起来。

那人影来到院门前，轻声敲了敲门。苗君儒借着月光，看清那个来的人，竟然是马长风。娟姐把门打开后，看见了马长风，说道："你怎么现在才来？"

马长风说道："没办法，办了两件事，所以拖到现在。有没有一个五十岁左右，姓苗的男人带着一个二十来岁的学生来这里……"

娟姐说道："傍晚来的，说是找老板娘，被安排在客房休息呢！"

马长风说道："此人很精明，你们可得防着点。"

娟姐说道："进去说话吧，都等着你呢。"

马长风跟着娟姐进去，院门重新关上。苗君儒不急于进去，而是细细品味着马长风说过的话。以马长风的本事，完全可以直接翻墙进去，到小楼前再敲门，没必要多此一举。除非有别的原因。

他本可像程大峰一样翻墙进去，但他思索之后，决定还是去敲门。

门打开之后，娟姐乍一看到苗君儒，那惊恐的表情不亚于见到鬼，可惜她还没发出声音，就被苗君儒点了穴道。

苗君儒将娟姐放倒在院门旁边的树丛下，低声在她耳边说道："老实回答我，否则我把你杀了。"

娟姐惊恐地点头。

苗君儒问道："马二去哪里？"

娟姐低声道："郭……郭大爷要他去前面拿几坛好酒！"

还以为马二去找什么关键的人物，原来只是替姓郭的拿酒。苗君儒接着问道："马鹞子和你们是什么关系？"

娟姐低声道："他不是正道上的人，来去飞檐走壁，一身功夫非常了得，他……"

娟姐的话还没有说完，就听到敲门声，外面传来马二的声音："娟姐开门，我回来了。"

苗君儒轻声打开门，一把将马二扯了进来，只见马二的手里果然提着两坛酒。他点了马二的穴道，将马二放在娟姐的身边。提起那两坛酒，朝小楼走去。

当他来到小楼前时，见门开着，楼上有灯光。上了楼梯，见三个人坐在桌边喝酒，除了赛孟德外，还有郭士达和马长风。

马长风一见到苗君儒，脸色有些异样，倒是郭士达起身笑道："这么晚了，想不到苗教授还有如此雅兴，来陪我们喝一杯。"

苗君儒笑道："一个是妓院的头牌姑娘，一个是浪迹江湖的土匪头子，还有你这个省议会议长出身的当地士绅。是啊，都这么晚了，你们三个人坐在一起，可不是为了喝酒那么简单吧？"

郭士达捻着那几根稀疏的胡子，微笑道："既然来了，有话就请坐下说。"

苗君儒把酒坛放在桌子上，拍开封泥，给自己倒了一大碗，一口干了，沉声说道："好酒。"

赛孟德淡淡地说道："我们这里都是好酒。"

苗君儒笑道："酒是好酒，可人却不是好人。"

郭士达说道："你不应该进来的。"

苗君儒笑道："其实我不应该来陕西，但是没有办法，有人用一块白玉朝笏和一个蟠龙玉带扣，把我引过来了。"

说完之后，他望着马长风。

郭士达问道："他告诉了你多少？"

苗君儒笑道："他可什么都不愿意告诉我。"

郭士达问道："那你想不想知道呢？"

苗君儒又给自己倒了一碗酒，笑道："作为考古学者，我不想知道，可是作为中国人，我必须知道！郭先生曾经是民国的栋梁，追随孙中山先生倡导三民主义，不可能不知道这个道理吧？"

郭士达脸上的肌肉抽搐了一下，问道："那你想知道什么？"

苗君儒吃了几口菜，问道："无论我问什么，你们都对我说实话？"

郭士达说道："只要是知道的，一定知无不言。"

苗君儒拍了一下桌子，说道："好！你告诉我，宋师爷为什么要用那两个人祭祖？"

郭士达说道："那是人家的事情，我可管不着。"

不愧是老奸巨猾的家伙，一句话就把苗君儒的这个问题打发了。

苗君儒接着问道："那你们三个人是什么关系？"

赛孟德微笑道："他们两个都是我的客人。"

苗君儒问道："什么样的客人？"

赛孟德的眼睛瞟了一眼马长风，说道："我是翠花楼的头牌，你认为他们是什么样的客人呢？"

苗君儒笑道："翠花楼的头牌，一夜的风流，恐怕不少于一千大洋吧？"

赛孟德说道："那得看人而定，我看得上的，也许一个子儿也不用，看不上的，十万大洋都别想碰我。”

苗君儒知道无论怎么问，都问不出什么结果来，他端起酒碗，朝对面的三个人说道：“我明白了，你们三位慢慢聊，在下告辞。哦，马鹞子，别忘了明儿中午的事。日本人那边，还等着你拿东西去换人的。”

喝完酒，他放下碗转身要走，却听到赛孟德问道：“跟你一起的那个孩子呢？”

苗君儒笑道：“你认为他在哪里，他就在哪里喽。”

赛孟德见苗君儒已经走下楼梯，仍说道：“你是聪明人，知道该怎么做。”

苗君儒已经走下了楼梯，头都未回地说道：“多谢你提醒。”

他来到院门边，替马二和娟姐解开了穴道，冷冷地说道：“别想着怎么害人。害人害多了，迟早要遭报应的。你们老板娘就是很好的例子。”

他回到客房，刚跳进窗，就见程大峰坐在床上，也没点灯。

程大峰问道：“苗教授，你去哪里了？”

苗君儒说道：“睡不着，到院子里走了走。”

程大峰说道：“苗教授，我有一件事要告诉你，赛孟德是一年前来翠花楼的，没多久翠花楼的老板娘就失踪了，赛孟德既是头牌，又是这里的管事。”

苗君儒问道：“是谁告诉你的？”

程大峰说道：“人家不让我说，叫我们防着马鹞子，说这个人不可靠。”

苗君儒微微皱了一下眉头，似乎已经猜到程大峰晚上出去见过什么人了，因为他早就怀疑程大峰和真小玉分开，是两人已经商量好的。宋师爷说过，从那处宅子到城隍庙，只有一条通道，其他的都是死道。在地字派布置了机关的地方，若没有真小玉的指点，以程大峰的本事，是不可能安然无恙地走到城隍庙的。如果程大峰是出去见了小玉，那个翻墙进后院的人影，又会是谁呢？他想了一下，说道：“她没向你要天地镇魂金？”

程大峰见瞒不过苗君儒，只得说道：“她说宋师爷把她关在那里，就是逼她爹交出天地镇魂金。她知道你和她爹的关系，说天地镇魂金在你的手里，要比在她身上安全得多?”

苗君儒接着问道：“你有没有告诉她，她爹已经死了的消息?”

程大峰摇了摇头，说道：“我怕她伤心，没敢说。只说你见过她爹，是她爹要我们来救她的。”

苗君儒继续问道：“她为什么没有跟你在一起?”

程大峰说道：“她说她要去找一个人，不让我跟着去。在地道里的时候，我按着她交给我的法子，到了那庙里，见那里有很多人，还有宋师爷，于是我就躲在一边没敢现身，没想到后来你和马大哥也来了！她约我今天晚上去客来香酒楼旁边的一条巷子里见面。我告诉她我们住在翠花楼，她就说了那些话！哦，我忘了告诉你，客来香酒楼已经烧了，烧得只剩下几根柱子。”

昨儿晚上城内是有几处起火，他和马长风混进城的时候，还听人说烧了不少地方，想不到客来香酒楼都已经烧了，若是如此，明天中午马长风去哪里拿东西换人呢?

第十一章　土匪风水师

却说苗君儒和程大峰正说着话，突然传来细微的敲门声。程大峰下了床去开门，可门外并没有人，倒是地上有一页纸，他捡起来一看，见上面写着几个字：“快离开这里，有人要害你们。”

程大峰拿着那页纸，问道：“苗教授，怎么办？”

苗君儒笑道：“他们要害我们的话，早就在吃的东西里下药了。睡吧，离天亮还早着呢。”

两人刚躺下不久，就听到隔壁传来一个男人的大叫声，接着又有一个女人的惨叫：“救命啊！救命啊！”

程大峰正要起身，苗君儒沉声道：“别多事，以防惹祸上身。”

外面传来急促的脚步声，还有嘈杂的喊叫。程大峰再也忍不住了，跳起身去开门，同时说道：“苗教授，我只是看看。”

门一打开，一个头发蓬乱，身体半裸的女人扑了进来，抱住了程大峰，哭道：“救救我！”

从外面透进来的光线，照着女人嘴角和胸前的鲜血。程大峰扶住女人，问道：“发生了什么事？”

他的话音刚落，只见外面冲进来一个男人，那男人“呀呀”地大叫着，挥舞着手里的一把短刀，当胸刺向程大峰。

程大峰将女人拉到一旁，飞起一腿踢中那男人的腹部。男人的身体被踢飞出去，将对面的木板撞出了一个大洞。

那男人很快从洞里爬出来，满脸是血，嗷嗷叫着继续扑上前。苗君儒飞速起身来到门口，趁那男人抢进门的时候，一把抓住男人持刀的手。他本想夺下男人手里的短刀，可当他与男人的眼神对视时，顿时大吃了一惊。

这男人的眼珠几乎暴凸出眼眶外，眼球通红甚是吓人。更让苗君儒惊骇的是，这男人喊叫的时候，露出了几颗大獠牙。

是人还是僵尸？

这男人一看手被苗君儒抓住，扭过头朝他一口咬了下去。苗君儒放开男人的手，身体微侧，一掌劈在男人的脑后。

这一掌的力道不小，若是正常人，被劈中之后会当场晕倒。可这个男人不但没有倒下，反而转身朝他刺来。苗君儒后退一步，左手托住对方的手腕，右手猛击对方的手肘关节。

那男人的手肘关节受击，手腕反弹回来，只听得“噗嗤”一声，短刀插进脖子里，鲜血顿时飞溅出来。

走廊里的人惊叫起来：“杀人了，韩少爷被杀了！”

苗君儒顿时警醒过来，朝程大峰喊道：“快走！”

程大峰叫道：“我走了，你呢？”

苗君儒拿出天地镇魂金抛过去，说道：“不要管我，你去找她！如果三天之内没有我消息，你们就离开这里。”

程大峰说道：“苗教授，我一定会救你的！”说完后，他跳窗而出。

苗君儒点燃灯，见那个男人倒在地上，从脖子里溅出来的血，都是黑色的。而那个女人，却已经吓得瘫软在桌子底下了。他上前问那女人：“他为什么要杀你？”

那女人抖索着说道：“我……不知道。他……他晚上喝酒还是好好的……半夜醒来，说……说很难受……我见他眼珠子血红……而且嘴巴里长出了……像狗一样的牙齿……说他中了邪……结果他却要杀我……”

苗君儒问道："他有没有说这些天去了哪里？"

那女人说道："干我们这……这行的……哪敢随便问……客人呀？不过……他喝酒的时候，好像说过要发大财之类的话……还说要替我赎身。"

马二带着几个人出现在门口，对苗君儒说道："姓苗的，你知道被你杀死的人是谁吗？他是韩县长的儿子。是男人的话，就别逃走。"

苗君儒用一块床单盖住韩少爷的尸体，冷笑道："放心，我不会走的。你先派人通知韩县长，另外找一间没有人住的房子，把韩少爷的尸体抬过去，免得影响了你们的生意。注意，千万不能让月光照着尸身。"

马二问道："为什么？"

苗君儒淡淡地说道："因为韩少爷中了尸毒，如今尸毒攻心，他已经不是人了。如果让尸身照着了月光，接受月光的阴气，就会发生尸变。另外再给我找些朱砂和一支毛笔来。"

一听会尸变，马二吓得脸色大变，忙吩咐身边的伙计，按苗君儒说的去做。

翠花楼后院有一间柴房，韩少爷的尸体暂时放在柴房的柴堆上。马二带着几个伙计守在门口，他们还是担心苗君儒会逃走。

苗君儒撕开尸体的上衣，用朱砂在尸体的胸口画了一道镇尸符，又在尸体的头顶点了一盏长明灯。当他做完这一切的时候，马二在门口说道："姓苗的，我们大小姐来了。"

苗君儒走出柴房，见到了赛孟德，赛孟德的身后站着娟姐。

赛孟德问道："你说韩少爷中了尸毒？"

苗君儒点了点头，说道："要不你进来看看？"

赛孟德问道："你杀了人，却叫你那个学生逃掉，你为什么不跑？"

苗君儒笑道："因为我想知道，他是怎么中的尸毒。"

赛孟德说道："人虽然是你杀的，但我们翠花楼也脱不了干系，等会儿韩县长来，你怎么跟他说？"

苗君儒笑道："那就等韩县长来了之后再说吧。"

没过多久，一个五十岁出头，头上戴着礼帽的男人，带着几个警察，急匆匆地赶过来了。他进柴房看了韩少爷的尸体，愤怒地盯着苗君儒，朝几个警察下令："带走!"

苗君儒说道："韩县长，你只看了尸体，还没问清楚什么原因，就要把我带走。你这么做似乎有些不妥吧?"

韩县长说道："我儿子是你杀的，很多人都看见了，还有什么好问的？我可不管你是什么教授，杀人偿命，我儿子可不能白死。"

苗君儒说道："你儿子当然不能白死，但也得弄清楚他死的真正原因吧？你仔细看过你儿子的尸身没有？他的嘴里长出了獠牙，眼珠子都是红的，从伤口流出的血，和两只手的指甲一样乌黑，后颈长出了一层白毛。依我的经验判断，他之前就中了尸毒，只是尸毒潜伏于体内，没有发作而已。昨儿晚上他喝了很多酒，又与女人交媾，从而尸毒发作，迷失了本性。"

韩县长说道："一派胡言，你以为你说什么我就信啊!"

苗君儒说道："你不信我没关系，你找一个有经验的仵作来看一下，就知道了！要不我把他胸口的镇尸符擦掉，你找人把尸体抬到院子里让月光照一下，看看会不会尸变?"

听苗君儒这么说，韩县长说道："我儿子每天只在街上游逛，他又没有跟人家去挖坟，怎么可能中尸毒呢?"

苗君儒说道："中尸毒不一定要去挖坟，再说了，你儿子偷偷跟人家去挖坟，又怎么会让你知道呢?"

韩县长说道："我会派人调查清楚的。来人，带走。"

几个警察上前要铐住苗君儒，却被他推开，他说道："要逃我早就逃了，我跟你们走。"

在经过赛孟德身边时，这个女人目光冰冷地望着他，倒是身边的娟姐，眼中似乎有一丝焦虑，他的心一动，想起那个敲门示警的人，心想：那个人会是谁呢?

街上没有其他的行人，暗淡的灯光将苗君儒与那几个警察的影子拉得很长，韩县长并没有跟他们一起走，而是留在了翠花楼。

当他们转过一处街角的时候，从黑暗中冲出来几个人，逼住了那几个警察。

苗君儒看清为首的那个人，竟然就是受了伤留在石屋，后来却又失踪了的罗强。

一个警察壮着胆子问道："你们是什么人？敢在这里撒野？"

罗强摆了一下手里的枪，喝道："识相点的赶快滚开，我要带这个人走。"

苗君儒说道："如果我不愿跟你走呢？"

罗强说道："苗教授，我是来救你的。你在赛孟德的楼上和他们三个人的谈话，我都听到了。你离开后，郭大善人叫马大哥找人除掉你，马大哥不同意，他们还为这事吵了起来。是我写的字条塞在客房门下，提醒你离开，可是你不信。你杀死韩少爷的时候，我也在旁边。你以为姓韩的会听你的话吗，他会害死你的。"

苗君儒明白过来，原来那个翻墙进后院以及塞字条报警的人，居然就是罗强。他和罗强并没有交情，罗强为什么要帮他呢？他问道："是谁要你来救我的？"

罗强说道："这里不是说话的地方，跟我们走。"

苗君儒寻思韩少爷的尸毒发作，绝对不是偶然的事件。正常人只有两种途径中尸毒，一种是被僵尸咬过，另一种则是进入墓室，中了里面的尸气。第一种可能性并不大，因为被僵尸咬过的人，身上会有牙印。他检查过韩少爷的尸体，身上并没有牙印。所以只有一种可能，那就是韩少爷进入过墓室，由于防备不当而中了里面的尸毒。

可是堂堂县太爷的儿子，整日养尊处优的，怎么会去干那种勾当呢？

他有心查清真相，可韩县长不给他机会。

罗强朝那几个警察凶道："还不快滚？老子的枪可不认人。"

那几个警察相互看了看，慌忙离开。

罗强见几个警察已经离去，顾自笑了一下，转身朝前面走去。他手下的人立刻围在苗君儒身边，押着他往前面走。

拐过几条巷子，边上有一扇门开了，苗君儒跟着罗强走进去后，身后的门很快关上。

正屋里亮着灯，罗强一屁股坐下来，示意苗君儒也坐下，一个兄弟上前替他们倒了水。

苗君儒并没有坐下，而是走到一旁，背对着罗强，说道："你为什么要帮我?"

罗强说道："其实我也在帮我自己。"

苗君儒问道："你不是在石屋里等马鹞子的吗？怎么到这里了?"

罗强说道："我原本是石屋里等马大哥的，可是我看到来了一队官兵，我以为他们是来抓我的，所以就离开石屋，还在石屋里下了绊子!"

苗君儒笑道："你那绊子，差点将我和马鹞子炸上天。"

罗强惊道："他回去了?"

苗君儒正色道："他念着你还是他的兄弟，回去找你！你们两人之间，好像还有一些误会，是吧?"

罗强叹了一口气，说道："其实这帮兄弟，包括我在内，对他都是一片忠心，可他对我们，却是……"

苗君儒问道："难道他还有对不住你们的地方吗?"

罗强说道："苗教授，请你坐下来。我觉得有必要把我知道的事情告诉你，这也是我今晚为什么要冒着危险去翠花楼打探他们的消息，出手救你的原因。"

苗君儒坐了下来，端起茶杯喝了一口，说道："我洗耳恭听。"

罗强的脸上出现一抹悲戚，说道："我是本地人，母亲十二岁那年跟随我姥爷逃荒至此，我姥爷不幸病重身亡，母亲不得已卖身葬父，被郭大善人买入家中当丫鬟。几年后，我母亲长成了一个大姑娘，出落得亭亭玉立，和一个在街上卖苦力的小伙子好上了。郭大善人见我母亲漂亮，便想将我母亲收房。我母亲得到消息后，和那小伙子出逃，可他们还没来得及逃出兴平，就被郭大善人带人抓住。那小伙子当场被打死，我母亲本想殉情自尽，却被郭大善人搂住。”他的眼中闪现泪光，沉默了一下，接着说道：“郭大善人将我母亲强行收房，几个月后我出世，郭大善人才知道我并非他的血脉，便将我母亲卖给翠花楼。所以我自小在翠花楼长大，对翠花楼的地形很熟悉。我七岁那年，母亲得了脏病，被老板娘赶出了翠花楼，因无钱医治而活活疼死。临死前告诉我，我的亲生父亲姓罗。从此我在街上流浪，靠捡别人吃剩下的东西过活。终于有一天，我遇到一个过路的人，于是我跟着他，成了玄字派下的弟子。我们师徒俩游荡江湖，以替人看风水为生。苗教授，其实我们有过一面之缘的，你记得民国二十三年在南阳一座土地庙里遇到的那两个人吗？还是你救了我师父的命呢。”

苗君儒想了起来，1934 年，他带着几个学生在南阳一带考古，找到了一座隋朝的墓葬，受当时环境的影响，他们不能公开进行挖掘。没有办法，他们只能在墓葬的周围找一处地方暂时住下来，而后再想办法挖掘。他们来到一座破庙，在庙里遇到了两个人，那个年纪颇大的人处于昏迷状态，呼吸细微而急促，身底下一大摊黑血。旁边跪着一个少年，正无助地哭泣着。他一看这人的病症，知道是得了伤寒，由于未能及时医治，引发了下身出血，生命岌岌可危。他拿出野外考古配给的进口的药物，给那病人灌了进去。只一个晚上，那个病人便醒了过来，病情明显有好转。他与病人交谈起来，得知这病人乃是一个游走江湖的风水先生，那少年是风水先生的徒弟。迫于当时的情况，他们没法对那座墓葬进行挖掘，所以他在那座破庙中待了两天，便带着学生离开了。临走还给那风水先生留下了一点药物。那少年跪在地上，朝他磕了三个响头，以报救师之恩。

罗强接着道：“当我第一次见到你时，就认出了你，只可惜我没办法和你说话，怕马大哥知道我和你的关系之后，对你不利。”

苗君儒说道：“那都是过去的事，你不提的话，我还想不起来呢。你的故事还没有说完呢，继续说下去。”

罗强继续说道："其实我跟着第一个师父，并没有跟多久，我十四岁的时候，师父将我留在临潼一个叫半指仙的风水先生那里当义子。我十九岁的时候，半指仙替我娶了一房媳妇，那娘们儿明着是我媳妇，实际是半指仙的相好。我一气之下杀了一对狗男女。我独自一人回到兴平，想杀掉郭大善人，替我父母报仇。后来我又想，仅仅杀掉郭大善人，还不足以平息我的仇恨，必须让姓郭的整个家族败落。我看过郭家的祖坟，是上好的青龙穴，后代虽然出不了大官和贵人，但可保子孙后代平安，且吃喝不愁。我会看风水，自然也懂得如何破风水，就在我准备破掉郭家的祖坟风水时，遇到了我的同门师叔，就是你见过的客来香酒楼刘掌柜，他是玄字派的掌门人。他告诉我，郭家的祖坟是玄字派的前辈看的风水，并下了血咒，谁要是破此风水，必遭天谴。要想对付郭家，其实还有别的办法。他劝我去投军，谁曾想我投军不到半年，部队被打散。我带着几个兄弟做了土匪。为了生活，我不得已违背师训，干起了盗墓的营生。我不敢让师门知道我盗墓，所有从地下挖出来的货，都是找兄弟去出手。五年前，我遭官兵围剿，手下的兄弟死的死逃的逃，我一个人逃到川康，被一个小土司抓住，说我是汉人的奸细，要剥我的人皮蒙大鼓。马大哥带人打进寨子，碰巧救了我，从那以后，我就入了他的伙。川康地区山高林密，谁都奈何不了我们，可毕竟是穷乡僻壤，当土匪的日子也不好过。三年前，马大哥听了我话，带着兄弟来到兴平。按着我的指引，挖了一座大墓，手下的弟兄们都发了一笔不小的财。"

苗君儒想起在马嵬村那庙中见到的玉带，忍不住问道："你们挖开的那座大墓，大约在什么位置，挖出了多少东西？"

罗强说道："那座大墓其实就在石屋的后山，分上下两层，上层已经被人盗过了，下层还没有人进去过，但奇怪的是，里面的东西并没有多少。那棺材的外棺是石头的，内棺是金丝楠木，我们撬开棺材，见里面有一棺材的水，尸身还没腐烂呢。一个兄弟用棍子把尸身挑出来，尸身上的蟒袍顿时就烂了，不过那一条玉带和尸体手里拿着的那块玉板倒是不错。我们从里面弄出了半箱金银锭子，一箱玉器珠宝，还有十几幅名人字画。里面还有不少古书，兄弟们觉得那些书不值钱，一把火给烧了。”

苗君儒听到这里，连连叫了几声“可惜”。石棺里面套木棺，在唐代的墓葬中并不足为奇，奇怪的是那木棺中的水，能保尸体千年不腐，是很好的考古研究课题呀！还有那些墓葬里面的书籍，说不定是唐代的孤本，比起珠宝玉器起来，不知要贵重多少倍呢！一伙大字不识几个的土匪，哪里懂得什么才是真正值钱的东西！至于罗强所说的尸体手里拿着的玉板，应该就是他见过的那块白玉朝笏。想当年，杨国忠借唐玄宗对其妹妹杨玉环之宠，巧为钻营，终于一步步登上权力的巅峰，成为大唐的相国。随着地位的升迁，杨国忠在生活上也变得极为奢侈腐化。每逢陪玄宗、贵妃游幸华清宫，杨氏诸姐妹总是先在杨国忠家汇集，竞相比赛装饰车马，他们用黄金、翡翠做装饰，用珍珠、美玉做点缀。出行时，杨国忠还持剑南节度使的旌节（皇帝授予特使的权力象征）在前面耀武扬威。杨国忠的专权误国，最终导致了他和儿子杨暄一起，以及另两个妹妹，在马嵬驿兵变中被杀。马嵬驿兵变正值盛夏，天气炎热，依当时的环境，尸体只是草草掩埋，几天内应该就会生腐。虽然后来唐玄宗另外择地厚葬，但尸身绝对不可能如罗强所说的还没腐烂。难道罗强所挖的墓葬是别人的？如此一来，那块属于杨暄的白玉朝笏，又怎么会到了那口棺材中的？于是他问道：“你确定棺材中的人没有腐烂？”

罗强说道：“确实没有腐烂，但我觉得很奇怪，尸体身上穿着蟒袍，腰里系着玉带，一副大官打扮的模样，但却是一个女人，长得还很漂亮。有一个兄弟说，要不是有那一身恶心的尸水，他还想试试那女尸的滋味呢。”

苗君儒微微点了一下头。据史料记载，在马嵬驿兵变中，杨氏一族的人几乎被杀尽，杨国忠的妻子裴柔和幼子杨晞以及沈国夫人逃至陈仓（今陕西宝鸡市），都未能幸免，杨暄的妻子想必也好不到哪里去。或许杨国忠父子的尸身在兵乱后无处可寻，唐玄宗厚葬时，才以一个可以代替他的人安葬。那棺材中的女尸，能够手持杨暄的白玉朝笏，即便不是杨暄的妻子，也应该是他的近亲。若真如此，墓葬中的书籍就显得更加珍贵，说不定关于墓葬主人的答案，就在那些书籍中。如今那些书籍都已经毁了，可惜也没用。安史之乱后，大唐江河日下，能有那么多东西陪葬，已经相当不错了。他想起那块放在木盒中的琉璃墓砖，于是问道：“你们挖开墓室的时候，看清楚墓砖是怎样的吗？”

罗强说道：“就是普通的三六九青砖（作者注：三六九分别为墓砖的长宽高，是考古盗墓人对墓砖的专用说法。唐宋时期为砖窑中特地为建造墓室烧制的，元朝之后，这种规格的青砖，也被人用来建造屋基）。不过，那里的三六九与别的地方不同，上面有龙纹。里面的墓室又分为前后墓室，门洞周围均砌一层券砖，上有平牙砖门楣，门边两侧各有一整块一人高的青砖，上面刻着护墓神。苗教授，你怎么对里面的砖头感兴趣呢？有时间的话，我带你再进去就是了。”

苗君儒微笑道：“我们扯远了，还是继续说说你和马鹞子的事吧。”

罗强笑了一下，说道：“后来我们又挖了几个小墓。依马大哥的想法，是将财物给兄弟们分了，从此大家都不用将脑袋挂在裤腰上过日子，有了那些财物，可以舒舒服服地过完下半辈子。可是我不同意。我要马大哥带着兄弟们来兴平，是为我报仇的。如果兄弟们就这么散掉，我的仇就没办法报了。于是我建议先不分财宝，将那些财宝分成几份，各自藏在不同的地方，等有朝一日兄弟们实在不愿干了，再分也不迟。”

苗君儒问道：“马鹞子和那些兄弟都听了你话？”

罗强说道：“也有人不愿意，可是我对他们说，陕西这块土地上，到处都有帝王将相的坟墓，我们要找到一个大的，狠狠发一笔横财。之后我们确实挖了几个大墓，可里面都是空的。兄弟们都想再挖到一个大墓，所以愿意留在这里。”

苗君儒说道：“以你们的实力，完全可以在一夜之间，将郭大善人一家大大小小杀个精光，也算替你父母报了仇。”

罗强说道：“刚带他们来兴平的时候，我是那么想的，也和马大哥商量过怎么样对付郭大善人。我知道马大哥的性格，他最恨被兄弟利用，所以我并没有将我和郭大善人的恩怨告诉他，只说郭大善人是兴平城的第一富户，家中金银财宝成堆。马大哥原本也有些动心，可是他进城一趟之后，却改变了主意。”

苗君儒问道：“他为什么改变了主意?”

罗强说道：“马大哥说，郭大善人和别的有钱人不同，是个善人，郭家修桥铺路，出钱救国，还每天施舍逃难到这里的穷人。我们虽然是土匪，可土匪也要讲江湖道义。”

苗君儒问道：“这三年来，你们都在兴平这一带活动，你都没有想过怎么样报仇?”

罗强说道：“我当然想过。既然马大哥不愿对付郭大善人，我只有依靠自己。我通过师叔的关系，认识了驻防在这里董团长，要马大哥和董团长做生意。彼此熟了之后，董团长提出来收编我们，马大哥当连长，我当副连长。如果收编成功，我就有机会利用军队的势力对付郭大善人。可马大哥居然不愿被收编。”

苗君儒说道：“董团长身边的宋远山宋师爷，是地字派的人，你师叔不可能不知道吧?”

罗强说道：“不错，玄字派和地字派，以前虽然水火不容，可到了光绪年间，两派的关系开始缓和起来，我师父和师叔，都与地字派的掌门人朱福有交情。”

苗君儒说道：“城内有一处宅子，是宋远山宋师爷的，但宅子的结构很古怪，是阴阳共济的山河乾坤地，你知道这事吗?”

罗强摇了摇头，说道：“我很少进城，有事都是去客来香酒楼找师叔。倒是马大哥经常带人进城潇洒，但他每次带的人都不多。”

苗君儒说道：“马鹞子不愿被军队收编，你的报仇计划就无法实现，难道你就想不出用别的方式报仇吗?”

罗强说道：“换作别人，完全可以暗中派人做掉马大哥，而后带着兄弟们接受董团长的收编。可我念着他救过我的命，不愿意那么干。所以我一直忍着，在等机会。”

苗君儒微笑道："面对刻骨铭心的杀父仇人而不能报仇，一直忍了那么多年，你的那份忍耐力，非常人所能及。"

罗强说道："师父一直教导我，说忍字头上一把刀。男子汉大丈夫顶天立地，遇事千万不能急躁，须切记一个忍字。我牢记师父的教诲，所以这么强忍着。"

苗君儒问道："你的师父还好吧？"

罗强说道："自从我离开他之后，就一直没有再见过他。我问过师叔，都说没有他的消息。我师父是个怪人，习惯漂泊江湖。"

苗君儒听到这里，心里暗惊，他当年在破庙中救了罗强的师父时，只知对方是一个风水先生，而那人也并没有告诉他叫什么名字。不过，他后来在与看山倒朱福聊天的时候，朱福对他说过，玄字派下有不少会看风水的高手，但真正会看风水的，是一个叫徐渭水的人，此人不但精通风水堪舆，而且通晓阴阳奇术。只可惜此人生性古怪，不愿造福一方，宁愿浪迹江湖，是个神龙见首不见尾的高人。朱福虽与玄字派的人有交往，可也只是听说过关于徐渭水的传说，并未见过其人。（作者注：按民间的说法，风水先生与算命先生是不同的，每个地方都有本地会看风水的风水先生，而每个风水先生都只在自己的地盘上帮人看风水，绝对不会轻易闯到别人的地盘上去抢食。如若死者家属不远百里前来相请，越界的风水先生会主动联系当地的同行给予方便，事后会按规矩送上一份礼，否则坏了规矩，被同行刁难，轻则被打，重则丢掉性命。）他问道："你师父是不是叫徐渭水？"

罗强的脸色微微一变，隐隐有些生气，说道："我跟随师父这么多年，只知道他姓徐，而不知道他的名讳，后来我见到了师叔，才知道我师父的名讳。"

苗君儒问道："你师叔和你师父的关系怎样？"

他是故意这么问的，因为他听朱福说过，徐渭水之所以浪迹江湖，是与本门几个师兄弟不和，按其本事，完全可以当上掌门，执掌门派，可最终被人排挤，并遭人暗算，数次险些丧命。

罗强说道："我师父从来不对我说他个人的事，后来我才听师叔说，要不是师父的性格古怪，为诸位师兄弟所不容，掌门之位就是他的！我师叔不止一次劝我罢手，说冤冤相报何时了，人无完人，郭大善人虽有恶迹，但在抗战大业上从不含糊，仅一次就捐出了五万大洋。若没有郭大善人的布施，不知道要死多少逃难来的百姓。正因为如此，我才那么强忍着，想着什么时候把小日本赶出了中国，再和郭大善人算账。一年前，我发觉马大哥和郭大善人来往神秘，好像在进行一件很重要的事。除了马大哥身边的两个心腹，其他的人一无所知。"

苗君儒问道："那你弄明白他们之间的事情没有？"

罗强苦笑了一下，说道："我费了很大的力气，都没弄清楚他们的事。就在我打算找他好好谈一谈的时候，发生了一件怪事。"

苗君儒问道："你们碰巧遇到了受了重伤的看山倒朱福，是不是？"

罗强说道："我本来不认识朱福，是看了他随身带的《天玉方略》，才猜测是他的。因为我听师叔说过，地字派的看山倒朱福，刚刚得到一本旷世奇书，叫《天玉方略》。"

苗君儒说道："于是马鹞子进城救了一个叫小玉的女人，是吧？"

罗强说道："马大哥把小玉救回来，两人很快就好上了，兄弟们叫她嫂子。是她告诉我，说和氏璧其实并不是传国玉玺，而是传说中的万古神石。而那块神石，极有可能被唐玄宗埋进了杨贵妃的真墓，他爹一直都在寻找杨贵妃的真墓，最后断定，就在那一带的山上。她还告诉我，说万古神石有很强的磁性，我正是按她的所指，才找到那处地方。虽然我们失去了几个兄弟，所幸马大哥安然无恙，还带出了那块万古神石。当我得知你断定那块石王是假的时候，也觉得事有蹊跷。连看山倒朱福都找不到的地方，为什么我花了数天的时间就找到了呢？"

苗君儒说道："其实马鹞子从城内救回来的那个小玉是假的，因为我和学生在宋师爷的那处宅子里发现了一间密室，密室里关着一个女孩子，那个女孩子的身上戴着地字派的掌门信物天地镇魂金。朱福是地字派的掌门，他的掌门信物不可能落到别人的手里。"

罗强说道："你错了。那个小玉是真的。那天我和她在山顶争执，你是在旁边听到的。如果她不是真的小玉，不可能知道我过去的事情。当年朱福和她在半指仙家住过，我认得她的样子。至于朱福的掌门信物，怎么会落到别的女人手里，我就不知道了。"

苗君儒想起那天他们两人争执的情景，说道："我记得你当时还质问她和董团长是什么关系，你为什么会那么想？"

罗强说道："我一开始就觉得她很可疑。如果马大哥真的是将她从董团长手里抢出来的，以董团长的脾气，不可能不来对付我们。可是她来山上几个月，官兵只在城内虚张声势，并没有实际的行动。正是她要马大哥带东西去重庆，把你引过来。而她却又亲自带着几个兄弟，在你有可能经过的地方拦住你。苗教授，我到现在都没弄明白，她为什么要那么做？如果她和我一样，对董团长有血海深仇，她完全可以要我们去暗中杀掉董团长，没有必要折腾那么久。更令我感到奇怪的是，为什么每次我们有所行动，总有官兵在我们身后，坐收渔人之利？"

苗君儒说道："就算你认定马鹞子救回来的小玉，真是朱福的女儿。可你可能还不知道，那个董团长却是假的。真的董团长在一年前某个夜晚跟随朱福出去后，就没有回来。宋师爷弄了个长得跟董团长相似的人，冒充董团长。我听刘掌门说，真的董团长业已看破尘世，出家为僧。"

罗强说道："我从山上潜回城里，想去找师叔，哪知客来香酒楼已经被烧了。还好遇上一个和马大哥走散的兄弟，找到这处马大哥在城里的落脚点。之后又陆续来了几个弟兄，其他的人则被官兵抓住枪毙，尸体挂在城外示众。"

苗君儒微微皱了一下眉头，如果这里是马长风在城内的落脚点，马长风在城内那么久，怎么不来这里落脚呢？难道还有别的落脚点不成？

罗强继续说道："傍晚的时候，我派兄弟们出去探风，有兄弟看到你去了翠花楼，于是我夜探翠花楼，却发现马大哥和郭大善人，在翠花楼头牌姑娘赛孟德那里。我刚听马大哥对他们说余师长和宋师爷之间的事，你就来了！我还听了你们的话，觉得你和他们不是一路人，所以才出手救你！事情的经过就是这样。”

苗君儒点了点头，罗强说的这些话，似乎没有半点隐瞒，也找不出破绽，但是在他的潜意识里，认为罗强的话值得推敲。因为一个凡事都能忍的人，定是城府颇深的人，而这种人，是不会轻易向别人说出肺腑之言的。他说道：“你是徐渭水的徒弟，又当过半指仙的义子，还是兴平本地人，以你的能耐，应该知道韩少爷是怎么染上尸毒的吧？”

罗强笑道：“我在山上，怎么知道城内的情况呢？更何况，我和姓韩的并不熟。当时我躲在翠花楼内，听说了韩少爷发疯，被你杀死的事，也觉得很奇怪。韩少爷是什么人？他怎么可能中尸毒呢？哦，我想起来了，我从山上下来的时候，路过郭大善人家的祖坟，见那里驻扎了不少官兵。你不是想知道韩少爷是怎么染上尸毒的吗？或许在那里能够找得到答案。”

苗君儒看了一眼窗户，外面已经天亮了。他说道：“小玉被日本人抓走了，马鹞子约了日本人，中午在客来香酒楼，用那块假的石王换人！”

罗强惊道：“怎么连日本人也卷进来了？”

苗君儒说道：“宋师爷投靠了满洲帝国的康德皇帝，康德皇帝是日本人的傀儡，日本人为了帮宋师爷，把手伸进了抗战的大后方，也未尝不可。但奇怪的是，如果宋师爷和日本人有勾结，为什么不把石王是假的消息告诉日本人？日本人一旦知道马鹞子身上的石王是假的，还愿意用人来换吗？”

罗强用手托着腮帮，说道：“有些事确实令人想不明白。但是我认为，小玉把你引来，一定有她的道理，事情总会有弄明白的那一天。”

苗君儒问道：“你打算怎么帮马鹞子？”

罗强说道：“现在离中午还早，我先派几个兄弟去客来香酒楼那边看看，希望能够碰到马大哥。”

苗君儒喝了一口水，起身说道：“你的伤没什么大碍吧？要不我们出城一趟，去看看郭大善人家的祖坟。”

第十二章 郭家祖坟

郭家的祖坟在兴平城的南面，背靠着一座环形的凤凰山，前面是扇形的坡地，再往前就是滚滚东流的渭水。渭水流经这里，恰好划了一个弧形，转头向西北方向之后，又转向东去。

从兴平城到郭士达的祖坟，有近三十里的山路，苗君儒和罗强只用两个小时就走到了。罗强毕竟身上受了伤，急着赶那么远的路，脸色有些发白。他们站在山顶上的一棵大树下，由上自下地看着山坳里的那些坟墓。

所有的坟墓都一般高低，有数十座之多。坟墓虽多，但并不乱，一座座的错落有致。在那些坟墓的中间，有一座一人多高的大墓，所有的那些小墓，如众星捧月般围绕在大墓的周围。

在那些坟墓右侧的一个山坡上，有几间小屋子，而在小屋子的旁边，多了几顶军用帐篷。十几个背着枪的士兵，分成两拨在坟墓的周围晃来晃去。

苗君儒望着远处那如同一条白练般的渭水，由衷地说道："左青龙右白虎，明堂开阔，财源滚滚，子嗣繁荣，财大势大，虽不是一处无双福地，但也属于上等佳穴，只可惜少了案山，否则后代会出大人物。"

罗强笑道："考古学的教授，要是不懂得看风水，那才是奇怪呢。"

苗君儒说道："有士兵保护，想必近几日出过什么事。可惜我们没有办法过去，否则倒可以看个究竟。"

罗强说道："苗教授，你再仔细看看，那座大坟墓与别的坟墓有什么不同?"

苗君儒说道："你说过，这处墓地是玄字派的高人看的，并下了血咒，看来此墓很不简单。那座坟墓与一般的坟墓不同，不但没有墓碑，而且方位坐北面南，需知南面阳气太旺，犯煞。故意不立墓碑，就是要让南面的阳气过来，以阳镇阴，起到阴阳共济的效果。如果我没有猜错的话，坟墓的墓主，应该是个女人，而且这个女人是暴毙而亡的，在死的时候，年纪并不大，不超过三十九岁……"

罗强接口道："古人四十为不惑，过了不惑之年而死的人，不属于恶死。苗教授，你难道还没想到什么吗?"

其实苗君儒也想到了，只是他不敢相信自己的推断而已。一千多年前的天宝十五年六月十四日（公元756年），杨玉环随李隆基流亡的途中，经马嵬驿时遇禁军哗变，被叛军缢死，一代佳人香消玉殒，终年三十八岁。

罗强继续说道："昨天晚上，在韩少爷发疯之前，我听一个翠花楼的姑娘说，一个姓郭的恩客告诉她，城外郭家的祖坟出事了。那个恩客喝多了酒，还说什么郭家世代是替杨贵妃守墓的。当年唐玄宗身边有一个叫郭霄的云麾将军，此人在马嵬坡兵变之后辞官。从墓地那边绕过去不远的山脚下，有一个村子，就叫郭村，村里的人与城内的郭大善人是一族。"

苗君儒问道："你的意思是，郭霄自愿留下来替杨贵妃守陵，后来子孙繁衍，兴平城内外姓郭的，都是守陵人的后代?"

罗强微微点了一下头，说道："兴平城内的都知道，贵妃墓是在马嵬村，没有会相信，杨贵妃的真墓，就在郭家祖坟的下面。"

苗君儒说道："你对我说过，郭家祖坟是你们玄字派的高人看的，并下了血咒。或许那个高人知道郭家的秘密，下血咒的真正用意，就是保住郭家祖坟，不让任何一个盗墓人找到杨贵妃的真墓。”

罗强说道：“小玉说她爹毕生的夙愿，就是寻找那块石王，以看山倒朱福的本事，不可能看不出郭家祖坟的秘密。”

苗君儒问道：“你怎么知道朱福没有找到真正的贵妃墓呢?”

罗强愣了一下。苗君儒说的话不无道理，朱福到过什么地方，除非一同去过的人，别人又怎么知道呢?

苗君儒继续说道：“你既然偷听了马鹞子对郭大善人说的话，想必已经知道那个真的董团长，在跟随朱福出去之后，再也没有回到部队的事了吧?”

罗强说道：“是的，马大哥还说，刘掌门告诉大家，董团长已经出家为僧，还要余师长不用去找了。”

苗君儒问道：“你有没有想过?马鹞子为什么要把这些事告诉郭士达和赛孟德?”

罗强说道：“我可没往深处想。”

苗君儒说道：“马鹞子只是一介土匪，他和郭士达交往，双方无非是各取所需。郭士达除了是一个有些背景的士绅外，还是护陵人的后代……”

他望着远处的坟墓，并没有把话说下去。

罗强摸了摸头，说道：“苗教授，我听不懂你说的话，到底是什么意思?”

苗君儒顾自说道：“区区一座小县城，竟引来这么多高人，除了地玄两派的掌门人外，连日本忍者都来了。依我看，有的人可不一定都是冲着那块石王来的。”

罗强问道：“那你认为他们是冲着什么来的?”

苗君儒高深莫测地笑了笑，没有说话。

罗强接着说道：“从这里转过去，在山后还有一座破庙，庙宇一般情况都是建在山的阳面，建在背阴的地方，本就不合规矩。我觉得很奇怪，去看了两三次，只觉得有些怪异，却看不出什么问题。我问过当地的一些老人，他们都不知道山后还有小庙。你要不要去看看?”

苗君儒心中不由得寻思道：罗强要带我来看郭大善人的祖坟，其真正的目的，恐怕是要带我去看那座小庙。既然是一座怪异的小庙，那就一定有不同寻常的地方。那座小庙与郭家祖坟到底有什么关系呢?

两人沿着崎岖的山路转到一处山坳里，这里的树木茂盛，若不近前，根本看不到这座已经残败的小庙。小庙并不大，围墙残破不堪，两扇大门上的红漆早已经剥落，露出木头的本色，庙门虚掩。苗君儒走上前去推开大门进入庙内，发现院内全是枯叶杂草。对面就是正殿，正殿的西南角也已经倒塌，两扇大门斜在一旁。

正殿的左边还有两厢偏房，想必是以前庙里的人居住的地方。正殿右边也是一间偏房，房门已朽烂得只剩半扇，被风一吹吱呀作响，依稀能看到里面停放着一具黑乎乎的棺材。棺材的盖子盖得严严实实，也不知道里面有没有尸体。

庙宇里面停放棺材，并没有什么不正常。有人将自己的寿木寄存在庙宇里，每年上一道漆，待自己百年之时，再拿出来用。

也有一些人死后装进棺材，将棺木放在庙里，过七七四十九天再下葬。那种情况叫停丧。停丧有停几个月或是几年的。

从庙宇残破的程度看，至少有好几年没有人打理了。那棺材若是寿木，每年必定有人前来上漆，倘若庙里无人打理，事主必定会将寿木转移他处，除非事主不要了。

至于停丧，每年的清明和逝者的往生之日，都会有人前来祭拜。而平时的初一、十五，庙里的人会替逝者的后人上香。将逝者放在无人打理的庙里，也是说不过去的。除非是无主之棺。

罗强见苗君儒盯着那具黑漆棺材，于是说道：“我第一次来这座小庙，就发现那口棺材了。”

苗君儒问道：“你第一次来这座小庙是什么时候?”

罗强说道：“是三年前，我和几个兄弟被官兵追着跑，好不容易摆脱了官兵，却发现了这座小庙。那时的小庙还没这么破，偏房的那两扇门还好好的。兄弟们被那棺材给吓坏了，没敢在这里多停留。”

苗君儒问道：“那你后来为什么又来这里?”

罗强说道：“我是玄字派的人，觉得庙宇不应该建在这种地方。我怀疑这座小庙和郭家的祖坟肯定有什么联系，所以就来了。”

苗君儒又问道：“马鹞子知道这个地方吗?”

罗强说道：“马大哥当然知道，是兄弟们说的，不过他有没有来，我就不清楚了。”

苗君儒看着庙门下面的台基，说道：“你看到没有，台基下面每层石块的石质和纹理都不一样，所以这座小庙被翻建了很多次。依目前的建筑风格看，是清朝中期修建的，有两三百年了。”

罗强问道：“依你看，这座庙最早修建是在什么年代?”

苗君儒笑道：“其实你心里面早已经有了答案。”

说完后，他笔直走到正殿的门口，见里面那石台上的泥胎神像早已经变成了几堆泥土，看不出原来的本色。长条形的供桌翻倒在地，其中的两支桌脚断在一旁。在供桌旁边的土地上，有一摊暗红色的血迹，连石台上也溅了不少。地上还洒了一些灰土，他用手捻起一些灰土，放在鼻子下面闻了闻。

他退到门口，环视着整个正殿。

罗强轻声问道：“苗教授，你发现了什么?”

苗君儒淡淡地说道：“没什么，只不过这里曾经发生过剧烈的打斗。”

离开正殿，他直接进入那间停放棺材的偏屋，罗强站在门口，并没有跟进去。偏屋的面积并不大，正中放了这具棺材之后，两边连一张八仙桌都放不下。

他来到棺材边上，鼻子似乎闻到一股尸体的腐臭味。正常情况下，棺材里若是放进尸体，必会将棺盖钉死，还会在棺盖和棺身的合缝处用桐油粘住。还得在棺材的头上放上一盏长明灯，尾部摆上祭品和香炉。

可是眼前这具棺材的前面的没有长明灯，尾部也没有祭品和香炉，连棺盖都没有钉死，只需用点力就可以掀开。

他微微皱了一下眉头，双手抵住棺材的边缘用力一推，随着棺盖的翻落，一股熏人的尸臭立即弥漫开来。

棺壁上布满了白色的尸蛆，令人恶心，棺材内的尸体虽然还未完全腐烂，但已经认不出本来的面目了，只能从衣装上判定是一个男人。死者的后脑有一处凹陷，那是被重物击打所致。正是这处致命伤，导致了死者丧命于此。

他往后退了几步，对外面的罗强说道："棺材里的这个人死了不到十天，是被别人杀了之后放进来的。"

罗强说道："苗教授，一具臭尸有什么好看的，快走吧？"

苗君儒走出偏屋，看着已经站在庙宇大门口台阶上的罗强，问道："他是谁？"

罗强说道："我怎么知道那个人是谁？"

苗君儒说道："你明知道郭家祖坟有官兵把守，根本无法靠近，却坚持要我过来看，其实你的真正目的，就是要确定破庙里的这具尸体，对不对？"他往前走了几步，继续说道："你可以自己过来，也可以找几个人陪你一起来，为什么非得拉着我来？"

罗强的脸色微微一变，说道："其实我也不知道死在这里的人是谁。五天前我再一次来到这里，正要离开时，看到有两个人朝这边走过来。我看那两个人的打扮，不像是平常人，于是躲在一旁，看他们来这里做什么。他们进去后，很快就传出打斗声，过了一会儿，其中一个人走了，另一个人没有出来。我进到正殿，看到那个人靠在石台上，身底下全是血。他见了我，显得非常意外，他拿出半块大洋，要我进城去找客来香酒楼刘掌柜，我以为他也是玄字派的人，可当我说出本门切口的时候，他却摇了摇头，只说苗教授马上就要到了，一再要我快点拿着半块大洋进城去找我师叔。他死后，看在他认识我师叔的份上，我不忍心他的尸身被野兽糟蹋，就把他放进了那个棺材内。"

苗君儒问道："你去找了你师叔没有？"

罗强说道："去了，我师叔见了那半块大洋，没有说别的话，只要我第二天带马大哥去一个地方。”

苗君儒问道：“就是那个拿出假石王的地方？”

罗强点了点头，说道：“我怎么都没有想到，自从马大哥从那下面拿出假石王之后，居然一连串发生了那么多事情。我一直都惦记着棺材里的那具尸体，我知道这个人的死，和那块假的石王有很大的关系。我师叔不愿告诉我真相，肯定有他的想法。昨天晚上我想来想去，觉得有必要带你来一趟，因为那个人临死前说你就要到了，我以为你们认识。”

苗君儒问道：“你有没有再见过另外那个离开这里的人？”

罗强说道：“没有。”

苗君儒抬头看了看已近正午的日头，想起马长风要用假石王换人的事，对罗强说道：“我们回去吧！”

罗强跟在苗君儒的身后，问道：“苗教授，你难道没有别的什么要告诉我的吗？”

苗君儒笑道：“你认为我还会对你说什么？”

罗强说道：“这座小庙和郭家祖坟到底有什么关系？”

苗君儒说道：“如果有必要的话，你可以去问郭大善人。”

罗强碰了一个软钉子，虽有些恼火，可又不能表露，只好有些尴尬地跟在苗君儒的身边。两人还没走到那棵大树，就听到郭家祖坟方向传来枪声。他们循着枪声追过去，还没跑出多远，就见左边的山林中窜出两个人来。

走在前面的一个年轻人看到苗君儒，猛地扑上前，搂住他哭道：“苗教授，我们终于找到你了。”

来的这个人，正是与苗君儒失散的那几个学生其中的一个，跟在学生身后的那个人，却是藤老板的伙计詹林明。

苗君儒问道：“你们怎么会出现在这里？藤老板和其他人呢？”

那个学生说道：“别提那个什么藤老板了，他是坏人。”

苗君儒大惊，问道：“藤老板怎么是坏人了？”

罗强指着山下说道：“官兵追上来了，此地不宜久留，走，找个安全的地方再说。”

十几个士兵一边胡乱朝山上开枪，一边大声咋呼着，沿着山路追上来。苗君儒他们正要跟着罗强离开，却见那些士兵不再往上追，开了几枪之后，转身下山了。

苗君儒笑道：“他们胆子小，怕山上有鬼，行，就坐在这说吧。”

几个人分头坐在地上，那个学生说道：“那天晚上你叫我们跟着藤老板先走，你和程大峰留在后面照看那个女人，谁知道我们走了没多远，就被十几个土匪给堵住了。他们蒙住我们的眼睛，把我们关在一个山洞里。洞口本来有两个土匪把守的，不知怎么来了刘老板，把那两个守洞口的土匪给杀了。刘老板和藤老板带着我们进了城，住在一处小院里，说城里很乱，官兵乱杀人，不让我们外出，还派人守着我们。前天晚上城里起火，我们趁着外面没有人守，把门弄开，几个人偷偷离开院子，却看到几个穿着黑衣服的蒙面从屋顶上跳下来，进了藤老板住的地方。我们偷听到他们的谈话，说的是日语，可惜我们听不懂。有一个同学不小心弄出声音，惊动了屋子里的人，藤老板和那些人追出来。其他人都被他们抓住了，只有我们两个逃了出来。我们怕被藤老板的人找到，找了一间没有人住的地方躲了起来。后来屋子的主人回来了，说有土匪在城内放火，烧了不少房子，很多百姓逃出城，如今都回来了。我们两个想出城找你，走到一条巷子里，居然看到了那个土匪头子和几个土匪。我们偷听到他们说话，有一个土匪说什么罗二哥带苗教授去郭家祖坟。于是我们两个出城，问清了郭家祖坟的方向，哪知道还没走到郭家祖坟，就遇到了官兵。官兵老远就朝我们开枪，我们只有往山上逃，谁知碰巧遇到你。”

詹林明说道：“藤老板是日本人，他来中国有几十年了，不知道他底细的人，根本不会怀疑他是日本人。”

苗君儒面无表情地说道：“如果你仅仅是个伙计，不可能知道藤老板的那些底细，他既然是日本人的特务，在中国的行动肯定也是很谨慎的，怎么连身边有一个军统特务，都觉察不出来呢？”

詹林明说道："不错，我是军统的人，我十二岁进入特训班，十四岁奉上级之命到一家古董店当伙计，主要是收集各个方面的情报。三年前，我所在的那家古董店亏本关门，藤老板要我到他店子里当伙计，他是看着我长大的，他根本不怀疑我的身份。苗教授，或许你身边的某个同事，说不定也是我们的人呢。"

苗君儒问道："对于藤老板的底细，你还知道多少？"

詹林明说道："正如你说的，他非常警觉，对身边的人防范得很严，从来不让别人进入他的卧室和书房。正因为他这样，我才觉得他有问题。就算是老虎，也有打盹的时候。几个月前，我趁他外出，终于进入了他的书房，在一堆烧过的纸灰里，找到了一小片没有烧尽的字条，字条上居然有'潼关'这两个字。从三八年到三九年，日军多次进攻陕西，但都在潼关被挡住。区区一个古董商人，怎么会烧掉来往信件，又怎么会关心潼关呢？我向上级汇报了之后，上级要我不得轻举妄动。直到他要我陪他来兴平，我都没有接到上级的下一步指示。"

苗君儒问道："那你知道刘水财和藤老板的关系吗？"

詹林明说道："我一直不知道有刘水财这个人，是藤老板带我们路过西安的时候，才认识他的。在山上，当刘水财带人来救藤老板的时候，我就觉得他们的关系绝对不是朋友那么简单。"

苗君儒说道："我也可以告诉你，刘水财刘老板的另一个身份，是满洲帝国的军事参谋。"

詹林明微微一怔，说道："这就不难解释了。一个是满洲帝国的军事参谋，而另外一个则是日本间谍。苗教授，你认为他们两人相互勾结，到底是为了什么？"

苗君儒说道："现在还说不准，但是我肯定，寻找真正的石王，是他们的计划之一。"

詹林明问道："苗教授，现在我们该怎么办？"

苗君儒问道："兴平城内也有你们的人，是不是？"

詹林明说道："当然有，但是我无法跟他们联系。我们只接受上级的指派和命令，不会随便接触和暴露身份。虽然城内有国军，但都是杂牌部队，他们恨军统和中统，不会把我这个军统的人放在眼里，更不可能听我的命令。与其靠他们还不如靠我自己。”

苗君儒说道：“要想对付藤老板，凭你一个人的力量，只怕难以成功，所以你必须找帮手。”

詹林明说道：“是的！藤老板要你和他一起来陕西，肯定有他的计划，所以我想先找到你，弄清楚他的真正目的，再想别的办法。”

那个同学说道：“苗教授，其他同学还在那个藤老板的手里呢，得想办法去救他们。”

苗君儒沉默了片刻，说道：“放心吧，他们除了暂时没有自由外，还不会有生命危险。藤老板那么做，是想控制我。”

他想了一下，接着对詹林明说道：“要对付藤老板他们，单靠我们几个人的力量恐怕不行，你和我的学生去西安，想办法搬救兵来。”

詹林明说道：“那你呢？”

苗君儒起身说道：“我和罗强进城一趟。”

就在苗君儒计划和罗强进城的时候，程大峰正在听刘掌门讲述整件事的经过，而他们一点都没有觉察到危险正一步步地逼近。

却说程大峰捏着苗君儒抛给他的天地镇魂金，跳墙离开了翠花楼，但他不敢走得太远，躲在翠花楼旁边的一栋房子里，仔细听着外边的动静。上午的时候，他听到街上的人说，一个教授杀了县长的儿子，却被几个土匪劫走了。他一听苗君儒已经没事，变换了一身衣服，打扮得像一个当地人的模样，来到已经烧毁的客来香酒楼前。

客来香酒楼虽然被大火烧过，但主体框架并没有损坏，门前聚集了不少人，朝着酒楼指指点点。

程大峰坐在一处不起眼的巷子口，看着酒楼门前的人群，坐了约莫一个多小时，也没见马长风的影子，更没有见到他要等的人。倒是看到几个精壮汉子，在人群中转来转去，一副很焦急的样子。

眼看已近中午，估计马长风不会来了，他正要起身，从背后伸过来一只手，扶在他的肩膀上。

他将身子一矮，抓住那只扶住他肩膀的手，正要借力甩出去，却感觉那只被他握住的手软若无骨，耳边传来一个娇羞的声音："你能不能轻点，抓得人家好疼呢。"

他听出声音，正是他要等的人，赶紧放开手，说道："对不起，我不知道是你。"

他的话还没有说完，脸上却像女人般泛起了红晕，他长这么大，还是第一次牵女孩子的手，没承想竟然是在这种情况下。

他面前的这女孩也换了一身打扮，上身是一件蓝色碎花衣，下身穿着黑色直筒裤，脚上是一双白底绣花鞋，梳着两条辫子，一副小家碧玉的模样。

她微笑着，露出两个可爱的小酒窝来，说道："你不是说你的马大哥，会到这里来救那个什么小玉姐的吗？"

程大峰说道："是呀，可是他还没来呢。"他似乎想起了什么，问道："我们认识这么久，我还不知道你的名字呢。"

女孩笑道："叫我玉洁吧。"

程大峰心想：苗教授说朱福的女儿叫小玉，之前见过的那个小玉姐，也说是朱福的女儿，这两个人中间，肯定有一个是假的。想到这里，他从衣兜内拿出那块天地镇魂金，递了过去，接着说道："这东西还给你。"

看着她接过天地镇魂金，小心地戴在脖子上，程大峰忍不住又问："这东西你真的从小就戴在身上的吗？"

听了这话，玉洁似乎很生气，说道："你都已经问第三遍了。"

天地镇魂金是掌门人的信物，朱福作为地字派的掌门人，将信物戴在女儿的身上，是合乎情理的。如果眼前这个叫玉洁的女孩真是朱福的女儿，那么，小玉姐又是什么人呢？

玉洁见程大峰似乎在思索什么，于是问道："你在想什么？"

程大峰醒过神来，问道："你的事情办完没有？"

玉洁说道："还早着呢！我看你的马大哥估计不来了，走，我带你去见一个人。"

就目前这情况，估计马长风不会来了，程大峰跟着玉洁转了几条巷子，进了一扇小门，拐过写着一个福字的照壁，来到一间平房前。在房子的边上，站着几个穿短褂的劲汉。

玉洁朝里面说道："爹，我把他带来了。"

屋里面传出一个苍老的声音："玉啊，让他进来吧。"

玉洁朝程大峰做了一个请的手势，他犹豫了一下，慢慢地走上前推开门。借着外面的亮光，他看清屋里面有两个人，其中一个躺在床上，另一个坐在床边。坐在床边的那个人，是他之前见过的刘掌门，而躺在床上的那一个，则是要马长风带着小玉离开的朱福。他愣了一下，说道："刘……掌门。"

刘掌门指着旁边的一张凳子，说道："年轻人，坐吧。"

程大峰坐下来之后，刘掌门问道："你是苗君儒教授的学生？"

程大峰有些拘谨地说："是的。"

刘掌门问道："你们是怎么来这里的？"

程大峰便把苗君儒和他们这些学生，在藤老板的资助下来陕西考古，途径西安认识了刘水财，在马嵬坡附近遇到了小玉姐，以及后来发生的事情都说了。

躺在床上的朱福喘了几口气，说道："想不到居然发生了这么多事，情况越来越复杂了，说不定苗教授到现在还不明白是怎么回事呢！其实我应该和他见上一面的。"

程大峰说道："想见他还不简单吗？他应该还在城里，你们派人找到他，带他来这里不就行了。"

刘掌门说道："可没你想的那么简单。"

外面传来玉洁走来走去的细微脚步声，程大峰想起心中的疑惑，于是问道："朱先生，你有几个女儿？"

朱福说道："只有一个，怎么啦？"

程大峰问道："苗教授说，脖子上戴着天地镇魂金的，应该是你的女儿小玉，因为他当年在你家时，见过你的女儿小玉，当时脖子上就戴着天地镇魂金。而上次你见到马大哥的时候，却叫马大哥带着小玉姐离开这里。"

朱福又咳了几声，吐出一大口血痰，吃力地说道："刘……兄弟，还是你……来告诉他吧！这孩子……跟苗……教授一样，什么……事情都想弄……明白！"

刘掌门微笑了一下，说道："玉洁自幼得一怪病，我遍访名医，均束手无策。一黄字派高人替她算过一命，说她活不过十岁。若想保住她的命，除非用地字派的掌门信物天地镇魂金作为她的护身符，可保她活到十八岁。但在她十八岁之前，如果能够找到传说中的万古神石，或者千年血灵芝，就能治愈她的病，否则就是神仙都没办法。朱兄弟为了保住玉洁，不惜拿出他的掌门信物，还将玉洁收为义女，苗君儒当年在他家看到的，乃是我的女儿玉洁。"

程大峰终于明白过来，原来小玉真是朱福的女儿，而玉洁则是姓刘不姓朱。他问道："什么是千年血灵芝？"

刘掌门说道："其实就是从死人的棺木中长出来的东西，叫棺材菌，也叫地灵芝或龙棺菌。棺材菌并非普通之物，死者生前吃参太多，人死之后还有参气，入土埋葬之后，参气凝聚不散，日子一久，棺中尸体口里，便吐出菌柄来，一直伸展出馆盖外，在棺材头结成菌，这就是棺材菌了。色红如血的才叫血灵芝，乃是人间奇珍，而千年血灵芝更是难得，可遇而不可求。地字派的两位前辈高人，一生盗墓无数，也只见过一株百年血灵芝。"

想不到千年血灵芝和万古神石一样，都是极其难寻的珍品，看来玉洁的情况不容乐观。程大峰想到这里，问道："那玉洁今年多大了？"

刘掌门说道："正好十八岁！"

程大峰急道："那你们找到千年血灵芝或万古神石没有呢？"

刘掌门苦笑了一下，说道："千年血灵芝可遇而不可求，但这么多年来，朱兄弟一直都在努力寻找这两件东西，几个月前，他总算有了一点关于万古神石的线索，谁知竟会发生那样的事。”

程大峰问道：“到底发生了什么事?”

刘掌门说道：“年轻人，我把整件事情的经过告诉你，你就明白了。”

他和朱福相视了一眼，接着对程大峰说道：“万古神石乃上古神物，相传能颠倒阴阳，能保住死人的尸身千年不腐，若再施以奇术，甚至能起死回生。拥有此物者，能借助上天神力一统乾坤。万古神石到底是何物，没有一个确切的说法，有人说是和氏璧，也有人说是河图洛书，还有人说是女娲补天留下的最后一块五色玄石……”

程大峰忍不住说道：“传说不一定存在，和氏璧后被秦始皇做成了传国玉玺，在后唐就失踪了；苗教授怀疑传说的河图洛书，不过是一块刻着神秘符号的大石头；至于女娲补天留下的最后一块五色玄石，就更加说不过去了，我们考古学者对历史上有没有女娲这个人，还争论不休呢。”

朱福的脸色有些不悦，说道：“年轻人，听……听刘兄弟把……话说完，你再说也不迟。”

贸然打断别人的话，确实是不礼貌的，程大峰抱歉地朝刘掌门笑了笑。

刘掌门似乎并不介意程大峰的鲁莽，继续说道：“当年朱兄弟也和苗教授讨论过这个问题，两人争论了一夜，最后连苗教授都相信，万古神石的传说极有可能是真的。千百年来，不断有人寻找万古神石，我师兄徐渭水也是其中的一个。五年前，我师兄回到兴平，他走遍了南北，看过不少帝王与权臣的墓葬，最后断定万古神石与马嵬坡兵变有很大的关系，很有可能被唐玄宗放在了杨贵妃的身边。杨贵妃生前患有气虚之病，长期服用人参，若能找到杨贵妃的真墓，兴许能同时找到两样东西。于是我们在兴平住了下来，暗中寻访杨贵妃的真墓。朱兄弟在兴平周边这一带的山上，至少找到三十座大官的墓葬，其中有七座是杨贵妃的假墓。驻扎在兴平城的董团长，通过其师爷宋远山找到了朱兄弟，逼着朱兄弟带着他盗墓，说是挖出死人的浮财以济军资，等队伍扩充完毕，就前往潼关抗日！为了抗日大业，朱兄弟答应了他们的要求，帮他们从墓葬中盗了不少浮财。谁知董团长的上司余师长得到消息，也派人找到朱兄弟，要朱兄弟带着他们发大财。董团长担心朱兄弟跟了余师长后，断了他的财路，暗中派人抢走了小玉。朱兄弟被逼无奈，诱使董团长进入一处墓穴，丧生于墓道的机关。可是我们怎么都没有想到，宋远山狼子野心，早有心除掉董团长取而代之，他见董团长已死，便找了一个貌似董团长的人替代董团长，并要朱兄弟尽快找到万古神石。其实朱兄弟早就看出兴平的郭家的祖坟的秘密，有可能就是杨贵妃真墓的入口。虽然郭家祖坟世代都有人把守，根本不让外人靠近，但难不倒他。他一直没有动手的原因，是因为郭家的祖上曾经有恩于我们玄字派，郭家祖坟的风水，是玄字派的高人看的，那位高人下了血咒，有敢于盗墓者，必遭天谴。郭家是杨贵妃的护陵人，而我们玄字派，却是郭家的守墓人。”他停顿了一下，接着说道：“我师兄徐渭水拿出一块五色玄石，并要朱大哥和我精心布置了一处墓穴，放上那块五色玄石冒充石王。接下来，就是去找宋远山，几个人一起进去，拿出假的石王换回小玉。但是宋远山却不相信我们，说要找一个人来验证石王的真假。朱大哥想来想去，想到了苗君儒教授，因为苗教授和他是莫逆之交，以苗教授的学识和在古董界内的名气，只要是说真的，就没有人敢不信。于是朱大哥要我派人去一趟重庆，把苗教授请过来，结果我还没派人出城，朱兄弟就被官兵追杀，碰巧遇到了土匪马鹞子，流血过多而假死。马鹞子进城救出小玉后，我得到小玉从山上送来的消息，上山找到那座坟，暗中挖出了朱大哥。朱大哥醒来之后，要我转告小玉，派人去重庆请苗教授来，说只有苗教授才能破解郭家祖坟血咒的。我没有想到的是，马鹞子手下的一个人，是我三年前在郭家祖坟遇到那个年轻人，他就是我师兄的徒弟，叫罗强。”

程大峰说道：“我见过那个人，他看人的时候，眼睛都是斜视着的，绝对不是善类。”

刘掌门说道：“那个人是兴平本地人，他说他的父母都是被郭大善人害死的，他回来是要报仇。我告诉他，要报仇可以直接去找郭大善人，绝对不能动郭家祖坟，否则他会死无葬身之地。我师兄带了他三年，教给他一些风水堪舆和阴阳异术，后来让他给临潼的黄字派高人半指仙做义子，没想到，他居然在娶媳妇的当晚，杀了半指仙和自己的新媳妇，从此不见踪迹。”

程大峰说道：“他先后跟过黄字派和玄字派的高人，看来学了不少本事，他完全可以凭本事混饭吃，为什么要去当土匪呢?”

刘掌门说道：“那我可不知道了。”

程大峰问道：“小玉姐知道她爹没死，怎么还跟着马大哥他们呢?”

刘掌门说道：“朱兄弟虽有脱阳护身之术，但假死之后被埋在土里的时间太久了，我费了很大的劲儿才让他活过来，他的情况并不乐观，说不定随时都有可能死去。所以我并没有把朱兄弟还活着的消息告诉她，只想等朱兄弟完全好了之后，再让他们父女团圆。再说了，我听说罗强带着马鹞子的人挖了不少墓葬，而且和城里的官兵做生意。我担心朱兄弟还活着的消息被宋远山知道，会对我们不利。”

程大峰问道：“你们和宋师爷一同住在城内，他怎么不知道呢?”

刘掌门说道：“那天我带你和马鹞子进去的宅子，原本是宋远山的，几个月前以5000大洋的价格卖给我，我把朱兄弟藏在那里，他绝对想不到。”

程大峰说道：“那宅子下面到处都是地道呢。”

刘掌门说道：“是啊，我也是后来听玉洁说的，我要是早知道的话，就用不着挖那条地道了。”

程大峰的心里咯噔了一下，那天和玉洁躲入宅子下面的地道后，玉洁似乎对地道很熟悉，连玉洁都熟悉的地方，刘掌门怎么会不知道呢?他既然知道，又为什么费那么大的力气，挖那条地道呢?

刘掌门见程大峰不说话，继续说道：“朱兄弟的身体没有复原，我不敢轻举妄动。那次我上山见她，跟她说了想去请苗教授的事，但是我没有想到，她居然要马鹞子去了一趟重庆，没多久，苗教授就来到了兴平。

我正要安排朱兄弟和苗教授见面，却发现苗教授已经被我弟弟刘水财盯上了。我弟弟刘水财当年与我同争掌门之位，失败后不知所踪，一年前，他出现在西安，转下了一个姓严的老板的古董店，做起了古董店老板。他找到我，要我和他一样投靠满洲帝国，他承诺，只要我帮他找到传说中的万古神石，就封我为护国大法师。”

程大峰问道：“你答应他了？”

刘掌门摇了摇头，苦笑道：“我要是答应了他，就不会出现如今的情况了。”

程大峰问道：“那后来呢？”

刘掌门说道：“我虽然没有答应他，但也没有拒绝。宋远山想得到万古神石，我弟弟也在打万古神石的主意，他们肯定得到了什么消息，不知……”

说到这里，听得外面传来几声惨叫，接着传来玉洁的叫声：“爹！”

那叫声显得非常惊慌与无助，不知外面发生了什么事。

第十三章　玄字派的祖庙

程大峰一个箭步冲出门，见院子里不知何时站了几个蒙面人，为首的就是他在城隍庙旁边石桥上见过的那个人。原本站在屋子旁边的那几个壮汉，已经身首异处地倒在了血泊中。他惊道："你怎么来了这里？你把马大哥和小玉姐怎么了？"

那个人看着程大峰，说道："我已经让人给他捎了话，明天中午在郭家祖坟，拿东西去换人。"

程大峰叫道："想不到你这么卑鄙，说好了事情居然不算数。"

那个人笑道："人在我的手里，是他求我，在哪里跟他换人，应该由我来定。我想怎么样就怎么样，谁都管不了。"

程大峰说道："这里不是沦陷区，由不得你们日本人乱来！识相点的趁早滚回去，免得死在这里，变成流落异乡的孤魂野鬼。"

那个人哈哈大笑了几声，说道："凭你的那点本事，也敢说这样的大话？"

程大峰说道："我们有四万万同胞。"

那个人说道："可是你们现在只有四个人。"

程大峰扭头对玉洁说道："我先挡住他们，你带你爹和朱前辈他们走。"

那个人说道："给你一个机会，你要是能赢了我，我就放过你们，怎么样？"

程大峰看出这个人眼中的傲慢与不屑，于是说道："我们中国有规矩，比武之前必须通报姓名和身份，我叫程大峰，是苗教授的学生，你呢？"

那个人说道："你不须要知道我的名字，我也没有必要遵循你们中国人的规矩。"

程大峰说道："我听苗教授说过，你们大和民族的武士道精神其实跟我们中国的武德一样，都是把个人的德行修为与荣誉放在第一位的。你不尊重我，其实也是不尊重你自己。你连名字都不敢说，是胆怯吗？如果日本武士都和你一样，那也太令我失望了。"

有两个蒙面人似乎被激怒，正要冲上前，却被那个人喝住，那个人沉默了片刻，说道："我叫三浦武夫，是甲贺派忍者。"

程大峰知道日本忍者的派系很多，但属甲贺与伊贺这两派最出名，忍者通常进行侦察、偷袭、暗杀等活动。伊贺忍者强调的是个人作战能力，甲贺忍者强调的是集体作战能力。伊贺忍者效力于出价最高的雇主，而甲贺忍者只对自己的主公尽忠。所有的忍者，都只是别人手里的工具，他们无谓生死，为达到目的不择手段。由于他没有和忍者对阵过，所以上次吃了大亏，眼睁睁地看着几个忍者劫走了小玉姐。他若一对一的对阵其他的忍者，或许还有赢的希望，可面前这个叫三浦武夫的人，是那些忍者的头，武功肯定不低，真正比试起来，只怕还过不了十招。苗教授对他说过，当面对强敌时，要分析当前的情况，不能力敌时，那就只有智取。想到这里，他说道："我们以三招定输赢，怎么样？"

三浦武夫点了点头："同意。"

程大峰接着说道："如果三招之内，我没有赢你，你也没有把我打倒在地，我们就算平手。你是甲贺派高手，而我只是后生小子，从比武规则上来说，你不能以强凌弱，若是平手，就算我赢。"

三浦武夫说道："如果我一招之内打不倒你，就算我输了。"

程大峰觉得自己虽然打不过三浦武夫，但要在对方的手下走一招，估计困难不大。他握紧了拳头，正在考虑着怎么对付这个甲贺派的高手时，却听到身后传来一个浑重的声音：“以你的武功欺负一个孩子，不觉得太可耻了吗？”

程大峰扭头一看，见刘掌门从屋内走出来。

三浦武夫问道：“你是谁？”

刘掌门正色道：“你出现在这里，难道还不知道我是谁吗？你说你是甲贺派的忍者，使我想起了一个人，佐藤义男是你什么人？”

三浦武夫的眼中闪过一抹疑惑，说道：“他是我师父。”

刘掌门笑道：“我等了他十几年，没想到却等来了他的徒弟，他呢？怎么不敢见一见我这位老朋友呢？”

三浦武夫朝刘掌门鞠了一下躬，说道：“我师父去世的时候，还念念不忘他的中国朋友。”

刘掌门笑道：“他没有得到想要的东西，只怕是死不瞑目吧！当年他害死了我师父，我们要不是当心让你们日本人借题发挥，也不会就那么轻易放过他！你来陕西的目的，只怕也是跟他一样吧。”

三浦武夫干脆扯下面上的黑布，露出一张棱角分明的面孔来，他面无表情地说道：“你只猜对了一半。”

刘掌门恨恨地说道：“狼子野心！属于中国的东西，岂是能被你们夺走的。”

三浦武夫笑道：“你们中国不是讲究弱肉强食适者生存的道理吗？为什么大英博物馆里面，有那么多中国的东西？”

刘掌门说道：“什么样的师父就会教出什么样的徒弟，当了婊子还想立个大牌坊，这就是你们的强盗理论。少说废话，你既然已经找到了我们，想怎么样尽管来。”

三浦武夫收起笑容，说道：“我有两个目的，第一是要完成师父的遗愿，至于第二，没有必要告诉你们。”

刘掌门冷冷道：“你师父拿不到的东西，你同样得不到，你死了这条心吧。”

三浦武夫在原地来回走了几步，说道：“你们中国有句俗话，叫识时务者为俊杰，你不会不懂吧？”

程大峰忍不住大声道：“你就是杀了我们，也得不到。”

三浦武夫冷笑道：“我知道你们都很有骨气，杀了你们也没用，留着你们的命，却很有用。”

刘掌门的身形一晃，已经飘到了程大峰的前面，他的身形未停，而是直接朝三浦武夫飘了过去。程大峰惊骇之下，正要奋力上前相助，不料右手被身边的玉洁抓住，往另一边拖去。他的耳边传来刘掌门那浑厚的声音：“你们快走，去找苗教授。”

程大峰怎么都没有想到，玄字派的掌门人，居然还是一个武林高手。他被玉洁往屋后拖去的时候，看到刘掌门和三浦武夫的身影搅到了一起，而那几个蒙面忍者，则向他们追来。

苗君儒看着詹林明和那同学顺着山路朝西安方向去了之后，便对罗强说道：“我想进城去找韩县长，好好跟他谈一谈。”

罗强惊道：“他认为你杀死了他的儿子，你去找他，岂不是自投罗网吗？”

苗君儒说道：“谢谢你的提醒，但是我认为有必要和他见一面。如果你还有事，我们就此别过。”

罗强见苗君儒要和他分开，觉得有些意外，立即说道：“苗教授，还是我陪你一起去吧，城内还有不少我的兄弟，万一有什么事，也好有个照应。”

苗君儒说道：“不用了，韩县长就是再恨我，他也不能置民族大义于不顾，更何况，我已经知道韩少爷的死因了。”

罗强奇怪道：“你是怎么知道的？”

苗君儒讳莫如深地说道：“见到他之后，我自然会告诉他。”他往前走了几步，回头说道：“如果我换成是你，与郭大善人有不共戴天之仇，就算我自己不能动郭家祖坟，也会让手下的兄弟带着炸药，把郭家祖坟炸个稀巴烂。”

罗强望着苗君儒的背影，眼中闪过一抹怨毒之色，他的手不自然地伸向腰间，握住了手枪的把子，但他并没有把枪掏出来，而是朝地上啐了一口，转身朝小庙那边走去了。

其实苗君儒并未走远，前行一段路折入了树林中，借着树木的掩护尾随罗强而去。过了山嘴，果然见罗强朝那座小庙走去。

当罗强带他来看郭家祖坟的时候，他就知道这个家伙醉翁之意不在酒，郭家祖坟的秘密，想必罗强早就知道了，为什么迟迟不动手，恐怕另有原因。至于小庙里的那具尸体，才是罗强带他来的真正目的。

或许罗强认为死者与他有什么关系，只可惜死者已经高度腐烂，无法辨清其真容。

罗强进小庙的时候，朝外面看了看，似乎担心后人有人跟来。

苗君儒悄悄来到小庙侧边的断墙边，正要翻墙进去，却听到里面传来说话的声音：“你怎么又回来了？”

罗强说道：“原来是师叔，我以为是什么人呢！我和苗教授在这里的时候，我就觉得山林里面有人，还以为是上次见到的那个人，所以转过来看看。”

苗君儒听得那个声音有些熟悉，便偷偷探出头去，只见那个站在罗强面前的人，居然就是刘水财。

刘水财说道：“当我听手下的人报告说，你和苗教授两人出了城，我就知道你会带他来这里，于是我就跟着来了。你以为这里是什么地方，是随便带人来的吗？”

罗强说道：“师叔，我没有别的意思，就是想知道躺在棺材里的那个人到底是谁。上次你说就怕苗教授知道真相，我以为他会认识那具死尸，所以就带他过来了。我并没有告诉他棺材里有人，是他自己闻到尸臭进去看的。”

刘水财说道：“别以为我不知道你小子一肚子的坏水，我可以明明白白地告诉你，就是棺材里的人活着，苗教授也不认得他。我看到你和苗教授对着郭家祖坟指指点点的，他是不是看出来了？”

罗强说道：“凭他的本事，不可能看不出来的。”

刘水财问道：“那他有没有看出这里的秘密？”

罗强说道：“他只看了棺材里的尸身，又说大殿里曾经发生过剧烈的打斗，还说这座小庙有上千年历史，可能与郭家祖坟的秘密有关，其他的就没有多说了。师叔，你既然说不能随便带人来这里，那你干脆告诉我，这里究竟是什么地方？”

刘水财问道：“你真的想知道？”

罗强点了点头。

刘水财说道：“你到大殿门口，先朝里面磕上三个响头，我再告诉你。”

罗强犹豫了片刻，到大殿门口，跪着朝里面磕了三个响头，而后回到刘水财的身边。

刘水财看了一下四周，说道：“这座小庙，其实是玄字派的祖庙，庙里供着的是我们玄字派的祖师爷。玄字派虽然是南派，但每一代掌门上任之后，都要到这里祭拜祖师爷。我要你朝大殿磕头，是因为你作为玄字派的弟子，有幸知道祖庙所在，理当磕头。祖庙里放着一具棺材，是给掌门人准备的。每一代掌门人去世后，继任掌门前来祭拜祖师爷，将棺材运出去安葬上代掌门，而将属于自己的棺材放在这里。跟随继任掌门前来祖庙的人，为了守住祖庙的秘密，不惜给上代掌门殉葬。我们玄字派最大的秘密，就是祖庙的秘密，而祖庙的秘密，其实就是郭家祖坟的秘密。每代掌门人的手里，除了掌门信物之外，还有上代掌门人亲口相传的祖庙秘密。玄字派的历代掌门一直都恪守着祖训，绝不将本门派的秘密告诉第二个人。直到前任掌门人去世前，才打破了祖训。”

刘水财接着说道：“在天地玄黄四派中，唯我玄字派门下弟子众多，但都分散于各地，每个省都有堂口，每个堂口有一名主事，只有遇到重大事件，才会通知各处堂口主事。玄字派的上任掌门是我爹，我爹在执掌门派之后，就按规矩物色下一代掌门的人选，他看来看去，觉得我师兄，也就是你师父徐渭水，在众多弟子当中是最出色的，于是将你师父暂定为掌门人选。我爹并不知道，其实我哥早就盯上了掌门之位，可惜他年轻的时候看风水走了眼，遇地字派的门人朱福出手相助，才逃过一劫。虽说他后来长了不少本事，可犯过错的人，怎么能够跟你师父相比呢？你师父很有本事，但在心计上，却远远比不过我哥。我哥摸透了他的性格，略一游说就诱他出走。我哥又利用我爹的私心，以上古帝王禹传位给儿子启的故事，要我爹在我们哥俩中间选一个继任掌门的人选。我自幼聪慧，深得本门秘术，所以在江湖上闯出了一些名声。我爹按我哥的意思，培养我当继任掌门。俗话说知子莫若父，可是最了解我哥的人却是我。我虽然也想当掌门，但怕被我哥陷害。到后来，我爹似乎看出了我哥的野心，和我哥谈了一次，要我哥好好帮我管理门派。我哥答应了我爹的要求，但要我爹说出本门的秘密。历来小庙的秘密，只有掌门人才知道，我爹不忍心我们兄弟相残，迫不得已违背祖训，告诉了我们两个人。我爹一死，本应是我继任掌门，谁知我哥早就串通好了几个省的主事，拥戴他为掌门。我一气之下离开玄字派，学着你师父的样子浪迹江湖，这一走就是十几年。”说到这里，他叹了一口气，继续说道：“十几年漂泊四方，风餐露宿，有时迫不得已寄人篱下，那种日子简直不堪回首，我受够了，我要拿回属于我自己的东西。”

罗强说道：“我师父从来没有对我说过玄字派的事情。”

刘水财说道：“他当然不会告诉你，因为他根本没有把你当成他的徒弟。当年他收留你，并不是看到你可怜，而是因为你对他有用。”

罗强说道：“我只不过是一个流浪街头的孩子，对他有什么用呢？”

刘水财说道：“你跟了他几年，难道没见过他用小孩垫棺材底的事？”

罗强说道：“我只见过一次，那小孩是事主家弄来的，直接打死之后，用大钉子钉在棺材背面。我问过师父为什么要那么做，师父不愿说。”

刘水财说道：“那叫小鬼运财，是玄字派秘术的一种，算准了死者的生辰八字，找一个童男，按六合方位钉在棺材背面，事主家将财源滚滚；若运用不当，事主家不但不来财，相反还会惹上鬼祸，轻则丧财败家，重则人命不保。会用这种秘术的人并不少，只是由于太过阴毒，有损自己的阳寿，所以没有几个人愿意用。除非事主家提出要用这种秘术，而且肯出大价钱。你师父带着你走遍四方，并没有将你垫棺材底，想必是没有找到合适的事主，否则的话，你哪里还有命在？他若真把你当徒弟，又怎么舍得把你送给半指仙做义子呢？”

罗强点了点头，觉得刘水财的话有几分道理。他看了看摆放在厢房内的那口棺材，说道：“那个躺在棺材里的人是谁，为什么会死在这里？”

刘水财说道：“那两个人不是玄字派中人，按理说不可能知道这里是祖庙。但是他们却很奇怪地出现在这里。躺在棺材里的那个人，不仅知道苗教授要来，而且在临死前要你把半块大洋交给我哥，他们和我哥之间的关系应该很密切。小玉要马鹞子去重庆的事，有几个人知道？”

罗强说道：“除了我们几个和手下的兄弟，并没有外人知道。除非小玉一直和刘掌门有联系，要不然刘掌门怎么可能派人盯着苗教授有没有来呢？他为什么不派本门派的人，而要派别人呢？”

刘水财说道：“我哥很有心计，这几年他一直行踪诡秘，我怀疑他勾结江湖上的其他帮派，在干一件大事。你把那半块大洋送去后，我以为我哥会派人来运走那个人的尸身，没有想到他却要你带着马鹞子找到了那处被装扮过的洞穴。上次你派人送信给我，说了那洞穴里面的情况。我就怀疑我哥和你师父徐渭水，极有可能违背了祖训，进入了杨贵妃的真墓中。按着真墓里面样子，布置了那处假墓。他们骗得了宋远山，却骗不了我，因为玄字派的那本掌门秘册上，有一幅画着城门的图，和你说的洞穴里面的情况很相似。”

苗君儒听到这里，内心暗暗吃惊，刘水财单凭罗强所说的假墓情况，就断定刘掌门和徐渭水进了杨贵妃的真墓。他想起那块放在木盒子里面的琉璃墓砖，杨贵妃的真墓极有可能是用琉璃墓砖砌成的，而能够拿出琉璃墓砖的人，自然就是进去过的人。刘掌门和徐渭水是玄字派的人，盗墓打洞并非其所长，要想进入杨贵妃的真墓，还得一个人相助，那个人就是看山倒朱福。

罗强说道："如果他们进去了，肯定就拿出了真的万古神石，可是真的石王呢?"

刘水财说道："只要你按着我所说的去做，会让你见到真石王的。你立即追上苗教授，和他在一起。我哥既然要苗教授过来，没有理由不见面的。"

罗强说道："苗教授对我起了疑心，他的警觉性很强，好像对任何人都不相信！他和我分开后，说是去找韩县长。韩县长怪他杀死了韩少爷，要拿他问罪，我刚把他救出来，他倒好，自己送上门去。"

刘水财冷笑道："据我所知，他虽然是个考古学教授，却经常游走于江湖，江湖经验自然老到，你在他的眼里，还嫩了点。"

罗强说道："但是他却说，韩少爷是中了尸毒，他去找韩县长，就是要给韩县长一个交代。以韩少爷的为人，每天只知吃喝嫖赌，怎么可能中尸毒呢?"

刘水财冷笑道："我正要问你呢。玄字派的秘术中，有一种东西叫散魂毒，是用特制的药粉，加上新鲜的腐尸汁调制而成，只须在别人的身体上划破一点皮肉，见血就行。中了散魂毒的人如同中了尸毒，不消一个时辰便会毒发，丧失本性见人就咬。施术者趁机上门游说其祖坟有异，祖宗魂魄在地下不安，影响到生人，只需调整祖坟的位置或者迁坟另行安葬，可保生人无恙。事后收人钱财，偷偷替中毒者服下解药，万事大吉。苗教授和他的学生被赛孟德安排在翠花楼住下，韩少爷所在的房间恰好在他们的隔壁，而你自幼在翠花楼长大，对里面的情况了如指掌，你师父行走江湖时，不可能没有教你那种秘术吧?"

罗强嘿嘿地笑了几声，说道："师叔就是师叔，怎么都瞒不过你！不是你要我接近苗教授的吗？如果我不那么做，又怎么能够出手救他，得到他的信任呢？”

刘水财说道：“可最终他并没有相信你！时候不早了，你也该回城办你的事了！我有一句话要送给你，‘人不利己天诛地灭’。事成之后，咱们爷俩各取所需，谁也不欠谁的。”

罗强笑道：“那我可多谢师叔了。”

听着两人的脚步声渐渐离去，苗君儒从断墙后面探出头，他望着两人的背影，心中升起诸多疑惑。刘水财投靠了满洲帝国，在劝说刘掌门未果的情况下，想要得到万古神石，恐怕并非易事。宋远山不过是刘水财的一颗棋子，像这样的棋子，多一颗不算多，收拢罗强为其所用，是情理当中的事情。问题是罗强在郭家祖坟遇到的人是刘掌门，怎么跟刘水财勾搭上的呢？

刘水财说刘掌门这几年行踪诡秘，是在干一件大事，究竟是什么大事呢？这座破庙既然是玄字派的祖庙，为什么刘掌门任其荒废，而不派人修葺呢？

他站在庙门口，仔细端详起这座破庙来。正如他之前所看的那样，庙宇的墙基的纹理和石质无不证明，庙宇已经有一千多年的历史，最起码重修过五次。从庙宇倒塌的程度上来看，应该有五十年了。最近的一次，至少在两百年前。两百多年间，玄字派至少换过五任掌门，难道那些掌门都没有想过要修葺祖庙吗？作为一个江湖门派，不尊重祖师爷之举，实乃大忌，是会被其他门派所耻笑的。一个连祖师爷都不尊重的门派，又如何能让门下弟子信服呢？只有一种解释，那就是百年之内，这里肯定发生过什么事情，以至于掌门留下遗愿，后代掌门只许朝拜，不许修葺祖庙，任其荒废。

他沿着破庙的外围墙走了一圈，惊奇地发现这座破庙居然是圆形的。中国上下数千年的历史长河中，从来没有哪一座殿堂和庙宇的建筑是圆形的。无规矩不成方圆，看来这座所谓的祖庙，其中大有乾坤。

他再一次站在破庙大门的石门槛上，打量着这座历经千年风雨沧桑的破庙。庙宇的建筑很简单，除了对面的大殿外，就是左右对称的厢房了，整个建筑成门字形结构。既然是玄字派的祖庙，看护庙宇必定是玄字派的人，无须接受外来香客的香火，正如刘水财所说的，只须每一任掌门即位后前来朝拜即可。除了掌门人和看守庙宇的人之外，没有人知道祖庙的所在。

他沿着满是枯枝败叶的石板路，转到了大殿的后面，从地理位置上看，祖庙在山北，郭家祖坟在山南，一南一北在同一条直线上。更令他困惑的是，祖庙虽然坐北朝南，可南面就是山脊，前堂不开阔，至于大殿的后面，就是一片杂草丛生的空地，在空地的西北角上，有几堵断墙，断墙的外侧是一条很深的山谷，背靠是虚的，完全违反了正常的建筑风水。更让人吃惊的是，后院的正中间有一棵粗大的柏树，从树龄上看，起码超过一千年，应该是建庙的时候就栽下了的。柏树长得郁郁葱葱，枝干遒劲，像一个忠厚的仆人，守候着这座已经罕有人烟的地方。柏树笔直向天，如一柄利剑一般，所在的位置为离位，主杀。作为玄字派的前辈高人，难道不明白住在这里面的人，不但贫困潦倒，而且后嗣无望的吗？

若祖庙的秘密真的就是郭家祖坟的秘密，那么，祖庙和杨玉环的真墓，究竟是什么关系呢？

他在破庙里转了一圈，除了那口棺材内还在腐烂的尸体外，没有找到半块有文字记载的东西，但是他发现大殿右边台阶之下的枯枝败叶，与别处的不同。别的地方最上面的那层树叶，受阳光雨水的侵蚀，颜色全都开始发白，而在这处地方，有不少树叶的颜色仍是黄色。他捡起一片黄树叶，翻过一看，果见另一面是白色的。

有人动过这地方。

他扒开树叶，见到一个脸盆大小的铜香炉，依造型和纹理，属于清朝中期的东西。这种香炉属民间制造的铜香炉，虽不是什么稀罕物，但拿到古董店里，好歹能换几十块大洋。在香炉的边缘，有一些暗红色的血迹。他翻过底座，见底座上有印记，上面的阴刻印章是六个字：大清乾隆年制。

躺在棺材里的那个人，就是被这铜香炉砸中后脑而死的，凶手杀人后，既然能够将香炉埋在树叶中从容离去，被砸的那个人就不可能还活着。

如此说来，罗强对他说了谎。而他不久前听到刘水财的那番话，才是事实的真相。刘水财既然说那两个人不是玄字派的人，可他们为什么会出现在这里，又为了什么导致两人发生争吵呢？

他来到厢房前，再次掀开棺盖，一看尸体那尚未完全腐败的皮肤，比普通人要细腻和白嫩得多。从尸体肿胀的程度看，此人生前并不瘦，略显肥胖。他找了根木棍去挑尸体的外衣兜，或许能发现些证明死者身份的东西。一挑之下，尸体外面的灰布长褂被拉开，露出穿在里面的白色衬衣来，连白衬衣最上端的那粒扣子，都扣得紧紧的。

只有军人，才会习惯将领口的风纪扣扣死，时值抗战最艰难时期，一般人连饭都吃不饱，哪会这么白嫩肥胖呢？至于脚上的皮鞋，那可不是一般的人能够穿上的。虽说皮鞋很久未擦，有些破旧，几个地方都已经开裂，可那也是身份的象征。夏日暑天，满大街那么多人都穿着一件短褂，而穿这种长褂加白衬衣的，并没有几个。

所有的迹象表明，死者并非普通人，而是一个有身份的人。

这个人会是谁呢？

他蓦地想起了一个人来，董团长。知道董团长去向的人只有刘掌门。

他觉得有必要去会一会刘掌门。

程大峰和玉洁并没有跑出几步，就听到一阵细微的破空声，十几只菱形飞镖射在他们面前的土地上，排成一条直线。这些飞镖只是对他们逃跑的行动提出严重警告，若是直接朝他们身上招呼，即便他能躲得过，只怕玉洁会被射中。

几个忍者随后赶上，每个人的手里拿着一条飞索，晃动着一步步朝他们包围了过来。程大峰已经看出，这些忍者兵不想置他们于死地，而是要生擒他们。

几个忍者同时出手，飞索如灵蛇一般，从几个方向向程大峰和玉洁飞来。程大峰的身子一矮，堪堪躲过左右两条飞索，但脚下一紧，右脚脖子已经被一条飞索缠住。他飞快抽出了藏在腰间的匕首，往下一劈割断了飞索。

耳边传来玉洁的惊呼，他抬头一看，只见玉洁被三条飞索缠住了。他飞起身子，“刷刷刷”三下就割断了缠在玉洁身上的飞索。他将玉洁护在身后，挥舞着匕首奋力抵挡。

虽然他的功夫不错，但那几条飞索在忍者的手中，如毒蛇一般阴险而迅猛，稍有不慎就会被缠住。他们两人虽无性命之忧，但要想逃脱，简直难如登天。渐渐地，他们被逼到了墙角，数次险象环生。

而那一边，刘掌门已经和三浦武夫过了十几招，谁都占不了上风。

再这么下去，他们几个迟早都会落入日本人的手中。程大峰一边抵挡着几条飞索的紧逼，一边想着怎么摆脱困境。

就在这时，从屋内缓缓走出一个人来，是朱福。只见他靠着门框，右手拿着一把短刀，抵在自己的喉咙上，朝三浦武夫喊道：“住手！你再不住手，我就割断自己的喉咙，你什么都得不到。”

由于长时间不见阳光的缘故，他的脸色在太阳光照射下，显得异常苍白。

三浦武夫虚晃一招退到了一边，朝朱福说道：“别忘了，你女儿还在我手上。”

朱福苦笑道：“都什么时候了？我还顾得了她呀？等我一死，随便你们怎么处置她都行。”

三浦武夫发觉他手里的筹码，瞬间没有了半点利用价值，他愣了一下，说道：“既然这样，那你为什么不早点死掉呢？”

刘掌门退到朱福的身边，说道：“蝼蚁尚且苟活，何况乎人呢？如果不是你们那么苦苦相逼，谁愿意走绝路？”

三浦武夫说道：“只要你们和我们合作，无论你们开出什么样的条件，我都答应。”

朱福对三浦武夫说道："你没资格和我谈条件，叫你主子来。"

他的话音刚落，一个穿着灰色长褂的人，迈着步子从外面走了进来，那人环视了大家一眼，干咳了两声，才对他说道："你不是叫他的主子来跟你谈判吗？我就是他的主子，你有什么条件，可以对我说。"

程大峰惊愕地看着那个人，说道："怎么是你？藤老板，你是日本人吗？"

他没有看错，走进来的那个人，就是和他一起从重庆来兴平的藤老板，那个贪财而又胆小，一看到土匪就吓得脸色发白的藤老板。

刘掌门对藤老板说道："我听程大峰叫你藤老板，你和他的师父佐藤义男是什么关系？"

藤老板说道："我的中国名字叫藤大东，日本名字叫佐藤乙一，我和他师父的关系，就像刘水财先生和你的关系一样。"

刘掌门冷笑道："原来你是佐藤义男的弟弟。"

佐藤乙一说道："二十多年前，我哥哥输在你们的手下，他很不服气，所以临死的时候写信给我，要我替他报仇。"

佐藤乙一微笑着走到朱福的面前："朱掌门，我们大日本帝国，就是需要你这样的朋友，希望我们能合作愉快。"

程大峰和玉洁退到朱福的旁边，叫道："别相信他，你要是和他们合作，就成汉奸了。"

玉洁也说道："爹，要死大家一起死，千万不能当汉奸。"

她是朱福的干女儿，从小就跟着小玉叫爹。

刘掌门对朱福说道："兄弟，是我害了你！要不是为了玉洁的病，也不会弄出这么多事来。我欠你的，下辈子还给你。"

朱福说道："刘大哥，咱们兄弟一场，别说这样的话，如果有下辈子，咱们还做兄弟！"他朝接着对佐藤乙一说道："放他们走。"

佐藤乙一说道："我可以放他们走，也可以放掉你的女儿，但你得先答应和我合作。"

朱福说道："你先放他们走，再和我谈条件！"

佐藤乙一说道："不行，先谈好条件，我才能放他们走!"

一个声音从外面传来："条件只有一个，就是让你们日本人滚出中国。"

程大峰一听到那个声音，顿时露出惊喜的表情来。

第十四章　十几年前的赌局

余力柱的部队大多驻扎在城外，但连长以上的长官都住在城内，城内留了两个连的守军，主要是维持治安和各级长官们的安全。

对于这些杂牌部队，军政部只给番号，却不按时给粮给饷，连武器的配给，都打了不少折扣，任由他们自生自灭。

军饷器械严重不足，在当时的每支队伍里面，都是很正常的。既然上面不给，那就得自己想办法。每支杂牌部队都有自己的生财之道：贩卖烟土、盗墓挖坟、卖武器给土匪。

对于这样的行径，上面也都睁一只眼闭一只眼，只要不出大乱子就行。养兵千日用兵一时，关键的时候，还得将这些杂牌部队拉上前线去抵挡一阵子。

213 师各级长官们都认为，日本人被挡在潼关以外，根本进不来。这里是大后方，安全得很。而今要做的，都想着用什么办法捞钱，怎么享受。一旦被上面调去抗日前线，快活日子就到头了，谁还知道有没有命回来？活着的时候如果没有好好享受，到时见了阎王老子，还觉着死得太窝囊。在这种思想意识下，谁还有心管理手下的部队。

驻扎在城外的士兵纪律涣散，每天三五成群地进城喝酒闹事，天黑之时出城回营，有的根本就不回去。每个月发到手里那几块可怜的大洋，不消几天就没有了。

苗君儒为了不让刘水财的手下察觉他的行踪，花两块大洋向一个士兵买了一身军装换上，混在士兵的人群里进城。

满大街都有穿着军装的士兵在晃悠，谁还注意到他呢。

进到城内，他按着程大峰留下的印记，一路找去。他必须先找到程大峰，以免这浑小子以为他被关进了县政府的大牢，情急之下会闹出什么事来。

当他走进巷子时，看到一栋房子的门前站了两个精壮的男子，身上斜背着盒子枪。由于他身上穿着军装，又将帽檐压得很低，所以那两个人并没有在意。当他走过去之后，听到从院子里传来程大峰的说话声。

他放慢了脚步，渐渐走到那两个人的面前。这个时候，他已经听出院子里除了程大峰和藤老板外，至少还有五个人。令他感到意外的是，朱福和刘掌门也在。

站在门口右边的那个男子朝苗君儒挥了一下手，说道："当兵的，这不是你来的地方，快滚！否则……"

那个人的话还没有说完，苗君儒已经以一种不可思议的速度冲了上去，双手左右出击，左手食指点中右边那人的耳门穴的同时，右掌劈在左边的颈部。这两个人哼都没哼一声，就瘫软在地。

他从两个人身上取下两支盒子枪，倒提着，一步步走了进去。

程大峰看到苗君儒，惊道："苗教授，你没事吧？"

"我当然没事！"苗君儒转头望着朱福，说道："我真没想到你还活着。"

朱福苦笑道："苗教授，上次一别，我们已经有十年没见了吧？"

苗君儒说道："应该是十一年，人生苦短，一晃就过去了。"

佐藤乙一望着苗君儒，目光冷得像冰，他身旁的三浦武夫几次想冲上前，但慑于佐藤乙一没有下令，他不敢轻举妄动。

朱福干咳了几声，说道："苗教授，我是迫不得已，才想起求你帮忙的！"

苗君儒笑道："想不到江湖上鼎鼎大名的看山倒朱福，能够说出这样的话，说明情况非常严重。"

他说话的时候，一副很轻松自若的样子，但心底并不轻松。面前的对手，除了佐藤乙一和那个他见过一面的日本忍者高手外，还有好几个忍者。虽然他的手里提着两支枪，但在忍者的面前，有时候枪不一定管用，还得靠真功夫。

他转向佐藤乙一，微笑道："我不管你叫什么名字，还是像以前那样，称你为藤老板吧！民国十七年，我经过重庆，就认识了你。民国二十六年卢沟桥事变，我没有和别的教授去云南，而是辗转到了重庆，刚到重庆的时候，还得到过你的帮助，我们算是老熟人了。这么多年来，我一直把你当成可以信任的好朋友，可我怎么都没有想到，你他妈的居然是日本人。"

作为一个有涵养的教授，他平生第一次这么骂人，可想而知，他的内心有多么的愤怒。

佐藤乙一说道："我十七岁接受帝国使命来到中国，已经有三十年了。有时候，连我自己都忘了自己是日本人。平心而论，我也一直把你当成好朋友。"

苗君儒说道："就冲你最后的那句话，带着你的人滚吧。"

佐藤乙一说道："苗教授，我这次来兴平的目的，就是要完成我哥的遗愿。"

苗君儒说道："那块石头是属于我们中国人的，有我在这里，你拿不走，如果不信，你尽管试试。"

佐藤乙一说道："从现在开始，我们两个不再是朋友，而是对手。苗教授，你也别高估了你自己，我们走着瞧。"

他走到门口，转身道："朱掌门的女儿还在我的手里，我已经约了马鹞子，明天正午在郭家祖坟见面。"

见佐藤乙一出了门，程大峰说道："为什么放他们走?"

苗君儒说道："你以为凭我们几个人就能抓得住他们？更何况还有其

他同学在他的手里。”

程大峰问道：“苗教授，那我们现在怎么办？”

苗君儒说道：“你和小玉带着朱福先走，找个安全的地方暂避一下，我和刘掌门单独聊一会儿。”

程大峰笑道：“她不是小玉，是刘掌门的女儿玉洁。”

朱福微笑着，将小玉和玉洁的关系向苗君儒说了。苗君儒呵呵一笑，说道：“在你的心里，亲生女儿恐怕还比不上这个干女儿呢。”

朱福和刘掌门相互望了一眼，露出会心的微笑。

程大峰说道：“这兴平城内，恐怕没有一个地方是安全的。”

苗君儒说道：“至少有一个地方可以去，那就是余师长的师部。”

程大峰说道：“他不是刘水财的人吗？”

苗君儒说道：“放心吧，就冲刘掌门对他说过的那些话，他也能够保证你们的安全。你们只管朝人多的地方走，日本人就不敢朝你们下手。”

朱福说道：“多谢苗教授的好意，依我的意思，哪里都不去，就在这里等着。是祸躲不过，我认命！苗教授，你不是想和刘大哥谈一谈吗？这里没有外人，你有什么话，请直接说就是。”

苗君儒问道：“我知道你和刘掌门交情匪浅，但你对他的情况，到底知道多少？”

朱福一愣，问道：“苗教授，你这么说是什么意思？我和他是生死之交，难道他有什么事情瞒着我不成？”

苗君儒笑道：“其实也没什么，只不过有几个问题想问一下。”

刘掌门说道：“苗教授，你有什么话尽管问，别吞吞吐吐的，好像我有什么事情对不起兄弟似的。”

苗君儒说道：“刘掌门，在郭家祖坟正北面的山背，有一座破庙，是不是你们玄字派的祖庙？”

刘掌门问道：“你是怎么知道那地方的？”

苗君儒说道：“你们玄字派的弟子罗强带我去的。”

刘掌门说道：“当年我师兄见他可怜，便带在身边，只传授其一些雕虫小技，并未正式收其为徒，因而，他还算不得是我玄字派的弟子。”

苗君儒问道：“祖庙是你们玄字派的秘密，只有新掌门继任时，才去祖庙祭拜，他是怎么知道那地方的？”

刘掌门说道：“这得问他去。你说得不错，祖庙确实是我玄字派的秘密，除掌门人之外，其余人等皆不知所在何处。但祖庙终究在山上，古往今来，赶脚客商或山野樵夫，皆有可能到过那里，只是那些人不知是我玄字派的祖庙而已。”

刘掌门的年纪不到六旬，但他有时候说话却文绉绉的，有些前清的文人骚客的风范。苗君儒接触过不少这样的人，并不觉得奇怪。他问道：“既然是玄字派的祖庙，为什么不修葺，而要任其荒废？”

刘掌门说道：“祖庙自建造以来，每隔几十年修葺一次，但在道光年间出过一件大事，自那以后，掌门人都留下话，继任掌门只须前往祭拜即可，无须修葺祖庙，任由荒废。”

苗君儒问道：“出了什么大事？”

刘掌门的脸色一沉，说道：“那是本门派的秘密，你无须知道！”

苗君儒笑道：“在我的眼里，你的玄字派还有什么秘密呢？其实你们玄字派最大的秘密，就在郭家祖坟与祖庙之间的山腹内。大唐素有掘山为陵的做法，陵墓藏在山腹内，盗墓的人可没那么容易得手，乾陵就是一个很好的例子。那位有情有义的唐明皇，生怕他最心爱的女人被人打扰，也用了同样的方法。刘掌门，我说得没错吧？”

刘掌门点了点头，没有说话。

苗君儒说道：“罗强告诉我，三年前他回到兴平，想破掉郭家祖坟的风水，替父母报仇的时候。是你说服了他，对吧？”

刘掌门同样点了点头。

苗君儒说道：“如果仅仅是因为玄字派高人施法在郭家祖坟的血咒，恐怕无法让一个身负血海深仇的人放弃报仇。你到底对他说过什么？”

刘掌门说道：“我告诉他，如果他听我的话，在他正式入门成为玄字派的弟子后，他将是下一任掌门。”

苗君儒说道："人活于世，无怪乎'权名利'这三个字。罗强虽然年轻，但他总有自己的想法。区区一个掌门之位，恐怕他还不放在眼里，否则的话，他就不会和你弟弟勾勾搭搭的了！刘掌门，你说我说话吞吞吐吐的不痛快，其实你也很不痛快，你应该还告诉了他别的事情，而且那件事对他来说，值得放弃报仇。"

刘掌门的脸色变得有些难看，但仍没有说话。

苗君儒说道："你既然不愿意说，还是由我来帮你说吧。因为你对他说出了祖庙与郭家祖坟的关系，还有你的全盘计划。玄字派门下弟子虽然众多，但由于分散于各地，并不是每一个人都听掌门号令。你需要找人帮忙，罗强是你看中的人选，你虽不承认他是玄字派中的弟子，但却和他经常联系，是不是？"

刘掌门沉默了片刻，说道："什么全盘计划？我不明白你的意思。"

苗君儒说道："罗强要马鹞子到客来香酒楼找你，你不敢在酒楼和他见面，却将他们引到那处宅子。后来马鹞子带我去了那里，却被我发现那处宅子可非同一般，有玄字派的高人利用宅基布下山河乾坤地。这山河乾坤地，可是保佑女主天下的，难不成会再出一个武则天不成？"

苗君儒接着说道："你当着马鹞子的面，命人挖了一条通道，说是去救我和小玉。你那么做的意思，是想撇清与那处宅子的关系。但是后来我和程大峰却在宅子的另一处密室内发现了你的女儿，她对宅子的通道，熟悉得就像她挖的一样。那处宅子本是宋远山宋师爷的，他为何偏偏卖给你？你能否告诉朱福，为什么要与宋远山勾结？"

刘掌门的脸色一变，说道："苗教授，你还知道多少？"

苗君儒继续说道："在那处宅子的主梁上，我发现了一个盒子，可惜盒子里并没有符咒，而是一块琉璃墓砖。刘掌门，是谁进入了杨贵妃的真墓，为什么只拿出一块琉璃墓砖？"

刘掌门的眼中闪过一抹敬佩之色，说道："朱兄弟对我说你有多厉害，我还不相信，此番总算见识了。"他望着朱福，说道："兄弟，是大哥害了你，大哥对不起你。"

他说完，手上出现一把匕首，手腕一翻，匕首插入自己的心窝，顿时鲜血四溅。

事起突然，苗君儒想要上前抢救，却已经迟了。玉洁悲号一声，扑上前抱着刘掌门，哭道："爹爹，你为什么要自杀？你到底做了什么对不起干爹的事？"

刘掌门的口中溢血，眼睛直勾勾地望着朱福，吃力地说道："兄……兄弟，别怪……大哥……"他接着望着苗君儒，痛苦地说道："你是个……好人……记住……乾坤复位……子午平头……甲六亥四为吉……求你……"

他的话还没有说完，就闭上了眼睛。

苗君儒还没弄清刘掌门最后几句话的意思，他望着刘掌门的尸体，低声说道："你这是何苦呢？"

朱福说道："苗教授，你到底知道他多少事情，他为什么要自杀？"

苗君儒非常遗憾地说道："我并不知道他的计划，只是根据我的观察，想问清楚他之后，知道整件事的真相。他之所以要自杀，是因为你把他当成生死之交的兄弟，而他却利用了你！他内心愧疚，无颜再面对你。如果我单独和他说话，也许他不会死。"

朱福说道："我真没想到，他会在我的面前自杀。其实有很多事情，他都是跟我商量着办的。苗教授，你还知道什么？"

苗君儒说道："还没有。我还没有弄清楚郭大善人、赛孟德、马鹞子、宋远山、刘水财，以及日本人的真正目的。不到最后的时刻，真相是不会浮出水面的。"他望着正在刘掌门尸体旁哭泣的玉洁，说道："姑娘，你爹这么做，是保存了他作为一代掌门的颜面，最起码，他是一个对得起自己良心的人。"

朱福说道："苗教授，我也想跟你单独谈谈，请跟我进来吧。"

苗君儒交代程大峰好好照顾玉洁，便跟着朱福进了房间。到了房间里，他看到朱福坐在床沿上，神色异常悲戚，两行老泪顺颊而下。他走过去，坐在朱福的身边，低声道："几十年的交情，难怪你伤心。"

朱福抬起头，有些愤怒地望着苗君儒，缓缓说道："都怪我，明知你是性格豪爽之人，让你当着大家的面问他那些话，是我害死了他。"

苗君儒安慰道："你无须自责，我想他一定有苦衷，所以有些事情必须瞒着你，他那么做，未尝不是一种自我解脱的办法。"

朱福的眼神变得空洞起来，喃喃地说道："不就是利用我吗？别说要我帮他，就算把我的命给他，我也愿意。人家要神石，只要有本事拿得出来，就让人家拿走好了！苗教授，我真后悔，不应该要你来的。"

苗君儒说道："如果我不来，就不会知道这些事。也许你不知道，其实我不是你叫来的。"

朱福说道："是我让刘大哥派人去重庆的。"

苗君儒说道："可事实上去重庆的是马鹞子，他并没有去学校找我，而是拿着大唐大常卿兼户部侍郎杨暄的白玉朝笏和蟠龙带扣，去了藤老板的古董店，并由藤老板出资，让我来这边考古。而这个藤老板的哥哥，恰恰就是当年败在刘掌门他们手里的佐藤义男。世间有些事情非常凑巧，但有些事情的巧合，是有原因的。也许你和刘掌门，都蒙在鼓中。你能否告诉我，佐藤义男和刘掌门之间的故事？"

朱福缓缓说道："你难道不知道那宗民间流传的千古之谜吗？"

苗君儒说道："据说当年唐明皇用一个与杨贵妃长得相似的宫女替死，迫于当时的形势，只得派人护送杨贵妃远离大唐，由于那个护送人是日本遣唐使，于是杨贵妃辗转到了日本。在日本的山口县久津，至今还有杨贵妃登陆的遗迹，而日本的其他地方，也有一些与杨贵妃有关的传说，因而不少史学家都认同这个观点。"

朱福问道："你怎么认为？"

苗君儒说道："虽然传说有很多，但是历史的真相只有一个。如果山腹内的是杨贵妃的真墓，那么，其他的说法都只是谣传。"

朱福说道："自明代以来，不断有东瀛忍者前来中国寻找万古神石。一直到民国十五年，一个叫佐藤义男的人来到兴平，找到了刘大哥，提出和他比试，如果刘大哥输了，则要交出掌门信物和秘册。"

苗君儒说道："最后刘掌门赢了？"

朱福说道："两人三局两胜，分别是武功、耐力和棋艺。刘大哥在武功上占了上风，但却输了耐力。在棋艺上，两人旗鼓相当，但佐藤义男使诈，派人劫走了玉洁的姐姐玉芳。在棋局最关键的时候，他亮出了玉芳戴在身上的玉坠，刘大哥爱女心切，失了分寸，才以一子之差输了棋局。"

苗君儒惊道："玉洁还有一个姐姐？"

朱福说道："是的，她叫玉芳，比玉洁大六岁。"

苗君儒略有所思地点了点头，说道："日本的棋艺源自中国，虽然棋艺高手众多，但真正论究起来，整体实力仍不及中国。至于耐力，本就是忍者的强项。刘掌门以己之短敌其所长，哪会不输呢？他能够在武功上占上风，已实属不易！这么说，佐藤义男拿走了玄字派掌门的信物和秘册？"

朱福说道："是的！在玄字派其他高手的帮助下，刘大哥和佐藤义男再次比试棋艺，后来的那次刘大哥赢了。但是佐藤义男不遵守诺言，并以玉芳的性命相要挟。刘大哥不顾玉芳的性命，下令抢夺掌门信物和秘册。双方展开一场大战，玄字派死伤二十几个高手，但佐藤义男带来的人都死伤殆尽，其本人也身受重伤。玄字派抢回了掌门信物，却眼睁睁地看着佐藤义男带走了玉芳。这么多年来，刘大哥从来没有放弃寻找玉芳，可都没有半点消息。玉芳的那枚玉坠，他时刻带在身上，看到玉坠就想起女儿。那是他埋在心底的痛，没有人能体会得到的。"

苗君儒问道："谁进了杨贵妃的真墓？"

朱福说道："除了我还能有谁？"接着，他把玉洁自幼生怪病，十八岁之前必须找到万古神石或者千年血灵芝的事情也说了。

苗君儒说道："据史料记载，杨贵妃生前患有气血两虚之症，需上等参汤进补。于是你认为杨贵妃的墓葬里面，不仅会有万古神石，还可能有千年血灵芝？"

朱福说道："是的。"

苗君儒说道："当年我和你认识的时候，你就在寻找万古神石，还说神石就是和氏璧，我为此还跟你争论了一个下午，结果谁都说服不了谁。你寻找万古神石的目的，是为了刘掌门的女儿，以你和他的关系，难道他都没有将郭家祖坟的秘密告诉你吗？"

朱福说道："如果他告诉了我，他就不是玄字派掌门。玄字派的秘密，是绝对不会传给外人的。我找了十几年，终于在两年前，发现了郭家祖坟的秘密，肯定杨贵妃的真墓就在山腹内。刘大哥得知我要动郭家祖坟，便极力阻拦我，他宁可玉洁活不过十八岁，也不愿我去冒险。他说杨贵妃的真墓比不得其他的墓，不但有玄字派前辈高人的血咒，而且墓葬中机关重重，若想盗墓，绝无生还的可能。"

朱福说道："尽管刘大哥极力劝阻，但我不得不进去。"

苗君儒问道："为什么？"

朱福说道："我师弟宋远山投靠了董团长，派人绑走了小玉，逼我和董团长合作，并限我在一年内找到万古神石。我没有办法，只有进去。"

苗君儒说道："你既然进去了，一定得到了万古神石和千年血灵芝？"

朱福发出一声长叹，说道："我一生盗墓无数，以为凭自已的本事定能成功，可惜我太高估自已，若不是刘大哥的师兄徐渭水出手相救，只怕我已经丧身于墓道中。"

苗君儒说道："你一向独来独往，连个徒弟都没有，这次怎么要人帮忙了？"

朱福说道："我是一个人进去的，当我困在墓道里的时候，不知徐渭水怎么会出现在那里。他救了我之后，只劝我打消那个念头，其他的怎么都不肯多说。"

苗君儒自来兴平之后，一直未见徐渭水露面，他忍不住问道："那徐渭水呢？他去了哪里？"

朱福说道："他得知我是被师弟所逼，于是就帮我们布置了那处墓穴，之后再没有见到他。"

苗君儒问道："你在遇到马鹞子之前，是被何人所伤？"

朱福说道："其实我也不知是怎么回事。那天我从外面回城，走到路上，突然就被那帮人打了黑枪，我拼死才得以逃脱，所幸遇到马鹞子，那本旷世奇书《天玉方略》，才没有落到别人的手里。"

苗君儒"哦"了一声，说道："是有人知道你身上带着那本旷世奇书，所以派人暗算你？"

朱福说道："我也是这么想的。可知道我身上有那本书的人，只有刘大哥和徐渭水这二人。若刘大哥想要书，只需开口就行，何必那么做呢？而徐渭水对我有救命之恩，他要那本书，我岂会不给？"

苗君儒问道："除了刘掌门和徐渭水之外，难道不会是别人？"

朱福说道："我想不出还会有第三个人。"

苗君儒问道："《天玉方略》乃是一部集风水堪舆和屋宅墓葬的上古奇书，相传秦朝相国李斯所著，这本书与万古神石一样，在唐朝的安史之乱中遗失，你身上怎么会有那本书？"

朱福说道："也许你不知，其实《天玉方略》最大的用处，就是根据墓葬的构造，找到破解墓道内机关的办法。三年前，我就从一个大官的墓葬中得到了那本奇书，只可惜我看不懂。否则的话，也不可能被困在墓道内，要徐渭水出手相救了。"

苗君儒问道："我听马鹞子说，他亲眼见到你断了气，才把你埋掉的。你怎么又活过来了呢？"

朱福说道："我心知暗算我的人，如果知道我还活着，一定不会善罢甘休。唯一的办法，就是依靠本门的秘术诈死。我虽埋进土中，若在十二个时辰内被人挖出，仍能活过来。只可惜我伤得太重，虽然被救活，但如同废人。能够熬到今日，已是奇迹。"

苗君儒见他的神色非常兴奋，两眼放光，且双颊泛红，知是回光返照，急忙问道："一年前的那个晚上，你带着董团长去了哪里？"

朱福嘿嘿一笑，说道："那个家伙贪心太重，我送他去了该去的地方。"他喘了几口气，接着说道："日本人好像摸准了我们的底细，除了他之外，进去过的人就只有我……"他的呼吸急促起来，强憋着一口气，继续说道：“刘……大哥……已经去……了……我……也……该去了……明天是……6 月 14……是个特殊的……日子……只有你……才能看得懂《天玉方略》……破解……机……关……我师弟他……其实……”

他的话还没有说完，就断了气，眼神逐渐失去光芒，缓缓闭上了。

苗君儒把朱福的尸身平放在床上，走出了房子，见玉洁仍在哭泣，程大峰仍蹲在她的身边。他大步走过去，在刘掌门的尸身上摸索了一番，果然在内衣的口袋里找到了一枚玉坠。

玉洁见状，扑上前来抢，但苗君儒已经退开几步，闪到一边。

玉洁哭道：“那是我姐当年被日本人抓走时留下的。我爹一直藏在身上，每年我姐的生日，我爹都会上香，还哭着说对不起她，还给我。”

苗君儒说道：“这枚玉坠我有用，等用完了自然还给你。”

程大峰也说道：“就像你的护身符一样，借给苗教授用一用，他会还给你的。”

苗君儒望着眼睛哭得红肿的玉洁，问道：“从去年开始，你爹就没有给你姐上香吧？”

玉洁大惊，抹了一把眼泪，停止了低泣，定睛问道：“你怎么知道？”

苗君儒问道：“你爹是不是时常一副心事重重的样子，还唉声叹气？”

玉洁露出不可思议的神色，说道：“是的，我好几次听到他自言自语，说什么欠下的债是要还的。我问他欠谁的债，他怎么都不肯说。”

苗君儒问道：“那处宅子里的山河乾坤地，是你爹布下的吧？”

玉洁说道：“去年我爹买下那处宅子之后，就布成那样了。我不知道是什么山河乾坤地，但是为了那事，好像我爹和干爹还吵过一架。”

苗君儒抬起头，朝房门口那边看了一眼，由衷地说道：“好一个肝胆相照的朱掌门，其实你早就知道刘掌门为什么要瞒着你，只碍着多年的生死之交，不但不点破，还不惜赔上自己的性命。难怪刘掌门无颜再面对你，羞愧自杀！来吧，我们送这一对好哥俩上路。”

他和程大峰将刘掌门的遗体抬进屋，并排放在朱福的身边。又从其他屋子里拆了门窗，搬来一些板凳和桌椅，一齐堆在床边。

洒上煤油后，他对玉洁说道："孩子，过来给你的两个爹磕几个头，以尽孝心。"

在玉洁磕头的时候，苗君儒大声道："两位掌门走好，我苗君儒对天发誓，只要我不死，一定能让玉洁活过十八岁，并替你们两位讨一个公道。放心吧，咱们中国人的东西，日本人抢不走!"

三个人走出房间，熊熊大火在他们身后燃起。他们站在院子里，看着大火蹿上了屋顶。用不了多久，就会有人前来救火，但那个时候，两位掌门人的尸身都已经烧化。

程大峰问道："苗教授，我们去哪里?"

苗君儒说道："走，我们去会一会那位大县长。"

就在苗君儒带着程大峰和玉洁，在巷子里穿梭，避过宋远山的耳目，去找韩县长时，马长风正在山道上，带着仅剩下的几个兄弟，与刘水财手下的官兵拼杀。

第十五章　尸体上的刻字

马长风原先与城内的官兵做生意时，就认识了不少兴平城内的头面人物，其中包括商会的会长郭士达，以及翠花楼的老板娘。

翠花楼的老板娘人称媚大娘，年轻的时候还有几分姿色，原是西安城内一家妓院的姑娘，后来被上一任兴平县长买回来充了外房。媚大娘在县长的支持下，逼走了翠花楼原来的老板娘，接手了翠花楼的买卖。几年下来，生意越做越大，翠花楼成了兴平一道亮丽的风景线。

楼里的姑娘越来越多，分为三六九等，最上等的专门伺候达官贵人，一个晚上花费几百上千大洋，是很正常的。而最下等妓女，连街上那些口袋里只有几个铜板的挑夫也不放过。

几年前，她的男人因贪污抗战物资，被上头给正了法。这位无主的风流寡妇，很快就勾上了新县长，照样呼风唤雨。

在兴平城，谁都知道翠花楼媚大娘是个很厉害的人物，黑白两道都吃得香，没有人敢不给她面子。只要出得起价钱，没有媚大娘办不成的事。正因为这样，有些人在干了一些见不得光的事之后，还得请媚大娘帮忙。

马长风不时带兄弟去翠花楼，一来一往就认识了媚大娘。在江湖上混，逢人只说三分真话，他并没有告诉媚大娘自己是土匪，只说是做古董生意的。由于他出手大方，加之长相不俗，所以翠花楼的姑娘，都愿意结交他。

他通过媚大娘的关系，出手了好几件古董。白花花的大洋在他的口袋里还没有焐热，就到了姑娘们的枕头下面。

因而算起来，两人还有些交情。

但他和媚大娘的恩怨，还得从一年前赛孟德来到翠花楼说起。

那天，马长风带着两个兄弟来翠花楼消遣，听说来了新人，长得如花似玉，便想见识一下，谁知媚大娘说那位新人只卖艺不卖身。他仗着酒兴，一时火起，砸烂了翠花楼的一张桌子。酒醒之后，他也觉得有些鲁莽，便送去了一百大洋，权当赔偿。

谁知事后的第三天，他在进城的路上，遭到一伙蒙面人埋伏，幸亏他身手了得，才没有吃亏，只可惜了身边的两个兄弟一死一伤。

他在兴平这块地盘上，并没有与别人结怨。思来想去，觉得最有可能就是媚大娘。虽然他事后派人送了钱去，可媚大娘并不一定买他的账。翠花楼自开业以来，他是第一个在里面撒野的人，如果媚大娘不给他一点颜色瞧瞧。一旦传了出去，只要有点臭钱，谁都能来翠花楼撒野，那媚大娘在黑白两道，就混不下去了。

他们之间的梁子算是结下了。在罗强的劝说下，他并没有马上发作，权当什么事都没有发生。照常带人去翠花楼，只不过除了花钱听赛孟德唱小曲之外，便不干别的了。

时间一长，赛孟德对这个只听他唱曲的男人有了兴趣。

当马长风得知赛孟德卖身葬父，入青楼只卖艺不卖身的事因后，找来了媚大娘，愿意出一万大洋，替赛孟德赎身。一万大洋可不是一个小数目，贫苦人家的黄花大姑娘卖身为奴婢的，不过几十个大洋。

但是媚大娘的回答，却令他感到奇怪而愤怒。奇怪的是，之前有郭大善人出两万大洋替赛孟德赎身，但赛孟德却不答应。因为赛孟德和媚大娘有协议在先，两年之内，只卖艺不卖身，两年之后期满自行离去，任何人出再高的价钱都没用。愤怒的是，董团长在一次酒醉之后告诉他，已经花5000大洋买通了媚大娘，只等选个良辰吉日，媚大娘就会在赛孟德的茶水里下迷药，让董团长成全好事。

当他把董团长和媚大娘的阴谋告诉赛孟德的时候，谁知赛孟德竟不以为然，只是淡淡地笑了笑。

他回到山上之后，觉得有必要帮一帮赛孟德，免得这个姑娘被一个禽兽玷污了清白之身。罗强知道这件事后，当即进城了一趟，回来后告诉他，说事情已经办妥，谁都欺负不了赛孟德。

几天之后，他请董团长喝酒，可是见到董团长比原先瘦了一些，但是脸部却有点胖，而且眉毛好像也稀疏了许多。当他问起董团长有没有去翠花楼如愿以偿时，董团长先是一副很茫然的样子，瞬间反应过来，居然说翠花楼的牡丹红就是和别人不一样，会媚人，而且床上功夫好。

见他生疑，一旁的宋师爷连忙解释说，董团长骑马掉下来，伤了脑袋，身体还没有复原，以前的一些事不太记得了。

从那以后，他想跟董团长见面，都被宋师爷以种种理由推脱。直到他在罗强的帮助下，从那个洞内取出那块发出五色光芒的奇石，才再次见到董团长。而那一次，董团长不是以朋友的身份出现，而是杀他的兄弟，抢他的石头。

到后来他跟刘掌门进去救小玉和苗教授，才听到宋师爷亲口向余师长解释找人替代董团长的事情。原来董团长一年前就已经失踪了，算算时间，正好在罗强进城替他办事之后。

来到兴平这几年，弟兄们在罗强的努力下，日子越来越好过，他也想过兄弟们的后路，甚至提出来分了那些钱财，大家各自回家过好日子。但是罗强却不答应，一面带着兄弟们盗墓，一面卖掉那些挖出来的古董，分些钱让大伙进城潇洒。

他觉得罗强这个人越来越难以琢磨，不但对兴平城的各条街道了如指掌，而且非常有手段。有些事情，马长风都觉得棘手，罗强进城一趟，轻轻松松就给办了。

就在他打算再让罗强挖上一个大墓，分一些钱给大伙，他独自带着那些藏起来的金银古董离开兴平时，却遇到了赛孟德。

他被赛孟德的美貌所吸引，不惜大把大把往翠花楼里丢钱。他并不死心，坚信凭他的真诚，定能打动赛孟德，但是他想错了，赛孟德在陪他喝酒的时候，不止一次告诉他，他们只能做普通朋友。

得不到的东西，往往是最美好的。他已经下定决心，只待赛孟德与翠花楼的协议期满，不管用什么手段，他都要得到赛孟德。

但是他的命运，随着小玉的出现发生了改变。在与小玉相处的那段时间里，他知道了什么是快乐，那双清澈而脉脉含情的眼睛，已经深深地烙在了他的脑海中，怎么都挥之不去。

小玉答应他，等她报了仇就跟他走，无论天涯海角，都跟着他。

当他失去小玉后，才明白什么是痛彻心扉。若不是身边的兄弟苦苦劝阻，他几乎发疯般进城找董团长拼命。

好容易把小玉从董团长的手里救出，谁知又被日本人抓了去。他后悔听苗教授的话，带着那块假石王逃走。要是她在小玉身边，凭他的枪法，日本人不可能那么容易得手。

可惜世界上是没有后悔药吃的。

在城外十五里小庙，跟随了他十年的老三，居然带人伏击他，连老三都被人收买，他身边就再也没有一个可以信任的兄弟了。

他跟苗教授回城，在城北老城隍庙，见到翠花楼媚大娘的人头被宋师爷摆在供桌上祭祖，不知宋师爷与媚大娘有什么恩怨。他与苗教授分开后，潜伏于城内寻找日本人的踪迹，终于被他查到，那伙日本人居然就躲在翠花楼内。

所以那晚他去找赛孟德，一来想弄清楚媚大娘的死因，二来也想找到那伙日本人。在赛孟德的小楼上，他不但见到了当地最有名的士绅郭大善人，还见到了随后赶到的苗教授。

他担心苗教授误会他与郭大善人有什么勾结，正要去找苗教授解释，哪知突然出了那件事，眼睁睁地看着苗教授被韩县长的人带走。

他潜行到一条街道，打算救走苗教授，可被罗强带人抢先一步。他本想现身与罗强汇合，但想起老三的背叛，便打消了现身的念头。

多年的江湖经验告诉他，越是势单力薄的时候，越不能轻易相信任何人。

他在一栋被火烧过的小楼内窝了一宿，打定主意第二天用假石王换回小玉后，两人就远走高飞，离开这块是非之地。

次日正午时分，他担心被人认出，刻意化了装，扮成一个赶脚的挑夫，来到客来香酒楼，他计划用那块假石王换回小玉，可当他赶到那里时，却见酒楼已经被火烧过。

酒楼的门口有一群人围着一具尸体，马长风上前一看，认出是翠花楼的马二。马二昨天晚上还活得好好的，没想到今儿就曝尸在这里。马二上身的衣服被扒掉，胸前被凶手用刀划了一排字：明日正午，贵妃真墓。

马长风低声骂了一句，正如他预料的那样，日本人不敢在城内交易，时间和地点都换了地方。兴平往西就是贵妃墓，但那座贵妃墓只不过是衣冠冢。千百年来，有不少人都在寻找杨贵妃的真墓，可谁都没有找到。他曾经以为罗强带他进去的那地方，就是杨贵妃的真墓，后来才知道拿出的石王是假的。

石王既然是假的，坟墓肯定就是假的。

他只不过是一个土匪头子，又不是盗墓人，怎么知道杨贵妃的真墓在哪里呢？

一个混在人群中的兄弟将他拉到一边的巷子里，说罗强和苗教授出城去了，要剩下的这些兄弟在城内找到他，并离开兴平。

罗强一直不同意大家离开兴平，原先的几十个兄弟，死得死，背叛的背叛，剩下还不到十个。

在没有救出小玉的情况下，马长风是不会离开兴平的。罗强的态度突然发生 180 度的转变，会不会跟日本人留在马二尸体上的那句话有关呢？

在问明了罗强和苗君儒出城的方向后，马长风带着剩下的弟兄，分两批出了城。

出了城，他们并没有从官道上走。那么多人在一起，一旦遇到会挑事的士兵，难免会麻烦。他了解罗强的性格，如果是有山道就绝对不走官道。

当他带着兄弟们沿着山道往凤凰山去的时候，苗君儒正穿着士兵的服装混进了城。

罗强和刘水财本来比苗君儒先回城，但是他们来到了山下的郭家祖坟。刘水财指着正中间那座最大的坟茔低声告诉罗强："其实我早就知道，真的东西就在那里面。"

罗强说道："这地方原来只有两个守墓人，我听说前些天有人盗墓，把守墓人都杀了。"

刘水财说道："在郭大善人的要求下，余师长才派了两个排的士兵来保护这里。"

罗强说道："既然守坟的士兵是你们的人，你为什么不学孙殿英？"

刘水财笑道："孙将军若没有宋师爷的帮助，是根本进不去的。虽然最后进去了，可人还是死了不少。这下面的机关，要比大清皇陵复杂得多。我可不想学他，弄出那么大的动静。"

罗强问道："宋师爷不是你的人吗？"

刘水财说道："你可别把他想简单了，他能够找人来冒充董团长，也能够找人冒充其他人。"

罗强说道："你的意思是绝对不能相信他？"

刘水财说道："当然不能相信他。他和我们不是一条船上的人。"他停顿了一下，又说道："玄字派的前辈在建造杨贵妃真墓的时候，可是费了很大的心思。绝对不可能那么容易让人盗墓的。"

罗强说道："既然这样，那我还有什么办法？"

刘水财说道："我听我爹说过，要想得到万古神石，就必须先拿到《天玉方略》。朱福为了他干女儿的病，已经找了十几年。我师兄都没有把这里的秘密告诉他。你原先进去的那处墓穴，是我两个师兄和朱福做的假墓。他们能够把假墓做得那么逼真。我怀疑他们有人进去了。”

罗强说道：“既然朱福进去了，那就肯定得到了万古神石。”

刘水财说道：“如果他得到了万古神石，就不可能还留在兴平。他把苗教授叫来，不是没有原因的。我听说苗教授一生遇到过很多神秘而奇怪的事情。没有他解不开的玄机，也没有他破不了的机关。”

罗强说道：“你的意思是，朱福进去了，可是没能拿到万古神石，所以把苗教授叫来，求苗教授帮忙？”

刘水财点了点头。

罗强说道：“我在郭家祖坟周边的山上，还有祖庙那边都找了一遍，都没有发现盗洞的痕迹。或许朱福根本就没有进去。”

刘水财说道：“朱福打洞从来不留痕迹的，否则他就不叫朱福。”

罗强问道：“师叔，接下来我们该怎么做？”

刘水财说道：“我们先回城。明天是 6 月 14 日，是个特殊的日子，姓宋的一定有大动作，我们可不要错过。”

回城的时候，刘水财和罗强都没有走大路，他从守坟的士兵里面挑了二十个随行，说是以防万一。这年头，多一分心眼儿能保命。

离开郭家祖坟，走了约五六里地，只听得一声呼哨，山路两边的树丛中，陆续钻出七八个人来，为首的正是罗强的老大马长风。

刘水财的脸色顿时一变，对罗强说道：“好小子，你敢这么对你师叔下黑手？”

罗强急道：“师叔，你听我解释！”

刘水财拔出手枪，叫道：“事实摆在面前，你还有什么好说的？”

罗强闪到一旁，说道：“师叔，我是怎么对你的，你还不知道吗？你别急着开枪，等我问清楚了，你再杀我也不迟。”

刘水财冷笑道：“我看你能要出什么花样？”

他说完后，朝后面招了一下手，那些士兵立刻端起枪，呈扇形的趴在地上。他本人则退身到一棵大树下，枪口瞄准罗强的后背，只要罗强稍有不对，他立即开枪。

罗强往前走了几步，对马长风说道：“大哥，你怎么来了？”

马长风冷冷说道：“我还没有问你，怎么跟刘参谋混到一起去了？”

罗强说道：“大哥，整件事跟你没有任何关系，你还是听兄弟的话，离开兴平吧。”

马长风说道：“我三年前就来了这里，为什么要离开？”

罗强说道：“当初的几十个兄弟，现在已经剩下那么点人了。大哥，别把命丢在这里。”

马长风说道：“你跟了我这么多年，难道还不知道我的性格？”

罗强问道：“大哥，你非得要卷进来不可吗？”

马长风笑道：“其实从我去重庆的时候开始，就已经卷进来了。如果你还当我是大哥，就老老实实回答我一句话，你究竟要干什么？”

罗强沉默了片刻，说道：“大哥，我并没对不起你。老三反水的时候，劝我跟他一起，但是我没有答应。我今天这么做，是和师叔一样，拿回属于自己的东西。”

马长风说道：“你的父母不是被郭大善人害死的吗？我多次要替你报仇，可是你都不让。我不管你是什么目的，总之不能跟刘参谋在一起。他已经投靠了满洲帝国的皇帝，是汉奸，你不能当汉奸。”

罗强说道：“我是玄字派的人，他是我师叔，我……”

他的话还没有说完，就听马长风叫道：“如果他是我师叔，我早就大义灭亲了，今天就替你杀了他。”

马长风根本没有把刘水财身边的士兵放在眼里，在他认为，这些当兵的，只知道吃喝玩乐祸害百姓，真正上了战场，就是熊蛋一个。别说就这么点人，就是再多上几十个，他都不在乎。说完话，他的枪口一抬，对准刘水财勾动了扳机。

刘水财早就从马长风与罗强的对话中，听出了火药味，所以他躲在树后，只露出半个头。能够当上土匪头子的人，枪法都很好。当看到马长风的枪手一抬时，赶紧缩了回去。只听得一声枪响，子弹射入树干中，距离他的脑袋不到半尺远。

他暗叫好险，如果没有及时闪避，只怕此刻已经脑袋开了花。他的手指一动，朝前面开了两枪。

趴在地上的那些士兵一听枪响，早已按捺不住，“乒乒乓乓”地开起枪来。对面的土匪也不是吃素的，立马举枪还击。转眼间，山道上的枪声响成一片。

罗强趴在山道右边的土坡下，听着耳边杂乱的枪声，根本不敢抬头。他刚才见马长风举枪，就知道大事不好，一个鱼跃翻滚到土坡下，才没有变成双方的活靶子。马长风的手下都是清一色的盒子炮，一梭子20发子弹射出去，跟冲锋枪一样的。而刘水财那边虽然人多，但不一定顶用。

他知道马长风的本事，时间一长，吃亏的肯定是刘水财。可奇怪的是，双方才交火没两分钟，他就听到马长风的身边传来两声惨叫。刘水财那边的枪声，跟他以前听到的枪声不一样，“嘎嘣嘎嘣”，完全不是汉阳造的声音。他抬头一看，见马长风躲在一棵树后，身边只剩下两个人了。刘水财那边打来的子弹，打得树皮飞溅，根本不给马长风露头的机会。再看另一边，那些士兵一副训练有素的样子，猫着腰相互交替着往前冲。

他从藏身处爬到马长风的身边，叫道：“大哥，他们人多，得想办法杀出去。”

马长风也觉得情况不对，城里的国军，可没有这样的战斗力。他抽出了两颗手榴弹，扯了拉弦扔出去，趁着手榴弹爆炸的硝烟，带着剩下的兄弟往林子里钻。

当他们跑出几里地，甩掉后面的追兵时，除了马长风和罗强之外，就剩下一个人了。

那个兄弟哭道：“大哥，就剩下我们三个人了。”

马长风气得目眦尽裂，但也无可奈何。他跺了一下脚，说道：“妈的，兴平城内什么时候有了这么会打仗的兵？”

那个兄弟哭道：“那些士兵的枪法太准了，有两个兄弟还没有开枪，就被他们放倒了，一枪一个，都是打脑袋的。”

马长风说道：“那些士兵手里的枪，好像和城内士兵的枪不一样。”

罗强说道：“我也看出来了，好像是要长一点。”

马长风用枪口对着罗强，骂道：“要不是为了你，我们会吃这么大的亏？”

罗强说道：“大哥，整件事没有你想的那么简单。一两句话也说不清楚。我用自己的命担保，只要过了明天，嫂子一定回到你的身边。如果你不相信，就开枪好了。”

马长风一听罗强说到“明天”这两个字，立即想起留在马二尸体上的字，于是问道：“你一定知道杨贵妃的真墓在哪里，是不是？”

罗强想不到马长风会问这样的话，反而问道：“大哥，是谁要你问我的？”

马长风说道：“你嫂子被日本人抓走后，我查到日本人躲在翠花楼。日本人约我今天中午在客来香酒楼，拿那块假石王换人，可是我到了那里，却只看到翠花楼马二的尸体，尸体上被人用刀划了八个字，‘明日正午，贵妃真墓’。日本人之所以那么做，一定认为我知道杨贵妃的真墓在哪里，我思来想去，除了你之外，没有第二个人知道。”

罗强坦然说道：“杨贵妃的真墓，就在郭家祖坟那里。”

马长风接着问罗强：“我听你说过，千百年来，很多人都在寻找杨贵妃真墓，可是没有人找得到，你是怎么知道的？”

罗强说道：“郭家祖坟后面的山背有一座破庙，那是玄字派的祖庙。郭家的祖上就是替杨贵妃守陵的。当年设计杨贵妃墓穴的人，是玄字派的前辈高人。墓穴中除了重重机关外，还有恐怖的血咒。我带苗教授去看了郭家祖坟，他也觉得郭家祖坟有问题。”

马长风问道：“苗教授呢？你把他杀了？”

罗强说道：“我本想杀了他，可是师叔早就说过，苗教授也许是一个很关键的人物。”他停了片刻，接着说道：“我师叔说，他的侄女玉洁从小就得了怪病，必须得到万古神石和千年血灵芝，否则活不过十八岁。

而那两样东西，杨贵妃的真墓中就有。朱福的女儿要你去重庆引他过来，肯定是有原因的。”

马长风说道：“小玉说她爹寻找万古神石，找了十几年。凭她爹的本事，怎么就看不出郭家祖坟的问题呢？”

罗强说道：“大哥，你有所不知。看山倒朱福是地字派的掌门，他虽然为了救我掌门师叔的女儿而寻找万古神石，可是以玄字派的门规，掌门师叔是不会将本派的秘密告诉他人的。朱福如果碰巧走到郭家祖坟，或许能看出来。倘若没有走到那里，就是一辈子，也不知道那里的秘密。当我告诉师叔，那处我们得到假石王的墓穴后，他怀疑朱福进了杨贵妃的真墓，根据真墓的样子，建出了那座假墓。因为他见过玄字派掌门的秘册，秘册里有一幅图，图上画着的，就是我们进去的那个小城门。”

马长风回忆起他进过的那墓穴，确实与他之前进过的墓葬不同。他问道：“既然朱福都已经进去了，那为什么还要叫苗教授来呢？”

罗强说道：“我师叔只是怀疑而已，并没有肯定。这件事的很多地方，连我都想不清楚。大哥，明天是个特殊的日子，是杨贵妃的忌辰。我师叔说，他爹是上任掌门，临死前告诉过他，只有这一天的正午，进入杨贵妃真墓中的人，才能避开前辈高人所施的血咒。而这一天，每六十年才出现一次。”

马长风说道：“这么说，明天肯定有人进去了？”

罗强说道：“所以日本人约你明天去那里见面，也是有目的的。”

马长风抬起头，望着凤凰山的方向，缓缓说道：“明天那里将会有一场恶战。”

韩县长独自一人坐在书房内，面前的桌子上摆着两碟小菜，手里捏着半杯残酒。他儿子尸体放进了棺材，棺材就在县衙的后院，派了几个警察守着。棺材架在柴堆上，随时准备点火。

县里年纪最大资格最老见识最广的仵作查验了韩少爷的尸身，见韩少爷嘴里的獠牙长出两寸长，眼珠子跟血一样红，伤口已经奇迹般地愈合，两只手的指甲比炭还黑，后颈上的那层白毛，已经连到了后背。

老仵作差点当场吓死，醒过来连连说道："我当了几十年的仵作，见过各种各样的尸体，像这样的尸体，还是第一次见到。"

但是老仵作还说，他小的时候，听老人们说过一个故事，说的是道光年间，一个过路的人死在十五里铺的土地庙前，死状也是这般恐怖。当时为了查凶手，没来得及处置尸体，就将尸体摆在土地庙后的空地上，结果三天以后，十五里铺连续有人晚上被僵尸咬死。后来又一个高人出现，大家才知道那具尸体死前中过尸毒，由于没有及时火化，尸体接受了月华，已经变成了僵尸。要想制伏僵尸，须用活人的鲜血，在夜晚将僵尸引出来，制伏后用火烧化。那个高人受众人之托，不知用什么法术，终于制伏了僵尸，将僵尸连同几个被咬死的人，一齐放在柴堆上烧化。

这件事已经过去了上百年，已经没有几个人记得了。若不是见到韩少爷的死状，老仵作也几乎忘记了那个故事。

老仵作临走前留下一句话：必须尽快火化，否则变成僵尸就麻烦了。

韩县长家三代单传，老父亲疼爱孙子，从小就把韩少爷惯坏了。韩县长来兴平上任时，韩少爷非得跟着来玩，这一来就不打算走，整天泡在翠花楼，一年不知道扔进去多少大洋。

兴平是大后方，全县大小商铺上千家，经济还挺繁荣，他这个县长一年的薪水不过1000大洋，可实际上，一年的好处不少于三万大洋。他的前任是因贪污抗日物资而被正法的，所以他从来不打抗日物资的主意，也不会与驻守在这里的军队有任何矛盾。仅那上千家商铺的税金，就够他贪污的。

他原以为兴平是波澜不起的地方，但这半个月以来，陆续来了一些身份不明的人，兴平城内也开始不太平起来。他心知自己谁都惹不起，睁一只眼闭一只眼的当作什么都知道，原想等到了十月任期一满，就带着儿子离开。可没想到的是，他的宝贝儿子，居然莫名其妙地中了尸毒，就这么不明不白地死掉了。以后回去怎么向老父亲交代呢？

在桌子的另一侧，有一张20万大洋的巨额存单，和存单一起还有一封匿名信。信中的只有一行字："你是聪明人，知道该怎么做"。

他一口喝干了杯中的残酒，正要起身，就见外面有人叫道："韩县长，有人想要见你！"

韩县长阴沉着脸，说道："不见。"

外面的人说道："他们已经……"

房门被打开，一个人出现在门口，身后还跟着一男一女。韩县长认出来人居然就是被土匪从他手里救走的苗君儒，惊讶得从椅子上站起身，叫道："你……你还敢来？"

苗君儒呵呵一笑，说道："我怎么不敢来？依照民国宪法，任何百姓有事，都可以来县政府诉求。"

韩县长被苗君儒抢了白，似乎愣了一下，说道："你不怕我把你关起来？"

苗君儒说道："我要是害怕，就不会进来了。韩县长，令公子确实如我说的，是被人下了尸毒。而对他下毒的那个人，是城外的土匪。我赶过来找你，是想得到你的帮助！也许你不知道，有人要在兴平城正在酝酿一场惊天巨变。"

韩县长厉声道："这里是抗战的大后方，安全得很，你不要危言耸听，蛊惑人心，否则我把你们抓起来。"

苗君儒看到桌子上的那张巨额存单，说道："我明白了，原来有人用钱把你收买了？"

韩县长怒道："苗教授，你别信口胡说。"

苗君儒毫不客气地说道："什么信口胡说？事实不是明摆着的吗？20万大洋，你工作一辈子都赚不到。如果我把这事捅上去，到时候是什么结果，你比我还清楚。"

韩县长的脸色青一阵白一阵，颓然坐在椅子上，说道："这是别人派人送来的，对方是谁，我还不知道呢。"

苗君儒笑道："天底下居然有这样的好事？"

韩县长说道："信不信随你。你若想要的要的话，尽管拿走好了，这种钱我可不敢收。"

苗君儒心知民国政府腐败，各级官员贪污盛行。官员们并不笨，知道哪些钱可以贪，哪些钱不能贪，倘若不识好歹，轻则自毁前程，重则丢掉性命。自抗战以来，因贪污抗战物资和作战不力的官员，被正法的还少吗？

程大峰笑嘻嘻地走上前，拿起那张存单，说道："韩县长，这笔钱我先替你收好，等事情过去之后，再用到抗战大业上去，也算你为抗战做了一点贡献。"

韩县长问道："要我怎么帮你们？"

苗君儒说道："明天正午，你集中警察局和保安队的人赶去郭家祖坟，就知道了。"

韩县长苦笑道："苗教授，你有所不知。兴平城内势力最大的，并不是手握重兵的余师长，而是商会会长郭士达。兴平县警察局和保安队，全是他的人。我这个县长有时候办事，还得向他照会一声。你来求我，还不如去求他呢！我县政府就这么几个人，你要就全部带走吧。"

一听韩县长这么说，苗君儒的脸色当即就变得极为严肃。程大峰见他那样子，连忙问道："苗教授，你没事吧？"

苗君儒叹了一口气，自言自语地说道："我怎么把他给忘了呢？"

韩县长说道："苗教授，其实我也知道，自从我得知翠花楼住了一伙日本人之后，我就知道要出事。"

苗君儒问道："那伙日本人是什么时候来到兴平的？"

韩县长说道："具体什么时候来的，我不是很清楚。前几天翠花楼老板娘媚大娘来找我，也说要出大事，我问她会出什么大事，她说如果哪天她死了，一定是被人害死的。可就在她找过我之后的两天，她莫名其妙失踪了。我派人暗中去调查，才知道翠花楼住了一伙日本人。看样子，确实要发生大事。"

苗君儒问道："你既然知道翠花楼里住了日本人，为什么不采取行动?"

韩县长说道:"那伙日本人来无踪去无影，就凭我的这点力量，根本无济于事呀。我去找过余师长，可他居然不见我。"

苗君儒微微一笑，在这种时候，韩县长居然还去找余师长求助，想必还不知道余师长和刘水财的关系。他放缓声音，说道:"如果你自己不行，就应该及时向上面汇报。"

韩县长说道:"电话都被人截断了，怎么打都打不通。"

苗君儒说道:"兴平到西安，不过两百里地，你就是派人骑快马去向上面报告，来回最多半天。"

韩县长说道:"从昨天晚上到今天上午，我陆续派了出去两拨人，可是到现在都没回来，你说，我还能有别的办法吗?"

苗君儒听到这种情况，心知事态非常严重，说道:"看来，他们已经把兴平变成了一座孤城。"

韩县长顿时变了脸色，问道:"苗教授，那我们怎么办?"

苗君儒说道:"你是县长，你对兴平的情况应该比我熟悉。"

韩县长说道:"兴平比不得太原，更比不得重庆。这里原是东北军的地盘，西安事变后，东北军被重新整编之后调走，周边是共产党红军的地盘，还有几支国军的杂牌部队和十几股土匪，几方的势力交错。抗战开始后，兴平随西安划到第二战区，属阎老西管辖。可阎老西的胳膊太短，管不到这里，兴平一度属于三不管地带。我上任的时候，兴平被划到第十战区，司令长官是蒋鼎文将军，就在两个月前，第十战区撤销……"

苗君儒说道:"别跟我讲这些，拣重要的说，你说这周边有共产党的队伍?"

韩县长说道:"是的，共产党的红军主要活动在陕北一带，原先这边也有几支队伍。现在国共合作，已经改编为八路军，全都去前线抗日了，但是有人在城外见过八路军，据说人数不是很多。苗教授，要想联系他们恐怕也很难。既然你说余师长可能已经叛国，那城内外的国军都已经不可靠，要不我派人联系一下那几股土匪?”

程大峰说道：“余师长的手下有两三千人马，土匪的人数太少，而且他们的心不齐，即使能够招揽过来，恐怕也无济于事。”

韩县长问道：“那你有什么好办法?”

程大峰说道：“擒贼先擒王，如果我们趁夜摸进余师长的家里控制住他，说不定事情就会有转机。”

苗君儒微笑着摇了摇头，程大峰的办法虽然可行，但是危险性极大，况且整个事件中，余师长不是关键人物。他想了一下，说道：“你们暂时留在这里，我一个人去见余师长，如果我傍晚还没有回来，你们就想办法出城，尽快离开这里。”

程大峰说道：“苗教授，我陪你去吧，多一个人多一份力量。”

苗君儒看了玉洁一眼，对程大峰说道：“如果你想帮我，只需保护好她就行。如果我没有猜错的话，她可是一个很关键的人物，要是出什么意外，两个掌门人就白死了。”

程大峰听苗君儒这么说，连忙道：“苗教授，我听你的。”

韩县长说道：“据我所知，余师长这几天都在翠花楼。自从媚大娘失踪后，翠花楼的头牌姑娘赛孟德，成了那里的主，那个女人我见识过，很不简单的。就在今天上午，翠花楼的马二也被人杀了，听说尸体上还被人用刀刻了几个字。”

苗君儒问道：“刻的是什么字?”

韩县长说道：“刻的是，‘明日正午，贵妃真墓’这八个字，不知道是什么人刻的。我刚来兴平上任的时候，就听说杨贵妃的真墓里有宝贝，千百年来，不断有人寻找，可没有人能够找得到。你叫我明日去郭家祖坟，该不会杨贵妃的真墓就在那里吧?”

苗君儒说道：“现在说这话还为时过早，韩县长，无论怎么样，我们都要尽自己的能力，来制止事件的发生。余师长可能已经叛国，你防着他一点。正值抗战最艰难时期，如果后方发生事变，势必影响前方将士的军心，一旦潼关失守，日军长驱而入，往南可包抄重庆，往北可横扫太原，只怕到时真会亡国了。”

韩县长起身走到书桌前，打开抽屉拿出一支手枪，说道：“苗教授，你带上这个，万一有什么情况，可以用来……”

他的话还没有说完，就见一个人闯进来，气喘吁吁地说道：“韩……韩县长……余师长的人把县政府都包围了，说是向我们要人。”

程大峰说道：“他们也来得太快了！”

他的话刚说完，就听外面传来纷杂的脚步声。

韩县长说道：“苗教授，你们快往后院跑，东南角上有一扇小门。”

苗君儒三人刚出韩县长的书房，就见一个穿着中校军服的军官领着一队士兵冲了过来，看到他们之后，一挥手喊道：“给我抓起来！”

韩县长从书房内冲出，站到苗君儒的面前，朝中校军官厉声道：“你们是哪支部队，敢擅闯县政府，没有王法了不成？”

中校军官冷笑道：“别说县政府，就是省政府，我们都敢闯。韩县长，念在你和我们余师长有些交情，识相的滚到一边去，老子手里的枪可不认人的。”

那晚在台子上，苗君儒见过这个中校军官，就站在余师长的身后。一定是有人看见他们三人进了县政府，向余师长告了密，才会有人这么快来抓他们。他计上心来，推开韩县长，对那中校军官说道：“我们见过一面，是吧？”

中校军官斜了苗君儒一眼，说道：“见过一面又怎么样，我是奉命来抓你的。”

苗君儒说道：“我知道你是来抓我的，可是你想过没有，你这么做，会有什么后果？”

中校军官愣了一下，说道：“别废话。”

苗君儒说道：“我不是在说废话，其实我这么做，是想帮你。那晚之后，我已经派人通知了西安的蒋鼎文将军，只怕此刻，最起码有三个整编师的军队正赶过来。你们余师长的手下不过两三千人，就算加上杂七杂八的部队，充其量不过五千人，以五千乌合之众对抗三个整编师，结果如何，就是傻子都知道。”

中校军官的脸色顿时大变。

苗君儒说道：“你是中国人，家里一定还有兄弟姐妹吧？为什么要跟着余师长投靠满洲帝国，甘愿当汉奸而遭人骂呢？即使你死了，你家里人也一辈子抬不起头来。”

中校军官喃喃地说道：“军人的天职就是要服从命令。”

苗君儒说道：“那也要看是什么样的命令。你是中国军人，值此国难当头之际，应当肩负起抗战救国大任，而不是阴谋叛国。作为一个军人，就是死，也应该死得有尊严，有荣誉。为国而死，才是一个有血性的军人的最终选择。”

中校军官面露惭色，他身后的一个士兵，说道：“申营长，他说得对，我们不愿当汉奸，就是死，也要死得值。”

申营长沉默了一下，对苗君儒说道：“苗教授，我听你的，我手下有两百来号弟兄，除了进来的这几十个外，其余的全在外面，你要我们怎么做？”

苗君儒说道：“你把我抓去见余师长，放他们走。”

申营长惊道：“为什么？”

苗君儒笑道：“我正要去见他，不知道他在哪里，这下挺好，省得我去找。不到最关键的时刻，你不要轻举妄动。”

申营长点了点头。

韩县长敬服地望着苗君儒，说道：“苗教授，你不搞政治，实在太可惜了。”

苗君儒和申营长走出县政府时，迎面吹来一阵凉风，他望着天边那渐渐笼罩过来的乌云，心知一场暴风雨就要来了。

第十六章　棋盘上的较量

夜。翠花楼后院的小楼上。

窗外大雨倾盆，偶尔出现的闪电，照亮了大半边暗黑的天空，轰隆隆的雷声震得窗户发抖。

苗君儒倒背着双手站在窗前，在他身后的小圆桌旁坐着几个人。身材臃肿肥胖的余师长坐在上首，赛孟德与宋远山分别坐在两边，三浦武夫坐在旁边，下首的位置则空着。

两个持枪的士兵站在楼梯口，身子一动都不动，如两尊木雕一般。

余师长干咳了一声，说道："苗教授，既来之则安之，请坐吧！"

苗君儒对着窗外的大雨，顾自说道："杨贵妃泉下有知，连老天都在为她哭呢！"

宋远山说道："教授就是教授，下一场大雨，也能触景生情，说出这样的话。"

苗君儒转过身，缓缓说道："石王只有一块，你们这么多人，到底给谁呢？"

余师长说道："你只需帮忙把石王拿出来，其他的不用你管。"

苗君儒看了一眼三浦武夫，说道："我已经在你们这里，可以放了那个姑娘了吧？"

宋远山说道："等我们得到石王，自然会放了她。"

苗君儒走到桌边坐下，低声说道："你当初抓她的目的，就是为了控制她爹看山倒朱福，这种下三烂的手段，也太卑鄙了。"

宋远山笑道："欲成大事者，需不择手段。苗教授，我们可不像你那样，一肚子的妇人之仁。"

苗君儒扫了面前的几个人一眼，说道："日本忍者高手，国军的高级将领，妓院的头牌姑娘，还有你这个身怀江湖绝技的师爷，我有些搞不懂，你们是怎么凑到一起的？"

宋远山说道："因为我们有共同的目标。"

苗君儒望着赛孟德，说道："你和马鹞子是什么关系？"

赛孟德淡淡地说道："朋友。"

苗君儒问道："什么样的朋友？"

赛孟德说道："普通朋友而已。"

苗君儒说道："既然是普通朋友，三更半夜还在你的楼上，你和他之间，难道就没有共同的目标？"

赛孟德说道："没有。"

苗君儒说道："我希望没有，那样的话，我多少有些安慰。"

赛孟德问道："为什么？"

苗君儒说道："我平生最恨别人欺骗我，他曾经在我面前发誓，说不会做对不起国家对不起自己良心的事。"

赛孟德说道："他只是一个土匪，其实这件事跟他没有半点关系。"

苗君儒说道："我知道。是因为他手下的兄弟和心爱的女人卷进来了，所以他也身不由己。"

宋远山说道："苗教授，你该不会什么事情都想知道吧？"

苗君儒笑道："贵妃真墓机关重重，明天进去了，有没有命出来，还是一个未知数，就算要死，也不应该像翠花楼的媚大娘那样，死得不明不白，不是吗？"

宋远山冷笑道："她知道得太多，也想要分一杯羹，居然还把三浦先生藏在翠花楼的消息告诉了韩县长，还不该死吗？”

苗君儒问道：“你们为什么不把韩县长一起给杀了？”

宋远山说道：“他是一县之长，留着他还有用。”

苗君儒说道：“据我所知，地字派虽然是江湖邪派，可也不至于要用人头来祭祀。女的是媚大娘，那个男的是谁。你总不能杀一个无辜的人吧？”

宋远山说道：“苗教授，人太聪明了，可没有好处的。你只乖乖按我们的意思去做就行，没有必要知道那么多。”

雷声一阵紧一阵，大雨丝毫没有停歇的意思。苗君儒不时望向楼梯口，如果再有三个人出现，整件事相关的人，就都到齐了。看样子，那三个人是不会来了。

从走上楼梯的那一刻开始，他都在暗中观察赛孟德，越看越觉得与玉洁长得相像。她坐在那里，始终保持着一种腰板挺直的姿势，只有受过专业训练的人，才能那么长时间地保持一种姿势。她比玉洁要长得漂亮，举手投足之间，自有万种风情。言语显得老练而含蓄，有一种令人难以抗拒的妩媚，但那双勾人魂魄的眼眸中，却有一抹淡淡的哀伤。

正是这一抹淡淡的哀伤，使苗君儒肯定了自己的想法。月有阴晴圆缺，人有悲欢离合，人世间最大痛苦也莫过于失去亲人。

他几次将手伸进口袋中，握住那个从刘掌门身上拿出的玉坠，但他并没有拿出来，因为觉得时机还没有成熟。

他望着三浦武夫，低声用日语说道：“当年你师父与刘掌门进行了三场比试，三局两胜，你师父使诈才赢了刘掌门，如果你想得到你想要的东西，必须赢我。”

三浦武夫说道：“我不会下棋！”

苗君儒说道：“但是藤老板会，在重庆的时候，他就找我下过棋，而且棋艺高超，不在我之下。”

三浦武夫说道：“他不在这里，没办法和你下棋。”

苗君儒说道：“在这样的时刻，他还能去哪里呢？”

三浦武夫说道："现在的情况和当年不同，对不起，我不会接受你的挑战！"

余师长笑道："想不到苗教授还会日本话。"

三浦武夫改用中国话说道："他曾经在日本生活过，和我师父一样，都是上川先生的学生。"

余师长笑道："这么说，你还得叫他师叔喽。"

苗君儒说道："上川先生学识渊博，为人正派，是一个值得尊敬的长者。要是犬养毅（作者注：日本内阁大臣，第29任首相）听了他的话，何至于死在别人的手里。如果他不死，中日之间又何至于会这样呢？这一场中日战争，不知道毁了多少家庭，多少人妻离子散，多少人曝尸荒野……"

三浦武夫吼道："够了！"

余师长拍了一下桌子，大声道："来人，把他带下去！"

苗君儒站起身，看了众人一眼，深深叹了一口气，说道："这所有的一切，何尝不是人性的欲望在作祟，机关算尽，到头来只不过空劳一场，免不了搭上自己的性命。世事无常，谁又能懂得这其中的道理呢？"

他说完后，大笑几声，在众人那愤怒的目光中，被两名士兵押着下了小楼。

小楼的旁边有一道回廊，每隔几米路，便站着一个持枪的士兵。一个副官模样的人在前面引路，苗君儒默默地跟着走。哗啦啦的屋檐流水声和暴雨打在屋瓦上的声音，盖过了几个人的脚步声。

一道闪电划空而过，苗君儒看清回廊的右侧，是一堵约两米高的围墙，墙头上的杂草，在风雨中飘摇。

以苗君儒的功夫，他完全能够在最短的时间内，击倒身后的两名士兵和前面的副官，并能在其他士兵还没有反应过来的情况下翻墙逃脱，但他并没有那么做。

过了回廊，是两间平房。那个副官走到一间平房的门口，把门推开，返身站在门口，朝苗君儒做了一个“请”的手势，同时说道：“今晚就委屈你在这里待一宿，有什么需要的，可以吩咐门口的卫兵。”

苗君儒说道：“给我准备一壶好酒，再来两三碟小菜就行。离开重庆后，我还没有好好吃过一餐饭呢。”

那副官点了点头，转身离去了。

屋子里有一张床，一张破桌和两张板凳，连张椅子都没有。苗君儒走了进去，坐在那张板凳上。没多一会儿，那个副官进来了，身后跟着一个托着盘子的勤务兵。盘子里有两碟菜和一壶酒，还有一只烧鸡和两个白面馍馍。

闻着烧鸡的香味，苗君儒觉得真的有些饿了，他朝那个副官笑了笑，说道：“谢谢。”

副官没有答话，放下东西出门而去。

苗君儒拿起酒壶，往嘴里灌了一大口，甘洌而醇香的酒，顺着他的喉咙淌到胃里，使他的精神为之一振。这种黄桂稠酒味道，他是很熟悉的。当年他到兴平时，郭大善人就是用这种酒招待他的。黄桂稠酒的历史十分久远，盛唐时期，古长安（今西安市）长乐坊出美酒，朝野上下，莫不嗜饮。相传唐玄宗携杨贵妃光临长乐坊饮酒，味美醇香的稠酒使贵妃倾倒，当即将手中的桂花赠予店主。店主将桂花植于贮酒园中，不料桂枝生根开花，在长安坊繁衍成林，花开时节，桂花香，稠酒香，香溢长乐坊。店主遂将桂花用蜜腌制后兑入酒中，使酒更具特色，清香远溢。黄桂稠酒便由此传开，至今传为佳话。黄桂稠酒的特点是：状如牛奶，色白如玉，汁稠醇香，绵甜适口。

那一次他在郭大善人家中，足足喝了六壶。黄桂稠酒虽是酒，却没有杜康与西凤酒的酒力，称它为酒，只因喝在口中，不乏酒味而已。老弱妇幼和不善饮酒者，均可大碗来喝。难怪杜甫在诗中说李白斗酒诗百篇，像这样的酒，只要是肚量大的，喝上一斗酒，自然不在话下。

他撕了一只鸡腿，就着黄桂稠酒大口大口地吃起来。一壶酒见底，烧鸡也吃得差不多了，倒是那两碟小菜丝毫未动。

外面门响，一个人走了进来。苗君儒的头都未抬，就知道是谁，他一口喝干了壶中了酒，说道："你终于露面了。"

进来的正是佐藤乙一，他没有穿长衫，而是换了一身西服，只是那个大背头，还如以前那样梳得油光可鉴。他身后跟着两个士兵，一个手里拿着棋盘，另一个手里托着棋子。他在苗君儒对面的那张板凳上坐下，说道："苗教授，我以前就对你说过，终有一天，我会在棋盘上和你一决高低的。"

苗君儒说道："等我吃饱了再说。"

佐藤乙一看着苗君儒风卷残云般吃下两个白面馍馍，轻轻挥了一下手，一个士兵上前清理了碗碟，摆上了棋盘。他微笑着说道："漫漫长夜，我们有的是时间。苗教授，听说你想按当年的规矩？"

苗君儒豪壮地抹了一下嘴，说道："以前你约我去下棋，都是泡好上等香茗相待的。我看茶就不必了，再来两壶酒吧。"

佐藤乙一笑道："两壶酒太少，不尽兴。来人，给苗教授送五壶酒来。"

苗君儒说道："你好像胜券在握。"

佐藤乙一得意地说道："当年我哥利用刘掌门女儿身上的一枚玉坠才险胜，如果哪一天我要完成我哥的遗愿，免不了在棋盘上与人一决高低。我深知中国的高手众多，所以不断找人博弈。为了提高棋艺，我还潜心研究了中国古代高手的棋局，什么当湖十局，黄龙周虎，而或是历代围棋高手的著作。"

苗君儒说道："原来你为了赢得棋局，居然那么煞费苦心研究。"

佐藤乙一笑道："我们认识那么久，对彼此的棋路，还是了解一点的。"

苗君儒说道："既然你说按当年的规矩，那就三局两胜。我输了，帮你找到石王，你要是输了，就滚出中国，永远不得再踏进中国半步！"

佐藤乙一阴森森地笑了两声，说道："好，我答应你。"

苗君儒说道："围棋源自中国，唐代之后才流传到你们日本，我作为东道主，不仅让你先下，而且让你三子。”

佐藤乙一的眼中闪过一抹不易察觉的惊喜，却客气地说道：“苗教授，平常我们对弈，你赢我三个子的时候可不多呀。”

苗君儒说道：“此一时彼一时，今晚我要让你知道，什么才是真正的棋术高手。”

佐藤乙一听到这话，脸上的肌肉抽搐了几下，右手抓起一个黑子，犹豫了片刻之后落了下去，抢占先机。

少顷，士兵送来了五壶酒。苗君儒一手拿着酒壶，一手持白子，一副漫不经心的样子，随意将棋子落下去。

下完数十子，佐藤乙一的脸上微微露出得意之色，边角和天元全被他占尽，苗君儒的棋子东一撮西一簇的，陷入他的重围之中。虽是如此，深谙围棋精髓的他，仍是不敢大意，每下一子都小心翼翼。

下到一百多子时，佐藤乙一的落子速度已大不如前，每落一子，都犹豫很久，脸色也变得十分凝重，苗君儒那看似杂乱无章的手法，已经形成了布局。他虽偶有小胜，但难敌苗君儒咄咄逼人的攻势，到手的地盘，转眼间情势变得非常危急。又下了十几子，他的脸色铁青，额头不断溢出汗珠，从整体上看，他完全落于守势，而且毫无补救的机会。

两壶酒喝完，苗君儒落下一子，说道：“你输了。”

佐藤乙一多年来对棋艺的研究和实践，虽不是一等一的高手，但已属上层。他平常与人对弈，都不会现出自己的真功夫，而是在对弈中广学众人的手法。自信在重庆，能够真正赢他的高手，已经找不出一人。正是这份自信，使他以为对付苗君儒，虽没有百分之百的把握，但胜算的概率至少在八成以上。就这一盘棋，他连苗君儒的套路都没有弄清楚，输得不明不白。

他想起世人对清代棋圣范西屏的评论，范大师弈棋出神入化，落子敏捷，灵活多变。布局投子，初似草草，绝不经意，及一着落枰中，瓦砾虫沙尽变为风云雷电，而全局遂获大胜。

苗君儒的弈棋手法，与传说中的棋圣范西屏，是何等的相似。

苗君儒放下酒壶，淡淡地说道：“你看看棋盘中的白子，像个什么字?”

佐藤乙一诧异地看着棋盘上的白子，脸上露出不可思议的神色，他看过那么多古今书籍对棋局的详解，也知道那些关于棋局的传说，但他认为，传说带有夸张的成分，实际上的棋局，并没有传说中的那么神奇。

今天晚上，他终于见识到了中国棋艺的博大精深。棋盘中的白子与黑子纵横交错，忽略黑子不计，所有的白子连接起来，是一个“黄”字。

这就是传说中的“字局”，围棋的“字局”起源于南北朝，到盛唐时期到达巅峰，相传唐代第一围棋高手王积薪，在其所著的《棋诀》三卷和《凤池图》一卷中，都有对“字局”的描述，可惜均未流传下来。到宋末，围棋的“字局”运用，已经被世人所遗忘，相关的书籍，也都流逝于历史长河之中。

他望着棋盘中的那个“黄”字，缓缓说道：“‘字局’不是已经失传了吗?”

苗君儒又拿起一壶酒，说道：“如果我以平素的棋路和你对阵，必输无疑。可我在一座西晋时期的墓葬中，发现了一本古棋谱，虽然我只看懂了其中的十分之三，但要赢你，简直易如反掌。”

佐藤乙一叹了一声气，说道：“你说得不错，单凭这一盘棋，我们两人已经分出了胜负，但你要想完全赢我三局，也并非易事。”

他心知他的棋技与苗君儒不在一个档次，接下来的两局，根本不可能赢得了。所以他利用苗君儒的傲气，以另一种方式来比试棋局。

果然，苗君儒喝下一大口酒，说道：“好，我答应你，如果接下来的两局，你只要赢得一局，就算你赢。”

佐藤乙一嘿嘿干笑了两声，说道：“接下来的两局，我们改变方式，不要对弈，而是破局。每人摆一盘残局，让对方破。”

苗君儒想不到佐藤乙一会来这一招，他的棋艺与藤老板不相上下，只是依仗以前看过的那本古棋谱，才赢了佐藤乙一。藤老板潜心研究中国唐宋以后的各种棋法和棋局，在破解残局上，是很有心得的。

“我先来!”佐藤乙一说着，飞快在棋盘上摆上了一盘残局。

残局中白子被黑子围住，只在边角余下三子有气，从棋势上看，棋盘中央的对杀呈“大眼吃小眼”之势，白子全局受困，处于绝地。苗君儒看着这盘残局，内心微微一动，这是唐代翰林院棋待诏顾师言的一盘收官局。当年顾师言持黑子与日本国高手对弈，下到中路，日本国高手弃子认输。棋盘中央的白子虽入绝境，但外围“黑龙”的情势也不容乐观。多年来，不少棋坛高手想破解残局，但都望棋兴叹。棋盘上厮杀，比的是双方的棋艺，虽一时落败，但仍有扭转乾坤的可能。古往今来，不乏有一些已经定性的残局被后人破解。几年前，他认识一位棋坛老前辈，闲谈之余，那位前辈曾说起数盘古代残局的破解之法，其中的一盘就是此局。破局者若能以两处边角之断“黑龙”之尾，白子就能起死回生。

佐藤乙一的这一招用心狠毒，如果苗君儒破了此局，就等于代替当年的日本使者，赢了大唐棋待诏，此举无异于卖国求生。

苗君儒几口喝干了壶中的酒，爽快地说道：“你赢了。”

佐藤乙一笑道：“以你的人品，是不会背弃信义的，我说的没错吧?”

苗君儒说道：“我可以去帮你找石王，但是我听看山倒朱福说过，要想进贵妃墓，还需一样东西。”

佐藤乙一说道：“你说的是《天玉方略》?”

苗君儒点头道：“《天玉方略》是一本破解墓道机关的奇书，贵妃墓内机关重重，没有那本书可不行。就算我死在里面，你也得不到石王。”

佐藤乙一说道：“看山倒朱福身上的那卷《天玉方略》，已经被罗强丢到那个山洞里了。”

苗君儒微微一惊，说道：“原来你什么事都知道！你和他是什么关系?”

佐藤乙一说道：“我和他没有关系，他是刘参谋的人。若是没有他，我的事情没有那么顺利。”

苗君儒说道：“哦，真的吗?”

佐藤乙一笑道："你不是想知道事情的经过吗？我可以告诉你，我等这一天，已经等了十几年。"

苗君儒笑道："十几年间，你就没有任何动作？"

佐藤乙一也拿起一壶酒，喝了一口，说道："这十几年来，我多次到兴平寻访玄字派刘掌门，可都没有消息。直到三年前，大日本关东军参谋部给我一条信息，说满洲帝国有一个姓刘的参谋，精通风水堪舆之术。我赶到沈阳，见到了刘水财，这才得知他原来就是掌门的弟弟，因与兄长不合而离开。刘水财告诉我，杨贵妃的真墓就在兴平郭家祖坟的下面，墓中除了那块万古神石外，还有无数珍宝。墓葬乃是玄字派前辈所造，墓道内机关重重，而且被下了血咒。他从那本掌门秘册上得知，墓葬的最后一道宫门，每六十年开启一次，时间是 6 月 14 日的正午。一年前，我要刘水财到西安，接下了万福斋严老板的铺子作为立脚点，同时打探兴平这边的消息。另外，我又要另外一个人到达兴平……"

苗君儒说道："我知道，她就是翠花楼的头牌姑娘赛孟德。当年你哥哥佐藤义男把她带走，十几年来，她已经被你们洗脑，成了你们的间谍。"

佐藤乙一说道："我只不过利用她对刘掌门的怨恨，为我们服务而已。"他接着说道："刘水财在来兴平的过程中，认识了他的师侄罗强。开始的时候，他并没有把这个当土匪的师侄放在眼里，可当罗强告诉他，刘掌门不让其破坏郭家祖坟的风水后，他觉得这个师侄可以利用。有一天，赛孟德告诉他，说看山倒朱福已经得到《天玉方略》，于是他派人在路上拦截朱福。朱福虽然逃脱，但却落到罗强的手里。罗强本想拿走《天玉方略》，谁知当天晚上，马鹞子居然从宋师爷的手里，救出了朱福的女儿。为了不打草惊蛇，他吩咐罗强隐忍不动，等待时机。当朱福的女儿要马鹞子去重庆找你时，罗强却要朱福到西安找他，说是看看东西值不值钱。在他的指引下，马鹞子把东西卖给了我。"

苗君儒说道："于是你请我去鉴定那几样东西，并拿出那张所谓的字条。在我的要求下，你才肯答应出资助我考古，于是我们就这样来到兴平，一切水到渠成。”

佐藤乙一从袋子里拿出一叠纸，放在桌子上说道：“罗强在把《天玉方略》还给朱福的女儿之前，依葫芦画瓢抄下了上面的文字，还有图形。”

苗君儒看了一眼那叠纸，问道：“郭大善人和你是什么关系？”

佐藤乙一说道：“男人一生所追求的，除了金钱和女人，就只剩下权力。他不缺钱，也不缺女人，你认为他会追求什么？”

女间谍最擅长的，就是以美色勾引男人。

佐藤乙一见苗君儒不说话，便接着说道：“苗教授，我想让你见两个人。”说完后，他朝外面喊道：“带进来！”

几个士兵从外面推进两个人来，苗君儒一看，顿时惊住了，他面前这两个衣衫褴褛、浑身湿透且被人用绳子绑着的人，正是詹林明和他的一个学生，他怔了片刻，说道：“你们怎么没跑得出去？”

詹林明说道：“他们把所有的路口都封了，苗教授，那些士兵不是国军，而是……”

佐藤乙一接过话头说道：“不错，他们确实不是国军，而是我们大日本帝国的皇军。苗教授，你没想到吧？”

苗君儒说道：“其实我应该想到，这里是抗战的后方，你们要想在这里有所大动作，单靠策反一支国军，是不够的。你们日本人行事严谨，什么问题都考虑得很周到。”

佐藤乙一说道：“这一年来，我利用你们国军残部回后方休整的机会，陆续让两支穿着杂牌军军装的部队，偷偷潜行到这里。城外有多少支杂牌军的部队驻扎，恐怕连楼上那位余师长也不清楚。我这一招是跟你们中国人学的，叫鱼目混珠。”

佐藤乙一干笑了几声，望着詹林明，继续说道：“其实我早知道军统已经注意我了，所以一直很少活动。作为一个大日本帝国的高级情报人员，怎么会轻易相信身边的人呢？我书房内那些没有烧尽的纸灰，是我故意那么做的，我那么做的目的，是想转移你们的注意力。中条山一带是你们抵御皇军的防线，而潼关是中条山的后门，你的上司真以为我会在潼关有什么企图吧？他们一直没有抓我，无非是想放长线钓大鱼。可惜他们大鱼没有钓到，反倒让我这条小鱼也溜了。为了配合我的行动，就在今天上午，大日本帝国的三支劲旅，再一次发动对中条山的进攻。所有人的目光都在那里，没有人会注意这里的。”

苗君儒说道：“我真的小看你了。”

佐藤乙一挥了一下手，几个士兵将詹林明和那学生押了出去。他站起身，对苗君儒说道：“苗教授，你今晚好好休息。”

佐藤乙一走出屋外，听到身后传来酒壶落地的声音，脸上顿时浮现一丝笑意，一个很有涵养的人，在被人激怒之后，还是会以最粗俗的方式去发泄的。

当房门关上之后，苗君儒故意将桌子上的几只碟子和酒壶扫落在地。其实他一点都不生气，多年来养成的习惯，使他遇事处变不惊，这么做的目的，就是不想让佐藤乙一猜中他的心思。

他躺在床上，回想着这些天发生的事情。佐藤乙一他们策划已久，很多方面都考虑到了。如今抗战如火如荼，谁都不会注意到大后方的这座小县城将会发生一场巨变。

靠外援已经不可能了，唯有自救。可是就凭这几个人如何对抗佐藤乙一他们一伙人呢？佐藤乙一他们虽然相互勾结，但每个人都有自己的小算盘。只需找到他们的弱点，便可分而破之。问题是如何才知道他们的弱点呢？

他想起了貌美如花但却冷艳至极的赛孟德，她被三浦武夫的师父佐藤义男带走，训练成了一个间谍。一年前，当她来到翠花楼，开始一步步实施日本人计划，刘掌门在此之间，察觉她就是自己的女儿。刘掌门之所以那么做，无非是想让自己多年以来对女儿的愧疚心理，找到一丝丝的平衡，朱福了解刘掌门的苦衷，明知被其利用但心甘情愿。可是刘掌门渐渐发现，结果不如他所想的那样，使他深陷矛盾和痛苦之中不能自拔，所以选择了以自杀的形式自我解脱。也许她到现在还不知道，她的父亲已经死了。如果她知道刘掌门已死，会怎么样呢？

他正想着，隐约听到床底下传来细微的声响，刚开始，他还以为是老鼠，直到他听到一声“苗教授”，才反应过来。

外面的大雨还没停歇，风雨声掩盖住了屋内的动静。苗君儒跳下床，朝床底望去，只见床底不知什么时候出现了一个洞，有一个人从洞内探出头来，朝他招手。

床底下漆黑的，看不清那人的样子，但是那人说话的声音，却有些熟悉。当那人又叫了一声“苗教授”之后，苗君儒才听出是宋远山的声音，他问道：“宋师爷，你不和他们在一起，到这里来做什么？”

宋远山低声道：“苗教授，我是来救你的。”

苗君儒问道：“你为什么要救我？”

宋远山低声道：“我不想让宝物落在日本人的手里，那是属于我们中国人的东西。”

苗君儒冷冷道：“你不是也在帮日本人办事吗？怎么这时候说起这样的话来了？”

宋远山低声道：“苗教授，你一定以为我是十恶不赦的汉奸，可惜这里不是说话的地方，请你相信我，我也是一个有骨气的中国人。”

苗君儒说道：“这年头，谁的话都不能相信，我只相信我自己。宋师爷，在你没来之前，我已经和他进行了三场赌局，我输了。我不能让日本人笑话我们中国人背信弃义，你走吧。”

宋远山低声骂道：“迂腐，都什么时候了，还跟日本人讲什么仁义道德？”他停了片刻，接着说道：“摆在你面前的只有两条路，要么跟我逃走，要么我杀掉你。”

苗君儒说道：“宋师爷，你还是省省吧。一旦枪声惊动了外面的人，你也逃不掉。如果你真的想帮我，就请你在明天最关键的时候出手相助。”

宋远山似乎还在坚持，说道：“苗教授，我知道你是一个好人，可你也不要被自己的眼睛蒙蔽住了。你一定以为我师兄死了，是不是？我可以告诉你，他还活着。”

苗君儒惊道：“不可能，是我亲手把他和刘掌门放在一起火化的！”

宋远山说道：“可是在你们离开后，我的人在那间被火烧毁的屋子里，只发现了一个人的骨骸。”

苗君儒说道：“火势那么大，一定是烧化了。”

宋远山说道：“你是考古学者，不可能连一点常识都不懂，要烧化也是两个人一起烧化，怎么可能只留下一具骨骸？我听说他十几年前有过一次奇遇，从那以后就根本死不了。”

苗君儒说道：“我不会跟你走的，如果你想惊动外面的人，那就开枪吧。”

他说完后，起身坐在床沿上。床底下传来一声叹息，一阵窸窸窣窣的声音过后，就没有任何动静了。

他一直坐在那里，像一尊塑像一般，一动也不动。大雨不知道什么时候停了，天空的乌云也散去，露出一轮皎洁的满月来。一阵清凉的夜风从门缝中钻了进来，吹熄桌子上的油灯，风卷起那叠纸，纸片像蝴蝶一般四下飘落。水一般柔静的月光，透过窗户照在他的身上，映射出一圈奇异的光晕。

他在思索着宋远山说过的话，如果宋远山说的是事实，那么，朱福的一切行径，就值得怀疑了。那么做的目的，究竟是什么呢？

第十七章　百年盗洞

当佐藤乙一再次走进小屋子的时候，苗君儒仍坐在那里。佐藤乙一看着满地的纸片，俯身一张一张地捡了起来，走到桌边坐下，将纸张放在一旁，问道："你没看？"

苗君儒并没有答话，只发出一声轻微的长叹，看着两个士兵将两盘吃的东西摆在桌子上。他走过去，抓起一个煎饼咬了两口，问道："酒呢？"

佐藤乙一说道："你还没有回答我的问题。"

苗君儒不屑地说道："你确定那些纸上面的每一个字每一个图案，都跟《天玉方略》上面的一样？"

佐藤乙一愣了一下，问道："你说这话是什么意思？"

苗君儒淡淡地说道："只有靠《天玉方略》才能破解墓道内机关，如果有人想我们都死在里面，只需在那些纸上做一点手脚就行！你告诉我，那些人都值得你信任吗？"

佐藤乙一的脸色微微一变，问道："如果没有《天玉方略》，我们一样会死在里面？"

苗君儒说道："任何事情都是有风险的，如果你不想死，那就放弃这次的行动。"

佐藤乙一的嘴角一阵抽搐，伸手将那叠纸纸撕得粉碎，骂了一句“八嘎”。

苗君儒说道：“藤老板，哦不，应该是佐藤乙一才对，以前叫你藤老板叫顺口了，一时间改不过来。我说佐藤乙一先生，你太冲动了吧？我只是怀疑纸上的内容和《天玉方略》有不同的地方，并没有确定。既然你不愿放弃行动，如果拿着那些纸进去，好歹还能赌一把，总比白白去送死的强，我的话没错吧？”

佐藤乙一看着满地的纸屑，怒道：“你敢耍我？”

苗君儒冷冷道：“你是先耍的我，把我骗到这里来！我只不过把你给我的，还给你而已。”

佐藤乙一说道：“就算我不骗你来兴平，可是也有人要你来呀。”

苗君儒说道：“那就不关你的事了。”他看着地上的纸屑，接着说道：“唯一的生存机会，就这样被你毁掉了。”

佐藤乙一说道：“如果我活不了，你也要死。”

苗君儒笑道：“每天都有许多抗日志士为国捐躯，大不了算上我一个！你可以杀了我，只要我一死，就更加没人带你们进去了。”

“那也未必，死了张屠户，我照样不吃带毛猪。”随着声音，一个男人从外面走了进来。苗君儒定睛一看，居然是他认识的郭士达郭大善人。

苗君儒说道：“你郭大善人是当地鼎鼎有名的士绅，曾经做过那么多有益于国家，有益于社会的事情，想不到你这样的人，居然也晚节不保，当了汉奸。”

郭士达笑道：“苗教授，你错了，我这么做的原因，只不过为求自保而已。”

苗君儒说道：“在这兴平城内，你就是土地爷，谁敢动你呀？”

郭士达说道：“普通老百姓是不敢动我，可是你看看，城内的国军，城外的土匪和共产党的游击队，都在打我的主意，我光有那几十个只会看家的废物，顶个屁用呀。”

苗君儒想起韩县长说过的话，说道：“姓郭的，你别当我是傻子，保安团和警察局不都是你的人吗？以你的声望，余师长绝对不敢对你怎么样，而城外的那些土匪和共产党的游击队，更不敢在你的地盘上撒野。你和他合作，一定有你的目的，对吧？”

郭士达哈哈大笑几声，说道：“苗教授，你不是想知道我为什么要和日本人合作吗？好，我可以告诉你，当年我在日本留学的时候，就认识了不少日本朋友，其中之一就是他的哥哥佐藤义男……”

苗君儒说道：“想必那十几年前佐藤义男和刘掌门的那场赌局，你暗中出了不少力，对吧？”

郭士达笑道：“你确实很聪明，什么事都瞒不了你。不错，是我要佐藤义男去找刘掌门的，后来也是我暗中派人把他送回日本的。我祖上有幸成为杨贵妃的护陵将军，将那个秘密写在了族谱的夹层里面。那个秘密在族谱里面封存了一千多年，历代郭家的族人，都不知道自家祖坟的下面的玄机。十几年前，我在一次整理族谱的过程中，发现了那个秘密。于是我找到了刘掌门，想和他合作打开贵妃墓，平分里面的珍宝，但是他拒绝了。就在那时候，佐藤义男来兴平找到我，想不到他也是冲着真贵妃墓来的，于是我要他去找刘掌门。”他顿了一下，接着说道：“你可别说和日本人合作就是当汉奸，想当初，孙中山先生不就是在日本友人的帮助下，才一次次地发起革命运动，推翻满清的吗？同盟会在日本的时候，就是因为日本黑龙会的大力支持，才得以发展的。我和日本朋友的合作由来已久。自古乱世出英豪，我生在乱世，以为跟其他的同学一样，有朝一日能够逐鹿中原，创下一番大业，我从日本回来，在兴平拉起了一支队伍配合辛亥革命，民国成立后，我成为陕西省国民议会的议长。由于袁大总统复辟帝制，不得已参加反袁运动，之后被迫逃到日本，袁世凯死后，我回来仍旧当议长，但由于蒋介石的独裁，我这个议长变得有名无实。我原想趁着南北军阀大战，拉起队伍独霸一方，可惜准备不足，很快被冯玉祥打败，我本人也被姓冯的关进监狱，两年的监狱生涯，使我明白了很多人生道理。所以我在出狱之后开始忍气吞声，寻找机会。可是一年年的就这么过去，眼看我都要黄土盖顶了，可是我只能眼睁睁地看着他们一个个手握重兵权倾一方，而我却只能空有满腔的雄心壮志，窝在这种小地方等死。如果换成是你，你会甘心吗？”

苗君儒长叹了一声，说道：“上一次我们见面的时候，我以为你是个看透了世事的人，想不到你的名利之心还是那么大。在西安事变之后，蒋介石不是要你当陕西省主席的吗？那你为什么要将委任状当众烧掉，甘愿回到兴平呢？”

郭士达说道：“你以为姓蒋的会安好心吗？西安事变之后，陕西的各方势力明争暗斗，连我的老同学阎锡山都不愿插手陕西的事情，蒋光头却把这个烫手的山芋抛给我。如果我当了省主席，老蒋那边，阎锡山那边，共产党那边，哪一边都讨不了好，我可不愿当一个任人摆布的傀儡。”

苗君儒问道：“那你想当什么？”

郭士达说道：“如果我能在兴平起兵，在日军的配合下控制整个陕西，我就是陕西王，今后问鼎中原，和阎锡山、蒋介石他们平分天下，不是没有可能。”

苗君儒说道：“国难当头之际，你不求为国出力，却在谋划着一己私欲，与日本人相互勾结，置民族大义于不顾，只怕你这个愿望无法实现。”

郭士达说道：“成则王败则寇，我等这个机会，等了十几年。只要我打开贵妃墓，用里面的珍宝招兵买马，加上日本人的帮助，我不怕愿望实现不了。”

苗君儒说道：“我记得你刚才说过一句话，死了张屠户，你照样不吃带毛猪。你的意思是，没有我，你也能够进去，对吧？”

郭士达笑道：“你是考古学者，应该知道唐朝的陵墓都藏在山腹内，一般的盗墓贼无能为力。但是温韬做了七年的长安刺史，关中地区几乎所有唐朝皇陵都被他盗尽。你知道他靠的是什么吗？”

苗君儒摇了摇头，据史书记载，温韬七年间盗挖了大量唐朝皇陵，除唐高宗李治和武则天夫妻合葬的乾陵外，连唐太宗的昭陵都未能幸免。

史书上有关温韬盗墓的手段，只说是动用军队和民夫，日夜挖掘，并没有其他的解释。他作为考古学者，不可能对历史上已经下了定论的事情，去做无谓的研究，所以当郭士达那么问他的时候，他顿时就想到真正的答案肯定不为人所知的，所以才摇了摇头。

郭士达说道："唐朝皇陵的墓葬确实与其他朝代的墓葬不同，而且里面机关重重。但温韬得到了一个地字派高人的相助。只需挖开宫门，就能逐一破解里面的机关，靠的就是一本拓本的《天玉方略》。"

苗君儒问道："你的手上有拓本的天玉方略？"

郭士达说道："可惜那本拓本的《天玉方略》并没有传下来。苗教授，你误会我的意思了，我要告诉你的是，只要掌握了里面的机关秘密，破解起来就不难了，我说得没错吧？"

苗君儒问道："难道你有里面的机关图形？"

郭士达笑道："如果你在一年前问我这个问题，我没法回答你，但是现在，我可以明明白白地告诉你。贵妃墓是玄字派的高人设计的，那位高人和我的先祖一样，将秘密藏了起来！那个秘密同样被隐藏了一千多年，凑巧的是也被人发现了。"

苗君儒问道："是谁发现的？"

郭士达高深莫测地笑了一下，说道："你绝对想不到，那个人就是罗强的师父徐渭水。"

苗君儒问道："你是怎么知道的？"

郭士达朝门口说道："徐老先生，你可以进来了。"

从外面走进来一个穿着一袭破衣的干瘦老头，苗君儒虽然跟徐渭水有过一面之交，但是他几乎已经认不出眼前这个人，就是江湖上赫赫有名的徐渭水。

徐渭水走进来之后，眼睛盯着苗君儒看了片刻，用一种沙哑的声音说道："苗教授，想不到我们多年未见，居然会在这种地方见面。"

苗君儒说道："想不到你也跟他们勾结在一起。"

徐渭水的眼中闪过一抹异样的神色，说道："苗教授，难道刘掌门没有告诉你，我们玄字派和郭家的关系吗?”

苗君儒说道：“即使你们玄字派和郭家有那层关系，你也不该助纣为虐。”

徐渭水笑道：“什么叫助纣为虐?”他低声诅咒了几句，接着说道：“凭本事，玄字派的掌门人应该是我，可是上任掌门人偏心，不但将祖庙的秘密告诉了他的两个儿子，还要让他们兄弟轮流当掌门。我一气之下，偷走了掌门秘册，结果被同门追杀，四处流浪了几十年。你知道那种无家可归的日子，是多么的难熬吗？老天待人是很公正的，它既然让我受了那么多年的苦，就应该给我回报。一年前，我被一场大雨淋湿了身子，当我把那本掌门秘册放在火上烘烤时，发现了两片夹在秘册里面的羊皮纸。我这才知道，原来秘册上的那些图案，都是和贵妃墓有关的。贵妃墓内共有十八道机关，机关和机关之间相互联系，当上一道机关被破解后，必须在半个时辰内破解下一道机关，否则已经被破解的机关会重新开启。半年前，我按着羊皮纸上的所示，下到墓道内，连续破了八道机关，谁知道在第七道机关内，碰巧救了一个人。”

苗君儒说道：“你说的是看山倒朱福。他和刘掌门是生死之交。刘掌门的小女儿身患怪病，必须要千年的血灵芝才能救治，他怀疑贵妃墓里面就有那东西，一直都在寻找贵妃墓。刘掌门虽然知道贵妃墓所在，但苦于自己是掌门，加之害怕贵妃墓里面的血咒会对朱福不利，所以宁愿自己的女儿活不过十八岁，也不肯将贵妃墓的秘密告诉朱福。朱福不愧是地字派的掌门，终于被他发现了郭家祖坟的秘密。”

徐渭水得意地说道：“如果不是我，他只有在里面等死的分儿。”

苗君儒问道：“既然你跟刘掌门不合，为什么你却帮他和朱福精心布置了那处假贵妃墓呢?”

徐渭水说道：“朱福的师弟绑架了他的女儿，逼他找到石王。我得知这一消息后，主动帮他们建造那处假贵妃墓。姓刘的答应我，只要骗过了宋远山，就让我当掌门。哪知道他言而无信，当我帮他们建好那处假贵妃墓后，他俩却联手想置我于死地。若不是郭大善人出手相救，我早就已经死了。”

苗君儒说道：“你为了报复刘掌门和朱福，才和郭大善人联手？”

徐渭水说道：“不错，这几个月里，我在郭大善人家里潜心研究那些机关的破解之法。即便没有《天玉方略》，我也有八成的把握。我知道你的本事，所以多你一人进去，只不过多一分胜算的把握而已。”

很久没有说话的佐藤乙一起身说道：“时候不早了，我们该上山了。”

半个小时后，苗君儒被几个士兵押着离开了翠花楼，而詹林明和他的那个学生，却不知道被弄到哪里去了。街道上看不到行人，所有的商铺都上起了门板，好奇的人们透过门缝往外看。城内十步一岗，五步一哨，连城头上也安了大炮，一副大战来临的架势。

赛孟德穿着一身军装，系着披风，一副英姿飒爽的样子，骑着马和余力柱走在队伍的中间。苗君儒在人群中搜寻了一番，发现其他人都在，却没有宋远山和刘水财的身影，他朝郭士达问道：“宋师爷和刘参谋呢？”

郭士达微微一笑，说道：“等到了地方，你就知道了。”

他们一行人骑着马，在士兵的簇拥下离开兴平城，朝凤凰山而去。

队伍走了二十多里地，远远看到凤凰山那连绵起伏的山峦，但队伍却没有沿着大路朝郭家祖坟而去，而是拐上了一条山道。

苗君儒问道：“我们不是去郭家祖坟吗？”

郭士达笑道：“我花了十几年的时间，从我家祖坟那边往山里挖，可都没有挖到墓门。倒是他们玄字派的先人在修筑贵妃墓的时候留了一手，有暗道直通后山。我们从暗道进去，可以省掉很多麻烦。”

苗君儒这才反应过来，郭士达所说的暗道，原来就在山后的玄字派祖庙内。可是他两次到祖庙内寻找，都没有找到有密道的痕迹呢。

队伍沿着山脊刚走两三里地，只听得几声巨响，前头腾起几柱黑烟，惨叫声中，队伍顿时乱了。

紧接着，两边的树林内响起乒乒乓乓的枪声，不少士兵中弹，倒在血泊中。从后面冲上前两队士兵，猫着腰朝树林中冲去。看他们那作战的姿势和灵活度，分明与走在前面挨子弹的那些士兵完全不同。

余力柱滚下了马，指挥着士兵往前冲。佐藤乙一和赛孟德却来到苗君儒的身边，冷静地看着发生的情况。郭士达则提着枪，躲在他们的身后。

树林内的枪声响了一阵，却又奇迹般地消失了。那些冲进树林内的士兵回到山道上，其中一个军官模样的人来到佐藤乙一面前，用日语说道："路上被人埋了地雷，树林里的是几个土匪，都溜了。但是我们抓到了两个人。"

听了这个人的解释，苗君儒的心中一漾，从枪声上判断，是汉阳造和盒子炮发出的，难道躲在树林里的人会是马长风？以马长风的那几个人，怎么敢打这几百个人的主意？更何况还有佐藤乙一手下这些训练有素的日本兵。

正想着，只见几个日本兵推着两个人从树林内出来，他看清那两个人的样子，心里暗暗叫苦。

被日本兵抓住的一男一女，正是程大峰和刘玉洁。等他们被押到面前，他急道："你们怎么也被抓住了？"

郭士达笑道："这不是很好吗？让你们师生团聚了。"

程大峰笑了笑，一副无所谓的样子。

郭士达对赛孟德道："你可能不知道吧？站在你面前的这个女孩子，就是你的妹妹刘玉洁！你们姐妹有十几年没见了，要不要叙叙旧呢？"

赛孟德一听此言，脸色顿时一变，表情极度复杂地望着刘玉洁。而刘玉洁望着赛孟德的眼神，却由诧异逐渐变得愤怒，最后几乎要冒出火来。若不是身后的日本兵抓得紧，说不定她已经冲上前去厮打了。

姐妹俩就这么相视了片刻，刘玉洁的眼中噙满了泪水，突然声嘶力竭地喊道："你把爹逼死了，这下总该满意了吧？"

苗君儒微微一惊，原来她们姐妹早就知道对方的存在，只是没有见过面而已，他这个局外人倒被蒙在了鼓里。

赛孟德“哼”了一声，说道：“从你生下来开始，爹的心里就只有你。而我却像是被他捡来的野孩子，动不动就打我骂我，为了逼我学什么本门的秘术，居然狠心饿了我三天三夜。我饿得实在不行了，只有去街上偷东西吃，结果被人抓住。”她说着撕开右臂的袖子，露出上面的疤痕，咬牙切齿地接着说道：“更狠心的是，他还用烧红的烙铁在我的手臂上烙上这个印记，说是为了让我记住偷别人东西的教训。当年我被日本人抓走的时候，他为了那块破铁，居然甘愿放弃我。那时起，我就对天发誓，一定要让他悔恨终身。”

苗君儒看到赛孟德手臂上的印记，居然与地字派的掌门信物天地镇魂金的外形一模一样，而在此时，他眼角的余光瞥见徐渭水的眼中，也露出一抹惊诧之色。

刘玉洁哭道：“你知道不知道，自从没了你之后，爹这么多年是怎么熬过来的？他给你立了一个长生牌位，每年你的生日，他都会给牌位上香，保佑你平平安安。有时他一个人坐在牌位前，一坐就是大半宿。他还常常对我说对不起你，就在前些天，他突然对我说，无论你对他做过什么，都叫我不能恨你，因为那是他亏欠你的。为了你，他……”

郭士达不耐烦地打断了刘玉洁的话，对佐藤乙一说道：“佐藤先生，我们的时间不多。”

佐藤乙一朝那军官命令道：“吩咐下去，要余师长的人走在最前面，另外派两支队伍，迂回搜索道路两边的树林。”

那军官“嗨”了一声，领命去了。

队伍丢下十几具尸体，继续往前走。由于担心踩上地雷，前行的速度明显慢了许多。

徐渭水对佐藤乙一说道：“照这样的速度，赶到那里就快中午了，最后一道机关只在午时自动开启，错过时间，就要再等六十年。”

佐藤乙一朝身后的三浦武夫说道："你的人在前面开路，我们从林子里穿过去。"

三浦武夫一招手，那十几个穿着黑衣的忍者，如大鸟一般飞进树林中，转眼就不见了。二三十个穿着中国军服的日本兵用刺刀撩开树丛，很快清理出了一条道路。

就在这当儿，兴平城方向传来轰隆隆的炮声，夹杂着激烈的枪声，远远望去，只见城内冒起了几处浓烟。

没多久，一个士兵飞马而来，到余力柱面前，下马报告道："报告师长，城南城北出现大批国军，正在紧急攻城，城内军心大乱，已经顶不住了。"

余力柱的脸色大变，说道："我们已经封锁了各条路口，不让任何消息透露出去，他们怎么来得那么快?"

佐藤乙一说道："余师长，命令你的人守住山道，升起大日本帝国的军旗，用不了多久，大日本帝国的飞机马上就赶到这里支援，只要过了正午，我们就大功告成了。"

就在余力柱指挥士兵在山梁上构筑防御工事的时候，苗君儒他们三个人被几个日本兵押着，跟着佐藤乙一钻进了树林。

钻树林比走山道更加吃力，而且在路程上还要长一些，但是可以避过山道两边的埋伏和埋在山道上的地雷。两个多小时后，满身大汗的他们，终于来到了这座破烂不堪的祖庙。

徐渭水上前几步，双膝跪在庙前，重重磕了几个响头，闭上眼睛，口中念念有词，像是在求前辈们的宽恕。

那些忍者和士兵分散在小庙的四周负责警戒，其余的人则跟着他们走了进去。

苗君儒看着右边房屋内的那具黑漆棺材，朝徐渭水问道："这里是你们玄字派的祖庙，我想知道躺在那具棺材里的人，究竟是谁。"

徐渭水说道："按我们玄字派的规矩，只有掌门人才有资格躺在祖庙的棺材里。我上次来的时候就已经看过，那里面的两具棺材都是空的，你怎么知道里面躺了人呢?”

苗君儒说道:“你的徒弟罗强昨天带我来过这里,而棺材里的那具尸体,大约死了四五天的样子。从时间上判断,应该是我和佐藤乙一先生刚到兴平的时候。”

徐渭水面无表情地说道:“既然是他带你来的,那你就去问他好了。”

徐渭水进了大殿之后,并未停留,而是直接来到后院,走到那棵大柏树下,绕着大柏树顺时针走了三个圈,又逆时针走了三个圈,接着在大树上猛拍了几掌。“轰隆”一声,他脚边的地面裂开一个洞口。

郭士达说道:“玄字派的机关果然厉害。”

徐渭水带头走了下去,佐藤乙一朝苗君儒望了一眼,露出一抹诡异的微笑,牵着赛孟德的手跟了下去。

三浦武夫走到苗君儒的面前,作了一个“请”的手势。

由洞口往下,是一级级的台阶,台阶并不整齐,也不是石块砌成,而是直接在土层中刨出来的。两边的洞壁平滑,表面抹了一层糯米灰泥,虽逾千年,仍没有任何地方坍塌。

历代帝王的陵墓在修筑之后,都会将参与修建陵墓的所有人杀掉或者直接封在墓穴里,连负责工程的大臣都不放过。这么做的目的,就是为了防止机关密道外泄,引来盗墓者。玄字派的那位前辈为了活命,暗中替自己留了一条逃命的密道,这本不足为奇,因为历史上也不乏这样的记载。但奇怪的是,这条逃生密道何以保留千年之久?难道当年的那位玄字派前辈逃命之后,并没有毁掉密道,却故意留下线索,让后人利用密道进去盗墓不成?如若是这样,那位前辈何不干脆留下破解机关的方法,让后人顺利进去呢?

他的手在洞壁上摸索了一阵,居然抠下了一块糯米灰泥来,他趁走在后面的人不注意,将那块灰泥用手指捻碎,放在鼻子下闻了闻。

这一闻,令他大为吃惊。以他多年考古的经验判断,糯米灰泥一旦成型,在地下历经千年,仍坚硬无比。他以前挖掘一些墓葬的时候,遇到糯米灰泥筑成的墓墙,即便用最锋利的洋镐,也难以挖开。在地下埋藏了上千年的糯米灰泥，其颜色暗黑，有一股自然的腐臭。而他手上的这块糯米灰泥，却依稀能够闻到酸臭味。这种酸臭，是糯米粥和石灰搅拌之后发酵而形成的，即便在密封的墓穴内，这种酸臭味停留的时间，不会超过一百年。

这座祖庙是道光年间荒废的，道光年到现在也不过百年。难道祖庙的荒废，与这条密道有着直接的关系？那么，当年这祖庙内，到底发生了什么事？为什么刘掌门把话说到嘴边了，还硬生生吞了回去，究竟是什么原因使他难以启齿？

越往下走，洞壁越窄，到后来几乎是滑着下去的。不知什么时候，脚踩在前面一人的背上，是到底了。

他站起身，用电筒照了一下，见左右两边是一条连通的甬道，甬道高约四五米，宽约六米，顶部呈半圆拱状。甬道的两头漆黑一片，不知道有多远。就甬道这样的建筑规模，超过了一般的帝王。苗君儒进入过不少帝王的陵墓，有的陵墓甬道不过三米宽，高不过两米。

脚下是两尺见方的石板，铺得整整齐齐。两边的墙壁都是三尺长一尺高的大条石块，条石与条石之间的缝隙，用灰泥糊死。每隔两三米，墙壁便凹进去一块，里面摆放着一尊与真人般高矮的石佛像，手电筒能够照得见的，就有十几尊。佛像的形状和面部表情显得极其怪异，暴突的眼珠像是紧盯着每一位进入这里的人，诡异的脸部表情，又像是嘲弄每一位经过它身边的人。

程大峰来到苗君儒的身边，低声说道："苗教授，唐朝是崇尚佛学的，每隔两三米就是一尊，如果这条墓道有四五百米长，那就是八百罗汉呢。"

他的声音虽然很低，但足可让大家都能听到。他在说话的时候，故意贴在苗君儒的身边，右手抓着苗君儒的左手，手指飞快在苗君儒的手背上敲着。

苗君儒迅速反应过来，程大峰那不经意的动作，却是他所熟悉的摩斯密码。他很快悟出了程大峰的意思：教授，我们来帮助你。

他回复：我不需要你们帮助，你应该带她离开。

程大峰回复：苗教授，我们都安排好了，你放心。

苗君儒说道："你有没有看出来，这里面的佛像与一般寺庙里的罗汉佛像有所不同。"

借着说话的掩护，他回复程大峰：和你们一起在林子里的是什么人？

程大峰说道："这些佛像的雕刻手法古朴自然而不失精湛，应该是唐代雕像的珍品。只是我觉得好像哪里不对。"

在说话的时候，他的手指不停地敲击着：是我们的人。我已经把兴平城要发生兵变的消息送到西安去了。城内还有我们的人，他们一定会救出其他学生的。

"是有点不对，"说话的时候，苗君儒突然想到一个问题，一个学国学的学生，怎么会一般人都不可能懂的摩斯密码？虽然是西南联大的同行推介过来的，可是言辞举止，相对于普通的学生来说，要老练得多。他想到这里，刚要敲击问程大峰：你到底是什么人？

可就在这时，从后面过来两个日本兵，将他们强行分开。

程大峰说道："苗教授，当年安史之乱，唐玄宗听信谗言，把守潼关的封常清和高仙芝赐死，又命哥舒翰为统帅，率领镇守潼关的20万大军出关迎敌，终于导致潼关被安禄山攻破，进而危及长安，逼得唐玄宗出逃。这才有了马嵬坡兵变，使一代美女杨贵妃丧命在这里！如果唐玄宗不听信谗言，重用奸臣，是不会发生安史之乱的。还好有郭子仪和李光弼等忠臣良将，要不然的话，大唐就真的完了。"

苗君儒细细品味着程大峰所说的话，听出了一丝弦外之音，似乎在暗示着什么。

甬道内的空气显得很浑浊，一股霉烂腐败的气味，熏得人头晕。就在离他们不远的地方，有几具风干的尸骸，从那已经风化但没有变形的服饰分析，应该是修建这座陵墓的劳工。

他们下来的那个洞口就在一尊佛像的后面，佛像已经被人踢倒在地，头部与身子分开，成了一件残缺的艺术品。

人群往左边的甬道而去，纷杂的脚步声在甬道内回响着，手电筒的光影照着那些石佛像，折射出一道道鬼魅般的人影来。在这种阴森而恐怖的地方，连呼吸都变得急促起来。走路也小心翼翼的，生怕触动了墓道里的机关，转眼变成游荡在这里面的鬼魂。

走了约十几分钟，前面的人停了下来，听到徐渭水的声音："到了。"接着听到他的惊呼："糟糕，已经有人进去了。"

苗君儒几步抢到前面，只见电筒的照射下，迎面一扇朱红色的宫门，宫门的上方有一匾额，上面写着"往生殿"三个大字。按佛教的说法，称逝者为往生。宫门的两边各有一块阴刻的对联，上联是"承君恩三千宠爱于一身"，下联是"别情郎空遥天际海茫茫"。

佐藤乙一说道："苗教授，唐代的诗词对联讲究平仄对仗，你从这副对联上看出什么问题没有？"

稍通文墨的人都能看出这幅对联上的问题，就在苗君儒正要说话的时候，隐约听到里面传来打斗声。

徐渭水说道："我果然没有猜错，有人比我们先进来了。"

郭士达问道："你带我们进来的那条密道，不是只有你才知道的吗？"

徐渭水说道："世间盗墓高手如云，也许他们是从别的地方进来的。半年前我进来的时候，就是在第七道机关墓道内，救出了困在那里的地字派掌门朱福。"

几个忍者上前用力推开宫门，奇怪的是，当他们的手接触到宫门后，手掌上冒起一阵青烟，惨叫声中，那几个忍者倒在地上，滚了几下就不动了。

佐藤乙一厉声道："这是怎么回事？"

还没等郭士达去问徐渭水，三浦武夫已经拔出了武士刀，架在徐渭水的脖子上。

佐藤乙一说道："你不是说十八道机关，你已经破了八道了吗？怎么我们一下来，就中了机关？"

徐渭水说道："难道你们没有听到里面的动静吗？一定是前面进去的

人，担心我们后面跟进去，才在宫门上做了手脚。”

佐藤乙一问道：“那要怎样才能打开？”

徐渭水说道：“找东西将宫门顶开就行。”

佐藤乙一挥了一下手，几个持枪的士兵冲上前，用枪尖顶着宫门一齐用力。一阵吱吱嘎嘎的声音，宫门缓缓被推开，与此同时，大家都觉得宫门内似乎有什么东西“嗖嗖”地飞出。

第十八章　诡异墓道

在手电筒的光影中，站在最前面的几个日本兵发出惨号，滚落在地上，大家这才看清，插在日本兵身上的，居然是几支冷兵器时代的羽箭。两个被羽箭穿胸而过日本兵，当时就没了气息，而另外几个受伤的，没号多久也咽了气。

惨叫声在甬道内久久回荡，听得人头皮发麻。

徐渭水低头检查了一下尸体，说道："箭头上有毒，见血封喉!"他起身对佐藤乙一说道："佐藤先生，情况很不妙。"

佐藤乙一说道："那你说说，到底是什么情况?"

徐渭水说道："从我们下来的那地方到这宫门口，路上共有两道机关，之前就被我破解了。整座陵墓共有三座宫殿，分别是往生殿、情生殿和长生殿。每座宫殿的机关布置都不一样。机关被破解后，不可能自动复位。"

佐藤乙一说道："你的意思是，前面进去的人，把机关重新开启了?"

徐渭水说道："奇怪的是，路上的两道机关却没有开启，所以我怀疑里面的人是通过另一条路，直接进到往生殿的。"

佐藤乙一问道："谁有那么大的本事直接进去?"

徐渭水说道："上次我在情生殿宫门口救了看山倒朱福，除了他，我想不出谁还有那么大的本事。”

郭士达说道：“你别忘了朱福还有个心怀鬼胎的师弟宋远山，他的本事虽不及朱福，但为人奸诈，他抓走了朱福的女儿，就是逼朱福帮他寻找石王，如果被他找到朱福进来的通道，他就可以顺着通道进来。”

徐渭水说道：“他即使有本事进得来，也没本事破得了里面的机关。”

郭士达说道：“如果他和你师弟刘水财勾搭起来呢？刘水财控制你的徒弟罗强，搞到了一份拓本的《天玉方略》。他完全可以再拓一份假的，而将假的献给佐藤先生，自己却留了一份真的。”

苗君儒说道：“他和刘参谋不都是你们的人吗？”

郭士达冷笑了几声，没有说话。

佐藤乙一说道：“徐先生，你不是得到了一份破解机关的羊皮纸吗？怎么没见你拿出来？”

徐渭水嘿嘿地笑了几声，指着自己的头部说道：“佐藤先生，羊皮纸已经被我烧掉了，但是里面的东西，我都放在这里面。”

佐藤乙一说道：“不管你用什么方法，我们必须进去。事成之后，我们大日本帝国一定会奖赏你的。”

徐渭水走到宫门前，用手电筒朝里面照了几下，回身说道：“大家不要碰宫门，注意脚下的石块，跟着我的脚步走，千万别走错了。”

大家一个挨着一个，踩着徐渭水走过的地方，小心翼翼地进了宫门。进了宫门，有几级台阶，台阶下方的左右各有一个半人高的铜香炉，铜香炉的造型别致，东南西北四个方向各有一颗大龙头，龙头仰首张口，龙身与炉身浑然一体，在电筒光线的照射下，铜香炉泛出一抹金黄色的光晕。往前就是一条一米多宽的石板路，石板路两边是一根根镂雕的蟠龙石柱，石柱旁那一尊尊唐代官员的石像。这些石像双手拢在胸前，身子微躬，颔首低眉，一致朝着宫门的方向，像是在迎接君王的到来。在石像边侧的角落里，堆着不少陶制的冥器。这都是正宗的唐三彩，随便拿一件出去，都能卖几千现大洋。

当他们进来之后，居然听不到原先的打斗声了。

徐渭水说道："玄字派的前辈高人在这里面下了血咒，任何东西都不能碰，如果有谁听到陌生的声音在耳边说话，千万不要答应，更不要当真，否则会死得很难看。"

他说完后，从背袋里拿出两坨棉花，塞住了耳朵。其他人见状，也纷纷拿出布条塞住耳朵。苗君儒刚要学着别人的样子用布条塞住耳朵，就听到有一个细微的声音传来："你终于来了。"

苗君儒微微一愣，这声音似乎有些熟悉，但又想不起是什么人，正思索着，听到后面传来一阵惨叫，扭头看时，只见走在最后的那几个日本兵，丢掉了手里的枪，双手捂着耳朵，痛苦地扭曲着身子，眼见着他们的眼睛和鼻孔突突的往外冒血。只一分钟工夫，几个日本兵都送了命，没人知道他们是怎么死的。

其他的日本兵一个个露出恐惧之色，在三浦武夫的驱赶下，眼睛盯着脚底下，一步步地跟着往前挪。

苗君儒看着日本兵的熊样，心底没来由的一阵畅快。这些被日本军国主义者洗过脑的家伙，在中国人的面前全都如凶神恶煞一般，杀起人来眼睛都不眨一下。可是现在却变得如此猥琐不堪，一个个鼠头鼠脑的。他朝走在前面的那个日本兵的肩膀上轻轻拍了一下，却见这日本兵哼都没哼一声，身子一翻倒在地上，眼珠子直愣愣的，嘴角流出白色的泡沫，显然是吓晕过去了。原来如狼似虎的日本兵，也有这等熊样的时候，所谓的大日本帝国精锐，也不过如此。

走了约一百多米，前面的手电光又照着了一座宫门，宫门上方的匾额上有三个大字：情生殿。宫门两边照样有一副对联，上联是"此生此情昭日月"，下联是"难舍难了越重洋"。

在宫门的两侧，各有一排宫女的石像，那高挽的发髻，丰腴的身段，半露的酥胸，竟真人一般无异。

与前面的往生殿不同的是，情生殿的宫门并未打开，而是紧闭着。

郭士达低声对徐渭水说道："不是听到有人打斗的吗？人呢？"

徐渭水说道："在这里面听到的声音，不一定是活人发出的。"

他的话音刚落，黑暗中传来一阵“嘿嘿”的笑声，那声音就像从地狱里发出来一般，听得人毛骨悚然。

徐渭水走上台阶，来到右边第二个宫女的面前，拉住那宫女的右手往后一拽，只听得一声轰响，宫门自动朝两边开启。

宫门开启之后，从里面吹出一阵凉风，凉风中夹杂着一股刺鼻的油味。

上台阶的时候，其中一个日本兵情不自禁地去摸一尊宫女石像，他的手刚碰到石像的胸部，就像触了电一般的跳起来，身上居然冒起一团火，转眼间就被火给包住了。有几个日本兵想上前抢救，却被三浦武夫持刀拦住。

三浦武夫的刀锋一扫，那个日本兵的头颅飞起，落到台阶下面，从暴缩的脖腔中喷起一道血箭，那些宫女石像和一些与那日本兵离得近的人，身上都被溅了血。尸体倒下的时候，那团火苗也奇迹般的不见了。

诡异的事情出现了，那些沾了血的宫女石像竟然活了过来，有两个倒霉的日本兵被宫女抓住，还没来得及挣脱，脖子就被咬开一个大口子，鲜血从口子里射出来，准确地落入宫女张开的嘴巴里。宫女喝了血，眼珠子变得跟血一样红，意犹未尽地抹了抹嘴，扑向其他的日本兵。

郭士达怔怔地站在那里，口中喃喃道：“血咒啊！血咒啊！”

穿着黑衣的忍者已经持刀扑了上去，可是日本刀砍在宫女们的身上，就如砍在岩石上一样。忍者跳在一旁之后，三浦武夫指挥着日本兵朝那些扑过来的宫女开枪。往生殿内枪声大作，子弹在空中划出一道道的曳光，打在宫女们的身上，也只留下一个小凹坑。

枪弹都无法阻止宫女们的紧逼，眨眼间，又有几个日本兵被宫女吸干了血，吸了血的宫女变得更加疯狂。好在她们的动作跟僵尸一样迟缓，否则，这些人还不够她们打牙祭的。

日本兵边开枪边往后退，有些日本兵在后退的时候，脚下的石板突然裂开，露出一个黑窟窿来，日本兵发出一声惨叫的时候，身子已经掉下黑窟窿，转眼间石板又合拢了。

苗君儒知道这里面遍布着机关，所以他一直不敢乱动，推开几个后退的日本兵后，才稳住了身子。

程大峰和玉洁也被日本兵挤着往后退，当他看到两个日本兵掉进黑窟窿后，心知不妙，硬生生止住了脚步。两个宫女已经冲到他们的面前，他抬起一腿，踢开了左侧的宫女，可是右边的那个宫女，却已经抓住了玉洁。就在这时，只见玉洁的手上出现了一个黑乎乎的东西，飞快地将那东西塞进了宫女的嘴里。那宫女发出一声尖厉的惨号，身子朝后一仰，摔在地上断为几截。

苗君儒吃惊地看着这一幕，他早就听说有盗墓高人用黑驴蹄子和糯米对付墓葬内的僵尸，今日总算见到了。玉洁是朱福的干女儿，朱福怎么会不教给她呢？

玉洁伸手入衣，摸出一把糯米撒过去，糯米落到宫女们的身上，发出噼噼啪啪的爆响，宫女们像遇到了克星，往后跳去。

玉洁又一把糯米撒出，她不但不朝后退，反而拉着程大峰往前走。

徐渭水的手上出现三支香，轻轻挥了一下之后，香头自燃。他的另一只手到背袋里掏出几张符咒，迎风点燃，口中念念有词，符咒烧完之后，那些宫女都停止了往前冲，一个个回到原来站立的地方，再也不动了。

郭士达笑道："姓徐的，原来你有本事破里面的血咒。"

徐渭水大声道："苗教授，注意脚下的路，《天玉方略》第二章天机数第三节。"

苗君儒微微一笑，他当年和徐渭水聊天的时候，说起自己有过目不忘的本事，想不到徐渭水仍记在心里。《天玉方略》第二章的内容分为上下两篇，上篇为天机数，下篇为天理数。天机数是以阴阳五行之说分解周易六爻八卦的，而天理数则是风水堪舆之说分解道德经的。天机数第三节的内容为："屯。元亨利贞。勿用有攸往，利建侯。初九转六四，往，吉。无不利。"

此卦原本的寓意为不宜出行，宜停留在原处。但《天玉方略》中的注解是：六四之数，变不利为大利，无阻。

苗君儒心念一动，双脚分别踩在六四两块石板上，刚往前走了几步，就听到佐藤乙一叫道："拦住他！"

两个黑影一前一后向苗君儒扑来，他的腰板朝后一弯，使了一招金刚铁板桥，避过第一个忍者，随即飞起一腿，来了个倒踢金钩，将第二个忍者踢飞。

三浦武夫叫道："苗教授，好功夫！试试我的伊贺派刀法。"

话音一落，三浦武夫飞身在半空，手中的武士刀化作千万条刀影，将苗君儒罩住。

苗君儒低声道："好一招幻影流。"

日本忍者刀法不像中华武术那么花俏，实战中讲究快、准、狠，两个高手对决，往往一招就定胜负，毫不含糊。三浦武夫这一招幻影流已使得炉火纯青，不知道有多少中国武林人士丧命在他的刀下。他以为苗君儒躲不过这一招，虽然用尽了全力，但留了退路。因为佐藤乙一只叫他拦住苗君儒，并没有要他下杀手。伊贺派忍者的门规，违抗命令是要被处以极刑的。

三浦武夫的身形落下的时候，只觉得眼前一花，苗君儒居然奇迹般地从他的刀影中闪了出去。三浦武夫的脚踩在一块石板，忽然觉得那石板完全不着力，定睛一看，石板居然裂开了一条缝，他的身体正朝那个窟窿里落下去。他连忙收起刀影，用刀尖在旁边的石板上一点，借力滑向一旁。当他落下站稳后，才感觉背心上出了一阵冷汗。

苗君儒刚从三浦武夫的幻影流脱身出来，脚都没站稳，就听到玉洁的尖叫声。定睛看时，玉洁被两个日本兵拉着，三个忍者围着程大峰一阵乱砍，程大峰左闪右避，还要注意脚下的石板，别说去救玉洁，保命都困难。他刚避过斜劈过来的一刀，右脚踩在一块活动的石板上。

就在程大峰掉进窟窿的时候，一只大手及时伸过来抓住了他。

苗君儒抓住程大峰，用尽全力将他朝徐渭水扔过去，程大峰在空中翻了两个跟斗，落在徐渭水的身边。

苗君儒的身体并没有停，他纵身跃到玉洁的身后，一掌劈在左边那日本兵的脖子上，接着一腿将右边的日本兵踢飞，顺手牵起玉洁，朝前冲去。

徐渭水一脚踏在宫门正中间的那块石板上，从头顶传来一阵金属的声音，一道铁栅栏凭空而落。

眼看苗君儒拉着玉洁就要冲过落下的铁栅栏，到达徐渭水的身边，不料刀光一闪，三浦武夫鬼魅般地出现在他们的面前，挡住他们的去路。

苗君儒为了避开三浦武夫的刀锋，硬生生止住脚步，刹那间，铁栅栏轰然落下，程大峰和徐渭水在里面，而苗君儒和玉洁则被挡在这边。

佐藤乙一大声道："都给我住手!"

三浦武夫闪到一旁。

佐藤乙一望着徐渭水，一字一句地说道："徐先生，我一直都相信你，想不到你还是令我失望了。告诉我，你为什么要这么做?"

徐渭水说道："很简单，因为我是中国人。"

佐藤乙一哈哈地大笑几声，说道："徐先生，为了阻止我们得到万古神石，你和刘掌门，还有朱福他们，可谓是煞费苦心啊。不管怎么说，我们进来了。只要我一声令下，你们全都要死在这里。中国有句俗话，识时务者为俊杰，不需要我再教你了吧？你说过，半年前朱福就是被困在这里，是你帮他解困的。你现在告诉苗教授，让他替你打开铁栅栏。"

徐渭水沉默了片刻，说道："《天玉方略》第二章天机数第十七节!"

《天玉方略》第二章天机数第十七节的原文是："复。亨。出入无疾，朋来无咎。反复其道，七日来复，利有攸往。"

此卦的原本的寓意为天寒地冻之时不宜出行，连君王都关闭城门不出外巡视。但后面注解是：此为天雷复卦，坤上震下，需把握时来运转之机，七数，左为大。

苗君儒看着左面的那一排宫女石像，走到第七个宫女的面前，托起宫女的左脚。轰隆声中，铁栅栏缓缓升了上去。

就在苗君儒开启机关的时候，两个日本兵将玉洁押到佐藤乙一的身边。

程大峰从里面走了出来，本要去救玉洁，却被苗君儒扯住。他借机用摩斯密码告诉苗君儒：我们错怪宋师爷和徐渭水了，他们都是好人，为了使日本人相信，才故意那么做的。

苗君儒用摩斯密码问道：如果不想让日本人抢走石王，完全可以用另外一种办法，可是他们为什么要那么做？

程大峰回复：因为他们要救玉洁，只想从贵妃墓里得到千年血灵芝。单凭一个人的本事，是打不开最后一道机关的。

苗君儒问道：你怎么知道那么多？你还没有回答我的问题，你是什么人呢。

程大峰微微一笑，手底下回复：你是一位令我敬佩的好人，苗教授，我是一个有信仰的中国人。

得到这句话，苗君儒似乎明白了什么。

在他们两人用摩斯密码对话的时候，佐藤乙一已经拔出了手枪，对准了玉洁，沉声说道："徐先生，我知道你也想趁这个六十年一遇的机会来救这位姑娘，是吧？"

程大峰朝佐藤乙一叫道："藤老板，这里是兴平，不是沦陷区！在我们这几个人面前，你只不过是暂时的优势，别忘了，外面还有好几千的中国军队呢！你们能不能离开兴平还说不定，有什么资格和我们谈条件？"

佐藤乙一说道："我能不能离开兴平，和你没关系！我的目的只有一个，就是进贵妃墓，拿到真正的万古神石。"

程大峰用手在苗君儒的手上说道：他很狡猾，怎么办？

苗君儒回复：玉洁在他的手上，暂时听他的，等待机会。

佐藤乙一朝程大峰招了招手，程大峰在苗君儒的手上打完"到了里面见机行事"几个密码后，走到佐藤乙一的身边。

佐藤乙一用手拍了拍程大峰的脸颊，轻蔑地说道："你以为你玩的那些小动作我不知道吗？别忘了我是干哪行的。在西安的时候我就注意你了，我们住在刘参谋家里的时候，你借口上街，实则去与你们的人联系。

你会摩斯密码不足为奇，但苗教授也会，就使我有些意外了。”

他望着苗君儒，继续说道：“苗教授，麻烦你和徐先生在前面开路。别忘了，你的儿子和你情人都盼着你回去的呢。”（作者注：苗君儒的义子苗永健是他出外考古时捡回来的，而廖清则是他的初恋情人，为了廖清，他终身未娶。他与廖清的故事，详见拙作《盗墓天书》）。

苗君儒几步掠到徐渭水的面前，低声道：“你的葫芦里卖的是什么药?”

徐渭水狡黠地笑了一下，说道：“别管是什么药，只要能够治病就行。苗教授，要不是为了最后一道机关，我们也用不着把你给扯进来。”

他弯腰把那三支香插在宫门边，朝里面躬身拜了三拜，大声道：“玄字派弟子徐渭水，为救掌门之女，不得已触犯门规，还请前辈谅解。如今国难当头，弟子一定竭尽全力维护本派，心昭日月，魂魄相依。”

说完之后，他大步走了进去。

佐藤乙一用日语朝那些日本兵和忍者命令道：“看住他们，小心跟上。”

情生殿与往生殿不一样，里面空荡荡的，什么东西都没有。人刚走下台阶，就觉得眼前朦朦胧胧的，像起了一层雾气，在电筒的光影下，似乎有很多身影在飘来飘去。

脚底下的路并不是石板路，而是一块块两尺见方的方砖，方砖与方砖之间的缝隙很大，能塞得下一个手指头。

苗君儒跟着徐渭水走得很小心，越往里走，那股刺鼻的油味就越浓，雾气也就越大，到后来，就像走在春天的细雨里，浑身湿漉漉的，连头发都湿了，用手一摸，居然满手都是油。

还没等他说话，后面又人用日语喊起来：“这里面都是油!”

徐渭水慢悠悠地说道：“当然都是油，只要一丁点儿火星，整个情生殿马上变成火海，片刻就能把人烧成灰。”

苗君儒微微一愣，想不到徐渭水居然也能听得懂日语。

徐渭水低声道："苗教授，民国二十一年的时候，我跟着别人闯关东，结果被日本人抓到一个煤矿里干了三年，我除了捡回一条命外，还学会了听日本话。"他停了片刻，接着道："过了前面的四大天王，不管听到什么声音，都不要分心。"

往前走了约20米，雾气渐渐不见了，依稀可见几座黑乎乎的东西，走近了一看，才看清果真是庙宇里面的四大天王神像，每尊神像有三四米高，如天神一般俯视着脚下的人。

过了四大天王神像，耳边随即传来一阵银铃般的笑声，那笑声充满了纯真，但又有几分渴望，像是一个怀春的姑娘，躺在情人的怀抱中撒娇。

一个温柔的声音在他耳边呢喃着："你来嘛，快来嘛。"

苗君儒听着那声音，情不自禁地朝边上走去，刚迈出两步，却被徐渭水一把抓了回来，苗君儒脸上一阵发热，心想：惭愧，都这么大年纪了，居然没有一点定力。

当下收敛心神，再也不去听那声音。可那女人的声音却总在他耳边回响着，时而是春意荡漾的娇笑，时而是充满诱惑的呼唤。

后面传来三浦武夫的叫喊："你们都想干什么？不要被声音所诱惑，你们是大日本帝国的军人……"

苗君儒朝后望去，依稀看见好几个日本兵和两个忍者武士脱离了队伍，往边上走去了，任由三浦武夫怎么叫都叫不住。几个日本兵的身影很快消失在雾气里，再也看不见了。过了片刻，黑暗中传来几声惨叫。

又有几个日本兵要离开队伍，三浦武夫冲上前，一顿耳光将他们扇醒。有一个日本兵走得较远，被扇醒之后刚要归队，只听得一声惨叫，痛苦地扭了几下身子，就再也不动了。人虽然已死，但尸体却没倒下，而是直挺挺地站着。

苗君儒担心程大峰受不了那声音的诱惑，可是他看见程大峰和玉洁手牵着手走在一起，一点都没有被诱惑的样子。

徐渭水用手电晃了一下前面，说道："苗教授，天机数第二十六节。"

天机数第二十六节的原文是：“利西南，不利东北。利见大人。贞吉。”

此卦的原本的寓意为往西南方走有利，往东北方走不利，见王公贵族也会达成愿望。逢凶化吉之兆。但后面注解是：此为蹇卦，艮下坎上。需慎之，切忌明火，见四方天王，十步，西南行，大顺。

前面虽然有路，但是徐渭水并未往前走，而是朝左边走去。

苗君儒望着徐渭水的背影，萌生出一丝疑惑，徐渭水说是在情生殿的宫门口，救了被困住的朱福，如此说来，朱福一定是打出盗洞直接进入往生殿的，由于不懂破解机关才会被那道铁栅栏困住。他还说十八道机关，已经破了八道，可是从进情生殿的宫门一直走到现在，并未触发一道机关，难道走在前面的人，已经将机关破解了不成？

走在前面的徐渭水停了下来，低声说道：“苗教授，天机数第二十七节。”

第二十七节的原文是：“亨。贞大人吉，无咎。有言不信。”

此卦的原本的寓意为无论怎么申辩都无济于事，除了有牢狱之灾外，还要接受肉体之刑。但后面注解是：此为困卦，坎下兑上。身处绝境，遇红而止，墓神有灵，杀小人，六为吉。

前面没有路了，只有一堵红色的石墙。墙上阴刻着六幅图，图边还有文字。苗君儒用手电照了一下，第一幅图上面两个打着灯笼的太监在前面带路，一个丰腴的贵妇人在几个宫女的陪伴下缓缓前行，旁边的文字是：“承君恩玉环进宫”。第二幅图上是一群宫女服侍一个贵妇人在池中沐浴，旁边的文字是：“沐君恩骊山出浴”。第三幅图则是天空中一轮圆月，君王在众侍卫的保护下席地而坐，贵妇人一手举着酒杯，一手扬起，仿佛在随风飘舞，旁边的文字是：“受君恩中秋醉酒”。第四幅图是一间大屋内，几个宫女正围着一个上吊的贵妇人，而屋外则是手持刀枪的将士，旁边的文字是：“怜君恩生死相别”。第五幅图是茫茫无际的大海，大海上一艘大船，贵妇人站在船头上掩面哭泣，旁边的文字是：“别君恩泪洒仙山”。奇怪的是，最后一幅图上只有一只鸟，没有任何文字。

佐藤乙一嘿嘿地笑了两声，对身后的赛孟德说道："老师说得没错，当年杨贵妃并没有死在中国，而是被我们大日本的遣唐使送回了日本。"

徐渭水问道："苗教授，你看懂这六幅图了吗?"

前五幅一看就明白，但是最后一幅，却耐人寻味。苗君儒摇了摇头，却又点了点头。据《明皇杂录》记载，杨玉环晋为贵妃之后，岭南贡上一只白鹦鹉，能模仿人语，唐玄宗和杨贵妃十分喜欢，称它为"雪花女"，于是宫中的人都称这只白鹦鹉为"雪花娘"。"雪花娘"聪明绝顶，每次唐玄宗命词臣教它读诗，几遍之后，这只白鹦鹉就能吟颂出来，逗人喜爱。玄宗每与杨贵妃下棋，如果局面对唐玄宗不利，侍从的宦官怕皇上输了棋，失了君威，就叫声"雪花娘"，这只鹦鹉便飞入棋盘，张翼拍翅，"以乱其行列，或啄嫔御及诸王手，使不能争道。"可惜这只可爱的"雪花娘"后来被老鹰啄死，唐玄宗与杨贵妃十分伤心，将它葬于御苑中，称为"鹦鹉冢"。兴许是怀念那只白鹦鹉，自那以后，杨贵妃就再也没有养过鹦鹉。

《天玉方略》中已经说明，六为吉，也就是说，破解这道机关的秘密，就在这幅图上。可单单这幅图，也看不出奥秘在哪里。苗君儒盯着图上的鹦鹉，陷入短暂的沉思中。

徐渭水说道："苗教授，十八道机关环环相连，当一道机关被破解之后，必须在半个时辰的时间内，破解下一道机关。否则所有人都会死在这里。"

苗君儒说道："你的意思是，有人走在我们前面，帮我们破解了前面的机关?"

徐渭水并没有回答苗君儒的话，而是说道："苗教授，你可是朱福最佩服的人。"

半炷香的时间说过去就过去，苗君儒伸出手，刚要摸到第六幅图时，忽然感觉一股奇怪的力道从手指上传来，瞬间袭遍全身。他大叫一声，往后退了好几步，才站住脚。

人影一闪，徐渭水冲到苗君儒的身边，扶住他道："苗教授，你没事吧？”

苗君儒甩了甩有些酸麻的胳膊，说道：“没事。”

他吃惊地望着第六幅图，这种含铁量极高且有一定导电功能的红色岩石，他并非没有见过，可问题是，那电是怎么来的？难道一千多年前的人，就发明了电，并装在墓葬内用来防止后人盗墓不成？

唐朝不可能发明电。

徐渭水低声道：“苗教授，如果不行的话，我们趁早退回去，或许还有一丝活路。”

苗君儒定睛看着那只鹦鹉图片刻，脑海中灵光一闪：鹦鹉鹦鹉，应为五也。他微微一笑，上前一掌朝第五幅图拍去。

他的手拍在第五幅图上，却拍了个空，仔细一端详，原来第五幅图并非真正的雕刻，而是虚影，墙壁后面居然是空的。若不是用手去拍，根本就察觉不出来。

一阵细微的声响，就见左边的那块石壁缓缓向后退去，露出一个齐人高的洞口来，而洞口里面，居然还透出光线。

徐渭水面无表情地望着苗君儒，作了一个“请进”的手势。

里面是一条宽约两米的甬道，甬道两边的墙上，每隔五六米，便挂着一盏唐代宫廷风格的八角玲珑宫灯，光线正是由那些宫灯发出的。宫灯上画着仕女图，神态各异，但都那么栩栩如生。

在甬道的尽头，可见一扇造型别致的宫门，上方隐约有三个字。

徐渭水跟了进来，说道：“前面就是长生殿，最后一道机关就是如何打开宫门。”

一路走到长生殿的宫门口，居然什么事情都没有发生。

后面进来的那些日本人，对着宫灯发出惊叹声。

近前之后，果见宫门上方牌匾上写着长生殿三个大字，与前面两座宫殿不同的是，这块匾额的下方居然还有落款。虽然落款有些模糊不清，但是苗君儒已经认出，这是唐明皇李隆基的御笔。能够得到一代帝王的如此宠爱，杨玉环不枉此生。

宫门两侧的对联，同样是唐明皇的御笔。上联是“忆当初两情相悦结连理”，下联是“思爱妃一曲终毕泪沾裳”。

这下联虽然与上联不对仗，但也说出了唐明皇失去挚爱后的心态。

在长生殿宫门口的左边，有一张方桌大小的石台，石台上放着一块磨盘大小的罗盘。罗盘创自轩辕黄帝时代，后经过历代前贤，按易经及河图洛书的原理，参照日月五星七政及天象星宿运行原则，再察地球上山川河流，平原波浪起伏形态，加以修正改良制造而成，用于测定方位和勘察地形。是风水先生的饭碗。罗盘由三大部分组成：天池、内盘和外盘。天池也叫海底，就是指南针。主要由顶针、磁针、海底线、圆柱形外盒、玻璃盖组成，固定在内盘中央。内盘就是紧邻指南针外面那个可以转动的圆盘，罗盘所有的信息都在内盘上，内盘面上印有许多同心的圆圈，一个圈就叫一层，每一层都不同的字符。外盘为正方形，是内盘的托盘，在四边外侧中点各有一小孔，穿入红线成为“天心十道”，用于读取内盘盘面上的信息。风水先生就是根据天池指南针的变化，对应内盘上的信息，判断出阳宅与阴宅的风水凶吉。

苗君儒一眼就认出，眼前的这块罗盘，其内盘只有六层，分属阴阳八卦和天干地支，并非后来经过改进加了二十四山方位的杨公盘。因为在唐明皇的时代，风水大师杨筠松还未出世呢。

风水堪舆在中国已有数千年的历史，派系众多，各派都有自己的秘术。每个师父都会在临终前，才会把最重要的衣钵及一生的修为秘诀，传给最喜爱的弟子门生。罗盘也是师传承法物之一。师父传法与弟子衣钵，就证明把毕生的心血及期望与满盘托负交给了弟子，通常在江湖业界中称为将饭碗交给了弟子，希望能继续遗志及发扬光大。如果一个风水先生，不管是名师或是新入道风水学徒，如果没有上师之衣钵，就不具备师承之关键技术秘术，通常不具备嫡传传承资格。用江湖话来说就是“瓢学”，即半路出道的先生。这种没有经过师承的先生，只能够简单地断验一些阳宅和阴宅的风水，但是无法“做”风水。因为“断”风水与“做”风水是完全不同的。“断”风水只是“看”和“断”，法门可以有多种，如八卦、奇门、心易法、巫术等等，看书就能够学会。而“做”风水，则是着力于一个“做”字，可以通过“做”风水，达到操控人生祸福、扭转乾坤的目的。没有过硬的阴阳风水本领的人，不敢随意替人“做”风水，以免损己福损他人。阴宅风水杀人损人其祸惨烈，大至灭族，小至伤亡，不出百日即可现。

做风水必须具备过硬的风水秘术，这种秘术却是书本上没有的。只有传承，才能得到这种本事。由于“做”风水等于改变了世间的一切自然规律，按风水堪舆行内的说法，那是损自己阴德的，轻者折寿，重则丧命。即便是会“做”风水的风水先生，也不会轻易替人“做”风水。

苗君儒认识不少风水先生，都会“做”风水，但他们毫无例外，都没有替别人“做”过。

在罗盘旁边的地上，倒着十几具尸骸，虽然有些衣服已经风化，已经看不出原来的式样，但是头骨旁边的头发，却已经使他看出了这些人分别属于不同的朝代。从宋朝到清朝都有，还有一具的骸骨是白色的，头发只有一寸多长，从骸骨的颜色分析，死亡时间不超过二十年。

不是说这个墓葬内被玄字派的高人下了血咒，一般人不敢进来的吗？怎么有这么多人死在这里呢？能够破解那么多机关，走到这里的人，都不是平庸之辈。

在众多具骸骨的中间，有两处空地方，苗君儒瞟了徐渭水一眼，沉声说道：“玄字派和地字派的先人有人收尸，只可惜了这些没有后辈的高人们呀。”

徐渭水惊道：“你怎么知道被收走了的两具骸骨，是玄字派和地字派的先人?”

苗君儒说道：“朱福当年对我说起过，他有位师叔，是地字派中的佼佼者，民国初年和一位玄字派的前辈一同外出，之后就没有了消息。想必他们和这些人一样，千辛万苦到了这里，最后却无法破开最后一道机关，不幸死在这里。你能够带我走到这里，就说明你们和他们一样，同样破解了其他的机关。面对先人的尸体，你们怎么可能不处置呢?”

徐渭水脸上的肌肉抽搐了几下，说道：“苗教授，半个时辰的时间还剩多少？难道你想我们也变得跟地上的人一样吗?”

苗君儒就站在罗盘边，仔细看了罗盘上的指针。只见那指针和怀表上的指针一样，微微走动着，每一秒钟都指向不同的方向。罗盘的摆势也有些不正常，为震上巽下的方位。

徐渭水说道：“按我们掌门秘册上的说法，破解最后一道机关为《天玉方略》中天机数第三十二节!”

天机数第三十二节的原文是：“恒，亨，无咎，利贞。利有攸往。”

天机数总共三十二节，前三十一节所对应的易经原文，都显得杂乱无章，唯独这最后一节，对应的却是易经的第三十二卦。按此卦的本意，原是祝愿美好的生活能够持续下去，一生无忧无虑无病无灾。但后面注解是：此为恒卦，巽下震上，天地移位，风雷动，虽苦尽甘来，然世间万事瞬息变化，知事者，吉；不知者，大凶。

在周易八卦中，震象征“雷”，意义为“动”。巽象征“风”，意义为“入”。巽下震上的卦象，确实使乾坤移了位。可是若照书上的文字，对应这块罗盘进行研究，别说半炷香，就是几个时辰，恐怕也难研究得出来。

徐渭水说道：“当今世上，除了你，恐怕再也没有人能够破解罗盘上的玄机了。”

苗君儒听了这话，微微笑道：“依我看，至少有一个人已经进去过了。只可惜我不知道他是谁。”

徐渭水问道：“你怎么知道?”

苗君儒说道：“是放在山河乾坤地中镇符宝盒里的那块琉璃墓砖告诉我的。”

徐渭水说道：“可惜他已经死了。”

苗君儒问道：“难道他死之前，没有留下任何东西吗?”

徐渭水说道：“这得要问你，因为你是最后看着他死的人。”

除了刘掌门和朱福这两个人，还会是谁呢？苗君儒忆起正是由于他说出了镇符宝盒里的秘密，刘掌门才拔刀自杀的。临死前还留下了那三句看似不着边际的话："乾坤复位……子午平头……甲六亥四为吉……"

以刘掌门的本事，若要破解最后一道机关，也不是不可能。可问题是，既然刘掌门已经破解了最后一道机关，进入墓室，那他为什么没有得到千年血灵芝或者万古神石呢？难道进去一趟，就仅仅拿出了一块琉璃墓砖不成？

见苗君儒不说话，徐渭水接着说道："苗教授，能不能打开最后这道机关，就看你的了。"

佐藤乙一问道："不是说最后一道机关每六十年自动开启一次的吗？怎么会这样？"

徐渭水冷冷说道："真正的最后一道机关，是在长生殿的里面，六十年才开启一次。但是现在，这就是我们的最后一道机关。"

苗君儒明白过来，刘掌门虽然打开了这道机关，但里面的最后一道机关未能自动开启，所以无法得到千年血灵芝和万古神石，无奈之下，只得带走了一块琉璃墓砖。他闭上眼睛，心中默念道：巽下震上，天地移位；若要乾坤复位，应为乾上坤下，易经第十二卦中的否卦，但此卦为虎落平阳之势，卦辞中称大人物被小人物暗算，虎落平阳被犬欺。但忍一时之怒，方可否极泰来。子午平头，甲六亥四为吉。

他睁开眼睛，抓住罗盘的外盘，向左一转，顿时使罗盘复位，变成乾上坤下。只见中心的指针一晃，定位在水平线上。内盘的每个圈立即转动起来，有的顺时针，有的逆时针，有的快，有的慢。

当内盘上几个圈的子午两个方位同在一条水平线时，他迅速伸出手，朝第六圈的甲和第四圈的亥，同时按了下去。

就在这个时候，他听到身后传来一声惨叫。

第十九章　长生殿

惨叫声是走在队伍最后的一名日本兵发出的，当大家看到他时，只见他的脑袋和身子分了家，头颅飞在半空，从脖腔中喷出一道血箭。

无头的尸体摇晃了几下，重重地倒在地上。

其余的几名日本兵吓得脸色发白，不等下命令就端起枪，朝着进来的方向胡乱开起了枪，子弹打在墙壁上，迸起了火星。有一盏宫灯被击落，里面的油泼在地上，顿时烧了起来。

三浦武夫冲上前，朝那几个开枪的士兵扇了几个耳光，骂了一声“八嘎”，接着用日语说道：“大日本帝国皇军的脸，都让你们丢尽了，别忘了，你们的身上全都是油！”

那几个日本兵赶紧往后退，生怕被地上的火点着。

就在那几个士兵开枪的时候，长生殿的宫门缓缓开启了，从里面透出柔和的光线，足可让人看清眼前的一切。

站在最前面的几个人，一个个脸上露出兴奋而期待的神色。但是从后面传来的惨叫声，却使他们心惊胆战。

只见从后面飘来一个火球，几个日本兵躲闪不及，被火球撞上，瞬间变成火人。程大峰和玉洁手牵着手，纵身一跃，躲过身后袭来的火球，跳到罗盘上。

佐藤乙一和赛孟德在三浦武夫与众忍者的保护下，逃到宫门口。他们刚刚站定，就见郭士达也来到了他们的身边，反应速度之快，并不亚于他人。

火球在甬道内左右飘荡，挨着碰着的，或是被溅上一点火星的，全都不能幸免。甬道内一片火海，到处都是惨叫声。

一个忍者腾空而起，抱住那个火球滚落在地。

郭士达喊道："快点进去。"

大家听到他这么喊，一股脑的都往宫门内逃。趁着大家混乱的时候，苗君儒看到徐渭水用手按了两下罗盘。

进到宫门内，眼睛顿时迷离起来，两边不再是黑乎乎的石墙，而是半透明的琉璃墓砖，每一块都有一尺见方，连脚下踩着的都是琉璃。里面光线异常柔和，呈五彩之色，使大家的身上都笼罩上一层奇妙的光晕，令人眼花缭乱。

里面正在举行一场宫廷盛宴，那一尊尊表情肃穆的带刀侍卫，翩翩起舞的美女歌姬，低头抚琴的宫廷乐师，神态举止各异的文武大臣，端酒递盏的宫女内侍，全都是琉璃雕刻而成，每一尊都那么惟妙惟肖，毫发微现，如同真人一般。

可是这样的宫廷盛宴，却缺少了两个人：皇上和贵妃。

再看另一边，有一口冒着水蒸气的池子，在池子的边上，几个宫女正服侍着刚刚出浴的一个贵妇人。

那洁白如玉的胴体，丰满妖娆的身姿，凹凸有致的曲线，一头黑发如瀑倾泻一般垂于肩胛，似乎还滴着晶莹剔透的水珠。这是一幅活生生的贵妃出浴图，众人仿佛穿越了时空，回到一千多年前的骊山温泉，看着杨贵妃从汤池边缓步迎面走来，浑身上下都洋溢着无比的诱惑，连空气中都带着沁人的体香。

苗君儒禁不住说道："'春寒赐浴华清池，温泉水滑洗凝脂'。白居易的这两句诗果然写得入木三分。"

在池子的另一侧，黄袍半敞开着的唐明皇，在两个内侍的搀扶下迎上前去，看他那走路的姿势，似乎还没有醒酒。见了心爱的女人，他把那些文武大臣都丢到一边去了。于是，刀枪剑戟的厮杀声中，马嵬坡上的最后一道血光，染红了出浴后的贵妃无奈的脸庞，她恬静地走开。从此，热闹沸腾的华清池再也不见美艳妩媚的杨玉环了，留给后人的是永远的美丽的遐想……

都说红颜是祸水，安史之乱过后，大唐从此一蹶不振。

整座宫廷由九根蟠龙玉柱支撑着，每根玉柱的上面，各悬挂着两盏大宫灯。光线正是从宫灯内照出来的。

在苗君儒右边的琉璃墙上，有一处地方凹了进去，正好是一块琉璃墓砖的位置。进到这里面的那个人，其他东西都没动，只从那里挖走了一块琉璃墓砖。

他望着徐渭水，问道："不是还有一道自动开启的机关吗？"

郭士达从衣袋内拿出怀表看了看，说道："正好是午时。按族谱里面的说法，长生殿内最后一道机关，应该自动开启了。"

徐渭水冷冷地说道："难道你们看不出，已经自动开启了吗？"

其实苗君儒已经看出，整座宫廷分为内庭与外庭，文武大臣们在外庭，而唐明皇与杨贵妃则在内庭，外庭地面上铺的是琉璃墓砖，而内庭的地面上，则是乳白色的玉石。在内庭与外庭之间的地面上，有一条两尺多宽的沟槽。大家的眼神都被正在出浴的杨贵妃吸引过去了，没有人会注意到那道沟槽的存在。

既然最后一道机关已经自动开启了，里面应该是墓主人的棺椁及奢华的陪葬品，可是棺椁呢？陪葬品呢？还有众人都期望得到的万古神石呢？

佐藤乙一哈哈一笑，大声道："你们中国的史学家一直不肯承认杨玉环并未死在马嵬坡，而是被我们日本的遣唐使偷偷护送去了日本。当年死在马嵬坡的，只不过是一个跟她长得很相像的不知名宫女。苗教授，三座宫门上面的对联，还有那堵红墙上面的雕刻，足可证明我所说的话。"

程大峰说道："就算你说的是事实，那又怎么样？"

三浦武夫说道："你知道杨玉环和我们甲贺派是什么关系吗？"

程大峰说道："你不说我们怎么知道？"

佐藤乙一得意地说道："你们的大唐皇帝根本没有想到，三十九岁的杨玉环居然能够怀孕，当日本遣唐使护送她前往日本时，却在路上生下一个男孩。到达日本后，那个男孩为大唐开枝散叶，甲贺派筒井氏，其实就是大唐李氏的后代。"

程大峰说道："难道你们不远千里来寻找杨贵妃的真墓，就是为了证明有些日本人其实是我们中国人的后代不成？"

佐藤乙一说道："你错了。"

程大峰呵呵一笑，说道："我是错了，你们还有别的目的，就是万古神石和这里面的财宝。可是你们看看，除了这些琉璃人像外，并没有你们想要的东西，是不是觉得很失望？"

郭士达说道："不可能的，族谱上说，贵妃墓内光黄金都有百万两，还有不计其数的珍宝，一定还有其他的墓室。"

徐渭水冷冷说道："你既然说还有其他的墓室，那就请你找出来！"

郭士达望着徐渭水，恶狠狠地说道："苗教授不是说有人已经进来过了吗？那个人一定是你的师弟，你们合伙把这里面的东西都搬走了，留下了一个空墓。"他指着左前方那处空荡荡的地方，继续说道："那些黄金和财宝本来就放在那里的，是不是？"

"你猜得不错。"一个声音从后面传来。大家扭头循声望去，只见进来了不少人，为首的居然是朱福，紧跟着朱福的是宋远山，在他们的身后，还有十几个人，从那些人身上穿的衣服和手上拿着的枪械看，便知是共产党领导的游击队。在他们进来之后，宫门缓缓闭上了。

郭士达问道："那些黄金和珠宝呢？你们都搬到哪里去了？"

宋远山说道："你以为美国支援中国抗战的武器，那是白给的呀？我告诉你，代价不少于 50 万两黄金，还有那些德国的装备，都是花钱买的！为了让你们上当，我们两大门派算是费尽了心思。"

佐藤乙一望着朱福，问道："告诉我，这到底是怎么回事？"

朱福朝苗君儒歉意的一笑，说道："苗教授，请您原谅，如果我不那么做的话，日本人不会上当的。我虽然没死，但是刘大哥确实已经……"

能够使日本人上当，再大的委屈也能忍受，苗君儒说道："其实刘掌门没必要死的。"

朱福说道："刘大哥过不了心里的那道坎，他觉得只要他一死，玉芳一定会有所改变，不再助纣为虐！"他转向徐渭水，继续说道："徐大哥，麻烦你告诉玉芳，她身上的那个印记代表什么。"

徐渭水长叹一声，眼中流下两行浑浊的泪水，缓缓说道："孩子，你知不知道身上的印记是什么东西留下的？我告诉你，那是我们玄字派掌门信物天地镇魂金。你自从被烙上那个印记开始，就是我们玄字派的下一任掌门人。你爹当年狠下心让日本人把你抢走，一则不愿意再死太多的同门；二来，掌门信物天地镇魂金决不能被外人抢走，他也是没有选择啊。孩子，你爹知道你在为日本人办事，他那么帮你，只是想做点补偿而已，可伤害的，是自家兄弟。那处被布置成山河乾坤地的宅子，独缺了天门，主梁上面镇符宝盒里放着的，除了一幅符咒外，还有你的生辰八字。你虽女主不了天下，但可保性命无忧。你爹在自杀的前几天，才用那块琉璃墓砖，替换下了你的生辰八字和符咒。他还交代我，如果你还执迷不悟，就让我替他执行门规。"

苗君儒知道天地镇魂金乃是地字派的掌门信物，怎么玄字派的掌门信物也是天地镇魂金，莫非这天地镇魂金有两块，两派掌门各持一块不成？

佐藤乙一对朱福说道："你还没有回答我的问题呢。"

朱福说道："其实你想要的答案很简单，就是贼心不死和请君入瓮这八个字，还需要我解释吗？"

宋远山说道："师兄，你最好解释一下，否则他们不懂。"

朱福说道："那我就详详细细地说给你们听，让你们死也死得明白。"他接着说道："在郭大善人找到刘大哥，想合伙打开贵妃墓平分里面的财宝，被刘大哥拒绝后，你哥哥佐藤义男就找到了他，才有了十几年前的那场三局两胜。自从你哥哥的阴谋失败之后，我们就知道他贼心不死，一定还会重来的，为了防备他，我们做了很多安排，包括在一些宅子下面挖通道，并且一次次地寻找进入贵妃墓的密道，就在一年前，终于让我们找到那条从玄字派祖庙下来的密道，我们逐一破解了墓道内的机关到了这里，可惜未到时间，最后一道机关未能自动开启。没办法，我们只得拿走了这里面的黄金和财宝。在如何处理那批黄金和珠宝的问题上，我们产生了很大的分歧。刘大哥想把所有的黄金和财宝捐给重庆，用于前线的抗战，可我认为交给城外的共产党领导的游击队，可能作用更大一些。我和刘大哥赌了一场，谁输了谁听对方的，结果我输了，于是绝大部分的黄金和财宝被他送去了重庆，剩下的那些，则用来分给各省的地字派，让他们购买粮食，帮助那些逃难的穷人。”

他顿了顿，继续说道：“我没有想到的是，我师弟居然也回到了兴平，还当了董团长的师爷，他们不知怎么得到消息，说我们靠盗墓挖出了不少金银财宝，捐给了政府，于是董团长找到了我和刘大哥，逼我们和他合作。当我的师弟得知他离开的这些年里，都是我在帮助他的家人后，我们师兄弟终于摈弃前嫌。在他的帮助下，我成功骗出董团长，将董团长埋葬在一座古墓中，而他借机找一个和董团长相似的人，代替了董团长。今年是六十年一遇的绝好时机，我们知道佐藤义男一定会再来，所以不但做了那些安排，还在距离真墓不远的山上，做了一座假墓。就在那时，我发现了刘大哥和赛孟德之间的交往，我买通了赛孟德身边的马二和娟姐，终于让我查到，赛孟德极有可能就是当年被日本人抓走的玉芳。万幸的是，刘大哥虽然做了不少违背良心的事，但却没有把我们进入贵妃墓的消息告诉玉芳。我装作不知道刘大哥和玉芳之间的事，为了使一切都顺理成章，我故意告诉刘大哥，带着《天玉方略》去城外见一个朋友。所以得到消息的玉芳，要郭大善人带人去抢的《天玉方略》，当我在受伤之后，碰巧遇到徐大哥的徒弟罗强和马鹞子。”

苗君儒说道：“于是你要马鹞子进城，从宋师爷手里带出你的女儿小玉?”

朱福说道："不错，那么做的目的，是想让小玉控制一两股城外的势力，为我们所用。我之前要写信给你，想让你来帮我，可惜一直很矛盾，担心你卷入之后受到伤害。谁知在我受伤之后，小玉居然要马鹞子去把你引了过来。刘大哥得到这一消息后，在西安和临潼一带都布下眼线，打探你的踪迹。当你住在西安万福斋刘水财那里时，我们就已经得到了消息。刚开始，我们只是觉得和你一起来的这个藤老板有些奇怪，并没有怀疑他就是佐藤义男的弟弟。在下雨的那天晚上，小玉把你带到了山上的石屋里，马鹞子手下的人抓走了你的学生和佐藤乙一，关在石屋后面的山洞里。令我们想不到的是，一伙来历不明的人随后到了那里，杀死两个看守洞口的人，救走了佐藤乙一和你的学生。从那以后，那伙人和佐藤乙一都躲进了翠花楼，而我也从马二那里得知，翠花楼住进了一伙武功很高的人，那些人极有可能是日本人。自那时起，我们就注意上这个所谓的藤老板了。当我们知道藤老板几次约郭大善人去玉芳那里商量事情时，一直未露面的徐大哥为了得到郭大善人的信任，不惜出卖了刘掌门。在马鹞子从假墓中拿出那块假石王后，我师弟告诉我，说刘掌门的弟弟刘水财，原来投靠了满洲国，当了一个什么参谋，正游说余师长投靠满洲国，并说石王已经现身，只要得到石王，大事可成。在余师长的命令下，我师弟带人从马鹞子手里抢走了假石王，他要苗教授当众证明假石王是真的，那样的话，躲在暗处的日本人就会抢走假石王，离开兴平。至于余师长，他即使想当汉奸，但手下那几千乌合之众，有一半已经被我师弟所控制，其余的根本不足为患。可惜苗教授不愿证明假石王是真的，才导致我们的第一步计划失败。日本人没有从马鹞子手里抢走假石王，却劫走了我的女儿小玉，把她关在翠花楼内的一处柴房里。"

他望着玉洁，接着说道："玉洁眼看就满十八岁，在没有得到石王和千年血灵芝救治的情况下，随时都会发病，她一发病便成疯魔，任何人都无法靠近。就在她的眼珠开始变红的时候，刘大哥把她关在那处密室里，只等三天过后恢复正常，再放她出来。可在那时，刘水财带着人四处找我们，我们不得已离开那里。可就在我们离开后，苗教授和马鹞子到了那里，并发现了镇符宝盒里的秘密。当我们后来去那里找玉洁时，密室里已经不见人影，我们以为她被刘水财抓走，在见到她之后，才知是苗教授和他的学生救了她。”

苗君儒问道：“那处宅子下面密道里的干尸，是怎么回事?”

朱福说道：“那两个道士，老的姓严，是十五里铺庙里的庙祝，小的是严道长的徒弟，而其他的人，则是住在庙旁边的两户人家。刘大哥和严道长有些交情，几年前，严道长派徒弟找到刘大哥，说有一伙土匪最善于盗墓，问是不是地字派的门人。刘大哥见过罗强，所以知道是罗强带着马鹞子手下的人干的。几天之后，严道长要人捎信给刘大哥，说有要事商量，当晚我和刘大哥赶到十五里铺小庙，只见到一地的尸首。刘大哥认出那些人都是中了玄字派的秘术而死的，死后不能埋葬，否则受了地气会变成僵尸，最好的办法就是把尸体烧掉。刘大哥怀疑是罗强下的手，因为玄字派中会秘术人，当属徐大哥，而罗强是徐大哥的弟子。刘大哥为了保留证据，日后见到徐大哥，让徐大哥清理门户，才将那些尸体放到宅子的下面，用山河乾坤地镇住尸首的戾气，使他们不会变成僵尸。一年前徐大哥回到兴平，才知罗强未正式入门，算不得玄字派的弟子，他们师徒俩因半指仙的死而反目成仇。一时之间，对罗强也无可奈何，况且罗强是土匪，土匪杀人如草芥。刘大哥想将那些干尸烧掉，但徐大哥说留着还有用，于是便留在了那里。”

苗君儒问道：“徐先生用干尸修炼秘术，也是对往生者的不敬啊。”

徐渭水冷冷说道：“我以为苗教授博古通今，什么都懂，原来只是半吊子。我修炼的是秘术，而并非邪术，用不着干尸。将干尸留在那里的目的，是要利用干尸的戾气，抵消山河乾坤地的阴阳二气。一旦玉芳不听我所劝，执行门规起来也不太费事。”

苗君儒被徐渭水挖苦，但他并不生气，而是问道：“这么说，山河乾坤地是和玉芳的命运联系在一起的?”

徐渭水说道：“那当然，所以掌门师弟在几天前狠下心，从镇符宝盒里拿走了她的生辰八字。”

这时候，就听赛孟德喃喃着说道：“原来他一直都在防着我。”

宋远山说道：“你在替日本人办事，他那么做也是没有办法的办法。在民族大义面前，任何亲情都得放下。为了对付日本人，我还不是和我师兄站在了一起？”

苗君儒想起他在土地庙中看到的那一幕，于是问道：“宋先生为什么要用一男一女两颗人头祭祖师爷？”

宋远山说道：“苗教授，我们地字派本就有很多支派，如今我也是一派的掌门人，我用什么方式祭祖师爷，那是我的事。至于我和那对狗男女的恩怨，你就无须知道了。”

佐藤乙一嘿嘿地冷笑几声，说道：“你们既然知道我的身份，还知道我们躲在翠花楼，为什么还没有行动呢？”

朱福说道：“你不动，我不动，有苗教授和马鹞子他们招呼你就够了，我们躲在暗处，还要防着刘水财呢。他为了逼我们现身，把刘大哥的酒楼都烧了。”

佐藤乙一说道：“可是最后，你还是被我们给找到了。那个马二，也被我当成礼物送给了马鹞子。”

程大峰说道：“当我们得知余师长派人封锁了各条道路后，就知道你们要动手了。可惜你们怎么想不到，我们还是把消息送了出去。你以为只要在兴平这么一闹，就能配合进攻潼关的日军，打乱我们抗日军队的阵脚吗？你想错了。你留在外面的那点人马，恐怕此刻已经被我们的军队消灭了。把你引到这里面来，就是要更彻底地消灭。”

佐藤乙一不屑地说道：“就凭你们这些人，也能对付得了我吗？”

朱福大声道：“那还等什么？”

在几个人说话的时候，双方持枪的人就已经各自占据了有利位置，他的话音刚落，枪声就响起来了。

苗君儒看到几个日本兵将枪口对准了自己，急忙闪身躲在一尊琉璃人像的后面，几颗子弹射在他刚才站立的地方。他顿时暗道：“好险”。

三个忍者同时扑向程大峰和玉洁，他早有准备，飞腿踢开左边的忍者，同时抓住右边忍者的手，使了个四两拨千斤之法，顺势丢了出去。当中间那个忍者抓住玉洁的时候，他的左手掌正好切在忍者的脖子上，就在那个忍者倒下之时，他感觉刀光一闪，左臂顿时失去了知觉。

三浦武夫趁程大峰对付三个忍者的时候，跻身而进，果然一招得手，砍断了程大峰的左臂。

程大峰闷哼一声，被断臂处飞溅起来的血沾了一身，忍着剧痛撕下一条衣襟，想要扎紧伤口，可三浦武夫不容他喘息，人影一晃，挟着刀势，要将他劈死在刀下。他捂着断臂连连退了几步，可身后是琉璃墙，已经无法再退了。

三浦武夫飞身在半空，刀锋距离程大峰的脖子不到三尺，他的瞳孔开始收缩，整个人已经变得异常兴奋。他渴望血腥，最喜欢看到对手的头在刀锋过后滚落在地。

玉洁看到这情景，用力挣脱了两个挟持着她的忍者，哭道："峰哥!"她刚跑了几步，就被一名忍者用刀柄击晕。

程大峰躲闪不及，有些绝望地看了玉洁一眼，微微闭上了眼睛。

三浦武夫的嘴角掠起一抹冷酷的微笑，但他的冷笑立即僵在脸上，感觉到从左侧传来一股巨大的力道。倘若他一击得手，自己也会被那股力道击中，即便不死，也受伤不轻。他不亏是甲贺派的高手，人在半空，招式未变，可身体却以一种奇怪的速度扭曲，躲过那一击。他以为凭这一击，定可将那年轻人斩于刀下。

可惜他想错了，他的刀重重地劈在琉璃墓砖上，划出一道半寸深的划痕，反弹的力道震得他手掌发麻。他在空中转了一个圈，稳稳地落在地上，这才看清眼前的情形。攻击他的是苗君儒，而从他刀下救人的，则是那个干瘦的老头。

徐渭水将程大峰扯到身后，从身上拿出一包药粉，说道："孩子，赶快把药粉撒在伤口上，止血要紧。"

程大峰用嘴巴咬开药包，将药粉撒在伤口上，由于失血过多，他的脸色变得异常苍白。他望着前面，只见已经晕过去的玉洁被一个忍者扛在肩膀上，就站在佐藤乙一的身边。他正要往前冲，却被徐渭水挡住。

徐渭水说道："你连自己的命都差点没保住，还怎么去救她？"他转向苗君儒，接着说道："苗教授，麻烦你先抵挡一阵，我把这小伙子的手接起来。"

苗君儒点了点头，挥掌扑向三浦武夫。徐渭水趁机捡起地上的断臂，扯着程大峰躲到一根玉柱的后面。而在另一边，朱福和宋远山已经和几个忍者打成一团。

徐渭水说道："小伙子，你闭上眼！我救人的时候，是不喜欢被人看的，等下会有点痛，你忍着就是。"

程大峰感激地望着徐渭水，听话地闭上了眼睛，他的耳边传来纷乱的枪声以及惨叫声，还有徐渭水的唠叨："小伙子，这一路过来，我都看到你和玉洁手牵着手，她爹不在了，我这做师伯的可不能不管，你们这么有情有义，我也替她爹高兴。"

一阵剧痛传来，程大峰忍不住发出呻吟，徐渭水继续说道："小伙子，忍着点，很快就好了。我要是不把你的手接上，玉洁后半辈子岂不是要跟着一个残废过日子吗。你是苗教授的学生，俗话说名师出高徒，以后肯定有出息。可有一点我警告你，这辈子你不能辜负她，否则我们玄字派任何一个弟子，都可以找你算账。好了，小伙子。"

程大峰睁开眼睛，只见自己的断臂已经被接上了，而且手指居然还能动。

徐渭水从身上拿出一样东西，递给程大峰，低声说道："等下会有用。"

程大峰点点头，收起了那件造型奇怪的东西。

徐渭水接着笑道："你这手暂时还不能用力，否则就前功尽弃了。放心吧，我们一定会把玉洁救回来的。"

他说完后，起身朝苗君儒走了过去，同时说道："苗教授，你且退下。当年他的师父佐藤义男赢不了我，我且看看，佐藤义男的这个徒弟究竟有多少本事。”

苗君儒虚晃一招，闪身退到一旁，徐渭水挺身冲了上前，和三浦武夫交上了手。

从整体的战斗力看，朱福带进来的人，根本不是日本兵的对手。尽管日本兵只剩下六七个，但一场枪战下来，那十几个游击队员死的死伤的伤，还剩下四五个人在苦苦支撑着。而朱福和宋远山两人，在几个忍者的攻击下，显得力不从心，败势已露。

有两个受伤的游击队员从地上爬起，点燃了身上的衣服，冒着弹雨向前扑去，转眼间，三四个日本兵被点燃，剩下两三个日本兵，也被这种不要命的打法吓得往后退，躲在玉柱后面胡乱开枪。

徐渭水与三浦武夫仍在酣斗，一时间难以分出胜负。剩下的四五个游击队员，也都不要命地举着火把往前扑，人虽然倒下了，但也点着了对方。苗君儒正要过去帮朱福，刚走了两步，只听得佐藤乙一说道：“苗教授，我们再来一场赌局，一局定胜负，如何？”

苗君儒问道：“你想赌什么？”

佐藤乙一指着徐渭水与三浦武夫，说道：“就赌他们两个人谁先死，如果你赢了，我们任凭你处置，如果你输了，则要听命于我。”

苗君儒坦然道：“好。”

第二十章　神石现世

三浦武夫的刀法伶俐，有不少中国的武术高手都丧命在他的刀下，但徐渭水的身材瘦小，身法灵活，加之武功怪异，两人交手七八个回合，就中了好几招，只是三浦武夫仗着一身的蛮力，一味地狠斗。

徐渭水毕竟上了年纪，时间一长，身法就有些迟缓，一步留神，肩膀上就被划出一道口子，顿时鲜血直流。

三浦武夫“呀呀”地大吼着，手中的武士刀挥舞得一刀比一刀狠。十几招过后，他趁徐渭水转身时，改侧劈为直捅。只听得“噗嗤”一声，武士刀贯入了徐渭水的腹部，但他的前胸中了徐渭水一掌，一口鲜血喷出，显是受伤不轻。

徐渭水后退了几步，将流出刀口的肠子塞了回去，掏出两包药粉分别撒在两处伤口，又用长褂将腹部的伤口扎住，望着赛孟德喊道：“玉芳，你现在是玄字派掌门，身为掌门人，有维护本门派之责，就算你不管我的生死，也不能眼看着你妹妹落入日本人的手里。”

说完之后，他拿出两粒药丸，塞进了嘴里，再次扑向三浦武夫。两人一照面，三浦武夫的武士刀再次捅入他的腹部，往斜里一拉，整个腹部被开了膛，肠子一咕噜全落到地上，场面惨不忍睹。他的口一张，一股血雾喷到三浦武夫的脸上，只见三浦武夫大叫一声，双手放开武士刀，猛抓自己的脸，只消几下，便将整张脸皮抓了下来，紧接着眼珠子也被抓掉。身子往后一倒，在地上滚来滚去，发出瘆人的惨号。整个人就像烈日下面的蜡烛，从头部开始慢慢溶解，不过一两分钟，就只剩下一摊血水了。

徐渭水靠在一根玉柱上，鼻子里只有出的气，没有进的气，他嘿嘿地笑了几声，吃力地说道："化尸粉的……味道……不错吧?"他朝苗君儒说道："我……死后……烧……掉……不要变成僵尸……害人……求你……救……玉……"

他的话还没有说完，就已经闭上了眼睛。

朱福走过去，点燃了徐渭水的尸身，低声说道："徐大哥，你一路走好。"

说也奇怪，徐渭水尸身上的火苗由黄色逐渐变成蓝色，不到一分钟，整具尸身就化为灰烬。

佐藤乙一望着朱福，问道："你们怎么就不怕火?"

朱福说道："很简单，我们进来的时候，身上披了油布！其实我们比你们先进来，就藏在飘洒油雾的地方。"

苗君儒冷冷地望着佐藤乙一，说道："你输了。"

佐藤乙一笑道："苗教授，你和我交往那么久，难道还不知道我的为人吗?"

郭士达从一根玉柱后面走出来，说道："我们有筹码在手里，怕什么?"

苗君儒骂道："卑鄙!"

朱福和宋远山点燃了两支火把，在手上摇晃着，有两三个忍者逼得太近，立即被火苗点着，剩下的两个不敢上前游斗，只用忍者擅长的暗器朝他们招呼。

佐藤乙一喝了一声，剩下的两个士兵和两名忍者回到他的身边，警惕地看着苗君儒。

这时，玉洁醒了过来，第一眼看到身边的玉芳，忍不住叫了一声"姐"。

玉芳再也忍不住，泪水顺颊留下的时候，毅然拔出了身上的小手枪，抵着那个扛着玉洁的忍者的头勾动了扳机。

但是她身后的两名日本兵，却把刺刀同时从她的后背刺入，透出前胸。她并未转身，“啪啪”两枪结果掉两个日本兵，接着用枪指着佐藤乙一说道：“让她走。”

玉洁扶着玉芳，哭道：“姐，你这是为什么？爹说过，我们玄字派不能没有掌门人。”

玉芳苦笑道：“玉洁，姐对不起你……也对不起爹……等姐一死，你……就是玄字派的掌门人……快过去……姐支撑……不了多久……”

程大峰望着玉洁，叫道：“玉洁，快点过去，别辜负了你姐。”

玉洁一边哭，一边朝程大峰走去。佐藤乙一身边的两个忍者想要动手，但是从玉芳的枪里射出的子弹，打在他们脚边的地上。

佐藤乙一目光冰冷地望着玉芳，没有说话。

玉芳说道：“虽然……你们养了……我十几年……但……我也帮……你们获得了……那么多……中国方面的……情报……我是……中国人……不能一错……再错……对不起……祖宗……如果……这条命……是你们……给的……我现在……就还给……你们……”

她说完后，望着玉洁微微一笑，调转枪口对准自己的右太阳穴勾动了扳机，随着一声枪响，顿时香消玉殒。

整座宫厅内传出玉洁撕心裂肺的哭声：“姐！”

朱福望着佐藤乙一，一字一句地说道：“你们逃不了了！”

在他身边，除了宋远山外，就只剩下两个游击队员了，有一个还受了重伤。

佐藤乙一说道：“我们来做一笔交易，打开宫门放我们出去，我把这个女孩还给你们。”

朱福说道：“我进来之后，就已经将宫门封死了。”

佐藤乙一问道：“难道你们就没有想过怎么活着离开吗？”

朱福和宋远山异口同声地说道：“没有。”

佐藤乙一又问道："你们不想看一看真正的万古神石？就是你们所说的石王。"

苗君儒说道："你不是说杨玉环没有死，而是去了你们日本吗？这里也只不过是一座假墓，又怎么可能有万古神石呢？"

佐藤乙一说道："你一定不知道，杨玉环去了日本之后，还和你们大唐皇帝有过几次书信来往，她本想等安史之乱过后再重新回到大唐，可大乱还没有过去，大唐皇帝就归天了。甲贺派保存有一封大唐皇帝写给她的书信，信中指明将那块神石放在了她沐浴的地方。我刚开始以为是藏在骊山，结果找了十几年都一无所获。当我进来之后，看到那一边杨玉环出浴的场景后，就立即明白。我想要的东西，就放在她身边那个宫女的梳妆盒里。"

苗君儒扭头望去，果见杨贵妃身边的一个宫女，手里托着一个一尺多长，半尺来宽，金丝镶嵌的梳妆盒。而在另一边，唐明皇身后一名内侍伸出食指，指着那个梳妆盒。他当时被美轮美奂的景象所吸引，没有注意到那个宫女手上的秘密。

佐藤乙一说道："难道你们不想打开看一看吗？"

宋远山转身朝前走了几步，刚越过那条沟槽，听到两声枪响，他的身子一歪，叫了一声"师兄"，就倒在了唐明皇那尊琉璃人像的脚下。

一个人影从玉柱后面窜出，几步冲到那个宫女面前，拿起了那个梳妆盒，哈哈笑道："石王终于被我拿到了。"

苗君儒说道："郭大善人，谁都想得到那块石头，最后落在谁的手里，还说不准呢。"

佐藤乙一说道："宋先生，别忘了我们之间的合作。"

郭士达笑道："佐藤先生，你外面的那些人都被国军消灭了，还和我谈什么合作？我只要将这块石头送给总裁，他一定会重用我。我不要虚名，要实权！哈哈哈。"

他说完后，打开了梳妆盒，从里面拿出一块椭圆形，色泽乌黑但却放射出五色毫光的石头来。

苗君儒由衷地说道："好一块万古神石。我一直以为传说并不是真的，没想到还亲眼见到。"

郭士达托着石头说道："你们谁敢上前一步，我就把这块石头摔碎，谁都得不到。"

就在他说话的时候，倒在地上的宋远山突然跳起身，去抓他手里的神石。他下意识地往后一闪，撞在杨贵妃的琉璃人像上。只见那具琉璃人像转了一个圈，随着轰响声，水池后面的琉璃墙赫然裂开一扇门，露出一间墓室来。墓室正中间有一副半人多高的黑色棺椁，除此之外并无一物。

墓室门打开的同时，空气中传来一阵利器的破空之声，声音过后，只见郭士达和宋远山的身上射满了弩箭，像刺猬一般。两具尸体倒在地上的时候，那块万古神石从郭士达的手中掉出，朝沟槽滚去。

佐藤乙一和两个忍者纵身而起，扑向万古神石，就在神石即将落入沟槽的时候，被他一把抓住。他发出一阵狂笑，说道："万古神石，我终于得到了!"

他见朱福和两个游击队员不顾一切地朝他扑来，忙命令两个忍者："拦住他们!"

双方一照面，两个游击队员就被忍者的武士刀砍中，但手中的火把也点着了两个忍者。

朱福扑到佐藤乙一的面前，左手的火把一挥，趁着对方闪避的时候，侧身用右手去抢神石，哪知还没抓到，左手的火把就被踢飞，右腹传来一阵剧痛。他低头一看，只见右腹被一柄短刀刺入，只剩一个刀柄了，而刀柄就握在对方的手中。

佐藤乙一将持刀的手一转，一股鲜血顿时从朱福的右腹喷出，溅了他一身。他狞笑道："你不是没打算活着离开这里吗？我成全你。"

朱福抓着佐藤乙一的手，笑道："当然，要死也要拉着你陪葬。"

他的手腕一翻，手上居然出现一把火柴，他把火柴在佐藤乙一的衣袖上一擦，一股火苗顿时冒起。

佐藤乙一一脚将朱福踢飞，可是他已经变成了一个火人，挥舞了几下手臂，撞在唐明皇的琉璃人像上，接着往前走了几步，一头栽进沟槽中。

唐明皇的琉璃人像被撞之后，自动转了半个圈，整个墓室顿时传来一连串轰隆巨响，只见那道沟槽中呼啦啦往上冒水，瞬间就没了众人的脚踝。

程大峰撇下玉洁，正要飞身跳下沟槽去寻找神石，却被躺在地上的朱福扯住裤脚。他大声道："为什么拉住我?"

朱福虚弱地说道："此沟深不见底，直通渭水，没用的。"

程大峰问道："前辈，没有神石怎么救玉洁?"

朱福指了指那间墓室里面的棺椁，说道："出去的通道……必须两个……门派的……掌门信物……还有……千年血灵芝……救玉洁……快走……"

话一说完，他微笑着闭上了眼睛，身体软塌塌地倒入水中，这一次，他是真的死了。

就在这档儿，水已经到了膝盖。

苗君儒叫道："快。"

三个人趟着水进了那间墓室，苗君儒近距离地打量着这副棺椁，他皱了皱眉头，大喝一声，双手用力抵住棺盖。只见棺盖缓缓开启，里面躺着一具干尸。干尸头上戴着凤冠，身上穿着五彩金丝霞袍。只有皇后和贵妃才有资格戴凤冠穿霞袍，这棺材中的女人即便不是杨贵妃，也是一个不一般的人物。

在干尸的额头上，居然有一株血红色的灵芝。程大峰一把将血灵芝抓了起来，开心地对玉洁说道："你有救了。"

一阵阵巨大的轰隆声传来，眼见着墓室外面的几根玉柱开始倾斜，上面不断有大块的泥土和石头往下落。

玉洁说道："水都漫到腰了，赶快找出去的路呀。"

苗君儒围着棺椁转了一圈，并未发现任何机关所在。可是朱福临死前不可能说谎。

程大峰跳进棺材，将里面干尸扯了出来，在干尸头部的下面，果然有两个孔眼。

苗君儒说道："我们还是出不去，朱福说过，必须要两个门派的掌门信物，玉洁身上只有一个。"

程大峰从身上摸出一样东西，说道："我这里还有一块，是徐前辈帮我接上手之后交给我的。"

苗君儒说道："那还等什么？"

两块天地镇魂金分别插入两个孔眼，左右一转，只听得"哗啦"一声，棺椁的底板从中分为两块，露出一个黑洞来。洞口不大，刚好够一个人爬着进出。

三个人进了黑洞，摸着黑往下爬了几米，当他们顺着洞内的走向往上爬时，水已经灌了进来。

他们就这样不停地往上爬，也不知道爬了多久，前面终于没有路了，爬在最前面的程大峰用右手往上一托，托起了一块石板，看到了外面微弱的光线。

走了上去，发觉置身于一个山洞中，洞口被手腕粗细的藤蔓遮掩着。他们拨开藤蔓走出山洞，沐浴在午后的阳光下，忽然有一种恍如隔世的感觉，原来活着真的很好。

对面的山上传来一阵阵激烈的枪声，看来战斗还没有结束。

傍晚时分，苗君儒他们三个人回到了兴平城，城内的戡乱已经结束，到处都贴着"团结抗战，枪口一致对外"、"抗战有功，叛国有罪"等标语。

一队队荷枪实弹的国军队伍从街上走过，往凤凰山而去。

听人说，那里的战斗还没有结束，小鬼子的人数不少，占据着两个山头，国军去了两个师，加上反正的队伍，足足两个半师的人，打了一个下午都没打下来。这是抗战的大后方，小鬼子再怎么折腾，那也是强弩之末，迟早是要被消灭的。

他们还听人说，那个投靠了满洲国的余师长，还有几个军官，都被抓住了，已经押往了西安，估计要被枪毙。

但是没有听到刘水财的任何消息，还有小玉、马长风以及罗强，他们仿佛从这个世界上消失了。当苗君儒再次见到小玉、马长风和罗强他们三个人时，却是在几年后。他不想知道马长风和郭士达之间有什么勾当，因为那是人家的秘密，更何况郭士达已死了。

在县政府大院里，苗君儒终于见到了他那几个失散的学生。听韩县长说，那几个学生是被关在翠花楼的一个地窖里，有人写了一封匿名信贴到县政府的大门上，他才派人去救出来的。几个学生好像都被人下了迷药，神志不清，根本不记得之前发生过什么事情，还好他们之中的一个会说三个字："苗教授"。

三天后，苗君儒带着学生回重庆，但是程大峰却没有同行，他自愿留在心爱的人身边。

离开了兴平城，走在山路上，迎面吹过的山风，还夹杂着一股带有血腥的硝烟味。据说凤凰山的日军有一个联队，国军死伤几千人，到第二天上午才把日军全部消灭的，一个都没漏掉。

他远远眺望着凤凰山，似乎看到了山背后那座破落的玄字派祖庙，他很想知道，死在祖庙里的那个人究竟是谁？朱福是地字派的掌门，怎么知道那间墓室的棺椁里面有千年血灵芝，而且还有逃生的通道，又怎么知道要用两派掌门的信物才能打开呢？难道当初修建那座墓葬的人，不仅仅是玄字派的前辈高人，还有地字派的高人相助。两派的高人担心后人进去后无法出来，因而留下了逃生的通道，并且将秘密写在两派的掌门秘册中。

棺椁中那具干尸究竟是不是杨贵妃？杨贵妃是不是真如佐藤乙一所说的去了日本？

尽管苗君儒还有不少疑问，可他心里明白，在历史上，很多问题都是没有答案的。

几个月以后，沦陷区相继出现多支由玄字派和地字派门人领导的抗日武装，这些抗日武装神出鬼没，四处出击，打乱了日军的正常进攻计划，为中国的抗战大业立下了不朽的功勋。

两年后，苗君儒偶尔在一份报纸上看到一张照片，照片中的人像极了那个他见过的詹林明，但报纸的标题却是：军统特工王如海喋血上海滩。不知道这个王如海，是不是詹林明？听说每个军统特务都有很多个名字，可是名字再多，模样却只有一个。